Odessa, Anfang des 20. Jahrhunderts: Sarah wächst als Tochter wohlhabender jüdischer Eltern auf. Doch unter dem Sowjetregime verliert die Familie alles. Ihre Mutter wird ermordet, Sarah gelingt mit ihrem Vater in letzter Minute die Flucht auf einem Schiff. 1932 landen sie in Jaffa, der blühenden Stadt der Orangenhaine in Palästina.
Hier verliebt sich Sarah in den jungen Arzt Yussef. Doch ihr zionistischer Onkel zwingt sie, innerhalb ihres Glaubens zu heiraten. Ihre verbotene Liebe führt zu einer Tragödie, die sie für den Rest ihres Lebens nicht mehr loslassen wird.
Boston, 1995: Die junge Rebekka, eine amerikanische Jüdin, trifft an der Harvard-Universität den attraktiven Wissenschaftler Amir, einen palästinensischen Flüchtling. Sofort werden beide von ihren Gefühlen überwältigt. Doch kann ihre Liebe stärker sein als Politik, Religion und Hass – und der Druck ihrer Eltern? Erst ein Blick zurück in die Vergangenheit ihrer Familien lässt sie wieder Hoffnung schöpfen.

Michelle Cohen Corasanti ist eine in den USA geborene Jüdin. Mit sechzehn schickten ihre Eltern sie nach Israel. Sie besuchte die Hebrew University of Jerusalem, wo sie ihren Master in Nahostwissenschaften machte. Inzwischen hat sie zwei Harvard-Diplome und ist Anwältin für Menschenrechte. »Der Junge, der vom Frieden träumte« war ihr erster Roman und wurde in viele Sprachen übersetzt.

Jamal Kanj wuchs in einem palästinensischen Flüchtlingslager im Libanon auf. In den 70er Jahren gelang ihm die Flucht in die USA, wo er studierte und später promovierte. Er ist Autor des Buches »Children of Catastrophe – Journey from a Palestinian Refugee Camp to America« und schreibt regelmäßig Artikel und Reportagen über Palästina und den Nahen Osten. www.jamalkanj.com

Weitere Informationen finden Sie auf www.fischerverlage.de

MICHELLE COHEN CORASANTI
JAMAL KANJ

Das Mädchen, das die Hoffnung fand

ROMAN

Aus dem Amerikanischen von
Ulrike Wasel und Klaus Timmermann

FISCHER Taschenbuch

Deutsche Erstausgabe

Erschienen bei FISCHER Taschenbuch
Frankfurt am Main, Oktober 2018

© 2018 S. Fischer Verlag GmbH, Hedderichstr. 114,
D-60596 Frankfurt am Main

Satz: Pinkuin Satz und Datentechnik, Berlin
Druck und Bindung: CPI books GmbH, Leck
Printed in Germany
ISBN 978-3-596-29926-3

Meinem Schwiegervater Gene und meinem Onkel Angelo, die sich sehr für meinen ersten Roman »Der Junge, der vom Frieden träumte« eingesetzt haben. Leider hatten beide keine Gelegenheit mehr, diesen neuen Roman zu lesen.
Meinem Ehemann Joe und meinen Zwillingen Sarah und Jon-Robert – eure Liebe und Unterstützung bedeuten mir alles.
Außerdem widme ich dieses Buch Flüchtlingen auf der ganzen Welt. Möge durch unseren Einsatz die Menschheit einen Schritt vorankommen.

Michelle Cohen Corasanti

Die ersten achtzehn Jahre meines Lebens lebte ich in dem Flüchtlingscamp Nahr al-Bared, wo sich 20 000 Menschen auf einem km² drängten. Im Laufe der Jahre verdoppelte sich die Zahl der Flüchtlinge, der Raum blieb derselbe.
Einigen Glücklichen von uns gelang die Flucht, vorbei an den militärischen Checkpoints des Camps. Ich schaffte es bis nach Amerika, während einige meiner Mitbewohner in Deutschland ein neues Zuhause fanden.
Heute habe ich Klassenkameraden und Cousins in Berlin, eine Nichte in Hamburg, Kindheitsfreunde in Frankfurt und in anderen deutschen Städten, deren Namen ich nicht aussprechen kann.
Ihnen allen widme ich dieses Buch – und natürlich jenen, die in Nahr al-Bared zurückblieben.

Jamal Kanj

Lass selbst deinen Feinden Liebe zuteilwerden.
Was mag wohl geschehen, wenn du ihre Herzen erreichst?

Rumi

TEIL 1

1

Odessa
22. April 1932

SARAH

Ich erschrak, als ein hämmerndes Geräusch zu mir hochdrang. Dann folgte ein lautes Krachen, und ich zuckte zusammen.

»Was wollen Sie?« Mamas schrille Frage hallte von unten aus der Diele.

Soldaten. Ich stürzte durch mein Zimmer zum Schrank. Der Revolver, den mir Onkel Isaak »nur für alle Fälle« aufgedrängt hatte, war in meinem Teddybär versteckt. Ich riss das Stofftier auf und zog die geladene Waffe heraus.

Ich handelte, ohne nachzudenken, und spannte den Hahn. Leise öffnete ich die Zimmertür und schlich dicht an der Wand entlang über den Flur. Zwei Soldaten hatten ihre Pistolen auf Mama gerichtet. Mir stockte der Atem. *Reiß dich zusammen.* Ich musste sie beide erschießen, bevor einer von ihnen meine Mutter töten konnte.

»Wo habt ihr eure Waffen?« Eine dicke rote Narbe verlief senkrecht über die rechte Gesichtshälfte des Soldaten, der die Frage gestellt hatte. Er war Anfang zwanzig, wie ich, und sah sehr kräftig aus. Er packte meine Mutter an den Haaren und riss ihren Kopf nach hinten.

»Wir haben keine Waffen.« Mutters Stimme war so schrill, dass ich sie kaum wiedererkannte. »Bitte, tun Sie mir nichts.«

»Lüg mich nicht an.« Wieder riss er Mamas Kopf zurück.

»Ich lüge nicht«, schrie meine Mutter. Sie warf ihren mageren Körper hin und her, vergeblich. Ich sah, wie sie in verzweifelter Panik um sich trat. Ich musste näher ran.

Mama kreischte auf, als der Soldat ihr seine Pistole an die Stirn presste. »Mit dem Rücken an die Tür.« Er stieß sie mit der freien Hand nach hinten. Mutter prallte mit dem Kopf gegen die Tür, die durch den Stoß aufflog. Der Soldat hielt seine Pistole weiter auf Mamas Stirn gerichtet. Er sah den anderen Soldaten an.

»Sascha, durchsuch das Haus, ich halt sie hier solange in Schach. Such zuerst im Elternschlafzimmer und dann unter den Bodenbrettern in den Schränken.«

Ich hielt den Revolver mit beiden Händen, die Füße sprungbereit. *Erschieß den Soldaten, sobald er oben an der Treppe ist, dann töte den anderen.* Mit polternden Armeestiefeln kam er die Stufen herauf.

»Da oben ist nichts.« Mamas Stimme klang angsterstickt.

Wie kann ich ihr vermitteln, dass ich einen Plan habe?

»Bitte, kommen Sie wieder runter.«

Mein Magen verkrampfte sich. *Nein, Mama.*

»Ich dachte, du wüsstest nichts von irgendwelchen Waffen«, sagte der Soldat. »Die sind garantiert oben, Sascha.«

»Nein«, rief Mutter. »Sie sind im Arbeitszimmer meines Mannes. Kommen Sie runter, dann zeig ich's Ihnen.«

O nein.

»Wenn du lügst, knall ich dich auf der Stelle ab«, sagte der Soldat namens Sascha, drehte sich um und ging die Treppe wieder hinunter. »Und keine Bange«, grinste er. »Was du da oben versteckt hast, finden wir auch noch.«

Der Soldat mit der Narbe packte Mama am Arm und zerrte sie in Vaters Arbeitszimmer.

»Wo sind die Waffen?«, schrie er.

»Das verrate ich erst, wenn der andere auch hier im Zimmer ist«, sagte Mutter so laut, dass ich es hören konnte.

Ich schlich lautlos hinter Sascha her, wobei ich die ganze Zeit den Revolver auf ihn gerichtet hielt.

Sascha lief zum Arbeitszimmer und ging hinein. Mama schrie los. *Was machen die mit ihr?* Mein Herz raste. Vielleicht schrie sie, damit ich fliehen konnte. Aber ich würde sie niemals allein lassen.

Mit hastigen Schritten, die von den Schreien meiner Mutter übertönt wurden, eilte ich zu Vaters Arbeitszimmer. Ich spähte durch die offene Tür. Mir wurde schwindelig vor Angst.

»Sie sind unter dem Teppich«, sagte Mutter.

Sascha zog den Teppich beiseite und öffnete die Luke über dem versteckten Hohlraum. Er sah hinein und funkelte dann meine Mutter wütend an. Sie wirkte so zart, bebte am ganzen Körper. Der andere Soldat trat vor, um auch einen Blick in den Hohlraum zu werfen.

»Da hat offensichtlich jemand gelogen und muss bestraft werden«, sagte Sascha. »Wem gehören die Waffen?«

Mama legte die Handflächen aneinander, die Fingerspitzen nach oben gerichtet, und blickte flehend zu Sascha hoch. »Bitte haben Sie Erbarmen.«

»So ist es recht, Jüdin, bettele schön.« Sascha spannte seine Pistole und zielte auf Mamas Körper. »Sag mir, wo ihr die herhabt, oder du bist tot!«

Der andere Soldat stand ein Stück abseits und hielt seine Pistole ebenfalls auf Mama gerichtet. Wenn ich ihn tötete, würde Sascha meine Mutter erschießen. Aber wenn ich nichts tat, würden sie sie wahrscheinlich ohnehin töten. Ich musste etwas tun. Ich musste es wenigstens versuchen.

Zitternd zielte ich auf Saschas Kopf. Ich hatte im Laufe der Jahre zahllose Schießübungen absolviert, aber noch nie auf einen Menschen geschossen. Meine Hand bebte, doch ich drückte ab. Ein Schuss fiel, dann noch einer. Ich schrie auf. Sascha fiel zu Boden. Mutter sackte in sich zusammen, als der andere Soldat zu mir herumfuhr. Ich drückte eine Sekunde schneller ab als er. Die Kugel traf ihn in den Kopf, und er stolperte rückwärts, fiel über meine Mutter.

Ich stieß einen gellenden Schrei aus.

»Lauf weg, Sarah!« Mutter hielt sich den Bauch. »Es werden noch mehr kommen, und sie töten dich, wenn sie dich finden.« Sie rang nach Luft.

»Mama!« Ich eilte zu ihr.

»Nein!« Mutter hob eine schwache Hand, wollte mich fortwinken.

Schon tränkte Blut ihre weiße Bluse über dem Unterleib. Zu viel Blut. Die Kugel musste eine Hauptader getroffen haben oder vielleicht die Milz. Ich streckte die Arme aus, wollte die Blutung stoppen, obwohl ich wusste, dass es mir nicht gelingen würde. Ich drückte eine Hand auf ihren Bauch, zuckte zusammen, als sie aufstöhnte.

»Lass mich.« Mutters Stimme war ein Flüstern, ihr Gesicht aschfahl.

Ich streichelte mit der freien Hand ihre Wange. »Ich lass dich nicht allein.«

»Geh«, sagte Mutter wieder. »Mir zuliebe.« Ihre Augen wurden glasig, und ihre Stimme verlor an Kraft. »Ich hab dich lieb.«

»Ich hab dich noch mehr lieb.« Unser altes Spiel, als ich noch ein Kind war. Ich wünschte inständig, Mama würde sagen, dass sie mich am allermeisten liebhatte, dass sie überleben würde, doch ihr warmes Blut quoll weiter über meine Hand.

»Sei stark«, flüsterte sie.

Ich nickte und beugte mich vor, drückte meine tränennasse Wange an ihre.

»Kümmer dich um deinen Vater.«
»Versprochen. Ich hab dich lieb, Mama.«

Sie antwortete nicht mehr, sondern erbebte ein letztes Mal, ehe ihre Brust reglos blieb. Ein Schluchzen drang aus meiner Kehle, als ich sie weinend in die Arme schloss.

»Sarah. Ist ja gut, Sarah.«

Ich griff nach der ausgestreckten Hand meiner Mutter, doch statt weicher Haut spürte ich nur raue Bretter. Ich zuckte zurück, als Splitter sich mir in die Finger bohrten.

Das Bild meiner Mutter verschwand, und als ich die Augen öffnete, sah ich nur Dunkelheit rings um mich herum, unter mir und über mir. Es roch nach feuchtem Holz. Ich hatte von Mama geträumt – oder nicht? Es kam mir vor, als würde sich das Fass, in dem ich steckte, enger und enger um mich schließen. Vielleicht war der Tod nahe. Ich presste die Augen wieder zusammen, wünschte mir, Mutter würde zurückkommen und mich holen.

Die Luft war drückend. Ich hatte das Gefühl zu ersticken. Meine Beine schmerzten, weil sie so lange gekrümmt waren. Wegen der Enge konnte ich die Arme nicht um die Beine schlingen, daher hielt ich sie fest an den Kopf gepresst, und mir taten die Schultern weh. Schlucken war fast unmöglich geworden, so ausgetrocknet war meine Kehle. Durch die Hitze und den Sauerstoffmangel fühlte ich mich benommen und hatte stechende Kopfschmerzen.

Und wie mochte es Vater gehen? Mit seinem gut ein Meter achtzig war er zwölf Zentimeter größer und rund fünfundzwanzig Kilo schwerer als ich. Ich hoffte, dass sein Fass größer war, traute mich aber nicht, nach ihm zu rufen, aus Angst, wir könnten entdeckt werden.

Wie lange steckten wir schon in diesen Fässern? Waren

wir überhaupt schon aus russischen Gewässern heraus? Was, wenn die Russen das Schiff vorher stoppten? Die Erinnerung an Stalins Soldaten, die Jagd auf uns machten, während Vater und ich uns im Wald versteckten, war noch frisch. Ich schloss die Augen, als ich daran zurückdachte, wie Mutter ihren letzten Atemzug tat. Warum hatten wir Onkel Isaak erlaubt, seine Waffen bei uns im Haus zu verstecken? Jetzt waren Vater und ich vollkommen von ihm abhängig. Seine Kontaktleute halfen uns, aus der UdSSR zu fliehen, und sie würden uns helfen, in Palästina neu anzufangen.

Um mich zu beruhigen, versuchte ich, an all die Menschen zu denken, die wir sehen würden, falls wir überlebten. Im Verlauf der vergangenen anderthalb Jahrzehnte hatte mein Onkel sein Netzwerk aus jüdischen Kämpfern über ganz Europa bis nach Palästina ausgedehnt. Und ich wusste, dass sie sich massiv dort ausbreiteten. Er hatte sogar einige jüdisch-britische Offiziere rekrutiert, da die Briten Palästina besetzt hielten.

Ich hörte Schritte in der Nähe, und Panik überkam mich. *Stalins Soldaten oder –*

Das Fass wackelte, und ich hörte schmerzhaft laut, wie der Deckel aufgehebelt wurde. Als das erste Licht hereindrang, spürte ich das Vibrieren jeder Zelle unter der Haut. Mein Herzschlag dröhnte mir in den Ohren. Schließlich wurde der Deckel abgenommen, doch in dem grellen Licht konnte ich unmöglich erkennen, ob da ein Freund vor mir aufragte oder ein russischer Soldat.

»Dein Onkel Isaak schickt mich«, sagte der Mann. »Ich bin Gideon.«

»Gott sei Dank.« Ich wurde beinahe ohnmächtig.

»Nimm meine Hand«, sagte Gideon und half mir aus dem Fass.

Mein Körper schrammte am Holz entlang, als Gideon mich

herauszog. Er trug eine Matrosenuniform und hob mich hoch, als wäre ich nicht schwerer als eine Rolle Seil. Als ich schließlich stand, fühlten sich meine Füße an, als stünde ich auf Hunderten spitzer Nadeln. Ich rieb mir, so kräftig ich konnte, Arme und Beine, um die Durchblutung wieder in Gang zu bringen. Schwarze Punkte schwebten mir vor den Augen. Gideon war schon dabei, die Nägel aus dem Deckel des Fasses zu ziehen, in dem mein Vater steckte.

»Gleich hast du's geschafft, Papa.« Ich versuchte, Gideon dabei zu helfen, meinen Vater herauszubugsieren.

»Halten Sie sich an mir fest«, sagte Gideon. Der junge, kräftige Mann mit den dunklen Haarlocken umschlang meinen Vater und zog ihn heraus.

Gideon reichte uns beiden Wasser und je ein Stück Schwarzbrot. Mit zitternder Hand trank ich aus dem Becher. Das Wasser war eine Wohltat für meinen ausgedörrten Mund, und ich biss in das Brot.

Ich betrachtete meinen Vater, der einmal das größte Getreideimperium in Osteuropa besessen hatte, wie er zusammengesunken auf dem Schiffsdeck saß. Sein Gesicht – von jahrelangen Sorgen gezeichnet – hatte einen resignierten Ausdruck, der sein Leid widerspiegelte: Er hatte alles verloren. Jetzt waren wir zwei arme Seelen auf der Flucht vor der Obrigkeit und ernährten uns von trockenem Brot.

Der Matrose, der gesehen hatte, wie verdreckt wir waren, besorgte uns zwei alte Uniformen, die wir tragen konnten, bis ich unsere schmutzigen Sachen gewaschen hatte.

Als ich die saubere Krankenschwesterntracht wieder anzog, war der Fleck vom Blut meiner Mutter kaum noch zu sehen. Ich zerriss die linke Brusttasche, wie das von einer Tochter verlangt wurde. Ich erinnerte mich, dass meine Mutter dasselbe gemacht hatte, als ihr Vater starb. Nach seinem Tod war sein

Körper gewaschen und gereinigt worden. Bis zur Beerdigung, die schon am nächsten Tag stattfand, hatte man ihn keine Minute allein gelassen. Den Leichnam meiner Mutter würde hingegen keine Prozession von Angehörigen und Freunden zur letzten Ruhestätte begleiten.

Vater sah, dass ich meine Tasche zerriss.

»Du denkst an sie?«, fragte er.

Ich nickte. Als mein Großvater starb, hatten wir alle Spiegel in unserem Haus verhängt, damit niemand sich während der Trauerzeit seiner Eitelkeit hingeben konnte. Ich wusste, die Gedanken sollten einzig um den Verstorbenen kreisen.

Dann riss mein Vater zur Ehre seiner Frau sein Hemd auf der rechten Seite ein.

»Ich möchte Mutter ehren«, sagte ich.

Vater spitzte die Lippen. Dann sprach er das Kaddisch, das Gebet für die Toten. Wir zogen Socken und Schuhe aus. Unsere nackten Füße sollten zeigen, dass Mutters Tod uns demütig gemacht hatte. Der jüdische erste Maat kochte für uns Linsen. Die kreisrunde Form der Linse symbolisierte den Kreislauf des Lebens. Die Tradition verlangte eigentlich, dass wir das Haus während der Trauerzeit nicht verließen, aber uns war keine andere Wahl geblieben. Wir hatten kein Zuhause mehr. Es war, als hätte es nie existiert. Wir waren zu bettelarmen Flüchtlingen geworden, auf dem Weg in ein fremdes Land. Ich sah zu meinem einst so starken Vater hinüber, der in Frack und Zylinder meine schöne Mutter über das Tanzparkett unseres Ballsaals gewirbelt hatte. Jetzt war er fast nur noch Haut und Knochen, ein Schatten seiner selbst. Wie sollten wir je überleben?

Neun Tage später standen Vater und ich an Deck und schauten nach Jaffa hinüber, während die Matrosen das Schiff an seinem Liegeplatz im tiefen Wasser ankerten. Ich konnte noch gar nicht richtig fassen, dass wir Palästina endlich erreicht hatten. Wir waren seit anderthalb Wochen an Bord des Schiffs, und allmählich begriff ich, dass es uns gelungen war, Russland mit all seinen Gefahren hinter uns zu lassen.

Ich trug meine schmuddelige, zerschlissene Schwesterntracht und Vater seine schäbige Arbeitskleidung – unsere einzigen Besitztümer –, als Gideon uns mit einem Ruderboot in den Hafen brachte. Große Schiffe mussten weiter draußen vor Anker gehen. Viele kleinere Fracht- und Passagierschiffe liefen aus oder legten gerade an. Als wir näher kamen, konnte ich sehen, dass die Häuser in Jaffa aus sandfarbenem Stein erbaut waren. Ein Eisenbahngleis führte zum Dock. Am Kai waren Fischer emsig dabei, ihren Fang zu verkaufen. *Das sieht gar nicht aus wie die Wüste, von der Onkel Isaak geredet hat.*

»Ich bringe euch nach Tel Aviv«, sagte Gideon. »Wenn wir dort sind, kriegt ihr ein Zelt, etwas Kleingeld und Arbeit.«

Vater nickte. Wir würden nehmen, was man uns anbot.

2

Palästina
1. Juli 1932

SARAH

Mein Vater kam in unser Zelt gekrochen. Die Mittelmeersonne hatte sein blasses Gesicht feuerrot verbrannt und sein blondes Haar weiß gebleicht, wie das eines alten Mannes. Die Arbeitskleidung, die man ihm bei unserer Ankunft gegeben hatte, war völlig verdreckt und konnte nicht verbergen, wie hager er geworden war. Seine blutunterlaufenen Augen lagen tief in den Höhlen. Erschöpft ließ er sich neben mir nieder.

»Komm, ich mach dich ein bisschen sauber.« Ich zwang mich zu einem Lächeln, um ihn aufzumuntern, aber sein Mund blieb verkniffen. Ich goss Wasser aus einer Kanne, die ich gefunden hatte, auf den Lappen in meiner Hand. So behutsam wie möglich wusch ich ihm das Gesicht. An manchen Stellen warf die sonnenverbrannte Haut Blasen, die ich nur sachte betupfte, um den Schmutz zu entfernen. Als ich fertig war, trug ich Aloe auf. Ich hatte die Pflanzen in der Nähe vom Strand entdeckt.

»Ich wünschte, du könntest drinnen arbeiten«, sagte ich. Sein böser Sonnenbrand machte mir Sorgen.

»Ich hab schon so viel davon profitiert, dass ich Isaaks Bruder bin. Ich will nicht um noch mehr Gefallen bitten, Sarah«, murmelte Papa kopfschüttelnd. »Außerdem brauchen wir dringend Geld. Ich habe keine andere Wahl.«

Mein Vater sah aus, als wäre er in den zwei Monaten seit unserer Flucht aus Odessa um zwanzig Jahre gealtert. Und das lag nicht nur an unseren harten Lebensbedingungen hier, nein, er hatte seinen Stolz verloren, seine Körperhaltung war jetzt sichtlich gebeugt.

»Wie konnten wir so tief sinken?«, fragte er zum tausendsten Mal. Mit seiner blasenbedeckten Hand deutete er auf unser kleines Zelt. »Schau dich doch um. In Odessa haben wir gelebt wie die Könige. Wir hatten eine Villa. Weißt du nicht mehr?«

»Natürlich, Papa. Ich erinnere mich an jedes Zimmer.« Ich hoffte, er würde nicht wieder anfangen, unser Haus Raum für Raum zu beschreiben. Spätestens, wenn er zum Ballsaal kam – wo er und meine Mutter die feine Gesellschaft von Odessa empfangen hatten –, kamen ihm unweigerlich die Tränen. Papas Kummer brach mir das Herz. Er hatte unser schönes Zuhause geliebt und all die anderen Annehmlichkeiten, die der Reichtum mit sich brachte. Ich wusste nicht, wie ich ihm klarmachen sollte, dass diese Dinge nicht so wichtig waren. *Am meisten vermisse ich Mama.*

»Wir sind am Leben, Papa. Wir haben einander. Du bist noch jung genug, um neu anzufangen. Wir sind jetzt in Palästina.« Ich versuchte zu lächeln, während ich Blut und Schmutz von seiner zerschrammten linken Hand abwusch, und holte tief Luft. »Du brauchst eine Dusche. Komm, wir gehen zu den Waschräumen.«

»Ich will niemanden sehen.« Er ließ den Kopf hängen. »Ich bin zu niedergeschlagen und schäme mich zu sehr dafür, was aus mir geworden ist.«

»Bitte, Papa, du hast draußen in der Sonne gearbeitet. Das Wasser wird dich abkühlen«, erwiderte ich, weil ich ihm nicht sagen wollte, wie unangenehm er roch.

Widerwillig folgte er mir aus dem Zelt. Ich legte Vaters Arm um meine Schulter, und er stützte sich auf mich, während wir zwischen den anderen Zelten hindurchgingen. Kinder spielten Fangen, Männer und Frauen in dunkler Wollkleidung versammelten sich in Grüppchen und plauderten miteinander. Rauch von den Feuern der Gemeinschaftsküchen hing in der Luft. Wir gingen zu den Waschräumen, die gleich neben den großen Wassertrögen waren, wo Wäsche gewaschen und zum Trocknen aufgehängt werden konnte.

Ich gab Papa ein kleines Stück Seife. Während er duschte, setzte ich mich draußen hin und sah zu, wie die Wäsche an den Leinen im Wind schwankte und flatterte. Der Wind erinnerte mich an den Hafen von Odessa, an dem meine Eltern, als ich klein war, oft mit mir Spaziergänge unternommen hatten. Dabei erzählte uns Papa gern von den verschiedenen Häfen in aller Welt, in die er sein Getreide verschiffte. Seine Reisen führten ihn zwar selten aus Russland heraus, aber er unterhielt Mutter und mich mit seinen Geschichten und Kenntnissen über die Länder und Firmen, mit denen er Handel trieb. Ich fragte mich, ob er in jenen Jahren auch Getreide nach Palästina verschifft hatte.

Mein Vater ließ traurig den Kopf hängen, als wir zurück zu unserem Zelt gingen, aber ich versuchte, ihn aufzumuntern. »Ich hab vorhin daran denken müssen, wie du Mama und mir immer von den Firmen erzählt hast, mit denen du in verschiedenen Teilen der Welt geschäftlich zu tun hattest.«

Mein Vater blickte verwirrt, bis ich ihn fragte, ob er auch mal Geschäftspartner hier in Palästina gehabt hatte. Wer könnte schließlich seine Fähigkeiten als Geschäftsmann besser einschätzen als jemand, mit dem er schon Geschäfte gemacht hatte, gab ich zu bedenken.

»Der Gedanke ist mir auch schon gekommen, aber ich könnte mich nie dazu überwinden, einen Palästinenser zu bitten, mir Arbeit zu geben.« Vater schüttelte den Kopf.

Obwohl Vater kein überzeugter Verfechter der Aktivitäten seines Bruders gewesen war, setzte er sich doch für die Schaffung von *Eretz Israel* als jüdischem Staat ein, wo Juden zusammen lebten und arbeiteten. Dennoch, mir war unbegreiflich, warum er nicht bereit sein sollte, für einen Palästinenser zu arbeiten, zumal für einen, mit dem er früher Geschäfte gemacht hatte.

»Aber du hast doch keine andere Wahl. Glaubst du wirklich, du hältst die Schufterei da draußen in der glühenden Sonne noch lange durch?« Ich wollte ihm nicht erzählen, dass ich, wenn er tagsüber nicht da war, alles versucht hatte, um selbst eine Arbeit zu finden – vergeblich. Niemand wollte mich einstellen.

Vater legte den Kopf schief und schien über meine Worte nachzudenken. »Vielleicht hast du recht, Sarah. Omar Sultan gehört die *Jaffa Oranges Trade Company*, und er war immer ein fairer Geschäftspartner. Vielleicht hätte er Verwendung für mich.« Er starrte in die Ferne, lächelte nicht, aber blickte auch nicht mehr ganz so finster. Zum ersten Mal seit unserer Ankunft wirkte er verhalten hoffnungsvoll.

3

Palästina
2. Juli 1932

SARAH

»Könnte ich bitte mit Mr Omar Sultan sprechen?«, fragte Papa auf Englisch, als wir das Büro von *Jaffa Oranges* betraten. Wir waren von Tel Aviv zu Fuß hergekommen, und obwohl es nur wenige Meilen waren, hatte Vaters geschwächter Zustand uns ein paarmal gezwungen, am Straßenrand eine Rast einzulegen.

Ein vornehm wirkender Mann in einem weißen Dreiteiler mit gepflegtem Schnurrbart und einer Nickelbrille blickte von seinem Schreibtisch auf. »Zu Ihren Diensten«, sagte er lächelnd.

»Ich bin Avraham Jeziernicky. Der ehemalige Besitzer von Odessa-Getreide.« Vater streckte eine schwielige Hand aus.

Omar Sultan senkte den Kopf und spähte über seine Brille, stutzte dann, als könnte er nicht glauben, dass der schlecht gekleidete Mann vor ihm der Mensch war, mit dem er viele Jahre lang Geschäfte gemacht hatte.

»Avraham?«, sagte er fragend, als er Papas Hand schüttelte. »Ich bin Omar. Ich hatte keine Ahnung, dass Sie nach Jaffa kommen würden. Herzlich willkommen!«

»Wir mussten fliehen, sonst hätte man uns getötet«, sagte mein Vater. »Das ist meine Tochter Sarah.«

»Sehr erfreut.« Er nickte mir zu. Ich nickte zurück.

Verlegenes Schweigen trat ein, während Papa Omar anstarrte.

»Haben Sie Zeit für einen kleinen Mittagsimbiss?«, fragte Omar schließlich. Mir war klar, dass er nicht wusste, was er sonst sagen sollte. Mein Vater hatte noch keine Anstalten gemacht, den Grund für sein Erscheinen zu erklären.

»Sehr gern.« Papa lächelte.

»Großartig.« Es lag keinerlei Begeisterung in Omars Stimme. »Kommen Sie, wir fahren zu mir nach Hause.«

Wir folgten ihm nach draußen, und ich stieg hinten in seinen schwarzen Bentley ein, während mein Vater neben Omar auf dem Beifahrersitz Platz nahm.

Das Geräusch der Wellen, die an den Strand brandeten, und der Anblick der Schönheit um uns herum ließen mich für einen Moment vergessen, dass wir heimatlose Flüchtlinge waren. Wir schwiegen, während Omar den Wagen durch die belebten Straßen Jaffas steuerte. In Odessa war Papa einer der ersten Autobesitzer gewesen. Sein Chauffeur fuhr ihn – uns – überallhin. Damals hatte ich das für selbstverständlich gehalten. Wie unglaublich naiv ich gewesen war.

Als wir schließlich vor Omars Haus hielten, waren wir schwer beeindruckt.

»Was für eine herrliche Stadt!« Papa brachte ein Lächeln zustande.

»Jaffa ist die Braut des Meeres«, sagte Omar mit Stolz in der Stimme. »So nennen wir unsere Stadt.«

Sein geräumiges Haus bot Aussicht aufs Mittelmeer, und auf der anderen Seite erstreckten sich Orangenhaine in der Ferne. Omar, Papa und ich betraten die Kalksteinvilla durch eine große dunkle Holztür. Die Decken im Innern waren hoch, die Böden aus Stein, die Fenster groß, die Türrahmen geschwungen. Die weitläufigen und luftigen Räume waren, wie wir im Vorbeigehen sahen, luxuriös eingerichtet. Wir folgten Omar nach draußen auf die rückwärtige Terrasse, wo wir umgeben von

Gärten unter einem Spalier mit Bougainvilleen Platz nahmen. Zerzaust und in der Kleidung, die wir getragen hatten, als wir aus Russland flohen, wirkten wir in dieser herrlichen Umgebung völlig deplatziert.

Ein Dienstmädchen brachte ein Tablett mit einer Teekanne und drei Gläsern.

»Danke, Yasmin«, sagte Omar und schenkte den Tee ein.

»Haben Sie Ihre Firma in Russland verkauft, um nach Palästina zu kommen? Ich hoffe, Sie sind nicht einer von diesen Zionisten, Avraham.« Omar spitzte die Lippen.

»Ich bin kein Zionist«, stellte Papa rasch klar. Ein ungutes Gefühl erfasste mich. Mein Onkel Isaak hatte uns gewarnt, dass die Araber gefährlich waren und man ihnen nicht über den Weg trauen konnte, aber wir hatten das nie besonders ernst genommen, da wir nicht vorgehabt hatten, Odessa je zu verlassen. *Hat Omar uns hierhergelockt, um uns zu töten?* Sogleich wurde mir klar, wie absurd dieser Gedanke war. Vater hatte Omar zwanzig Jahre lang als fairen und ehrlichen Geschäftspartner geschätzt. »Wir sind hergekommen, weil die Kommunisten meine Frau umgebracht und uns alles genommen haben.« Tränen traten meinem Vater in die Augen. »Sie können sich vorstellen, wie grauenhaft die Ermordung meiner geliebten Olga für uns war. Der Schmerz ist unerträglich. Wir brauchten einen Neuanfang.«

»Das tut mir furchtbar leid, Avraham. Das Leben kann sehr hart sein, nicht wahr?« Auch Omars Augen wurden feucht, und er wandte den Kopf ab.

Papa und ich sahen einander an. Warum kämpfte Omar mit den Tränen?

Er zog ein Taschentuch hervor. »Meine Frau Fatima ist schwerkrank«, sagte er, ohne uns anzusehen. »Sie hat Krebs im Endstadium. Es besteht offenbar keine Chance auf Heilung.«

»Das tut mir sehr leid, Omar.«

Omars Unterlippe bebte kaum merklich. Er blickte hinaus in den Garten. »Unsere Tochter Layla pflegt ihre Mutter seit September. In zwölf Wochen wird Layla einen wunderbaren Mann heiraten. Ich hoffe nur, Fatima kann noch an Laylas Hochzeit teilnehmen.« Omar trank einen Schluck Tee. »Mein Sohn ist Arzt. Er hat in England studiert und praktiziert, ist jedoch vor ein paar Monaten nach Hause zurückgekehrt, um in der Nähe seiner Mutter zu sein. Er arbeitet jetzt hier in Jaffa am französischen Krankenhaus.«

»Es muss tröstlich sein, seine Kinder um sich zu haben, zumal Ihr Sohn Mediziner ist.« Ich überlegte, ob die Chance bestand, am französischen Krankenhaus eine Stelle zu finden. Würden sie dort meine russische Ausbildung akzeptieren?

»Ja, ja das ist wahr«, sagte Omar traurig.

»Meine Tochter ist Krankenschwester«, sagte Vater.

»Sagen Sie, wie lange werden Sie in Palästina bleiben?«, erkundigte sich Omar.

Papa holte tief Luft. »Um ehrlich zu sein, wir wissen nicht, ob wir je nach Russland zurückkehren können«, sagte er kopfschüttelnd. Die Traurigkeit meines Vaters angesichts dessen, was er verloren hatte, erschütterte mich. Ich streckte den Arm aus und drückte seine Hand. »Als die Roten an die Macht kamen, haben sie mir nicht nur meine Firma weggenommen, sondern auch unser Haus praktisch leergeplündert. Das war schon schlimm, doch als dann Stalin die Parteiführung übernahm, wurde alles noch schlimmer. Die Kollektivierung der Landwirtschaft war eine Katastrophe, es gab nicht mehr genug zu essen.« Er sah zu Yasmin hinüber, die dabei war, den großen Tisch unter dem Spalier zu decken. »Manche haben aus Verzweiflung Hunde und Katzen gegessen.« Dass wir Onkel Isaaks Waffen versteckt hatten, ließ Vater unerwähnt, und eingedenk unseres Gastgebers war das wahrscheinlich eine kluge Entscheidung. Vater war zwar kein überzeugter Zionist, mein Onkel dagegen schon. Vater seufzte. »Schauen Sie sich meine schöne Tochter an.« Er deutete mit der Hand auf mich. »Stellen Sie sich vor, wie sie unter der Knute von Stalins Geheimdienst gelebt hat.«

Ich war sicher, Omar hielt meinen Vater für verrückt, weil er mich in meiner zerschlissenen Schwesterntracht als schön bezeichnete. Vaters Augen glänzten, während er versuchte, die Tränen zu unterdrücken.

»Sie haben uns alles genommen, was irgendwie von Wert war, und dann haben sie meine Frau umgebracht.« Vater konnte sich nicht länger beherrschen und schluchzte laut auf.

Omars Augen weiteten sich. »Das ist empörend.«

Tränen strömten über Vaters Gesicht. »Sie sind alle geblendet von einer bösen, selbstgerechten Ideologie. Sie glauben, die gibt ihnen das Recht, Menschen zu töten und ihren Besitz zu beschlagnahmen. Sie haben meine Firma und meinen Grundbesitz konfisziert, einfach so.« Vater schnippte mit den Fingern. »Sie können sich gar nicht vorstellen, was wir alles verloren haben.« Vaters Stimme bebte. »Wir sind hier, um einen Neuanfang zu machen. Wir wohnen in einem Zelt, und ich arbeite auf dem Bau.« Vater vergrub das Gesicht in den Händen, und der Kummer ließ seine Schultern beben.

Es brach mir das Herz, meinen Vater so hoffnungslos zu erleben. Omar schien ratlos. Einen derart am Boden zerstörten Mann zu sehen, hatte ihn offensichtlich aus der Fassung gebracht. Er wandte sich mir zu, als nähme er mich zum ersten Mal richtig wahr.

»Sie sind also Krankenschwester?« Ich hörte die Verzweiflung in seiner Stimme.

Ich nickte, blickte nach unten auf meine schäbige Tracht. »Ja, ich war vier Jahre lang im Krankenhaus von Odessa.«

»Da Layla schon in zwölf Wochen heiratet, braucht sie Unterstützung bei der Pflege meiner Frau. Hätten Sie Interesse?«, fragte er und schielte zu meinem Vater hinüber.

Mir war klar, dass Omar mir dieses Angebot machte, weil wir ihm leidtaten – meinen Vater weinen zu sehen war ihm offensichtlich sehr unangenehm.

»Großes Interesse«, antwortete ich, ohne meinen Vater auch nur zu fragen.

»Wir haben ein Gästehaus.« Omar zeigte auf ein Steinhaus, das halb versteckt inmitten der Ziergärten stand. »Dort könnten Sie beide wohnen, dann wären Sie, Sarah, immer in der Nähe – für meine Frau.«

»Das würden wir sehr gerne.« Mit Tränen in den Augen sagte ich anstelle meines Vaters zu. »Sie sind überaus großzügig.«

»Sie können morgen einziehen.« Omar wischte sich mit seinem Taschentuch die Stirn. »Das Dienstmädchen wird alles für Sie vorbereiten.«

Ich sah zu dem Gästehaus hinüber und wünschte, wir könnten auf der Stelle dort einziehen.

»Wie sollen wir das je wiedergutmachen, Omar?« Die Stimme meines Vaters war heiser vor Trauer.

»Wenn Sarah bei Fatimas Pflege hilft, ist das mehr als genug«, beruhigte Omar ihn. »Meine Frau hat Sorge, dass sie unserer Tochter zu viel zumutet. Layla ist immer bei ihr und kümmert sich um sie. Sarahs Anwesenheit wird Fatima beruhigen. Und um ehrlich zu sein, Avraham, ich könnte einen Geschäftsmann wie Sie gut gebrauchen. Ich möchte den Absatz hier vor Ort steigern, und die neuen jüdischen Immigranten wollen nur mit Juden Geschäfte machen. Sie könnten diesen Markt für mich öffnen, und ich bin sicher, das wird uns dann sogar Absatzquellen in ihren ursprünglichen Heimatländern auftun.«

Omar redete ununterbrochen weiter, bis mein Vater ihn mit dem Anflug eines Lächelns ansah.

»Da ich beruflich stark eingespannt bin, konnte ich bisher nicht so viel Zeit mit Fatima verbringen, wie es mir lieb gewesen wäre. Ihre Mitarbeit würde mir Freiraum schaffen, um bei meiner Frau zu sein.«

»Das wäre einfach wunderbar.« Ein Lächeln breitete sich auf dem tränenverschmierten Gesicht meines Vaters aus.

Ich hätte Omar am liebsten umarmt, so dankbar war ich für seine Güte.

Das Dienstmädchen brachte ein Tablett, auf dem kleine Schalen mit verschiedenen Salaten standen. Es sah aus wie ein Festmahl.

Auf Omars Aufforderung hin begannen wir zuzugreifen und ließen nicht einen Bissen übrig. Es war das Köstlichste, was ich jemals gegessen hatte.

4

Palästina
3. Juli 1932

SARAH

Wir klopften an die Haustür, und Omar machte uns auf.
»Willkommen«, sagte er. »Bitte kommt herein.«
Neben ihm stand eine junge Frau. Als sie meinen Vater und mich sah, klappte ihr Mund auf, und sie drückte sich eine Hand an die Brust. Ich vermutete, dass sie Omars Tochter Layla war. Sie trug einen langen blauen Faltenrock und eine weiße Bluse, und duftiges, glänzend schwarzes Haar fiel ihr über den Rücken. Sie hatte wunderschöne smaragdgrüne Augen.
»Layla«, sagte Omar. »Ich möchte dir Avraham und seine Tochter Sarah vorstellen.«
»Guten Tag«, sagten mein Vater und ich, während Layla einfach nur sprachlos dastand, als könnte sie nicht fassen, dass ihr Vater derart ungepflegte Leute eingestellt hatte.
»Avraham«, sagte Omar und schob meinen Vater sachte zur Tür hinaus. »Ich würde vorschlagen, wir fahren ins Büro, und Layla kann Sarah hier alles zeigen.« Seine Stimme klang so drängend, dass ich fast das Gefühl hatte, er wollte möglichst schnell weg.
»Miss Sultan?«, fragte ich, wobei ich, so gut ich konnte, den britischen Akzent annahm, den ich als Kind von meiner englischen Nanny gelernt hatte.

Layla nickte, sah mich aber immer noch mit einem Ausdruck an, als würde sie ihren Augen nicht trauen.

»Ich bin Sarah Jeziernicky. Ich soll bei der Pflege Ihrer Mutter behilflich sein.« Ich wollte so kompetent wie möglich klingen. Eine einzige Patientin zu versorgen wäre leicht im Vergleich zu den zwanzig oder mehr, für die ich im Krankenhaus von Odessa verantwortlich gewesen war.

»Ich hab meinem Vater gesagt, dass wir keine Hilfe benötigen«, sagte Layla. Sie blickte jetzt nicht mehr schockiert, sondern unverhohlen abweisend.

Bitte, meinem Vater zuliebe, gib mir eine Chance. In unserer verzweifelten Lage war ich notfalls bereit, sie anzubetteln, damit sie mich nicht wieder wegschickte.

»Ich verstehe.« Ich sah sie ratlos an. »Vielleicht könnte ich mich heute Ihrer Mutter einfach nur vorstellen und ihre Vitalwerte messen. Hinterher können Sie ja dann entscheiden, ob ich wiederkommen soll oder nicht.« Ich brauchte diese Arbeit unbedingt.

Layla hatte die Arme verschränkt. Sie wollte mich nicht mal in die Nähe ihrer Mutter lassen. »Das ist sehr freundlich von Ihnen, Miss Jeziernicky, aber wir brauchen wirklich niemanden.« Sie legte eine Hand an die Tür, als wollte sie sie mir vor der Nase zuschlagen.

»Schauen wir doch einfach, wie es heute klappt, und dann können Sie Ihre Entscheidung treffen«, beharrte ich so sanft wie möglich. »Und bitte, nennen Sie mich Sarah.«

Unsere Blicke trafen sich. Ich sah ihr in die Augen und konnte die Traurigkeit darin sehen. Ihr Gesichtsausdruck wurde weicher, und ich begriff, dass sie in meinen Augen die gleiche Traurigkeit entdeckt hatte.

Sie atmete aus. »Also gut«, sagte sie schließlich, und vor Erleichterung hätte ich sie am liebsten umarmt.

Layla und ich betraten das Zimmer ihrer Mutter. Fatima starrte hinaus in den Garten. Sie sah furchtbar schwach aus. Das Zimmer war schön, mit vielen Büchern, Gemälden und Bildern und einer herrlichen Aussicht in die gepflegten Anlagen. »Mama, das ist die Pflegerin, die uns, wie Baba wünscht, unter die Arme greifen soll.« Laylas Stimme klang zaghaft, als schämte sie sich für die Wahl ihres Vaters. »Sie heißt Sarah.« Ihr Tonfall verriet, dass sie mich für unwürdig hielt.

Fatima lächelte zu mir hoch. »Mein Mann hat mir erzählt, was Sie alles durchmachen mussten«, sagte sie. »Es tut mir unendlich leid. Das muss sehr schwer für Sie sein. Ich hoffe, Sie und Ihr Vater werden sich im Gästehaus wohl fühlen.«

Ihre Worte waren herzerwärmend. Diese Frau lag im Sterben und sorgte sich dennoch um mich.

»Vielen Dank, Mrs Sultan«, sagte ich und blickte dann zu Layla hinüber, die nicht lächelte. »Ich bin bloß hier, um Ihre Tochter zu entlasten, und würde jetzt gern erst mal Ihre Vitalwerte messen.« Ich wollte Layla vermitteln, dass ich mir nichts anmaßen würde.

»Yussef«, sagte Layla zu jemandem hinter mir.

Ich wandte mich um und erblickte den schönsten Mann, den ich je gesehen hatte – welliges pechschwarzes Haar, smaragdgrüne Augen und wunderbare, olivfarbene Haut. Aber im Moment konnte ich mich bloß darauf konzentrieren, diese Arbeit nicht gleich wieder zu verlieren. Seine Schönheit musste warten.

»Das ist Sarah.« Fatima nahm meine Hand und drückte sie. »Und das ist mein Sohn Yussef.«

Ich senkte den Kopf. »Sehr erfreut, Sir.«

»Falls ihr beide nichts dagegen habt, würde ich gern mit Sarah nach nebenan gehen und einige Dinge mit ihr besprechen«, sagte Yussef recht förmlich zu Layla und seiner Mutter.

Ich fragte mich, ob er ein Einstellungsgespräch mit mir führen wollte. Omar hatte sich kaum nach meiner Erfahrung als Krankenschwester erkundigt. Als Arzt würde sein Sohn mir gewiss gründlich auf den Zahn fühlen, ehe er mir seine todkranke Mutter anvertraute.

»Natürlich.« Laylas Stimmung hellte sich spürbar auf. Sie ging anscheinend davon aus, dass er mich ablehnen würde.

Ich folgte ihm in eine riesige Küche und überlegte währenddessen, wie ich ihn davon überzeugen könnte, dass ich die Richtige für diese Aufgabe war. Er bot mir einen Platz am Tisch an, und während er zwei Gläser mit frisch gepresstem Orangensaft füllte, schaute ich mich um. Der lange Tisch war für acht Personen gedacht und gewährte ebenfalls einen Blick in die Gärten, die das Haus offenbar von allen Seiten umgaben. Der Boden war aus Marmor, und die Wände waren leuchtend gelb gestrichen und mit Bildern geschmückt. Yussef öffnete den Eisschrank und nahm einige kleine Teller mit Aufschnitt, Käse und Oliven heraus, die er auf den Tisch stellte.

So ausgetrocknet, wie meine Kehle war, hätte ich das ganze Glas Orangensaft in einem Zug leeren können, aber ich beherrschte mich, damit Yussef nicht merkte, wie groß mein Durst war. Der Saft war süß und wohlschmeckend. Seit Jahren hatte ich keine solche Köstlichkeit mehr genossen.

Normalerweise hätte ich bei einem so wichtigen Einstellungsgespräch vor Nervosität keinen Bissen heruntebekommen, jetzt jedoch siegte mein Hunger. Ich nahm ein Stück Käse und aß es, so langsam ich konnte.

»Bitte, greifen Sie ordentlich zu«, sagte Yussef. »In meiner Kultur ist es eine Beleidigung für den Gastgeber, wenn man sein Essen verschmäht.«

Tja, beleidigen will ich ihn auf keinen Fall. »Sehr freundlich«, sagte ich leise, dankbar. War er mit mir in die Küche gegangen, weil er gemerkt hatte, wie ausgehungert und durstig ich war? Ich mochte ihn auf Anhieb. Er war sehr mitfühlend.

»Wo in Russland haben Sie als Krankenschwester gearbeitet?«, fragte Yussef.

»Im Krankenhaus von Odessa«, antwortete ich.

»Hatten Sie ein besonderes Fachgebiet?«

»Ja.« Ich schluckte den Bissen Käse, den ich im Mund hatte, herunter. »Ich war in der Chirurgie und hatte leider häufig mit Amputationen zu tun.« Ich war eine erfahrene Krankenschwester. Ich musste ihm nur die Wahrheit sagen. »Als die Kommunisten unsere Stadt übernahmen, verschlechterte sich die Lage dramatisch, so dass viele Menschen ihre Häuser im Winter nicht mehr beheizen konnten. Stalin und die Hungersnot taten ihr Übriges. Es kamen viele Patienten mit Erfrierungen herein, mit Wundbrand als Folge. Wir hatten drei Operationsräume und mussten oft von morgens bis abends amputieren.« Unfähig, mich zu beherrschen, nahm ich mir noch ein Stück Käse.

Yussef zog die Augenbrauen hoch. »Ich habe selbst auch schon einige Amputationen vorgenommen.«

Was für eine Gemeinsamkeit: das Abschneiden von Gliedmaßen.

»Was genau war Ihre Aufgabe bei den Eingriffen?«, fragte Yussef und beugte sich zu mir vor.

Ich holte tief Luft. »Ich war für die Betäubungen mit Chloroform zuständig. Und ich habe die Aderpressen angelegt. Bei der Amputation eines Unterschenkels beispielsweise habe ich die Oberschenkelarterie abgebunden und mit dem anderen Arm den Körper des Patienten fixiert.« Ich nahm noch einen Schluck Orangensaft, um meine trockene Kehle zu benetzen. »Der jeweilige Arzt, dem ich assistiert habe, machte einen kreisrunden Schnitt durch die Bänder bis in die Muskulatur.

Nach weiteren Schnitten banden wir die Arterien ab, die der Arzt vom Muskel getrennt hatte.«

Yussef, der mich nicht aus den Augen ließ, schien mir mit ehrlichem Interesse zuzuhören.

»Mit Hilfe eines Retraktors löste der Arzt das umgebende Fleisch und entfernte es. Nachdem die Gliedmaße abgetrennt war, legte ich den Hautlappen über die Wunde und vernähte sie.«

Er nickte, während ich den Eingriff schilderte, als würde er jeden einzelnen Schritt abhaken. »Ihre Beschreibung ist wie aus dem Lehrbuch.« Dann fragte er mich nach meiner Ausbildung und nach verschiedenen Szenarien, die bei der Pflege seiner Mutter eintreten konnten. Nach jeder Antwort nickte er, und ich merkte, dass er mit dem, was ich sagte, zufrieden war.

»Dr. Sultan, ich nehme meine Pflichten als Krankenschwester sehr ernst, bei jedem Patienten. Ich versichere Ihnen, ich werde Ihrer Mutter die bestmögliche Pflege angedeihen lassen.«

»Ich liebe meine Mutter über alles. Ich würde sie niemals einer x-beliebigen Person anvertrauen.« Seine Augen schienen zu glitzern. »Das Gespräch mit Ihnen hat mich überzeugt, dass Sie über ausreichend Erfahrung verfügen. Ich hatte schon mit vielen Krankenschwestern zu tun. Sie erinnern mich an eine, die ich in England kannte. Darcy übte ihren Beruf mit Leidenschaft aus und besaß großes Einfühlungsvermögen. Sie haben Ähnlichkeit mit ihr, und mein Instinkt sagt mir, dass Sie genauso fürsorglich sind wie sie. Meine Mutter kann sich glücklich schätzen, Sie zu bekommen, und glauben Sie mir, ein größeres Kompliment könnte ich Ihnen nicht machen.«

Er lächelte, und ich spürte, wie ich mich entspannte. Wir blieben noch eine Weile sitzen, plauderten über England und Russland, während wir den Käse und den Aufschnitt aßen. Ich fühlte mich tausendmal besser. Als wir fertig waren, gingen wir gemeinsam zurück in Fatimas Zimmer. Er trat an das Bett seiner Mutter und küsste mehrmals ihre Hand. »Baba hat eine ausgezeichnete Pflegerin für dich gefunden.« Fatima zog ihn zu sich herunter und nahm ihn in die Arme. »Layla, kann ich dich kurz draußen sprechen?«, fragte Yussef, als seine Mutter ihn schließlich losließ.

Layla sagte irgendwas auf Arabisch zu ihm.

»Layla!« Fatima sprach den Namen nicht freundlich aus. Sie war offensichtlich bestürzt über die Äußerung ihrer Tochter.

Die Geschwister verließen das Zimmer, und ich ging zu Fatima hinüber.

»Kann ich irgendwas für Sie tun?«, fragte ich sie. »Möchten Sie vielleicht, dass ich Sie später bade?«

Fatima stieß einen Seufzer der Erleichterung aus. »Das wäre wunderbar. Durch die schreckliche Krankheit sieht mein Körper aus wie eine verschrumpelte Frucht, und es ist mir unangenehm, wenn Layla mich in diesem Zustand sieht.«

»Haben Sie Probleme beim Essen?«

Ihr Kinn zitterte, und sie nickte schwach. »Ich kann schlecht schlucken«, gab sie zu.

»Warum hast du das nicht gesagt, als ich dich gefragt habe?« Laylas Stimme erklang hinter uns.

Fatima lächelte Layla schwach an. »Du tust doch schon so viel. Ich wollte dich nicht noch mehr belasten.«

»Ich könnte Ihr Essen pürieren«, schlug ich vor.

»Außerdem fällt mir das Lesen schwer bei meinen schlechten Augen«, seufzte Fatima.

Ich schaute mich um, sah die vollen Bücherregale, und mein Herz jubelte. Lesen war schon immer meine Leidenschaft gewesen. »Ich könnte Ihnen vorlesen«, sagte ich.

»Layla.« Fatima sah ihre Tochter an. »Ruh du dich doch ein bisschen aus, während Sarah mir vorliest.«

Layla wollte widersprechen, doch Yussef, der ebenfalls wieder ins Zimmer getreten war, kam ihr zuvor. »Das ist eine ausgezeichnete Idee.«

Wieder öffnete Layla den Mund, doch diesmal drohte Yussef ihr hinter dem Rücken ihrer Mutter mit dem Finger und zog sie dann mit nach draußen auf den Flur.

Fatima zeigte auf ein Buch neben ihrem Bett. Ein Lesezeichen steckte darin, und ich schlug die Seite auf.

»Yussef war dabei, mir eines seiner Lieblingsgedichte vorzulesen.« Sie lächelte.

Dann mag Yussef also auch Lyrik, genau wie ich.

»Es ist ein wunderschönes Gedicht mit dem Titel ›Die weiße Rose‹, von John Boyle O'Reilly«, sagte Fatima.

Ich überflog es kurz und las es dann vor.

Die rote Rose flüstert von Lust,
Und die weiße Rose raunt von Liebe;
Ach, die rote Rose ist ein Falke,
Die weiße dagegen eine Taube.

Aber ich sende dir eine zartweiße Blüte
Mit einem Hauch Rot an den Spitzen,
Denn selbst die reinste und süßeste Liebe
Trägt den Kuss des Verlangens auf den Lippen.

5

Palästina
4. Juli 1932

SARAH

Das Badezimmer war voller Dampf. Ich stand unter der heißen Dusche und genoss die Wärme. Es war lange her, dass wir in unserem Haus in Odessa Heizung oder Strom gehabt hatten. Meine Gedanken wanderten zurück zu den Wintertagen, an denen meine Eltern und ich, eingemummelt in unsere Mäntel, möglichst nah am Kamin gesessen hatten, um uns zu wärmen, und zu den vielen Abenden, an denen wir hungrig ins Bett gegangen waren, weil wir, obwohl wir arbeiteten, kaum genug Geld hatten, um etwas zu essen auf den Tisch zu bringen. Natürlich war es uns nicht anders ergangen als den meisten Russen nach der Revolution, doch das hatte unsere Situation nicht erträglicher gemacht.

Während das warme Wasser meinen Körper liebkoste, überlegte ich staunend, wie schnell sich die Dinge geändert hatten. Omar und seine Frau hätten uns nicht herzlicher aufnehmen können. Ich war nervös geworden, als Layla mich so abweisend taxierte, doch ihr Bruder hatte sich als echter Gentleman erwiesen. Dr. Yussef Sultan war groß und muskulös, mit einem athletischen Körper und breiten Schultern. Seine Augen waren ausdrucksvoll, sein Blick intensiv. Sein breites sonniges Lächeln strahlte Offenheit und Selbstbewusstsein aus. Wäre ich ihm begegnet, als wir noch in Russland lebten, hätte ich ihn gern besser kennengelernt.

Aber natürlich würde er sich niemals für mich interessieren. Ich dachte an meine abgetragene Schwesterntracht. Ich sah aus wie eine Obdachlose.

Während ich mich abtrocknete, musste ich daran denken, wie abschätzig Layla auf mich herabgesehen hatte. Wahrscheinlich hätte ich an ihrer Stelle genauso reagiert. Doch ihr Bruder wirkte anders, verständnisvoller und weniger oberflächlich. Als ich ihm die Amputationen schilderte, hatte er aufmerksam zugehört. Ich konnte sehen, wie sehr er seine Mutter liebte, wie verzweifelt er über ihren nahenden Tod war, und das rührte mich zutiefst. Ich litt selbst noch unter dem Verlust meiner eigenen Mutter. Ich konnte seinen Kummer verstehen, weil ich den gleichen Kummer empfand.

Ich ging zu der Kleidertruhe, die Fatima an diesem Morgen herübergeschickt hatte. Ich zog ein gelbes Kleid heraus und probierte es an. Es passte wie angegossen. Ich schaute in den Spiegel und konnte nicht fassen, wie verändert ich aussah. Mein langes blondes Haar glänzte frisch. Meine Haut war leicht von der Sonne gebräunt, was meine blauen Augen betonte, und in dem Kleid sah ich elegant und kultiviert aus. War ich das wirklich? Ich fühlte mich wie ein neuer Mensch, als ich durch den Garten und über die Veranda zu meiner neuen Arbeitsstelle ging.

Fatima lag in ihrem Bett, Omar saß neben ihr. Frisch geschnittene Rosen blühten in einer Vase auf ihrem Schreibtisch. *Aus dem Garten?*

»Soll ich draußen warten?«, fragte ich, weil ich die beiden nicht stören wollte.

»Nein«, sagte sie. »Omar muss ohnehin zur Arbeit.«

»Stimmt, Liebste, aber wir sehen uns heute Abend zum Essen

mit den Kindern.« Er küsste sie zärtlich und stand auf. »Danke, Sarah, dass Sie sich um mein kostbares Juwel kümmern.«

»Danke, dass Sie mir eine so außergewöhnliche Frau anvertrauen«, sagte ich aus ehrlichem Herzen.

Ich setzte mich auf den Platz, den Omar gerade verlassen hatte.

»Ach«, sagte Fatima. »Sie sehen aus wie der reinste Sonnenschein.«

»Fatima, ich kann gar nicht sagen, wie dankbar ich Ihnen bin. Die Kleider sind so schön. Es ist Jahre her, dass ich so hübsche Sachen anziehen konnte. Vielen Dank.« Ich stockte. Sie schien mir gar nicht zuzuhören. Ihr Gesicht hatte sich verkrampft, und sie hielt sich die Seite, als hätte sie einen Schlag in die Rippen bekommen.

»Haben Sie Schmerzen?«, fragte ich.

Tränen quollen ihr aus den Augenwinkeln. »Mein Rücken.« Ihre Stimme klang dünn. »Es kommt und geht. Yasmin hat mir eine Wärmflasche gemacht. Wären Sie so nett, sie zu holen?«

Ich eilte aus dem Zimmer und lief schnurstracks in die Küche. Yasmin gab mir die Wärmflasche. In Fatimas Zimmer nahm ich sachte ihren Arm und drehte sie behutsam auf die Seite, damit ich die Wärmflasche unter sie legen konnte.

Sobald sie die Wärme am Rücken spürte, schien sie sich etwas zu entspannen. »Das tut gut.«

»Yussef«, hörte ich Fatima sagen und wandte mich um. Fatimas Sohn hatte die Küche betreten.

Er sah mich an, und unsere Blicke trafen sich für einen Moment. Ich konnte die Überraschung in seinen Augen sehen und freute mich. Er schaute weg, doch zuvor hatte ich gespürt, dass da etwas zwischen uns war – oder bildete ich mir das nur ein?

»Hallo«, sagte ich mit einem warmherzigen Lächeln. »Sie

kommen gerade richtig. Das Essen für Ihre Mutter ist fast fertig.« Ich zeigte ihm den Teller, damit er sah, dass ich mich nicht scheute, auch zusätzliche Aufgaben zu übernehmen – ganz gleich, welche –, um seiner Mutter die bestmögliche Pflege zu geben.

»Sieht gut aus«, scherzte er mit einem Blick auf das pürierte Gemüse. »Aber ich bleibe doch lieber bei herkömmlich zubereitetem Essen.« Er trat vor, nahm die Hand seiner Mutter und küsste sie. »Warst du heute eine folgsame Patientin?«

»Die beste«, antwortete ich für sie.

»Als wäre ich das nicht immer«, schalt sie Yussef. »Du dagegen hattest es immer faustdick hinter den Ohren.«

Ein schiefes Lächeln verzog seinen Mund, als er sich aufrichtete und zu mir herübersah. »Wer sagt denn, dass das nicht immer noch der Fall ist?«

Ich stellte den Teller auf den Tisch und trat zurück, damit er nicht sah, wie ich rot wurde. Flirtete er etwa mit mir? Nein, das konnte nicht sein, wo wir uns doch gestern erst kennengelernt hatten und ich die Pflegerin seiner Mutter war. Und vor allem, weil wir aus so verschiedenen Welten stammten: Ein palästinensischer Arzt und eine aus Russland geflohene Jüdin, das war ein Ding der Unmöglichkeit.

Aber für einen kurzen Moment wünschte ich mir, es wäre anders.

TEIL 2

6

Flüchtlingscamp Nahr al-Bared, Libanon
Winter 1981

AMIR

Die blechbeschlagene Tür wurde mit solcher Wucht aufgerissen, dass sie scheppernd gegen die Lehmziegelwand knallte. Staubkörner schwebten durch die Luft wie Konfetti, als Tamir in unser kleines Haus gestürmt kam.

»Wir müssen los«, sagte mein Zwillingsbruder und blickte von Baba, der auf dem Boden neben unserem Transistorradio saß, zu Großvater und dann zu mir. »Draußen stehen schon alle und warten, um Amir Glück zu wünschen.«

Ich nahm auf dem Sitzkissen, das heute aus besonderem Anlass die übliche Strohmatte ersetzt hatte, Haltung an.

»Dann wollen wir mal gewinnen«, sagte Großvater zu mir. Er trank den letzten Schluck aus seiner Mokkatasse und stellte sie auf den Boden.

Ich sprang auf, packte Großvater am Arm und zog ihn hoch.

Mama, die neben uns am Gaskocher gestanden hatte, bückte sich und hob vorsichtig meine Batterie in dem extra dafür angefertigten Kasten auf, den sie neben den Sack Reis mit dem UN-Emblem gestellt hatte. Ich sah zu unserem Wellblechdach hoch und nahm den Beutel, in dem ich meine Glühbirne aufbewahrte, vom Haken. Tamir sprang zu der Schautafel und der Ladeplatte, die ich unter der Petroleumlampe, unserer einzigen

Lichtquelle, an die Lehmwand gelehnt hatte. Ich hatte die letzte Woche damit verbracht, die Schautafel zu zeichnen, die die Funktionsweise der von mir erfundenen Solarbatterie erklärte. Direktor Orabi hatte mir erlaubt, alles, was ich dafür brauchte, aus dem Kunstraum des Camps zu holen. Ich hatte die Camp-Schule absolviert, die nur bis zur zehnten Klasse ging, und würde in diesem Jahr meinen Abschluss an der Highschool in Tripoli machen. Doch in den Augen aller repräsentierte ich unser Camp und alle anderen palästinensischen Flüchtlinge im Libanon.

Meine Schwestern Dalal und Manar kamen aus unserem zweiten Zimmer. Sie trugen schöne Kleider aus Stoffresten, die Mama auf dem Flohmarkt gekauft hatte.

Die beiden fassten Großvater an den Armen und halfen ihm über die unebene Betonplatte, die unseren Fußboden bildete.

Baba trug den Holzkasten mit meiner Batterie so behutsam, als würde er eines seiner Kinder tragen. Tamir, Brust raus, Schultern zurück, ging neben unserem Vater. Er hatte sich die Schautafel unter einen Arm geklemmt und die Ladeplatte unter den anderen. Ich folgte ihnen mit der Kiste, in die ich Glühbirne, Glasscheibe und Drähte gelegt hatte. Ich war überglücklich, schließlich hatte ich als erster palästinensischer Flüchtling überhaupt nicht nur am Nationalen Forschungswettbewerb des Libanon teilgenommen, sondern es sogar in die Endausscheidung geschafft.

»Viel Glück, Amir!«, rief Barakats Vater, als wir vorbeikamen. Er stand mit seiner Frau Zuhaira und ihren anderen zwei Kindern im Garten. »Gewinn für Barakat! Tu es für ihn!«, rief er mit bebender Stimme, die meine Begeisterung durchdrang und mich daran erinnerte, wie sehr ich meinen besten Freund vermisste, der vor neun Jahren von einer israelischen Rakete getötet worden war.

Mama winkte ihnen zu. Manar und Dalal flankierten unseren blinden Großvater, der sich diesmal nicht auf seinen Stock stützte, sondern auf sie.

Das halbe Flüchtlingscamp folgte uns, als wir über die rissige Asphaltstraße, die parallel zum Meer verlief, zum Sammeltaxi gingen. Familien standen vor den offenen Türen ihrer Lehmziegelhäuser, machten das Victory-Zeichen und klatschten.

»Platz da!«, schrie Tamir ein paar Kinder an, die vor uns herliefen, als wir uns der Brücke näherten, auf der das Taxi wartete. Der Fahrer öffnete den Kofferraum, und Baba stellte die Batterie vorsichtig hinein. Er nahm meine Kiste und platzierte sie daneben. Dann zog er seine Jacke aus und breitete sie darüber, ehe er die Ladeplatte obendrauf legte. Ich stand erhobenen Hauptes daneben, als Baba zu guter Letzt die Schautafel verstaute. Ich liebte die fetten Buchstaben und die klaren bunten, aber nicht grob vereinfachenden Diagramme, die ich akribisch gezeichnet hatte.

Großvater nahm vorne neben dem Fahrer Platz. Ich setzte mich zwischen meine Eltern in die zweite Reihe, und meine Geschwister nahmen die Rückbank ein.

Menschen umringten das Taxi, klatschten und skandierten meinen Namen. Der Fahrer hupte. Wir fuhren los, und viele Kinder rannten rechts und links neben uns her, bis sie allmählich zurückfielen. Mama lächelte bis über beide Ohren und winkte unaufhörlich durchs Fenster. Babas Augen strahlten. Ich fühlte mich so groß, kräftig und stark wie noch nie. Ich war von meiner Familie umgeben, spürte die Unterstützung meines Volkes und glaubte, ich könnte die Welt erobern.

An dem Checkpoint außerhalb unseres Camps stand ein etwa dreißigjähriger libanesischer Soldat am Straßenrand und hob die Hand. Der Taxifahrer, ebenfalls Libanese, hielt an und kurbelte das Seitenfenster herunter.

»Papiere«, blaffte der Soldat und spähte ins Auto. Die Menschen im Camp hassten diesen Checkpoint. Bevor die PLO – die Organisation, die unsere Anführer gegründet hatten, um unser Überleben zu erleichtern – für die Sicherheit im Camp sorgte, schikanierten diese Soldaten wahllos die Bewohner in ihren Häusern. Jetzt blieben sie wenigstens außerhalb des Lagers.

Ich spürte förmlich, wie ich kleiner wurde, als seine kalten Augen in meine blickten. Seine Lippen kräuselten sich. Wir reichten dem Fahrer unsere Flüchtlingsausweise. Die Anwesenheit des Soldaten zeigte augenblicklich bei uns allen Wirkung – Großvater und meine Eltern sahen verängstigt und ernüchtert aus. Der Soldat kontrollierte jeden Ausweis, verzog das Gesicht und starrte dann finster die jeweilige Person auf dem Foto an. Als er fertig war, warf er die Ausweise durch das Seitenfenster, und sie landeten auf dem Schoß des Fahrers, der sie rasch ergriff.

»Aussteigen und Kofferraum aufmachen!«, befahl der Soldat ihm.

»Ich sollte dabei sein«, sagte Baba und wollte die Tür öffnen.

»Sitzen bleiben!«, schnarrte der Soldat ihn an.

Babas Körper erstarrte. Seine Hand verharrte einen Moment unschlüssig in der Luft, ehe er sie sinken ließ. Mamas Mund bebte. Mein Magen fühlte sich hart wie Stein an. Der Wagen schien zu schrumpfen, enger zu werden.

Der Kofferraum wurde geöffnet.

»Was ist das?«, hörte ich den Soldaten fragen.

»Das gehört alles den Fahrgästen«, antwortete der Fahrer.

Der Soldat kam ans Fenster meines Vaters und hielt die Schautafel hoch.

»Was ist das?«, knurrte der Soldat noch einmal.

»Mein Sohn nimmt am nationalen Forschungswettbewerb

teil.« Babas Stimme zitterte. Er fuhr sich mit der Hand über die schweißnasse Stirn, während er den Soldaten ansah.

»Dürfen da jetzt auch Flüchtlinge mitmachen?«, fragte der Mann höhnisch.

»In diesem Jahr zum ersten Mal.« Baba schluckte.

Der Soldat nahm das Bajonett von seinem Gewehr und stach es mitten durch meine Schautafel. Dann warf er sie zu Boden und trampelte mit seinen stahlkappenbewehrten Militärstiefeln darauf herum, bis sie völlig zerfetzt war. Er ging zurück zum Kofferraum, kam mit der Ladeplatte wieder an Babas Fenster und schleuderte sie auf die Erde, trat sie in den Staub. Baba schloss die Augen. Mama wimmerte. Jemand stöhnte. Mein Magen verkrampfte sich. Ich hatte das Gefühl, als würde mir ein schweres Gewicht auf die Brust drücken.

Wieder ging der Soldat zum Kofferraum, und diesmal kam er mit den beiden Kisten zurück. Er stellte eine auf die Motorhaube des Taxis und drehte die andere um. Die Batterie fiel heraus, und er verpasste ihr einen raschen Tritt. Dann sah ich, wie die Glühbirne, die Drähte und die Glasscheibe zu Boden fielen. Ich hörte Glas splittern, als der Soldat systematisch jedes einzelne Teil beschädigte oder zerstörte. Innerlich tobte ich vor Wut.

Der Soldat öffnete Babas Tür. »Sammelt euren Müll ein und haut ab.«

Baba, den Kopf gesenkt, stieg aus und fing an, die Batterie und die Glasscherben wieder in die Kisten zu legen.

»Beeilung!«, schrie der Soldat.

»Darf ich ihm helfen?«, flehte Mama.

»Ja, mach schon. Ich hab hier nicht den ganzen Tag Zeit.«

Mama und Baba hoben die restlichen Scherben auf und legten alle zurück in die Kiste. Ich beobachtete sie und konnte den Zorn in den Augen meines Vaters sehen. Viele Glasstücke steckten tief im Sand, und sie mussten sie auf Händen und Knien ausgraben. Mama wischte jedes einzelne mit dem Saum ihres Kopftuchs ab, ehe sie es in die Kiste legte. Baba sammelte die Drähte auf und versuchte, den Rahmen für die Ladeplatte wieder zusammenzufügen. Tränen quollen aus den Augen meiner verängstigten Schwestern. Tamir hatte die Hände zu Fäusten geballt.

Wir baten den Fahrer, uns an einem Camp in der Nähe abzusetzen, um die Ladeplatte und die Batterie wieder zusammenzubauen, ehe wir weiter nach Beirut fuhren. Da Tamir für die PLO arbeitete, ging er zu ihrem Büro im Camp und schilderte, was am Checkpoint passiert war. Sofort verständigten sie über Funk den Alten, wie Abu Ammar, der Leiter der PLO, genannt wurde. Er wies sie an, einen Wagen zu organisieren, der uns zum Kongresszentrum in Beirut fahren sollte, und versprach, Ersatz für die zerbrochene Glühbirne zu besorgen.

Als der Minivan kam, luden wir rasch alles ein und fuhren los.

»Jetzt gewinne ich nie im Leben«, sagte ich.

Großvater packte meinen Arm. Erstaunt sah ich ihn an.

»Ich will dir nichts vormachen, Amir«, sagte Großvater in einem Tonfall, den ich noch nie von ihm gehört hatte. »Und ich will auch nichts schönreden. Die Welt kann sehr grausam sein. Das Leben kann dich so hart treffen, dass du glaubst, du wirst dich nie von seinen Schlägen erholen. Aber dein Projekt hat mir wieder Hoffnung gegeben – es hat mich daran erinnert, dass unser Verstand die Fähigkeit hat, uns zu befreien, ganz gleich, in welcher Art von Gefängnis wir uns befinden.«

Mein Herz hatte gerast, doch als er das sagte, begann es plötzlich zu flattern. *Ich habe ihm Hoffnung gegeben.*

Er drückte meinen Arm. »Das Leben wird dich niederstrecken, wenn du es zulässt. Aber du musst lernen, nach jedem

Schlag wieder aufzustehen. Das machen Sieger nämlich. Sie stehen nach jedem Schlag wieder auf. Gib nicht auf. Dafür bist du zu stark. Du hast unsere Liebe und unsere Unterstützung, komme, was da wolle. Doch du wirst niemals Erfolg haben, solange du nicht bereit bist, dich nach jedem Rückschlag wieder aufzurappeln.«

»Aber der Soldat hat mein Projekt zerstört«, sagte ich. Großvater war blind und konnte nicht sehen, wie groß der Schaden war.

»Solange du diese Glühbirne zum Leuchten bringen kannst, bist du noch im Spiel. Die Idee hinter dem Projekt ist entscheidend, Amir, nicht, wie schön es aussieht. Du musst an deine Arbeit glauben, deinen Scharfsinn, deinen Erfindergeist. Bist du bereit, alles zu tun, was nötig ist, um zu gewinnen?«

Ich drückte wortlos seine Hand. Während wir Richtung Beirut fuhren, überlegte ich mir, dass ich gleich nach unserer Ankunft eine neue Schautafel zeichnen würde. Tamir und Baba könnten unterdessen die Ladeplatte vorbereiten. Meine Tafel würde zwar nicht mehr farbig sein, aber ich würde die Konstruktion des Ladegeräts und die Möglichkeiten der Sonnenenergie klar und schnörkellos darlegen. Als wir die Außenbezirke der Stadt erreichten, hatte ich mir genau überlegt, wie die neuen Diagramme aussehen mussten.

Ich starrte aus dem Fenster des Minivans. Ich war zum ersten Mal in der libanesischen Hauptstadt. Überall ragten hohe Gebäude aus Stein und Beton mit großen Fenstern auf. Autos verstopften die Straßen, alle hupten die ebenfalls im Stau stehenden Wagen vor ihnen an. Die Menschen bewegten sich hastig, als wären sie alle zu spät zu einem Termin unterwegs. Männer standen an den Straßenecken und verkauften Zeitungen. Händler versuchten mit lauten Rufen, die Aufmerksamkeit der Passanten zu gewinnen. Schick gekleidete Leute saßen in Straßencafés und Bistros. In den Schaufenstern eleganter Läden wurde teuer aussehende Mode angeboten. Überall waren Banken, Hotels, Parks und Plätze. Glänzende Autos füllten gepflasterte Straßen. Schöne Menschen schlenderten Hand in Hand die Strandpromenade entlang. Noch nie hatte ich etwas Ähnliches gesehen, aber am meisten faszinierten mich die blinkenden Lichter an den großen Werbetafeln und in den Geschäften.

»Warum soll sich denn einer für meine kleine Glühbirne interessieren, wenn sie eine ganze Stadt voller Lichter haben?«, fragte ich und kam mir vor wie ein gebrauchter Pappbecher, der gleich im Mülleimer landen würde. Im Lager hatte nur die Klinik elektrisches Licht.

Großvater wandte sich mir zu. »Keines von diesen Lichtern funktioniert mit Sonnenenergie«, sagte er. »Du benutzt eine andere Energiequelle. Das zeichnet ein Genie aus. Sehen zu können, was kein anderer sieht. Du hast diese Gabe. Verschleudere sie nicht. Reiß dich zusammen und tu alles, um erfolgreich zu sein. Wir sind nach Beirut gekommen, um zu gewinnen.«

Sobald der Fahrer uns abgesetzt hatte, fuhr er zum Hauptbüro der PLO, um die Ersatzbirne zu holen. Als ich aus dem Auto stieg, versuchte ich, mich trotz meines kaputten und verdreckten Projekts wie ein Sieger zu fühlen, umringt von meinem Team.

Erhobenen Hauptes betraten wir das Kongresszentrum. Ein großes Willkommenstransparent hing über dem Eingang zu einer Halle, in der überall Teilnehmer hektisch letzte Hand an ihre Vorführmodelle legten. Während ich durch die Reihen zu meinem Stand ging, tat ich so, als würde ich nicht bemerken, wie beeindruckend sie alle wirkten. Die Konstruktion eines Stromspeichers unter Verwendung von Zitronen wurde aufwendig mit fünf verschiedenen Schautafeln und einer riesigen Zitrone aus Pappmaché in der Mitte des Standes präsentiert.

An einem anderen Stand rieselte Wasser wie Regen aus professionell gemalten Wolken in ein Becken, um von dort durch eine Umlaufpumpe wieder hoch zu den Rohren in den Wolken geleitet zu werden.

Babas Augen blitzten, und er lächelte übers ganze Gesicht, als wir uns nach dem Stand umschauten, der mir zugeteilt worden war.

»Da ist er.« Ich zeigte auf ein Transparent mit meinem Namen über dem Stand.

Tamir trug nicht nur die ramponierte Ladeplatte, die 90 mal 120 Zentimeter groß war, sondern auch die leere Schautafel, die wir im Büro der PLO bekommen hatten. Baba hielt die übel zugerichtete, aber noch funktionsfähige Batterie wie ein Baby im Arm. Ich schleppte die Kiste mit den geretteten Scherben und Drähten. Manar und Dalal führten Großvater. Zum ersten Mal in meinem Leben sah ich ein fröhliches Lächeln im Gesicht meines Großvaters, und es gab mir Auftrieb.

»Tamir, kannst du die Ladeplatte vorbereiten, während ich eine neue Schautafel mache?«, fragte ich, als wir an meinem Stand ankamen.

»Klar kann ich das.« Tamir stand kerzengerade da und grinste selbstbewusst.

»Ich helfe ihm«, sagte Baba, und sie legten die Ladeplatte auf die Theke und fingen an, die Glasscherben zu sortieren. Ich setzte mich auf den Boden und begann, das, was ich mir überlegt hatte, auf die neue Schautafel zu malen.

»Der macht jetzt erst seine Schautafel?«, hörte ich den Jungen am Stand nebenan sagen.

»Guck mal, wie dreckig die sind. Die achten nicht auf ihr Äußeres«, sagte ein anderer Junge in einem teuer aussehenden Anzug.

Ihre Beleidigungen steigerten meinen Siegeswillen nur. Ich

ließ mir Zeit und malte säuberlich jeden einzelnen Buchstaben. Meine Schwestern saßen neben mir auf dem Boden und reichten mir die verschiedenen Markierstifte. Mama und Großvater hatten sich neben den Stand gestellt, reckten das Kinn und achteten nicht auf die abschätzigen Blicke und gehässigen Bemerkungen.

»Das sieht echt professionell aus«, sagte Tamir, als ich fertig war, und betrachtete die Schautafel anerkennend. »Fast so gut wie die, die der Soldat kaputtgemacht hat.«

Sein Versuch, mich aufzubauen, ließ mich schmunzeln.

Als Nächstes widmete ich mich der Ladeplatte. Tamir hatte gute Arbeit geleistet, das Gerät repariert und die Glasscheibe wieder zusammengesetzt. Ich überprüfte alle Drähte, um mich zu vergewissern, dass sie auch angeschlossen waren. Tamir bemerkte, dass ich immer wieder Richtung Eingang schaute. »Keine Bange, Bruder. Der Fahrer bringt die Glühbirne schon noch rechtzeitig.«

Die Ladeplatte war einsatzbereit, und wir stellten sie neben der Schautafel auf.

»Da kommt er«, hörte ich Baba sagen.

»Sie haben mir gleich zwei mitgegeben, falls ihr noch eine zusätzlich braucht«, sagte der Fahrer mit einem Lächeln.

Tamir und Baba hängten die zusätzliche Glühbirne genau unter meinem Namen auf.

Jetzt erst schaute ich zu dem Jungen hinüber, der die Bemerkungen gemacht hatte. Er trug Anzug und Krawatte und hatte ein Team von vier Männern in Overalls bei sich, die ihm dabei halfen, seinen Vulkan aufzubauen. Sein Projekt bestand aus verschiedenfarbigen Leuchten, die fließende Lava simulierten, während die echten Geräusche eines aktiven Vulkans vom Band kamen.

»Stellt das dahinten hin«, befahl er zwei von seinen Helfern, die ein großes gerahmtes Foto von einem ausbrechenden Vulkan anschleppten.

Tamir und Baba waren auch ohne meine Anweisungen zurechtgekommen. Sie waren besser als bezahlte Hilfskräfte. Dank ihnen hatte ich mich auf meine Schautafel konzentrieren können.

Ich sah, dass Baba mit Großvater am Arm zu Mrs Amani ging, der Vorsitzenden der palästinensischen UN-Flüchtlingsschulen im Libanon, die aus eigenem Antrieb hergekommen war, um mich zu unterstützen. Sie unterhielten sich einen Moment und kamen dann zu mir herüber. Baba hatte Mrs Amani bei der letzten Wettbewerbsrunde kennengelernt. Anscheinend hatte er ihr meinen Großvater vorgestellt.

Ich sah, wie sie prüfend meinen Stand musterte. Ihre Augenbrauen schnellten hoch, als sie die Delle in der Batterie bemerkte und sah, dass auf meiner Schautafel keine komplizierten, farbigen Zeichnungen mehr waren, sondern nur noch einfache, handgemalte Diagramme.

»Sie kennen Amir ja bereits, unseren nächsten Landesmeister«, sagte Großvater im Brustton der Überzeugung zu Mrs Amani.

»Ja, wir kennen uns. Und, Amir, nachdem ich mir die Projekte der anderen Teilnehmer angeschaut habe, kann ich dir versichern, dass deine Idee die kreativste von allen ist.« Sie sagte *Idee*. Sie sagte nichts über die Präsentation meines Projekts, die zu wünschen übrig ließ, wie ich wusste, besonders nach dem Zwischenfall am Checkpoint.

Großvater tätschelte mir den Rücken. »Dein Projekt zeigt, worum es in der Wissenschaft geht, nämlich darum, Neuland zu entdecken.«

Mrs Amani beäugte meine abgetragenen Sachen, die Mama mir vor zwei Jahren genäht hatte, sagte aber nichts. Meine Eltern sahen einander an. Eine Frau mit einem Namensschild der Veranstalter, wahrscheinlich ein Mitglied des Organisationskomitees, winkte Mrs Amani zu sich herüber. Ich fragte mich, was sie wohl wollte. Mrs Amani entschuldigte sich und ließ uns allein.

Ich beobachtete, dass sie und die andere Frau eine sichtlich hitzige Diskussion mit einem der Männer in der Jury führten. Nach wenigen Minuten kam Mrs Amani mit finsterer Miene zurück zu meinem Stand. Ich überprüfte gerade erneut, ob auch wirklich alle Drähte angeschlossen waren.

Ich fürchtete, sie wäre erbost, weil weder meine Familie noch ich gut genug gekleidet waren. Aber ich besaß keine besseren Sachen.

»Amir, es tut mir furchtbar leid, aber die Wettbewerbsjury widerruft deine Teilnahmeerlaubnis.« Sie fuhr sich mit der Hand durchs Haar.

Babas Mund klappte auf.

»Ein Jurymitglied hat sich gegen deine Teilnahme ausgesprochen, weil dieser Wettbewerb nur für libanesische Schüler gedacht war.« Sie tigerte in meinem Stand auf und ab. »Aber wir haben vor über sechs Monaten die formelle Zusage erhalten, dass dieses Jahr auch palästinensische Flüchtlinge im Libanon teilnehmen dürfen. Das ist ein Skandal.« Ihr Gesicht war so rot angelaufen, dass ich schon fürchtete, ihr würde gleich eine Ader platzen. »Ich werde ein paar Leute anrufen«, zischte sie durch zusammengebissene Zähne. »Mach hier weiter. Es ist noch nicht vorbei. Die werden uns nicht aus dem Wettbewerb ausschließen.« Sie machte auf dem Absatz kehrt und stürmte zu den Telefonzellen.

»Das ist untragbar. In diesem Land gibt es Kreise, die uns außen vor halten wollen«, sagte Baba zornig.

»Du machst so lange mit deinen Vorbereitungen weiter, bis

wir eindeutig wissen, dass du nicht teilnehmen darfst«, sagte Großvater. »Du schaust nach vorne, komme, was da wolle.«

»Ich rufe die PLO an. Der Alte wird das regeln«, flüsterte Tamir mir ins Ohr.

Ich wusste nicht, was ich mir wünschen sollte. Ich wollte lieber ausgeschlossen werden, als mich von diesen reichen Jungs demütigen zu lassen. Vielleicht war der Ausschluss im Grunde doch ein Segen. Der libanesische Präsident zog mit seiner Entourage durch die Halle, schaute sich verschiedene Stände an. Er kam nicht mal in die Nähe von meinem.

»Wir bitten nun alle Anwesenden, ins Auditorium zu kommen und Platz zu nehmen«, sagte eine Stimme über Lautsprecher. Wir folgten der Menge in einen Nebensaal und setzten uns.

Der Präsident trat ans Rednerpult.

»Es ist mir eine große Ehre und Freude, Sie alle hier beim Nationalen Libanesischen Forschungswettbewerb zu begrüßen.«

Lautes Klatschen erfüllte den Raum.

»Jeder der heutigen Teilnehmer ist überaus talentiert, aber wir sollten auch an die vielen Menschen denken, die an diesem Erfolg mitgewirkt haben – engagierte Lehrer, die die Neugier ihrer Schüler weckten, liebevolle Eltern, Mentoren und Angehörige. Sie alle haben unseren Applaus verdient.«

Wieder lautes Klatschen.

»Wir haben uns heute hier versammelt, um diese jungen Forscher, Visionäre, Erfinder und Wegbereiter zu feiern, die nicht nur den Mut zu großen Träume haben, sondern auch die Beharrlichkeit, ihre Träume zu verwirklichen. Diese jungen Menschen scheuen nicht zurück bei der Suche nach einem neuen Weg. Und sie haben sich nicht beirren lassen. Ich möchte den Teilnehmern sagen, dass euer ganzes Land hinter euch steht, wenn ihr eure Träume weiterverfolgt.«

Er meinte natürlich nicht mich. Der Libanon würde sich nur

hinter mich stellen, um mich und die anderen Flüchtlinge mit einem Tritt aus dem Land zu befördern. Ich hatte mein ganzes Leben in dem Bewusstsein verbracht, dass ich hier nicht erwünscht war. Und auch nirgendwo sonst.

»Und um zu beweisen, wie sehr wir eure Arbeit schätzen, wird der Teilnehmer, dessen Projekt den Sieg davonträgt, mit einem Preisgeld in Höhe von fünftausend Dollar belohnt werden.«

Ich wollte dieses Geld unbedingt für meine Familie gewinnen. Wir könnten so viel damit machen – zum Beispiel die Polizei bestechen, damit sie uns erlaubte, ein Zimmer im Garten anzubauen, und dann hätten wir immer noch Geld, um das undichte Wellblechdach unseres Schlafzimmers auszutauschen. Der Winter wäre so viel besser, wenn wir nicht jeden Morgen frierend und nass aufwachen müssten. Oder wir könnten einen Gasherd für die Küche anschaffen, damit Mama an kalten Vormittagen nicht draußen im Hof auf dem Gaskocher kochen oder Wasser heiß machen musste.

Nach der Eröffnungszeremonie verabschiedete sich der Präsident.

Als wir zu meinem Stand zurückkehrten, um auf Mrs Amani zu warten, hatte Mama einen so melancholischen Ausdruck im Gesicht, wie ich ihn noch nie bei ihr gesehen hatte. Baba stand wortlos da, die Hände auf dem Rücken gefaltet.

Großvater ließ sich nicht unterkriegen und sagte zu mir: »Wichtig ist, dass du Haltung bewahrst. Dein Projekt ist hervorragend, und du musst für deine Ideen und dein Talent kämpfen, komme, was da wolle.«

Tamir näherte sich mit einem Mann, der etwa Anfang zwanzig war. Noch bevor Tamir mir seinen Freund vorstellen konnte, legte er einen Arm um meine Schulter. Er hatte wohl gespürt, wie angespannt ich war.

»Der Alte hat gesagt, er wird alles tun, um uns zu helfen«,

erklärte Tamir. Dann wandte er sich den anderen zu. »Das ist Zahi Yafawi. Er ist Ramzis Sohn.« Ich wusste, dass Ramzi vor langer Zeit Babas Nachbar in Jaffa gewesen war. Er und seine Familie lebten jetzt im Flüchtlingscamp Shatila.

»Meine Eltern kommen auch her, um Amir zu unterstützen. Der Alte hat uns von ihm erzählt«, sagte Zahi. Er hatte die Hände unter die Achselhöhlen geklemmt, Daumen nach oben. »Ich bin mit den Leuten aus dem Forschungsbereich der PLO hier. Wir sind alle da, um dich zu unterstützen, Amir.«

Ich wusste noch immer nicht, ob ich überhaupt teilnehmen durfte.

»Bist du auch Wissenschaftler?«, fragte Baba.

Zahi antwortete nicht auf Anhieb, weil sein Blick gerade auf Manar gefallen war. Sein Mund öffnete sich leicht. Manar wurde rot und senkte den Kopf, doch ich konnte sehen, dass sie durch niedergeschlagene Wimpern zu Zahi hochschaute.

»Zahi, mein Sohn«, sagte Baba lauter. »Bist du Wissenschaftler?«

Zahi richtete seine Aufmerksamkeit mit einem verlegenen Lächeln wieder auf Baba. »Ich studiere Ingenieurwissenschaften. Dank der PLO.«

Von Tamir wusste ich, dass der Alte in der PLO einen Forschungsbereich ins Leben gerufen hatte, der Studenten der Naturwissenschaften half, Stipendien zu bekommen und hinterher in ihren jeweiligen Fachgebieten Arbeit zu finden. Er hatte Kontakte zu wichtigen Wissenschaftlern in Beirut. Ich hoffte nur, dass er auch genug Einfluss besaß, um den Widerstand gegen meine Teilnahme am Wettbewerb zu überwinden.

Mrs Amani kam mit einem Vertreter der Wettbewerbsjury auf uns zu.

»Wir sind ein Stück weitergekommen, dank des Engagements der PLO. Die Jury ist erst einmal einverstanden, dass du am Bewertungsverfahren teilnehmen darfst, aber die Entscheidung hinsichtlich der Endrunde steht noch aus.«

Meine Familie umringte mich, als der Juror zu meinem Stand kam, um mein Projekt zu bewerten. Professor Khalil Harb, ein renommierter Physiker an der American University of Beirut, hatte weißes Haar und trug eine Brille mit dicken Gläsern.

»Welche Verwendungsmöglichkeiten hat Ihre Solarbatterie?«, fragte Professor Harb.

»Ihr volles Potential müssen wir erst noch herausfinden. Nationen, die in Kriegs- und Friedenszeiten die Weltmeere beherrschten, verließen sich zunächst auf die Windkraft. Dann trieben sie ihre Schiffe mit Dampf an, den sie erst durch Kohle und dann durch Öl gewannen, und heute setzen die größten Kriegsschiffe Kernenergie ein.« Ich wandte mich meinem Modell zu und zeigte darauf. »Sir, große Dinge fangen oft sehr klein an, zum Beispiel mit meiner Zwölf-Volt-Batterie.«

Professor Harb stellte sehr kluge Fragen. »Was ist der Unterschied zwischen Wechselstrom und Gleichstrom? Warum haben Sie eine Zwölf-Volt-Lampe verwendet statt einer herkömmlichen Haushaltslampe?«

Ich beantwortete die Fragen und ging noch etwas ausführlicher auf die Solarenergie als neue Technologie ein.

»Bravo, Amir.« Professor Harb reckte das Kinn. Die Art, wie er lächelte und mit einem leichten Nicken die Augenbrauen hochzog, verriet mir, dass meine Antworten ihn beeindruckt hatten. »Ich muss jetzt weiter, mir die übrigen Projekte anschauen.«

Ich hätte vor Freude in die Luft springen können, bis ich Mrs Amani kommen sah.

»Der Alte setzt die Jury unter Druck, uns im Wettbewerb zu lassen. Er hat sich jetzt an den Premierminister gewandt.«

Ich klammerte mich an diese gute Nachricht, während ich

versuchte, eines von den *zaatar*-Sandwiches zu essen, die Mama für uns eingepackt hatte. Ich wollte gar nicht an das Preisgeld denken, das der Präsident angekündigt hatte. Ich musste mich auf diesen Wettbewerb konzentrieren.

Vor lauter Nervosität konnte ich mein Sandwich gar nicht genießen. Ständig musste ich an die anderen Dinge denken, die Mrs Amani über meine Teilnahme am Wettbewerb gesagt hatte, dass das Ganze nämlich mit dem internen Machtkampf im Libanon zu tun hatte. Anscheinend gehörte der Vorsitzende der Jury zu einer politischen Gruppierung, die dagegen war, die Lebensumstände der palästinensischen Flüchtlinge im Libanon zu verbessern. Aber der Alte war mit Premierminister Raschid Karami befreundet. Der kam aus Tripoli und wollte den Flüchtlingscamps in der Nähe seiner Heimatstadt helfen, daher war er für meine Teilnahme am Wettbewerb.

Ich sehnte mich nach meinem eigenen Land, denn dort hätte ich mich nicht damit auseinandersetzen müssen, dass die große Politik meine Chancen in einem Forschungswettbewerb beeinflusste. Ich wusste, hätten sich Tamir und die PLO nicht für mich eingesetzt, wäre ich schon längst rausgeflogen. Das ganze System widerte mich dermaßen an, dass ich die kurze Dankesrede, die ich für den Fall meines Sieges vorbereitet hatte, aus der Tasche zog, sie zerriss und die Schnipsel in den Mülleimer warf. Mir war schwer ums Herz. Ich biss mir auf die Lippen, um die Tränen zu stoppen, die mir in die Augen schossen. Ich wollte auf gar keinen Fall, dass einer der anderen Teilnehmer mich weinen sah.

»Professor Harb hat seine Empfehlung für das Siegerprojekt abgegeben«, teilte Mrs Amani uns mit. »Aber offenbar verlangt Nihad Fanus, der Jury-Vorsitzende und stellvertretende Minister für Industrie, jetzt noch entschiedener, dass du disqualifiziert wirst. Premierminister Karami hat einen allerletzten

Versuch gestartet und der Jury ein Ultimatum gestellt. Er droht damit, dass die Schulen aus Tripoli sich aus dem Wettbewerb zurückziehen, falls du nicht zugelassen wirst.« Ihre Augen schienen heller zu leuchten.

»Tja, dann steht die Jury ja jetzt vor einer schwierigen Entscheidung, was?«, sagte Großvater, nachdem Mrs Amani erklärt hatte, dass einige Jurymitglieder, die dem Premierminister nahestanden, gedroht hatten, die Jury zu verlassen, falls der Vorsitzende nicht auf die Forderung des Premierministers eingehen würde.

»Was heißt das denn nun?« Es hörte sich gut an, aber ich brauchte Gewissheit.

»Noch wissen wir das nicht, Amir, aber Mr Fanus steht schwer unter Druck. Falls er nicht zustimmt, könnte die Preisverleihung verzögert oder sogar abgesagt werden, und das wäre für niemanden gut, schon gar nicht für ihn.«

Als der angekündigte Zeitpunkt für die Preisverleihung nahte, kam ein Jurymitglied zu unserem Stand und bat Mrs Amani zu einer dringenden Besprechung.

Keine fünfzehn Minuten später kam sie zurück, das Gesicht völlig ausdruckslos.

Mama schlug vor Anspannung die Hände zusammen. Ich dachte daran, dass sie jeden Tag Wasser auf dem Kopf und mit den Armen vom öffentlichen Brunnen zu unserem Haus schleppte, weil wir keinen Wasseranschluss hatten. Baba, der irgendwas vor sich hin murmelte, war wie immer bei Tagesanbruch aufgestanden und hatte den ganzen Morgen in der sengenden Sonne für einen Hungerlohn Bohnen gepflückt, ehe wir aufgebrochen waren. Tamir, der die Fäuste geballt hatte, arbeitete für die PLO, seit er acht Jahre alt war. Damals hatte er die Familie miternähren müssen, weil Baba bei einem Luftangriff verletzt worden war und nicht arbeiten konnte. Und

Großvater stand aufrecht da, obwohl er alles verloren hatte und allein in einer kleinen Lehmhütte wohnte. *Bitte, um meiner Familie willen, lasst mich teilnehmen.*

Mrs Amani kam kopfschüttelnd näher, die Lippen zusammengepresst. Alles um uns herum schien stillzustehen, als wir reglos dastanden und sie anstarrten. Mit jedem ihrer Schritte wurde mein Herzschlag lauter und lauter. Sie blieb vor meinem Stand stehen, die Arme vor der Brust verschränkt.

»Wir sind dabei.« Ein Lächeln erstrahlte auf ihrem Gesicht, ließ ihre honigfarbenen Augen aufleuchten.

Am Rednerpult klopfte ein Mann mit einem Finger aufs Mikrophon.

»Ich bitte nun alle, Platz zu nehmen.« Wieder klopfte er aufs Mikro. »Ich bin Ismail Alam, der Vorsitzende des Organisationskomitees dieses Wettbewerbs. Es ist mir eine große Freude, Sie im Namen des Komitees und der Jury zur Preisverleihung des fünften Nationalen Forschungswettbewerbs zu begrüßen.« Ich war froh, als ich sah, dass der niedergeschlagene Ausdruck in Mamas Gesicht verschwunden war.

Ein Schüler mit einer dicken Glasbausteinbrille gewann den dritten Platz für seinen großen Regenmacher. Er bot echte Wasserschauer, fast wie ein richtiger Regenschauer, aber innerhalb eines kontrollierten Bereichs. Mit ernster Miene schüttelte er Mr Alams Hand und nahm seine Trophäe entgegen.

Den zweiten Platz belegte der Wichtigtuer von dem Stand neben meinem. Die Juroren hatten lange die bunten Lichter betrachtet und die Geräusche des aktiven Vulkans mit einem Nicken quittiert, als sie sein Projekt begutachteten. Der Junge marschierte stolz zum Rednerpult. Nachdem er Mr Alams Hand geschüttelt hatte, reckte er seine Trophäe in die Luft und lächelte. Beide Preisträger warteten neben Mr Alam, der sich jetzt anschickte, den Sieger zu verkünden.

»Professor Harbs Entscheidung war dieses Jahr besonders schwierig«, sagte Ismail Alam.

Ich ließ den Kopf hängen. Sowohl der Regenmacher als auch der Vulkan waren viel eindrucksvoller als meine kleine Solarbatterie. *Wieso hatte ich mir bloß eingebildet, ich könnte gewinnen?*

Mama nahm meine Hand und drückte sie, Baba ergriff meine andere Hand. Großvater, Mama, Tamir, meine Schwestern, Baba und ich saßen da und hielten uns an den Händen, während wir darauf warteten, dass der Vorsitzende den Namen des Gewinners bekanntgab. Ich sah, dass Mamas Lippen sich in einem lautlosen Gebet bewegten. Baba hatte die Augen geschlossen, Tamir seine freie Hand zur Faust geballt. Meine Schwestern lächelten nervös zu mir herüber, und ich hielt die Luft an. Nur Großvater saß aufrecht da, den Kopf hocherhoben.

»Der diesjährige Gewinner hat ein Projekt mit so viel Potential entwickelt ...«

Das Blut rauschte mir so laut in den Ohren, dass ich den Vorsitzenden kaum hören konnte. *Hat er gerade meinen Namen gesagt? Träume ich?*

»Amir!«, schrie Tamir, sprang von seinem Platz auf und reckte die Fäuste in die Luft.

Nein, es ist wahr.

Ich fasste mir an den Hals. Baba und Mama umarmten mich von beiden Seiten.

»Gut gemacht, Amir!«, jubelte Tamir. Er schlug mir auf den Rücken.

Meine Schwestern tanzten vor Freude.

Großvater setzte sich kerzengerade auf, grinste übers ganze Gesicht.

Mit klopfendem Herzen und weichen Knien ging ich langsam in meinen alten, abgetragenen Sachen zur Bühne. Ich spürte alle Blicke auf mir. Ich war ein Fremder aus einem fremden Land, ohne richtige Heimat.

Nachdem ich meine Trophäe und den Scheck über fünftausend Dollar entgegengenommen hatte, stellte Mr Alam mich vor. Als ich dort stand und die vielen Menschen sah, die mich abweisend anschauten, wünschte ich, ich hätte meine vorbereitete Rede nicht zerrissen. Doch dann fiel mein Blick auf die Augen des Alten. Ich kannte sein Foto aus Zeitungen und aus dem Fernsehen, war ihm aber noch nie begegnet. Er saß in der ersten Reihe. Lächelnd, den Kopf hocherhoben, formte er mit den Fingern das Victory-Zeichen. Ich nahm das Mikrophon in die Hand.

»Ich möchte diesen Preis den Menschen im Camp Nahr al-Bared widmen, wo viele Flüchtlinge mit ungenutztem Potential leben. Ihre Häuser mögen dunkel sein, doch ihre Herzen leuchten hell. Möge mein Projekt ihnen Licht bringen.« Ich hob die Trophäe über den Kopf. »Die ist für Nahr al-Bared. Ich möchte außerdem der PLO danken und ihrem Oberhaupt, dem Alten. Als Ingenieur hat er bewiesen, dass große Männer mit gutem Beispiel vorangehen.«

Nach der Preisverleihung trafen wir uns in der Lobby mit Zahi und seiner Familie.

»Ach, Amir, du hast uns so stolz gemacht ... Du hast den Kopf deines Vaters hoch über die Wolken gehoben«, sagte Zahis Vater.

Zahis Mutter stieß eine schrilles Trällern aus.

»Amir.« Jemand hinter mir rief meinen Namen, und ich drehte mich um. Es war Professor Harb. Er streckte mir seine Hand entgegen, und ich schüttelte sie. »Ich wollte Ihnen sagen, dass ich den Aufsatz gelesen habe, den Sie über Ihre Erfindung geschrieben haben. Sie legen auf faszinierende Weise dar, wie wir Sonnenwärme nutzen und in Strom umwandeln können«, sagte Professor Harb.

Meine und Zahis Familie standen um uns herum und lauschten Professor Harb aufmerksam.

»Danke«, sagte ich. »Es ist eine große Ehre, Sie kennenzulernen.«

»Im kommenden Semester werde ich mit einem amerikanischen Kollegen zusammenarbeiten. Wir möchten genau dieses Thema zum Schwerpunkt unserer Forschung machen. Ich könnte einen Forschungsassistenten gebrauchen. Wenn Sie die Schule mit guten Noten abschließen, würde ich Sie sehr gern einstellen. Wenn Sie die Stelle annehmen, bekommen Sie außerdem ein Stipendium für die American University of Beirut. Könnten Sie sich vorstellen hierherzuziehen?«

»Ja, das könnte er«, sagte Baba, ehe ich antworten konnte. »Wir werden nämlich in einigen Wochen hierher umziehen.«

Ich blinzelte. *Tatsächlich?* Ich hörte zum ersten Mal von diesem Umzug.

»Reichen Sie Ihre Bewerbung bis zum 30. Juni ein, sobald Sie Ihre Noten haben.« Professor Harb nickte und blickte mich lächelnd über den Rand seiner Brille an. Dann verabschiedete er sich.

»Ich bin sehr stolz auf dich.« Großvater klopfte mir auf die Schulter.

Ich wandte mich meinem Vater zu. »Baba, ziehen wir wirklich um?«

»Ja«, sagte er. »Für deine Ausbildung würden wir überall hinziehen. Die ist für uns das Allerwichtigste.«

»Aber, Baba, wo sollen wir denn wohnen?«, fragte ich.

»Ihr könnt bei uns im Haus wohnen«, schlug Zahis Vater Ramzi prompt vor. »Solange ihr wollt.«

Zahi schielte zu Manar hinüber, die das Angebot offenbar freudig zur Kenntnis genommen hatte.

»Und ich kann mit dir für die Abschlussprüfung pauken«, sagte Zahi.

Babas Augen leuchteten. »Danke, Ramzi«, sagte er. »Vielleicht bleibt uns keine andere Wahl, bis ich Arbeit gefunden habe und wir uns unsere eigenen vier Wände suchen können.«

Ich dachte an den Scheck in meiner Tasche. Sobald wir allein wären, würde ich ihn Baba geben und darauf bestehen, dass er ihn annahm.

Großvater klopfte mir auf die Schulter. »Amir, heute hast du den ersten Schritt auf dem Weg zum Erfolg getan. Bleib hungrig. Bleib stark. Schau weiter nach vorne. Man wird versuchen, dir Steine in den Weg zu legen. Deine Aufgabe ist es, diese Hindernisse zu überwinden. Glaub an dich. Setz dir große Ziele.« Großvater reckte das Kinn in die Luft. »Gib niemals auf. Verwirkliche deine Träume.«

7

Flüchtlingscamp Shatila, Beirut, Libanon
Frühjahr 1981

AMIR

Unser neuer Nachbar Zahi sah mich mit blutunterlaufenen Augen an. »Keine Angst, Amir, du bestehst die Prüfung.«

Aber es reichte mir nicht, nur zu bestehen. Ich brauchte Bestnoten, um Professor Harbs Forschungsassistent zu werden. Ich lehnte mich mit dem Rücken gegen die Wand. »Ich weiß nicht, was ich ohne dich machen würde.«

»Du bist für mich wie ein Bruder, Amir.« Zahi blickte auf seine Hände.

Seit meine Familie fünf Monate zuvor ins Flüchtlingscamp Shatila gezogen war, hatten wir uns eng angefreundet, vor allem während der Wochen, in denen Zahis Eltern uns in dem leerstehenden Anbau ihres Hauses untergebracht hatten. Sie hatten den Anbau für Zahi errichtet, der nach seiner Heirat mit Frau und Kindern dort wohnen sollte. Dank meines Preisgeldes von dem Forschungswettbewerb hatten wir früher als erwartet in ein eigenes Haus gleich nebenan ziehen können.

»Du bist der Einzige, der mir geblieben ist.« Zahis Stimme brach. »Ich wünschte, ich hätte Adel und Mustafa geholfen.« Er schwieg einen Moment. Zahis zwei Brüder waren einen Monat zuvor getötet worden, als sie an einem Militäreinsatz teilnahmen, um politische Gefangene aus einem israelischen Gefängnis zu befreien. »Dann hätten sie sich vielleicht für eine gute Ausbildung entschieden und nicht für die Revolution.«

Aus Angst, dass ich Tamirs Beispiel folgen und der PLO beitreten würde, wie auch Zahis Brüder das getan hatten, opferte Zahi jetzt seine ganze Freizeit, um mich auf die Prüfung vorzubereiten.

Er saß auf dem Kissen neben mir, während ich das Material durchsah, das ich für den ersten Teil der staatlichen Prüfung beherrschen musste.

»Ich finde, wir müssten –«, setzte ich an.

»Kann ich dir frischen Tee nachschenken?«, sagte Manar zu Zahi.

Er blickte auf. Mir fiel auf, dass sie geschminkt war. Seit wann benutzte sie denn Lippenstift? Ihre langen Wimpern flatterten, während sie auf Zahis Antwort wartete. Ihre Augen strahlten.

»Jetzt reicht's aber, Manar«, sagte ich. »Stör uns doch nicht dauernd.«

Sie senkte den Kopf. Wochenlang hatte ich den Mund gehalten, aber ihre ständigen Unterbrechungen waren mir schon die ganze Zeit auf die Nerven gegangen. Zahi war schließlich hier, um mir beim Lernen zu helfen.

Manar drehte sich um und verließ den Raum. Ihre Absätze klackerten auf dem Betonboden. Wieso trug sie auf einmal hochhackige Schuhe im Haus? Dalal legte einen Arm um Manar und ging mit ihr in unser zweites Zimmer.

»Musst du denn so barsch zu ihr sein?«, fragte Zahi entrüstet.

»Ich kann mich nicht konzentrieren, wenn sie uns dauernd stört«, erwiderte ich. Zahi sollte mich doch eigentlich dazu anhalten, meine Prüfungsvorbereitung ernst zu nehmen. Hatte er das vergessen, oder hatten die Schönheit und das kokette Verhalten meiner Schwester ihn zu sehr abgelenkt?

In letzter Zeit hatte uns Manar oft von der Arbeit abgehalten. Aber wenigstens blieb sie nach meiner Zurechtweisung im anderen Zimmer, bis Zahi eine Stunde später ging. Danach kam sie heraus, um Mama und Dalal zu helfen, alles für Babas Heimkehr an diesem Abend vorzubereiten. Mama hatte ihr schönstes Kleid angezogen, wie jeden Freitag. Während die drei eines von Babas Lieblingsessen kochten, *laban immo* und *ruz*, in Joghurt geschmorte Fleischwürfel mit Reis. Ich packte meine Bücher weg und räumte das vordere Zimmer auf. Wir mussten Baba aufmuntern. Seit wir in Shatila wohnten, hatte er keine Arbeit finden können. Er hasste es, von meinem Preisgeld leben zu müssen, aber ihm blieb keine andere Wahl. Leider war das Geld inzwischen fast aufgebraucht. Baba versuchte unermüdlich, eine Arbeit zu finden. Vergeblich. Die libanesische Regierung hatte die Arbeitsmöglichkeiten für palästinensische Flüchtlinge stark eingeschränkt.

»Willkommen daheim, Kasim.« Mama begrüßte Baba mit einem warmen Lächeln. »Amir, breite das Tuch auf dem Boden aus, Manar, Dalal und ich holen inzwischen das Essen.«

»Es riecht köstlich, Nurah.« Baba rang sich ein Lächeln ab. Ich wusste, wie sehr es ihn quälte, dass er nicht für uns sorgen konnte. »Auf dem Nachhauseweg habe ich Ramzi getroffen. Er hat gesagt, Fida und er wollen heute nach dem Abendessen noch rüberkommen«, erklärte Baba.

Wieso wollen Zahis Eltern uns besuchen?

Mama wandte sich um und sah Baba an. »Fida kommt zu uns?«, fragte sie. Seit ihre beiden Söhne getötet wurden, hatte Fida kaum das Haus verlassen. Mama half ihr jeden Tag bei der Hausarbeit, und sie sagte, Fida sei am Boden zerstört. »Mir hat sie nichts davon gesagt.«

»Ramzi hat gefragt, ob sie vorbeischauen dürfen«, sagte Baba. »Ich hab mich auch gewundert, aber vielleicht bedeutet das, dass sie endlich unter ihrer Trauerwolke hervorkommen.«

Großvater gesellte sich zu uns. Wie setzten uns zum Essen auf die Strohmatte. Manar war als Erste fertig. Hatte sie überhaupt mehr als nur ein paar Bissen genommen? Sie fragte, ob sie aufstehen und sich umziehen dürfe. *Weiß sie mehr als wir über Ramzis Besuch?* Dalal folgte Manar in den Nebenraum, und Großvater zog sich in sein kleines Zimmer zurück.

Ramzi klopfte an unsere Tür, als Manar sich gerade umgezogen hatte.

»Kasim, da wären wir. Hoffentlich kommen wir nicht zu früh.«

»Herein mit euch, Ramzi, die Tür ist offen«, rief Baba und ging unsere Besucher begrüßen.

Ramzi und Fida traten ein, gefolgt von Zahi, der Sakko und Krawatte trug. Ich konnte mich nicht erinnern, ihn je so förmlich gekleidet gesehen zu haben. Er sah aus, als wollte er zu einem wichtigen Vorstellungsgespräch, doch statt einer Aktentasche hatte er eine große Pralinenschachtel unter den Arm geklemmt. Zahi mied jeglichen Blickkontakt und hielt die Augen auf den Boden gerichtet.

Zum ersten Mal seit dem Tod ihrer Söhne waren Fidas Augen nicht rot verweint.

»Willkommen!«, sagten meine Eltern wie aus einem Munde.

»Danke, dass wir ohne große Vorankündigung kommen durften«, sagte Ramzi.

»Ihr seid uns immer willkommen.« Baba führte Ramzi und Zahi zu den Sitzkissen.

Fida schob sich zwischen Mama und mir hindurch, um zu Manar zu gehen.

»Du bist zu einer schönen jungen Frau herangewachsen, *habibti*, Schätzchen, möge Gott dich vor dem bösen Blick behüten«, sagte sie und nahm Manars Hand.

»Danke«, antwortet Manar mit einem schüchternen Lächeln.

Fida drehte sich zu Mama um. »Nurah, hat Manar schon irgendeinen Verehrer?«, fragte sie mit ruhiger Stimme.

»Nein, Manar ist noch jung. Sie muss sich auf die Schule konzentrieren.«

»Manar ist im besten Alter. Wie alt warst du denn, als du Kasim geheiratet hast?« Fida stupste sachte gegen Mamas Arm und schmunzelte.

»Das waren andere Zeiten. Ich war gerade mal vierzehn«, sagte sie und lief rot an.

»Genau wie ich, aber Manar ist schon siebzehn, oder?« Fida hob die Augenbrauen.

Manar strahlte, während sie den beiden zuhörte, und kicherte mit Dalal. Dann sah sie Fida an. »Möchtet ihr Tee?«

»Das wäre wunderbar.«

Ich folgte meinen Schwestern zum Herd. »Was ist hier los?«, fragte ich Manar.

»Fida ist Mamas beste Freundin, und das ist ihr erster Besuch bei uns, seit Adel und Mustafa gestorben sind. Wieso fragst du? Geht deine Phantasie mit dir durch?« Manar machte den Herd an und setzte Wasser auf.

»Das hat nichts mit Phantasie zu tun, nur mit gesundem Menschenverstand. Warum hast du mir nichts gesagt?« Ich wusste, dass Zahi und sie sich immer wieder sehnsüchtige Blicke zuwarfen, aber jetzt fragte ich mich, ob sie sich hinter meinem Rücken heimlich getroffen hatten. Schade, dass Tamir kaum noch zu Hause war, ihm wäre das bestimmt nicht entgangen.

»Ich hab keine Ahnung, was du meinst!« Sie nahm den Kopf zurück und setzte einen verwunderten Gesichtsausdruck auf. Eines musste ich ihr lassen. Sie war eine gute Schauspielerin.

Manar goss Tee in die Gläser.

»Servier doch lieber den Tee, anstatt solchen Unsinn zu reden.« Manar drückte mir das Tablett in die Hände.

»Bitte sehr.« Ich unterbrach Fida und bot ihr Tee an.

»Danke dir«, sagte sie, sah mich aber kaum an, als sie ihr Glas nahm, und redete weiter. »Wie gesagt, er hat sein Studium abgeschlossen, und wir haben für ihn schon einen eigenen Anbau errichtet.«

Aha, sie versucht, Mama Zahi schmackhaft zu machen.

»Er sollte sich jetzt eine Braut suchen und heiraten.« Mama war bereits voll auf sie hereingefallen.

»Da hast du recht, Nurah«, sagte Fida. »Ich möchte unbedingt noch Zahis Kinder erleben, bevor …«

»… Nach einem langen Leben, *inshallah*. So Gott will.« Mama nahm ein Teeglas vom Tablett, ohne mich eines Blickes zu würdigen. Sie wollte offenbar verhindern, dass Fida wieder in Schwermut verfiel.

»Wer weiß … Hier tobt der Bürgerkrieg, und diese verfluchten Israelis greifen uns nach Lust und Laune an. Wir könnten jeden Moment getötet werden.« Fidas dunkle Stimmung schien für einen Moment zurückzukehren, doch dann lächelte sie sie weg.

»Das weiß Gott allein«, sagte Mama.

Manar begann, den Nachtisch zu servieren, wobei sie Zahis Eltern besonders großzügig bedachte. Es kam mir so vor, als versuchte sie, sich ihnen im besten Licht zu präsentieren, ihnen zu zeigen, dass sie fleißig war und eine gute Gastgeberin. Nach dem Tee servierte Manar das *knafeh*, in selbstgemachtem Rosenwassersirup getränktes Engelshaar mit einer Füllung aus süßem Quark, die sie am frühen Abend extra für Baba zubereitet hatte, wie ich zumindest geglaubt hatte.

Unsere Gäste waren seit etwa einer Stunde da, als Manar

den Kaffee holte. Doch statt sich eine Mokkatasse zu nehmen, nahm Ramzi das ganze Tablett und reichte es Zahi. »Sohn, bediene deinen Onkel Kasim«, sagte er.

Dann ergriff er Manars Hand und bat sie, sich zwischen ihn und Fida zu setzen, was meinen Verdacht erhärtete.

Sobald Zahi alle bedient hatte, hob Ramzi seine Tasse, führte sie dicht an den Mund, nahm jedoch keinen Schluck, sondern sagte: »Kasim, wir werden unseren Kaffee erst trinken, nachdem du uns unseren Wunsch gewährt hast.«

Ich lehnte mich zurück und wartete ab, was Baba antworten würde. Fida hielt Manars Hand.

»Euer Wunsch ist gewährt, Ramzi; wir schenken euch unsere Seele«, erwiderte Baba ausweichend.

Es wurde totenstill im Raum, die Spannung war greifbar. Meine Eltern mussten inzwischen wissen, dass Zahi und seine Eltern gekommen waren, weil sie um Manars Hand bitten wollten. Sie war eine glänzende Schülerin, und meinen Eltern war es wichtig, dass sie ihren Abschluss machte. Doch Zahis Eltern waren ihre besten Freunde. Zum Glück hatte Großvater sich in sein Zimmer zurückgezogen. Ich fürchtete, er hätte Zahi abgelehnt, nicht weil er etwas gegen Zahi hatte, sondern weil er wollte, dass Manar studierte.

»Wir möchten um Manars Hand für unseren Sohn Zahi bitten.« Und mit diesen Worten fand Ramzis Taktik des Drumherumredens ein Ende.

»Ich habe euch bereits das, was uns am meisten bedeutet, zugesagt, unsere Seele. Diese Bitte jedoch kann euch nur Manar gewähren, nicht wir.«

Ramzi wandte sich an Manar und fragte: »Wie lautet deine Antwort, liebe Manar?«

Manar blickte mit einem leisen Lächeln nach unten auf die Strohmatte. Fida nahm Manars Hand und streichelte sie, um ihre Nervosität zu lindern. Zahi spielte mit seinen Fingern und starrte ebenfalls zu Boden.

»*Habibti*, Ramzi wartet auf deine Antwort. Falls du mehr Zeit brauchst, sag es einfach«, warf Baba ein, um Manar von dem Druck zu befreien, sich sofort entscheiden zu müssen.

Manar neigte den Kopf nach links, dann nach rechts und schielte zu Zahi hinüber.

»*Binti*, meine Tochter, kannst du ja sagen?«, flehte Fida.

»Was auch immer mein Vater entscheidet, ich bin damit einverstanden«, sagte Manar leise.

Fida stieß eine laute, trillernde *zaghrouta* aus, wie es bei uns Sitte war, wenn eine junge Frau einen Heiratsantrag annahm.

Zahi hob endlich den Kopf und lächelte. Manar würde seine Frau werden.

»Herzlichen Glückwunsch«, sagte Baba und schüttelte Zahi die Hand. »Möget ihr beiden sehr glücklich werden.«

»Herzlichen Glückwunsch«, sagte ich und reichte ihm ebenfalls die Hand. »Ich hätte mir keinen besseren Schwager wünschen können.«

Zahi lächelte übers ganze Gesicht, als er Baba und mich in eine Umarmung zog.

Manar erhielt ihre Umarmungen von Mama, Dalal und Fida. Ramzi rutschte ein Stück beiseite und forderte seinen Sohn auf, sich neben Manar zu setzen, die so rot wurde, wie ich sie noch nie gesehen hatte. Sie konnte ihr Lächeln nicht verbergen, so sehr sie es auch versuchte.

Zahi bekam die Pralinenschachtel kaum auf. »Die Erste, die heute Abend unsere Süßigkeiten kostet, soll Manar sein.« Zahi hielt Manar die Schachtel hin, damit sie sich eine Praline aussuchte.

»Möget ihr stets vom Honig des Glücks kosten«, sagte Baba, um das neue Band zwischen Zahi und Manar zu segnen.

»Zahi, wir verlieren keine Tochter, sondern wir gewinnen einen Sohn.«

»Auch wir heißen dich, Manar, in unserer Familie willkommen«, sagte Ramzi. Er sah zu seiner Frau hinüber. »Und Fida bekommt endlich die Tochter, die sie sich immer gewünscht hat.« Er lächelte.

»Wann möchtet ihr heiraten?«, wollte Baba von Zahi wissen.

Zahi schaute Manar verliebt an. »Sobald wie möglich, aber ich muss das mit meiner Verlobten besprechen.«

Manar saß mit einem verlegenen Lächeln in ihrem noch immer geröteten Gesicht neben ihm, nickte zustimmend und strahlte dabei.

8

Beirut, Libanon
Sommer 1981

AMIR

»Aufstehen!«, rief Dalal, als sie ins Zimmer gerannt kam.

Ich warf einen Blick auf den kleinen batteriebetriebenen Wecker. Es war erst sechs Uhr morgens. Ich hatte bis halb zwei mit Tamir gequatscht, der zu Besuch gekommen war, und war völlig übermüdet. »Lass mich in Ruhe. Ich muss schlafen.« Ich zog mir die Decke über den Kopf.

Sie riss sie weg. »Amir, raus aus den Federn!«

»Verschwinde, sonst knall ich dir eine«, murmelte ich.

»Dalal!« Mama war ärgerlich. »Lass Amir in Ruhe. Wir putzen das Zimmer nachher. Er ist letzte Nacht erst spät ins Bett gekommen.«

»Mama, im Radio haben sie gesagt, heute werden die Prüfungsergebnisse im *Star* abgedruckt«, sagte Dalal. »Er soll aufstehen, sofort!«

Aber Dalal musste mich nicht mehr drängen. Ich war schon auf und klatschte mir Wasser ins Gesicht, noch ehe Dalal zu Ende geredet hatte.

Ich rannte zu dem einzigen Zeitungsstand auf dem Markt im Camp. Er wurde bereits von Schülern belagert, die den *Star* kauften, um zu sehen, ob sie zu den erfolgreichen Absolventen der Schulabschlussprüfung gehörten. Weiter vorne sah ich meinen Klassenkameraden Elias vor Freude Luftsprünge machen. Er kam zu mir gelaufen und umarmte mich. »Wir haben bestanden, wir haben bestanden«, jubelte er.

»Kann ich mal sehen?« Ich versuchte mehrfach, ihm die Zeitung aus der rudernden Hand zu reißen. Schließlich schaffte ich es. Ich wusste nicht, ob er es überhaupt bemerkt hatte. Die Überschrift lautete: »Amir Sultan aus dem Flüchtlingscamp Shatila erzielt das landesweit beste Prüfungsergebnis.«

Ich rannte mit Elias' Zeitung nach Hause.

»Amir, halt!«, hörte ich ihn hinter mir herbrüllen.

Professor Harb lehnte sich zurück und blätterte die Seiten durch, auf denen ich die ersten Ergebnisse meines Forschungsexposés zusammengefasst hatte. Die Augen gebannt auf ihn gerichtet, versuchte ich, mir nicht anmerken zu lassen, wie sehr ich vor Nervosität schwitzte.

Zahllose Stunden hatte ich damit verbracht, meine Idee eines neuen Typs von Solarbatterie aus Nano-Material zu entwickeln. *Was, wenn er einen Fehler in meinen Berechnungen fand?* Er hielt inne, um eine Passage gründlicher zu studieren, und nickte schließlich mit einem Schmunzeln auf den Lippen. *Oder hatte ich mir das eingebildet?* Mein Herz fühlte sich an, als wollte es mir aus der Brust springen. Meine Zukunft lag in den Händen dieses Mannes. Er konnte all meine Träume zerplatzen lassen. Ich kam mir unglaublich hilflos vor.

»Diese Arbeit ist noch beeindruckender als Ihr ursprüngliches Solarbatterie-Projekt, Amir. Professor Miller und ich würden unsere Forschungen gern auf die von Ihnen vorgeschlagene Richtung konzentrieren.«

Schlagartig hatte ich das Gefühl, als hätte jemand zusätzlich Sauerstoff in den Raum gepumpt.

»Danke. Ich verspreche Ihnen, ich werde Sie nicht enttäuschen, Sir.« Jetzt, da ich diese Chance bekommen hatte, würde ich mich von nichts und niemandem aufhalten lassen.

»Danken Sie mir am besten dadurch, dass Sie die nächste Generation Solarbatterien entwickeln.«

»Natürlich.« Ich würde härter arbeiten als alle.

Professor Harb erläuterte mir die Regularien der Universität für die Beschäftigung von Studenten. Ich durfte bis zu fünfzehn Stunden die Woche arbeiten. Er würde mir drei Dollar pro Stunde dafür bezahlen, dass ich ihm und Professor Miller bei ihrer Forschung assistierte.

Fünfundvierzig Dollar die Woche. Ich hätte ihn küssen können. Damit konnte ich meine Fahrten zur Uni und zurück bezahlen und den Rest meiner Familie geben.

Ich konnte mein Glück nicht fassen: Ich würde dafür bezahlt werden, auf dem Gebiet zu forschen, das mich am meisten interessierte!

»Und für mein Gebäude wird ein Nachtwächter gesucht«, sagte Professor Harb. »Ich weiß, Sie sind gerade hergezogen, und Ihr Vater sucht Arbeit. Ich dachte, das wäre vielleicht was für ihn.«

Unsere Blicke trafen sich, und wir verständigten uns wortlos. Auf dem Antragsformular für meine Stelle war nach der beruflichen Tätigkeit meines Vaters gefragt worden, und ich hatte »arbeitslos« eintragen müssen. Eine Last hob sich von meinen Schultern. Professor Harb hatte offensichtlich verstanden, welche Opfer mein Vater für meine Ausbildung brachte.

»Ganz bestimmt«, sagte ich. »Danke.«

Ein großer Mann kam in Professor Harbs Büro, und wir standen beide auf.

»Ich möchte Ihnen Professor Miller vorstellen, vom Fachbereich für Physik.« Professor Harb wandte sich an Professor Miller. »Das ist unser neuer Forschungsassistent.«

»Es ist mir eine Ehre, Sir«, sagte ich, als ich Professor Miller die Hand schüttelte.

Sein Händedruck war fest, und er lächelte mich freundlich an. »Das Vergnügen ist ganz meinerseits, Amir. Professor Harb hat mir viel von Ihnen und Ihrer Solarbatterie erzählt. Wir sind beide sehr an Ihrem Beitrag zu unserer Forschung interessiert. Das Potential ist gewaltig.«

Ich wollte mich kneifen, um sicherzugehen, dass ich nicht träumte. *Professor Harb hat ihm von mir erzählt?* Mein Lächeln wurde immer breiter.

»Ich fühle mich sehr geschmeichelt und geehrt«, sagte ich und musste mich zwingen, nicht vor Freude in die Luft zu springen.

»Rechts sehen Sie die Tennisplätze und links unseren Sportplatz«, erklärte Mirna, die Betreuerin für Erstsemester an der American University of Beirut. Mit ihren Stöckelschuhen, dem makellosen Make-up, dem langen glänzenden, kastanienbraunen Haar, das wippte, wenn sie ging, und dem schwarzen, figurbetonten Kleid war sie nicht die Betreuerin, die ich mir ausgesucht hätte. Mir wäre lieber gewesen, wenn uns ein Student der Naturwissenschaften durch die Laborräume geführt hätte. *Das ist doch Zeitverschwendung.* Ich seufzte und blickte über den Fußballplatz hinweg aufs Meer.

Mirna stöckelte an den Tennisplätzen vorbei. »Rechter Hand liegt der Fachbereich Ingenieurwissenschaften.« Sie wandte den Kopf und bedachte uns im Weitergehen mit einem breiten, zahnblitzenden Lächeln. *Das war's? Gehen wir denn nicht in das Gebäude?* Seit über einer Stunde marschierten wir nun schon über den gut fünfundzwanzig Hektar großen Campus. Im Vergleich zu den Flüchtlingscamps war das hier ein anderes Universum. Nie hätte ich mir vorstellen können, dass ich mal an einer Uni landen würde, die nicht nur einen Privatstrand hatte, sondern auch noch ein Vogelschutzgebiet und einen botanischen Garten mit einheimischen und exotischen Bäumen und Büschen. Ich kam mir hier eher wie an einem Filmset vor als an einer Uni.

Alle schienen mich anzustarren. In meinen abgetragenen Sachen wirkte ich völlig deplatziert. Viele junge Frauen in unserer Gruppe sahen aus, als wären sie direkt von einer Modenschau hergekommen. *Achte nicht auf sie. Du bist hier, um zu studieren.*

»Hallo, ich bin Kathy«, sprach mich lächelnd eine Schönheit mit lockigem braunem Haar und grün-braunen Augen an.

»Amir«, sagte ich. Meine Augen huschten von rechts nach links.

Ich sah weg, wollte sie nicht noch ermutigen. Ich wusste, dass nur sehr wenige palästinensische Flüchtlinge im Libanon einen Studienplatz bekamen, und ich würde das nicht aufs Spiel setzen, indem ich mich auf einen Flirt einließ.

»Sucht euch bitte alle einen Platz«, rief Mirna, als sie uns ins Audimax führte. »Die Studienleiterin für die Erstsemester hält jetzt eine Ansprache.«

Ich hastete nach vorne und setzte mich in die erste Reihe vor dem Podium. Ich wollte mir kein Wort entgehen lassen. Leider nahm Kathy links neben mir Platz. Aus dem Augenwinkel sah ich, dass sie zu mir rüberschielte, aber ich blickte stur geradeaus. Das Audimax hatte halbrunde aufsteigende Sitzreihen, und die Studienleiterin wartete hinter einem Rednerpult, bis die neuen Studenten Platz genommen hatten.

»Willkommen an der AUB, an der Amerikanischen Universität von Beirut«, begann sie. »Sie, liebe Erstsemester, sind in diesem Jahr so bunt zusammengewürfelt wie noch nie. Sie kommen aus neun verschiedenen Ländern, vertreten acht Nationalitäten. Sie werden hier nicht nur Mathematik, Naturwissenschaften, Literatur oder was auch immer Ihr Fachbereich ist, studieren, sondern auch die Gelegenheit haben, einer Gemeinschaft anzugehören, die die Welt außerhalb Beiruts widerspiegelt. Ich lege Ihnen eindringlich nahe, sich auf Ihre Kommilitonen einzulassen und voneinander zu lernen.«

Dann erläuterte sie die Studienbedingungen und die verschiedenen Angebote, die uns auf dem Campus zur Verfügung standen.

»Wir machen jetzt Mittagspause«, verkündete Mirna nach der Ansprache.

Ich wandte mich nach rechts und ging Richtung Ausgang im hinteren Teil des Hörsaals.

»Amir«, rief Kathy.

Widerstrebend drehte ich mich zu ihr um.

»Hast du Lust, mit mir einen Happen zu essen?«, fragte sie.

»Nein, danke«, sagte ich. »Ich hab keinen Hunger.«

Die Studenten vor mir bewegten sich so langsam, dass ich nicht von ihr wegkam.

Ein schick gekleideter Student vor uns drehte sich zu Kathy um. »George und ich kommen mit dir, Kathy.«

Wer auch immer der Typ war, ich war erleichtert. Ich wollte nicht unhöflich sein, aber Kathy schien nicht zu begreifen, dass ich keinen Wert auf ihre Gesellschaft legte. Es war nichts Persönliches. Ich durfte mich nur nicht ablenken lassen.

»Danke, Riad«, sagte sie wenig begeistert.

Riad sah mich an. »Und wo kommst du her?«

»Shatila«, sagte ich.

»Oh.« Plötzlich sah sein Gesicht aus, als hätte er gerade in eine Zitrone gebissen. »Das palästinensische Flüchtlingslager.« Er hob die Stimme, damit auch die anderen um uns herum es mitbekamen. Er verhielt sich, als hätte ich ihm gerade gestanden, dass ich Lepra hatte.« »Wie hast du es denn geschafft, an die AUB zu kommen?«

»Ich hatte den landesweit besten Notendurchschnitt.« Normalerweise hätte ich das nicht erwähnt. Aber seine herablassende Art ärgerte mich, und ich wollte ihm eine reinwürgen.

»Dann hast du also irgendein Sonderstipendium bekommen.« Es schien es darauf anzulegen, mich herabzusetzen.

»Lass ihn in Ruhe, Riad.« Kathy wollte mir beistehen.

Der Student vor Kathy sah mich an.

»Hi.« Er lächelte. »Ich bin George. Willst du wirklich nicht mit in die Cafeteria kommen?«

»Danke, nein.« Ich ließ den Blick durch den Saal schweifen, suchte vergeblich nach einem schnelleren Weg, an die frische Luft zu kommen. Dalal war früh aufgestanden, um mir Sandwiches zu machen, die mir lieber waren, als in der Cafeteria zusammen mit irgendwelchen Leuten zu essen.

»Vergesst die blöde Cafeteria«, sagte Riad lächelnd zu Kathy. Weder sie noch George lächelten zurück. »Wir können in ein nettes Restaurant in der Nähe gehen. Ich lad euch ein.«

»Von mir aus.« Kathys Stimme klang leicht frustriert.

Endlich verließen wir das Audimax.

Draußen blieb ich stehen und beobachtete, wie die Hälfte der Studenten zur Cafeteria ging, während die anderen sich offenbar für Restaurants in Campusnähe entschieden. Ich schlenderte zu einer großen Zypresse in einer ruhigen Ecke des Geländes und setzte mich. Dalal hatte zwei Sandwiches für mich gemacht, eines mit *labneh* und das andere mit *zaatar*. Sie hatte sie jeweils in weißes Papier eingewickelt und die Worte *sahtain habibi* – Gute Gesundheit, mein Lieber – darauf geschrieben. Wie sehr sich meine liebe, fürsorgliche Schwester Dalal doch von so manchen hochnäsigen Studenten unterschied, denen ich bei der Einführungsveranstaltung beggnet war.

Ich wollte gerade in das *labneh*-Sandwich beißen, als jemand meinen Namen rief. Gleich darauf stand George vor mir.

»Wieso bist du denn schon wieder da?«, fragte ich. Ich ließ das Sandwich sinken und hielt es neben mich, versuchte, es zu verstecken, als hätte er mich bei etwas Verbotenem ertappt.

»Hast du nicht gesagt, du hättest keinen Hunger?«, fragte George amüsiert.

»Hattest du nicht vor, mit Riad irgendwo essen zu gehen?«, konterte ich.

Er zuckte mit den Achseln. »Hab's mir anders überlegt.« Er lächelte mich an und machte keine Anstalten, wieder zu verschwinden.

Ich musste was essen. Und irgendwie wirkte George aufrichtig freundlich, nicht herablassend wie Riad oder allzu forsch wie Kathy.

»Tja, ich wollte gerade mein *labneh*-Sandwich essen«, gab ich zu und zeigte es ihm. »Ich hab noch eins mit *zaatar*. Willst du es?«

Er setzte sich neben mich. »Ich liebe *zaatar*.«

Wir aßen im Schatten der Zypresse, während ringsherum die Vögel zwitscherten.

»Riad war total eifersüchtig, weil Kathy mit dir geflirtet hat«, sagte er. »Er hat ein Auge auf sie geworfen, aber sie interessiert sich nicht die Bohne für ihn. Wir haben uns in der Highschool kennengelernt, und seitdem versucht er vergeblich, bei ihr zu landen.«

Der muss ja jede Menge Freizeit haben. »Hat dir das Restaurant nicht gefallen, in das sie gegangen sind?« Ich verstand noch immer nicht, warum er mit mir unter einem Baum saß, anstatt irgendwo schick zu essen.

»Riad hat rumgemeckert, weil ich dich eingeladen hab mitzukommen.« Er verdrehte die Augen. »›Amir kommt aus Shatila, wieso wolltest du ihn dabeihaben?'« Er äffte Riads Stimme nach. »Seine Arroganz geht mir auf die Nerven, also hab ich ihm gesagt, dass ich lieber mit dir zusammen esse, und bin einfach gegangen.«

Die Tatsache, dass George sich für mich stark gemacht hatte, beeindruckte mich. »Das ist unser erster Tag an der Uni, George, da solltest du dir nicht gleich Feinde machen.« Ich biss in mein Sandwich.

»*Er* hat sich Feinde gemacht, nicht ich. Außerdem, als du gesagt hast, dass du aus Shatila bist, wollte ich dich gleich besser kennenlernen. Ich bin Halbpalästinenser.«

»Ehrlich?« Seinem perfekten libanesischen Akzent hätte ich das nicht angemerkt, aber jetzt, da ich wusste, dass er auch palästinensischer Herkunft war, fühlte ich mich sofort wohler mit ihm.

»Meine Mutter ist Palästinenserin.« George biss wieder herzhaft in das *zaatar*-Sandwich. »Mensch, schmeckt das köstlich!«

»Was studierst du?«, fragte ich. Falls wir dieselben Seminare besuchten, könnten wir vielleicht zusammen lernen oder uns bei Gruppenarbeiten zusammentun. Ich hatte schon befürchtet, dass niemand was mit mir zu tun haben wollte.

»Ingenieurwissenschaften.« Seine Schultern sanken herab. »Mein Vater hat darauf bestanden.«

Er war offenbar nicht glücklich damit. Aber sein Gesicht schien sich mit jedem Bissen, den er nahm und genüsslich kaute, mehr zu entspannen. Er war kräftig, nicht dünn, mit welligem schwarzem Haar. Seine Kleidung wirkte neu und teuer. Um den Hals trug er ein dickes goldenes Kreuz. Er sah reich aus – wie jemand, der eigentlich Hummer essen sollte statt Dalals *zaatar*-Sandwich.

»Ich würde viel lieber Politologie studieren, aber mein Vater will, dass sein Sohn in seine Fußstapfen tritt. Studierst du auch

Ingenieurwissenschaften?« George sah mich an, und ich merkte, dass die Antwort ihn wirklich interessierte.

Ich nickte, während ich einen Bissen herunterschluckte. »Ja«, sagte ich. »Aber ich weiß nicht, ob ich irgendwas machen sollte, womit ich einen gut bezahlten Job in den Golfstaaten ergattern könnte, oder etwas, das mir wirklich Spaß macht und das größeres Potential hat, aber viel risikoreicher ist.« Seit meiner Kindheit wollte ich Erfinder werden, aber meine Familie brauchte dringend Geld. Eine bessere Solarbatterie zu erfinden könnte lukrativer sein als ein Job am Golf, aber was, wenn ich scheiterte?

»Ich hab's nicht eilig damit, einen Job zu finden«, sagte George mit vollem Mund. Es schien, als könnte er das Sandwich meiner Schwester gar nicht schnell genug vertilgen. »Nach meinem Bachelor würde ich gern in den USA weiterstudieren.«

»Die USA, ha, du Glückspilz! Ich muss das Studium so schnell wie möglich durchziehen und mir einen gutbezahlten Job suchen, um meine Familie zu ernähren.« Ich spürte, dass ich George gegenüber vollkommen ehrlich sein konnte. »Was willst du denn in den USA studieren?«

»Mein Vater will, dass ich meinen MBA mache, sobald ich den Abschluss als Ingenieur in der Tasche habe, und dann soll ich in seine Baufirma am Golf einsteigen. Er will, dass ich sowohl die technischen als auch die geschäftlichen Aspekte der Arbeit verstehe.«

Ich ließ mir das durch den Kopf gehen, dachte darüber nach, wie unterschiedlich doch die Welten waren, aus denen wir kamen. Mein Vater wollte auf keinen Fall, dass ich in seine Fußstapfen trat. Er wollte etwas Besseres für mich. Und ich wiederum wollte dieses etwas Bessere nutzen, um meiner gesamten Familie das Leben zu erleichtern.

9

Beirut, Libanon
Winter 1981

AMIR

George und ich saßen bei mir zu Hause auf einer Matratze und tranken Tee, während wir unsere Physik-Lektionen durchgingen: elektrischer Widerstand, Ohm'sches Gesetz, elektromotorische Kraft und Schaltkreise. Ich war zunächst nicht begeistert davon gewesen, George zum Lernen zu mir nach Hause kommen zu lassen, obwohl seine Mutter viele Jahre im Flüchtlingscamp Mar Elias gelebt hatte. Doch seit er mich nach den ersten paar Wochen an der Uni engagiert hatte, ihm Nachhilfeunterricht zu geben, hatten wir zahllose Stunden gemeinsam damit verbracht, den Lehrstoff zu wiederholen. Obwohl wir gute Freunde geworden waren, fürchtete ich zunächst, dass er, wenn er mit eigenen Augen sah, in welchen Verhältnissen ich lebte, genauso abschätzig über mich denken würde, wie Riad das tat. Aber George hatte beteuert, dass es sich nicht nachteilig auf unsere Freundschaft auswirken würde, und ich musste zugeben, sein Verhalten hatte sich nicht geändert.

»Ich fühle mich hier wie zu Hause«, sagte George. Seine Erklärung verblüffte mich. Er wohnte in einem riesigen Haus mit einer tollen Aussicht auf die Berge. Wir bewohnten zwei kleine Zimmer mit Betonwänden in einem Elendsviertel. »Im Camp gehen die Leute freundlicher und zutraulicher miteinander um. Mir ist aufgefallen, dass hier jeder jeden mit Namen kennt. Ich hab viele meiner Nachbarn noch nie gesehen, und ihre Namen kenne ich schon gar nicht.«

Ich merkte ihm an, dass er Professor Harbs Physikseminar inzwischen deutlich entspannter besuchte, nachdem er zu Anfang vor lauter Angst keinen klaren Gedanken hatte fassen können. Dennoch besaß er eindeutig nicht mein Engagement und meine Leidenschaft für Physik. Ständig sprach er von seinem Traum, in den USA zu studieren. Doch dafür brauchte er den Bachelor in Ingenieurwissenschaften, denn ohne den Abschluss war sein Vater nicht gewillt, ihm den Traum zu finanzieren.

Ich versuchte, Verständnis aufzubringen, aber im Grunde konnte ich die Probleme meines Freundes nicht nachvollziehen. Bei mir ging es darum, ob meine Familie genug Geld hatte, um sich zu ernähren.

Dalal steckte den Kopf zur Tür herein. »Essen ist fertig«, rief sie.

»Erwarte nicht zu viel, George«, sagte ich, um ihn vor unserem bescheidenen Mahl zu warnen. »Unser Essen ist nicht mit dem zu vergleichen, was du gewohnt bist.« Bei ihm zu Hause hatte das Dienstmädchen ein Festmahl serviert. »Hier gibt's weder Steaks noch gegrillten Wolfsbarsch und hinterher auch kein Riesentablett mit exotischen Früchten.« Ich rang mir ein Lachen ab, obwohl mir gar nicht danach zumute war.

»Falls es auch nur halb so gut ist wie die Sandwiches, die du immer dabeihast, bin ich schon überglücklich«, gluckste George. Seit Wochen ließ er sich die Sandwiches von meiner Schwester schmecken. »Wer war das?«, fragte er dann und deutete auf die Tür, durch die Dalal gerade gelugt hatte.

»Meine Schwester Dalal, die Sandwich-Macherin.«

Mama und Dalal stellten Schüsseln mit Hummus, Auberginencreme, Olivenöl, Eiern, *zaatar*, *labneh*, Joghurt, gebratenen Kartoffeln, eingelegten Auberginen, gewürfelten und mit Zwiebeln und Knoblauch gedünsteten Tomaten sowie frisches, selbstgebackenes Brot vor uns auf die Strohmatte. Zu Hause aß George an einem prachtvollen Tisch mit einer atemberaubenden Aussicht.

Er biss in das warme Brot. »Das schmeckt himmlisch.« Er leckte sich die Lippen und sah Dalal an.

Sie grinste, und ihre Augen blitzten. Wie schon Manar war auch Dalal inzwischen zu einer schönen jungen Frau mit strahlenden Augen und langem, schimmerndem schwarzem Haar herangewachsen.

Wir waren gerade mit dem Essen fertig, als Zahi und Manar ein Tablett mit selbstgemachtem *knafeh* vorbeibrachten, Manars Spezialdessert seit ihrer Hochzeit im Juni. Zahi half seiner hochschwangeren Frau beim Hinsetzen. Wir ließen uns den Nachtisch zum Tee schmecken. Das Engelshaar mit der Quarkfüllung war sehr süß, aber köstlich.

»So gut hab ich noch nie gegessen.« George sah überaus zufrieden aus. »In jedem Bissen habe ich die Liebe geschmeckt, mit der das Essen zubereitet wurde.« Er trank einen Schluck Tee und sah Dalal an. »Wann darf ich deine Küche wieder genießen?«

Dalal errötete. »Du bist unser Freund, George. Wir freuen uns immer über deinen Besuch.«

Als ich im Sammeltaxi zur Universität saß, kam mir mein Lunchpaket dicker vor als sonst. Ich öffnete es und sah, dass Dalal drei Sandwiches eingepackt hatte – auf zweien hatte sie ihren üblichen Gruß an mich geschrieben, aber auf dem dritten stand Georges Name. Seit seinem ersten Besuch bei uns zu Hause bestand er darauf, dass sein samstäglicher Nachhilfeunterricht bei uns stattfand, angeblich, weil ihm die Atmosphäre und das Essen so gut gefielen. Aber jetzt musste ich mich fragen, ob das der einzige Grund war.

Am Mittag kaufte ich mir einen Orangensaft am Automaten, ein Luxus, den ich mir jetzt leisten konnte, weil ich etwas von meinem Verdienst zurückgelegt hatte. Ich setzte mich in die Cafeteria und hatte mein erstes Sandwich halb aufgegessen, als George auftauchte, seinen Rucksack über die Schulter gehängt.

»Alles klar, Amir?« Er fuhr sich mit der Hand durchs Haar. »Du hast gesagt, du wolltest mich in der Mittagspause sprechen?«

Ich lächelte nicht. Was sollte ich machen? Dalal war meine kleine Schwester. George zupfte sich am Ohrläppchen. Ich zermarterte mir das Hirn, überlegte, wie ich dieses peinliche Thema am besten ansprach.

Ich holte tief Luft. »Dasselbe wollte ich dich auch fragen. Alles klar?« Ich gab ihm sein Sandwich.

Ein Lächeln erschien auf seinem Gesicht, als er seinen Namen las. Er nahm den Rucksack von der Schulter, stellte ihn auf den Boden und leckte sich die Lippen. »Das ist lieb von Dalal. Sie weiß, wie gut mir ihre *zaatar*-Sandwiches schmecken.« Er hatte einen sehnsüchtigen Ausdruck in den Augen, der bei mir ein mulmiges Gefühl in der Magengegend auslöste.

Ich aß weiter, während George, der sich das teuerste Restaurant Beiruts hätte leisten können, neben mir in der Cafeteria saß und genüsslich das Sandwich meiner Schwester verspeiste.

»Weißt du, was, Amir?« Er sprach mit vollem Mund. »Du bist ein echter Glückpilz. Dalals Sandwiches sind einfach köstlich.«

Ich lächelte. *Es ist ein gutes Gefühl, wenn die Reichen nach dem Essen der Armen schmachten.*

»Darf ich dir was sehr Persönliches sagen, Amir?«, fragte George, ohne mich anzusehen.

»Zwischen uns gibt's keine Geheimnisse.« Ich biss in mein zweites Sandwich, unsicher, ob ich hören wollte, was mein Freund mir sagen wollte.

»Ich bin froh, dass du das sagst.« Er rieb sich kräftig die Stirn. »Deine Schwester ist was Besonderes. Nicht nur, weil sie eine tolle Köchin ist, auch, weil sie immer so nett zu mir ist, und ihre Augen ...«

Fast wäre mir der Bissen im Hals stecken geblieben. Ich schluckte rasch. »Dalal ist noch sehr jung, gerade mal sechzehn«, fiel ich ihm ins Wort. Mir missfiel der Ausdruck in Georges Augen, während er über Dalal sprach.

»Ich rede ja nicht von jetzt sofort. Ich meine, wenn ich in dreieinhalb Jahren meinen Abschluss gemacht habe.« Endlich blickte George mich an.

Ich atmete mehrmals tief durch. »Ich weiß nicht, George. Das ist nicht meine Entscheidung. Und dir ist doch wohl klar, wie schwierig das wäre.« Ich wollte ehrlich zu ihm sein.

»Du meinst die Heirat eines Christen mit einer Muslimin?« Das Lächeln verschwand aus Georges Gesicht.

»Ja, und auch die Tatsache, dass Dalal in einem Flüchtlingslager lebt.«

»Hast du vergessen, wo meine Mutter herkommt, Amir? Ich hab ihr übrigens schon von deiner Schwester erzählt. Meine Mutter möchte Dalal kennenlernen.«

Ich war sprachlos. Was sollte ich dazu sagen? Ich liebte George wie einen Bruder, aber Dalal war jung, und ich fand, dass es wichtiger für sie war, zunächst ein Studium zu absolvieren. Ich überlegte, wie ich ihm meine Gefühle und Sorgen erklären konnte, ohne ihn zu kränken. Aber wenn ich wirklich ehrlich zu mir selbst gewesen wäre, hätte ich mir eingestehen müssen, dass mir für meine kleine Schwester kein Mann gut genug war.

»Nächste Woche veranstaltet die Uni wieder den Empfang für die Familien der Studenten. Vielleicht kannst du ja Dalal mitbringen.«

»Meine Eltern nehmen nie daran teil. Warum sollten sie meiner kleinen Schwester erlauben, mich zu begleiten?« Noch während ich das aussprach, sah ich George an, wie viel ihm an meiner Hilfe lag. Aber sollte ich ihm tatsächlich helfen, Dalal näher kennenzulernen?

Dalal hatte Manar eingespannt, um Mama zu überreden, sie zu dem Empfang gehen zu lassen, und die beiden waren erfolgreich gewesen. Jetzt, wo Mama einverstanden war, konnte ich schwerlich was dagegen einwenden, Dalal mitzunehmen. Der Abend des Empfangs kam schneller, als mir lieb war. Und jetzt war Dalal mit Manar im Schlafzimmer, die ihr bei Frisur und Make-up half, während ich im vorderen Zimmer auf und ab tigerte.

Mir quollen fast die Augen aus den Höhlen, als die Tür aufging und Dalal erschien. Ich wusste, dass sie zu einer Schönheit herangewachsen war, aber als sie mit einer Handtasche unter dem Arm und in hochhackigen Schuhen, die sie sich von Manar geliehen hatte, ins Zimmer trat, sah sie einfach umwerfend aus. Auf dem Weg durch das Camp zum Sammeltaxi folgten ihr zahllose Blicke. Der Fahrer des Sammeltaxis nahm geradezu Haltung an, als er sie erblickte.

»Bitte sehr«, sagte er und hielt ihr die Tür auf.

Er starrte Dalal unentwegt im Rückspiegel an und machte keinerlei Anstalten zu bremsen, als wir uns einer roten Ampel näherten.

»Stopp!«, schrie ich. Er stieg so fest auf die Bremse, dass wir nach vorne flogen. »Passen Sie doch auf, sonst bringen Sie uns noch alle um.« Den Rest der Fahrt schäumte ich vor Wut. Ich beruhigte mich erst wieder, als wir den Saal betraten, in dem der Empfang stattfand. Doch auch hier schien es, als würden sich sämtliche Augenpaare auf uns richten. Ich bemerkte eine Studentin, die ihrem Freund einen Klapps auf den Arm gab, weil er Dalal so ungeniert anstarrte.

»Was soll das?«, fauchte sie ihn an.

George ließ seine Mutter stehen und kam zu uns herübergelaufen, um uns zu begrüßen.

»Wow, Dalal, du bringst den Raum zum Leuchten«, sagte George und merkte dann erst, dass er seine Mutter ganz allein stehen gelassen hatte. »Ich möchte dich meiner Mutter vorstellen.« Er lief zurück, um sie zu holen.

Mit kerzengeradem Rücken, erhobenem Kinn und einem leisen, liebenswerten Lächeln auf den Lippen ging Dalal elegant und anmutig durch den Saal. Als sie bei Georges Mutter war, streckte sie ihr die Hand entgegen.

»Ich freue mich sehr, Sie kennenzulernen, Tante.« Sie gaben sich Wangenküsse. »George hat mir viel von Ihnen erzählt.«

Auch ich begrüßte Georges Mutter und wollte ein wenig mit ihr plaudern, doch George nahm mich beiseite.

»Wie hast du das denn hingekriegt? Ich hatte eine Riesenangst, dass Dalal nicht kommen würde.«

»Na ja, Manar war eine große Hilfe, aber ich hab meiner Mutter erzählt, ich würde Dalal gern mit Professor Harb bekannt machen«, erklärte ich. »Ich hab angedeutet, er könnte ihr vielleicht einen Studienplatz an der AUB besorgen, wenn sie in zwei Jahren mit der Schule fertig ist.« Ich starrte meine kleine Schwester an. Wann war Dalal zur Frau geworden?

»Guck sie dir an.« George betrachtete Dalal und seine Mutter. Er breitete die Arme aus, als wollte er die ganze Welt umarmen. »Die zwei unterhalten sich, als würden sie sich schon seit Jahren kennen.«

Noch nie hatte ich George so glücklich gesehen. Er wippte mit dem Fuß zu einer Musik, die nur in seinem Kopf spielte.

Was hatte ich getan? Aber wäre es nicht besser, wenn Dalal und George ein Paar würden, als dass sie einen Mann fand, der ihr nicht das Leben bieten konnte, das George führte?

10

Beirut, Libanon
Sommer 1982

AMIR

Professor Harb schmunzelte. »Professor Miller und ich haben gerade über seine bevorstehende Heimreise gesprochen und über seinen Wunsch, dass wir ihn begleiten.« Professor Harb hob fragend die Augenbrauen.

Professor Miller saß hinter dem Schreibtisch in seinem Büro und blickte Professor Harb und mich an, die auf den beiden Stühlen ihm gegenüber saßen.

»Es läge mir viel daran, weiter mit Ihnen beiden zusammenzuarbeiten. Wir haben im letzten Jahr gute Ergebnisse erzielt. Ich glaube, wir sind da etwas Großem auf der Spur«, sagte Professor Miller.

»*Inschallah.* So Gott will.« Ich grinste. Das wäre zu schön, um wahr zu sein.

»Amir.« Professor Harb rückte seinen Stuhl näher an meinen. »Der Erfolg dieser Forschung könnte Ihre Fahrkarte aus dem Flüchtlingscamp sein.«

Professor Harb sagte damit praktisch das Gleiche wie Mama zu meinen Schwestern und mir, wenn wir morgens das Haus verließen: »Bildung ist eure Fahrkarte aus dem Camp.« Es war so etwas wie der Refrain im Lied meines Lebens geworden, wie die Musik, die in Professor Millers Büro meistens im Hintergrund lief. Ich hörte sie schon fast nicht mehr, so sehr war sie mir in Fleisch und Blut übergegangen.

»Wir unterbrechen die Sendung –«

Professor Miller drehte sich mit seinem Sessel um und stellte das alte Radio lauter, das auf einer Konsole hinter ihm stand. Im Libanon waren Menschen süchtig nach Nachrichten. Ein Radio war in jedem Büro ein Muss.

»Unbekannte Attentäter haben in London den israelischen Botschafter Schlomo Argov niedergeschossen, als er ein Bankett im Dorchester Hotel verließ«, gab die BBC bekannt. »Die palästinensische terroristische Splittergruppe Abu Nidal hat die Verantwortung für den Anschlag übernommen.«

Uns stockte der Atem.

Professor Harb schnalzte mit der Zunge. »Oje, ich wette, Israel nutzt dieses Attentat als Vorwand, um die Flüchtlingscamps anzugreifen.«

Mir brach kalter Schweiß aus, als ich an meine Familie dachte.

Professor Miller winkte ab. »Nein, wieso sollten sie das tun, wo die PLO sich von Abu Nidals Gruppe distanziert hat? Außerdem ist die Organisation im Libanon gar nicht präsent. Das wäre, als würde ein Land die USA wegen irgendwas bombardieren, das Kuba getan hat.«

Er hat keine Ahnung, wovon er redet.

Professor Harb schüttelte den Kopf. »Israel tut, was es will, und jeder Vorwand, den es sich ausdenkt, wird geglaubt und akzeptiert.«

Angst durchlief mich in Wellen. Der israelische Premierminister Menachem Begin und sein ebenso radikaler Verteidigungsminister Ariel Scharon hatten öffentlich gedroht, die Camps wegen ihrer Unterstützung der PLO zu vernichten. Ich zweifelte nicht daran, dass sie dieses Attentat zum Vorwand für einen Angriff missbrauchen würden. Ich bekam kaum noch Luft.

»Professor Harb, Sie reden wie ein Verschwörungstheoretiker. Israel versucht doch nur, seine Bürger zu schützen. Selbst die BBC hat klargestellt, dass Abu Nidal und seine Organisation im Libanon nicht präsent sind.«

Tamir – was wird aus ihm?

»Seit wann spielt die Wahrheit für Zionisten eine Rolle?« Professor Harbs normalerweise ruhige Stimme klang jetzt hasserfüllt.

In meinem Kopf schrillten Alarmglocken. *An welchen sicheren Ort kann ich meine Familie bringen?*

»Scharon kann das nicht umsetzen, ohne zuvor Präsident Reagan zu informieren.« Professor Miller drückte seine Zigarette im Aschenbecher aus. »Ich mag mich irren, aber soweit ich weiß, hat Abud Nidals Gruppe bis zu diesem Attentat in London noch nie israelische Ziele angegriffen.«

George. Vielleicht nimmt er meine Familie bei sich auf. Ich muss mit ihm reden. Tamir wird nicht fliehen. Er muss bei den Kämpfern bleiben.

»Es ist traurig und absurd, aber Sie haben vollkommen recht, James.« Professor Harb legte die Stirn in Falten.

Das Kreischen der Flugzeugdüsen übertönte das Radio.

Baba, Großvater, Mama, Dalal und ich rückten noch näher an den Apparat, wollten unbedingt die neuesten Nachrichten hören. Ich machte mir Vorwürfe, weil ich nicht darauf bestanden hatte, dass meine Familie bei George Zuflucht suchte. Ich hätte wissen müssen, dass Mama das Camp nicht ohne Tamir verlassen würde.

Ich schlug mit der Faust auf die Erde. Das unablässige Jaulen und Dröhnen der Jets am Himmel zerrte seit drei Tagen an meinen Nerven. In Beirut war das öffentliche Leben zum Erliegen gekommen. Es war zu spät. Wir konnten das Camp nicht mehr gefahrlos verlassen.

»Kannst du irgendwas verstehen?« Mamas Stimme bebte. Die Ringe unter ihren Augen waren heute noch dunkler. Dalal klammerte sich an ihren Arm. Großvater stützte sich mit einer zittrigen Hand auf dem Betonboden ab, damit er sich näher ans Radio beugen konnte.

Israelische Truppen belagerten Beirut, und ihre Soldaten standen am Flughafen. Es war nur eine Frage der Zeit, bis sie die Flüchtlingslager angriffen. Baba hatte unsere Blechtür mit einem dünnen Strick zugebunden, wie wir das immer taten, aber wir wussten, dadurch würde sich niemand aufhalten lassen. Ich atmete tief durch, versuchte meiner Familie zuliebe, ruhig zu wirken, doch in meinem Inneren tobte nackte Panik.

»Ich denke, wir sollten versuchen, uns zu Georges Haus in den Chouf-Bergen durchzuschlagen«, schlug ich Baba zum hundertsten Mal vor. Es war das Risiko wert. Hier waren wir bloß wehrlose Ziele.

»Ja, Mama, bitte, lass es uns versuchen«, bettelte Dalal.

»Ich kann Tamir nicht hier zurücklassen.« Mama blieb eisern.

»Nurah, Liebste, wir haben keine Möglichkeit, Tamir zu erreichen«, sagte Baba beschwörend.

»Ihr könnt ja gehen, aber ich bleibe hier.« Mamas Stimme bebte vor Angst, aber sie war nicht davon zu überzeugen, dass wir woanders sicherer wären. Baba würde Mama niemals zurücklassen, und so saßen wir da, klammerten uns aneinander, jeder versunken in seiner eigenen Angst.

Ich blinzelte, weil ich nur unscharf sehen konnte. Wie benebelt zwang ich mich weiterzugehen. *Es sind nur zwei Meilen.* Ich dachte an Mama, die ohne Tränen weinte, zu schwach, um noch stehen zu können. Mit Eimern in jeder Hand schleppten Zahi und ich uns aus den Gassen des Camps, um Wasser zu holen. *Du hast es zehn Wochen ausgehalten; du musst noch länger durchhalten.* Ich würde tun, was ich tun musste, egal was. *Bitte, Gott, rette meine Familie, und ich verspreche, ich werde fünfmal täglich beten und jeden Tag im Koran lesen.* Das Militär hatte die Lebensmittellieferungen nach Westbeirut gestoppt, dann die Stromversorgung gekappt. Die Stadt war in Dunkelheit versunken, und aufbereitetes Wasser war knapp geworden. Es blieb uns nichts anderes übrig, als zum nächsten, zwei Meilen entfernten Brunnen zu gehen. Ich stolperte, weil meine Beine mir wegen der Unterernährung nicht mehr richtig gehorchten. *Was sollen wir machen, wenn wir gar nichts mehr zu essen haben?* Lange würden wir nicht mehr durchhalten.

Ein ohrenbetäubendes Kreischen ertönte über unseren Köpfen. Ich blickte hoch. Ein Jet im Tiefflug schoss eine Rakete ab, die ein paar Blocks entfernt einschlug.

»Deckung!«, schrie ich und wollte mich zu Boden werfen.

Zahi sah mich benommen an. Ich ließ die Eimer fallen und griff nach seinem Arm. Zu spät. Die Druckwelle riss uns um. Schwarzer Rauch hüllte uns ein. Mit Staub und Ruß bedeckt, rappelten wir uns hoch, nahmen die Eimer und gingen weiter Richtung Brunnen. Ich bemerkte, dass Zahi seinen rechten Fuß schonte.

»Alles in Ordnung?«, fragte ich.

»Jaja.« Er verzog jedes Mal das Gesicht, wenn er den Fuß belastete.

Während wir weitergingen, nahm ich mir fest vor, nach unserer Rückkehr die inzwischen fast leere Batterie für meine Lampe irgendwie aufzuladen. Mama und Fida hatten ihre alten Kerosinlampen hervorgeholt, als der Strom abgeschaltet wurde, doch da wir nur wenig Kerosin hatten, war meine Batterie fast zum kostbarsten Gegenstand in unserem Haushalt geworden. *Wenn ich doch nur irgendwo Essen für meine Familie auftreiben könnte.*

Manars und Zahis vier Monate alte Tochter Lian lag in Manars Armen, so geschwächt, dass sie nicht mal mehr weinen konnte. Seit Wochen litt sie unter schmerzhaften Hautentzündungen und Ausschlag. Da kein Wasser zum Wäschewaschen da war und kein Geld für Wegwerfwindeln, benutzte Manar alte Lappen. Sie musste die schmutzigen Windeln in der Sonne trocknen lassen und dann wiederverwenden. Lians böser Windelausschlag warf bereits Blasen und blutete, und das feuchtheiße Wetter machte alles nur noch schlimmer.

Manar lehnte gegen Zahi, den Kopf auf seiner Schulter, Lian im Arm. Dalal saß auf der anderen Seite neben ihr, auch sie apathisch.

»Bitte schön«, sagte Mama und gab mir zehn ungekochte Linsen, die sie in Wasser eingeweicht hatte. Seit uns das Kerosin ausgegangen war, aßen wir verschiedene Hülsenfrüchte roh, und die Linsen hatten wir uns über die letzten fünf Tage rationiert.

»Bitte, *habibti*.« Manars Schultern zuckten, ihre Stimme klang verzweifelt, als sie versuchte, Lian zum Trinken zu bewegen. Sie blickte hilflos auf. »Was soll ich machen? Sagt's mir. Sie muss doch was essen.«

Ich wollte Manar die Hälfte von meinen Linsen geben. Sie brauchte das Essen dringender als ich, weil sie Probleme hatte, ihre Milchbildung in Gang zu halten. »Für Lian.«

Meine Nichte lag schlaff in den Armen ihrer Mutter. Ich wusste nicht, wie lange wir noch überleben konnten. Ich würde nicht zulassen, dass sie starb.

Als hätte ich ihn herbeigeträumt, kam plötzlich Tamir mit zwei seiner Kameraden herein. Sie trugen Tarnuniformen, hatten ihre Waffen umgehängt und brachten uns zwei Beutel Brot.

»Hier.« Er reichte Mama das Brot. »Tut mir leid, dass es nur so wenig ist, aber mehr konnte ich nicht auftreiben.«

Mama schob das Brot beiseite und umschloss Tamirs Gesicht mit zitternden Händen. Ich nahm mir einen Laib, gab Manar rasch drei Stücke und Großvater eines, bevor ich den Rest verteilte.

»*Habibi*, ich war ganz krank vor Sorge.« Mamas Körper bebte beim Sprechen. »Ich will *dich* hierhaben, das Essen ist mir nicht so wichtig. Verlass mich nicht wieder, bitte.« Sie drückte den Kopf an seine Brust, hob ihn aber immer wieder, um Tamir anzublicken, als wollte sie sich vergewissern, dass er es auch wirklich war. »Bitte, geh nicht«, schluchzte sie, als Baba sie sachte zur Seite schob, damit auch er Tamir fest umarmen konnte.

Ich gab Mama ein Stück Brot. Sie musste etwas essen.

Tamir konnte seine eigenen Tränen nicht länger zurückhalten, als er Lians schlaffen kleinen Körper sah. Er küsste ihren Kopf, umarmte dann Manar und Dalal und küsste sie immer wieder auf die Stirn. Er beugte sich vor, um Großvaters Hand zu küssen. Großvater ertastete sein Gesicht mit den Händen und zog ihn dann an sich, während sie beide weinten.

Nachdem Tamir alle anderen begrüßt hatte, umarmte er mich. Sein Auftauchen hatte uns allen neue Kraft gegeben. Es ermahnte uns durchzuhalten, dass wir noch immer eine Familie waren, so schrecklich die letzten Wochen auch gewesen waren.

»Bitte, bleib doch noch ein bisschen«, bettelte Mama, als es Zeit für ihn wurde, sich zu verabschieden.

»Nurah, wer soll uns denn beschützen, wenn Tamir und

seine Männer es nicht tun?«, schalt Baba sie sanft und nahm ihre Hand.

»Möge Gott dich behüten, mein Liebling, mein Schatz, mein Sohn, *ya habibi*«, schluchzte sie.

Tamir legte den Arm um meine Schultern und ging mit mir nach draußen.

»Wir müssen raus aus Beirut, müssen irgendwie zu Georges Haus in den Bergen gelangen«, sagte ich. »Aber Mama will ohne dich nicht hier weg.«

»Ich wünschte, ihr hättet die Möglichkeit, aber es ist zu spät«, sagte Tamir. »Ich hab's nur unter Lebensgefahr hierher geschafft. Du kannst dir nicht vorstellen, welche Risiken ich eingegangen bin, um euch das Brot zu besorgen, und ich bin ein ausgebildeter, bewaffneter Kämpfer. Im Moment ist es hier für euch sicherer. Falls sich irgendwas ändert, wenn auch nur für kurze Zeit, solltet ihr das Camp schnellstens verlassen. Ich habe zwei AK-47, eingewickelt in Plastiksäcke, unter dem Deckel des Abwassertanks versteckt, nur für alle Fälle. Kümmere du dich um die Familie. Du trägst jetzt die Verantwortung«, sagte er leise.

Erleichterung stieg in mir auf, obwohl ich wusste, dass mir zwei AK-47 gegen eine der stärksten Armeen der Welt kaum etwas nutzen würden. Aber die Kalaschnikows waren besser als nichts.

»Ich werde tun, was ich kann, um unsere Familie zu beschützen«, sagte ich, um ihn zu beruhigen. Dann erschrak ich. »Ihr habt doch nicht etwa vor, Beirut zu verlassen, oder?« Ich konnte die Bestürzung in meiner Stimme hören.

Die PLO-Kämpfer waren das schützende Bollwerk des Camps gegen die israelischen Soldaten und ihre libanesischen Verbündeten, die christlichen Falangisten, die genau wie Israel das Ziel verfolgten, den Libanon von uns zu befreien. Falls die

PLO sich zurückzog, wären wir allein und wehrlos. Was sollte ich da mit zwei AK-47 ausrichten?

Tamir antwortete nicht.

11

Beirut, Libanon
13. September 1982

AMIR

Professor Harbs Augen blickten müde, seine Miene war angespannt. Nach dem Abzug der PLO-Kämpfer hatte Israel das Flächenbombardement Beiruts eingestellt. Er hätte allen Grund, sich zu freuen. Die Uni hatte ihren Betrieb wiederaufgenommen. Nachdem ich seit mehr als einem Jahr in seinem Büro ein- und ausgegangen war, fühlte es sich diesmal anders an. Zum ersten Mal hatte er mich aus einem Seminar geholt. *Haben wir die Finanzierung unseres Forschungsprojekts verloren?* Als wir sein Büro betraten, knallte Professor Harb die Tür zu und marschierte hinter seinen Schreibtisch, ohne mich anzusehen.

»Ich komme gerade aus einem Sicherheits-Briefing der Universität.« Professor Harb wischte sich mit den Händen durchs Gesicht. Er atmete tief durch, ehe er die Fingerspitzen auf dem Schreibtisch zusammenlegte und sich zu mir vorbeugte. »Die Sicherheitslage in Beirut verschlechtert sich. Der Abzug der internationalen Truppen so kurz nach dem der PLO-Kämpfer verheißt nichts Gutes.« Ich dachte an Tamir, der bei ebendiesen Kämpfern war. »Unser Sicherheitsbüro befürchtet, Israel und die Libanesen könnten Beirut und die Flüchtlingslager einnehmen.« Er lehnte sich in seinem Sessel zurück.

»Aber ich dachte, die USA hätten Israel die Garantie abgerungen, nicht einzumarschieren, nachdem die PLO sich zurückgezogen hat.« Meine Stimme bebte. Der Blick, mit dem Professor Harb mich ansah, verriet, dass es ihm todernst war.

Schweiß perlte mir auf der Stirn. *Bitte nicht.*

»Als ob deren Garantie irgendeinen Wert hätte.« Er schüttelte den Kopf. »Deshalb wollte ich mit Ihnen sprechen.«

Ich antwortete nicht.

»Ich habe alles Notwendige veranlasst, dass Sie ab jetzt in einem der Wohnheime auf dem Campus bleiben können.« Er sah mir direkt in die Augen. »Amir, es ist zu gefährlich geworden, jeden Tag von Shatila zur Uni und wieder zurück zu fahren. Von einem Freund in der amerikanischen Botschaft habe ich heute Morgen erfahren, dass die Falange-Miliz Vorkehrungen trifft, in Westbeirut Straßensperren zu errichten.«

Während der zweimonatigen Belagerung hatten sich die Ultranationalisten im Libanon mit Israel zusammengetan. *Ist das jetzt die Chance, auf die diese beiden Verbündeten gewartet haben?*

»Meine Eltern machen sich Sorgen, wenn ich heute Abend nicht nach Hause komme.« *Ich muss sofort zu ihnen.*

»Wir werden sie benachrichtigen. Wenn's sein muss, fahr ich selber hin. Aber für Sie ist das einfach zu riskant, Amir.« Er sprach mit großem Nachdruck.

»Aber Professor Harb, meine Familie braucht mich. Ich muss sie schützen.« Ich dachte an das Versprechen, das ich Tamir gegeben hatte, und an die versteckten AK-47. »Außerdem kann ich mir ein Zimmer im Wohnheim gar nicht leisten. Mein Vater hat seit Monaten nicht mehr arbeiten können – und ich auch nicht.« Während der israelischen Belagerung Beiruts war die Universität über drei Monate lang geschlossen gewesen.

»Das ist alles geklärt, Amir. Widersprechen Sie mir nicht.

Ich habe Sie an diese Uni geholt, und ich bin verantwortlich für Ihre Sicherheit.« Er öffnete eine Schublade und nahm etwas heraus. »Hier.« Er reichte mir einen Umschlag. »Der Schlüssel zu Ihrem Zimmer.« Das Gebäude und die Zimmernummer standen auf einem Zettel in dem Umschlag. »Ich habe dem Wachmann des Gebäudes eingeschärft, Sie nicht aus Ihrem Zimmer zu lassen.« Professor Harb war unnachgiebig. »So, wie bekommen wir jetzt eine Nachricht an Ihre Familie?«

»Ich denke, George könnte das übernehmen.« Tatsächlich hatte George mir gerade gestern erzählt, dass er sich ein Zimmer im Studentenwohnheim genommen hatte, um sich die tägliche Pendelei zwischen Uni und dem Haus seiner Eltern in den Bergen zu ersparen. Aber ich vermutete stark, dass er diese Aufgabe gern übernehmen würde, weil er dadurch die Möglichkeit bekam, Dalal wiederzusehen.

»Gute Idee. Aber, Amir, Sie bleiben gefälligst auf dem Campus. Nicht, dass Sie noch unter irgendeinem fadenscheinigen Vorwand verhaftet werden. Es ist zu gefährlich.«

Ich legte meine Physikbücher auf den Schreibtisch in meinem Wohnheimzimmer und warf einen Blick auf meinen Studienplan. Die Tür flog auf, und George kam hereingestürmt.

»Große Explosion – riesengroß – im Hauptquartier der Falange in Aschrafiyya«, keuchte er, während er den Stuhl neben der Tür an meinen Schreibtisch zog.

»Tja, wir sind nun mal in Beirut.« Nachdem wir gerade drei Monate mit Bombardierungen und vielen Toten hinter uns hatten, überraschte mich diese Nachricht nicht sonderlich.

»Die Explosion ist bei einem Treffen der Falange-Führung passiert. Bachir Gemayel war dabei«, flüsterte er.

Ich schüttelte den Kopf. »Der frisch gewählte Präsident.«

»Genau, und es heißt, er sei tot. Ich komme gerade von der

Rue Hamra.« George holte tief Luft. »Sämtliche Geschäfte und Kaffeehäuser waren dabei zu schließen, als ich herkam. Es wird gemunkelt, dass die Falange-Milizen wie tollwütige Hunde rumlaufen und wahllos Leute an Straßensperren verhaften.«

»Heißt das, sie sind nach Westbeirut vorgerückt?« Ich stand auf. Endlich begriff ich, warum George so aufgewühlt war: Die Falangisten und Israel würden die Explosion wahrscheinlich zum Vorwand nehmen, die Flüchtlingscamps im Libanon dem Erdboden gleichzumachen. Ich schluckte. *Meine Familie. Ich muss sie da rausholen.*

»Würde mich wundern, wenn Israel nicht an Gemayels Ermordung beteiligt gewesen wäre, um die nächsten Maßnahmen zu rechtfertigen. Aber natürlich werden sie uns die Schuld geben«, sagte George.

Das Herz hämmerte mir in der Brust. Angst raubte mir die Sprache.

Ich muss nach Hause. Meine Gedanken überschlugen sich. *Vielleicht kann George mich fahren.* »Ich muss zu meiner Familie, ihnen helfen.«

»Du wirst ihnen nicht helfen können, wenn du tot bist«, sagte er. »Und außerdem, der Wachmann vor deiner Tür wird dich nicht weglassen. Lass mich erst mal die Lage erkunden.«

Als libanesischer Christ war er weder für die israelischen Soldaten noch für die Falange-Kämpfer eine Bedrohung. Ihn würden sie in Ruhe lassen. »Falls es nicht zu gefährlich ist, können wir vielleicht versuchen, meine Familie zum Hause deiner Eltern zu bringen?« Ich wusste, dass ich ihn damit bat, sein Leben für mich aufs Spiel zu setzen, aber ich war derart verzweifelt, dass ich keinen anderen Ausweg wusste.

»Natürlich«, sagte George. »Ich verspreche dir, ich werde tun, was ich kann, um sie in Sicherheit zu bringen.«

Mir stockte der Atem. Georges Versprechen rührte mich

zutiefst. »Danke, George«, sagte ich und wusste doch, wie unzulänglich meine Worte waren. »Das werde ich dir nie vergessen.«

Nachdem er gegangen war, tigerte ich in meinem Zimmer auf und ab und überlegte verzweifelt, wie ich zu meiner Familie gelangen konnte.

»Die Lage draußen ist entsetzlich«, sagte George. Er hatte die Augen niedergeschlagen, und sein Gesicht war von Schrecken gezeichnet. »An jeder Ecke Soldaten. Es tut mir leid, Amir. Überall waren militärische Kontrollpunkte, die die Leute daran hinderten, in das Camp zu gehen oder es zu verlassen. Ich hab's nicht zu deiner Familie geschafft.«

»Aber du hast es wenigstens versucht.« *Arme Mama; sie macht sich bestimmt furchtbare Sorgen.*

Von meinem Fenster aus konnten wir in der Ferne Leuchtgeschosse und vereinzelte Explosionen sehen. George und ich blickten uns an.

»Ich glaube, diese Explosionen sind in der Gegend von Sabra und Shatila. Meinst du, die Israelis dringen in die Camps ein?«, fragte ich.

»Die und die Falangisten.«

»George, wir müssen irgendwas tun.« *Ich muss zu meiner Familie.*

»Wir können nichts tun, Amir. Ganz Beirut ist eine einzige große Militärkaserne.«

»Hör mal, ich komm da möglicherweise an zwei AK-47 ran.«

Georges Augen weiteten sich. »Wo? Wie?«

»Zu Hause. Tamir hat sie unter dem Deckel des Abwassertanks versteckt – und wenn ich die meiner Familie geben könnte, hätten sie wenigstens ein klein wenig Schutz.« *Jedenfalls besser als nichts.*

George kratzte sich am Kinn, während wir anfingen, verschiedene Szenarien durchzugehen, bis wir schließlich einen Plan hatten.

Um Mitternacht hatte ich mehrere Bettlaken aneinandergeknotet und ein Ende ans Bett gebunden. Ich schob das Bett ans Fenster und ließ die Laken dann langsam an der Außenmauer herunter. Als ich nach unten schaute, sah ich George, der sich etwas seitlich versteckte. Auf der Avenue de Paris bewegten sich Militärjeeps und Panzer am Meer entlang Richtung Süden. Als ich mich dann an den Laken abseilte, konnte ich die Leuchtfeuer deutlicher sehen. In der Ferne war schweres Maschinengewehrfeuer zu hören.

Die letzten gut anderthalb Meter bis zum Boden musste ich springen, weil die Laken zu kurz waren. George inspizierte mich und rückte das Kreuz an der Halskette so zurecht, dass es über meinem Hemd hing. Dann bespritzte er mir das Gesicht mit Whisky.

Wir rannten zu den Büschen in der Nähe, die uns Deckung boten, hielten uns von den gut erleuchteten Gebäuden fern und huschten über eine offene Fläche nach der anderen, bis wir die Hecke direkt an der hohen Umzäunung erreichten.

»Verdammt, wie sollen wir denn da rüberkommen?«, flüsterte ich.

»Meinst du, der Baum da ist stark genug?« George zeigte auf den Baum, der dem Zaun am nächsten stand.

»Wir müssen's versuchen.«

George blieb stehen, während ich den nicht besonders hohen Baum hinaufkletterte. Auf halber Höhe brach der Ast, auf dem ich stand, mit einem lauten Knacken ab. Ich musste mich am Stamm festklammern, um nicht herunterzufallen. Dann kletterte ich weiter, bis ich den oberen Rand des Zauns packen konnte. Ich ließ den Baum los und baumelte einen Moment am Zaun, ehe ich mich so weit hochzog, dass ich das rechte Bein hinüberschwingen konnte. Sobald ich mit dem Rest des Körpers oben war, sprang ich auf der anderen Seite nach unten.

Die schmale Straße, die den Campus von den benachbarten Wohnhäusern trennte, lag still und verlassen da.

»Alles klar«, flüsterte ich George zu. »Du kannst kommen.«

Ich lief über die Straße und ging neben einer großen Mülltonne in Deckung. Es kam mir vor wie eine Ewigkeit, bis George endlich oben am Zaun auftauchte.

»George, ich bin hier«, sagte ich ganz leise. »Die Luft ist rein.«

Sobald er auf der Straße gelandet war, kam er tief geduckt zu mir gelaufen. Wir hatten uns schon überlegt, welche Seitenstraßen wir nehmen würden. Wir gingen eine Weile schweigend und wollten gerade auf die Rue John Kennedy biegen, als wir in einiger Entfernung Autoscheinwerfer sahen. Wir sprangen hinter eine Hausecke und huschten dann in die Straße Jamil Houssami. Das Herz klopfte mir bis zum Hals, aber ich musste einen kühlen Kopf bewahren. George hatte recht gehabt: Überall waren Kontrollpunkte, und Militärjeeps durchkämmten die Gegend.

Wir nahmen große Umwege in Kauf, um den Checkpoints auszuweichen, und marschierten mehrere Meilen. Je näher wir den Flüchtlingslagern kamen, desto mehr Fackeln erhellten die Straßen beinahe wie am helllichten Tag. Ein greller Lichtstrahl schien uns in die Augen.

»Hände über den Kopf und keine Bewegung«, befahl eine tiefe Männerstimme in einem libanesisch angehauchten Arabisch. Ein Falangist. Mir stockte fast der Atem. »Was treibt ihr hier in der Gegend?« Ein junger Milizionär, der aussah, als könnte er ein Mitstudent an der Uni sein, richtete seine M16 auf uns.

So unauffällig wie möglich suchte ich die Umgebung nach einem Fluchtweg ab. Rund ein Dutzend Falange-Kämpfer waren auf dem hell erleuchteten überdachten Parkplatz rechts von der Straße beschäftigt. Sie lenkten große Militärtransporter unter das offene Betondach und entluden militärisches Gerät. Andere schleppten Sandsäcke, mit denen sie hinter dem jungen Milizionär eine neue Straßensperre errichteten. Dieser Checkpoint in der Nähe von Sabra und Shatila lag strategisch günstig, um den Zugang zu den an die Camps angrenzenden Gebiete zu kontrollieren und alle aufzuhalten, die hinein- oder hinauswollten.

»Wirhaben ... ähm ... einbisschen was ... getrunken.« George schwankte vor und zurück. »Wir ...«, er lachte, »wolltenuns wieder nüchtern ... laufen ...« Er schloss die Augen, als wären seine Lider zu schwer geworden, und öffnete sie halb wieder. »Issesnoch ... weit ... äh ... ssur Uni?«, lallte er wie ein Betrunkener.

»Ja, ziemlich.« Der junge Milizionär lachte. »Hier beginnt militärisches Sperrgebiet.«

»Aberwirmüssen ... ssurück ssur ... Uni.« George schwankte die ganze Zeit und schaffte es irgendwie, seine Augen betrunken aussehen zu lassen.

»Papiere«, sagte der Milizionär.

»Hhhier.« George gab ihm taumelnd seinen Ausweis. Der Falangist betrachtete das Foto prüfend und gab den Ausweis dann zurück.

»Alles klar.« Er sah mich an. »Du auch.«

Ich steckte die Hand in die Tasche und holte meinen Studentenausweis und eine Miniflasche Whiskey hervor. Ich blinzelte, schwankte, verhielt mich wie der betrunkene Riad mal bei George zu Hause. »Biddesehr ... Sssir«, nuschelte ich.

Der junge Milizionär lachte. »In dem Zustand war ich auch

schon öfter.« Er musterte meinen Studentenausweis. »Wo ist dein regulärer Ausweis?«

Während ich in den Taschen kramte, tat ich so, als würde ich fast nach vorne kippen und nur im letzten Moment das Gleichgewicht wiederfinden. Ich wankte auf der Stelle. »Verdammter ... Mist!« Ich suchte den Boden um mich herum ab, taumelte vorwärts. »Denmussich ... verlor'n haben.«

»Ich habe strikten Befehl, nur reguläre Ausweispapiere zu akzeptieren«, sagte der Falangist. Er wandte sich an George. »Dein unachtsamer Freund bleibt bei mir. Geh du zurück und such seinen Ausweis.«

Ich signalisierte George mit einer Kopfbewegung, dass er gehen sollte. Er musste so tun, als würde er nach dem Ausweis suchen, damit er jemanden informieren konnte, dass ich an einem Checkpoint festgehalten wurde. Ich zuckte die Achseln. »Ichwartedann ... hieraufdich.«

»Setz dich.« Der junge Milizionär zeigte auf ein paar ramponierte Plastikstühle unter dem Parkdach. Drei Falangisten saßen bereits dort, ließen eine Flasche mit Hochprozentigem rumgehen und rauchten.

»Pierre, gib unserem Freund hier ja nichts mehr zu trinken. Der hat schon genug intus.« Der junge Mann lachte.

»Wenn du meinst«, antwortete Pierre.

Ich ließ mich auf einen Stuhl neben ihm plumpsen. Meine Augen huschten umher, suchten die Umgebung nach einer Fluchtmöglichkeit ab. Ich war von bewaffneten Milizsoldaten umgeben. Falls ich einen Fluchtversuch wagte, würden sie mich kurzerhand erschießen.

Noch mehr Falangisten trafen ein. Sie trieben eine Schar von über fünfzig Zivilisten vor sich her wie Vieh.

»Auf den Boden setzen!«, befahl ein bärtiger Milizionär.

Die meisten Zivilisten trugen Pyjamas und waren barfuß. Es

sah aus, als wären die bewaffneten Milizionäre in die Häuser der Menschen eingedrungen und hätten ganze Familien abgeführt. Eine korpulente Frau in einem langen weißen Nachthemd hielt zwei Säuglinge an die Brust gedrückt. Ein kleines Mädchen klammerte sich an ihr Nachthemd. Der Mann neben ihr trug ein weinendes Kleinkind auf einem Arm und auf dem anderen einen nur wenig älteren Jungen. Fast alle Kinder waren entweder in den Armen ihrer Eltern oder Großeltern, oder sie hielten sich an ihnen fest. Sie setzten sich vor uns auf den Boden. Schwer bewaffnete Falangisten bauten sich um sie herum auf.

Gehen die jetzt in die Camps und verschleppen Flüchtlinge? Ich hörte aufmerksam hin, versuchte zu verstehen, was hier vor sich ging.

Der bärtige Milizionär stieß eine alte Frau zu Boden, die sich nicht schnell genug hingesetzt hatte. Sie fiel auf die Hüfte. »Bitte, tut uns nichts«, flehte sie auf Arabisch mit palästinensischem Akzent. Die Falten in ihrem Gesicht erzählten wie die im Gesicht meines Großvaters von einem langen leidvollen Leben.

»Das hättet ihr euch überlegen sollen, bevor ihr unseren Anführer umgebracht habt«, brüllte der Bärtige sie an. Er drehte sich zu einem anderen Falangisten um, der die Gruppe auf dem Boden umkreiste wie ein Hai seine Beute. Er hatte ein kurzärmeliges grünes Hemd an und an beiden Hüften eine Pistole im Holster stecken. Ein großes Kreuz hing an einer Kette um seinen Hals und ruhte in einer Brustbehaarung, die so dicht war wie ein Pelz. Beim Gehen zog er das rechte Bein nach. Mit seinen feurigen Augen hatte er etwas Teuflisches an sich. Als er mich ansah, lief es mir kalt den Rücken runter.

»Kommandant Schirbil hat diese Tiere aus dem Lager hergeschickt, als Geschenk, um Bachir zu rächen«, sagte der Bärtige.

Als ich das hörte, spannten sich alle Muskeln in meinem Körper an. *Verschleppen sie Flüchtlinge aus allen Lagern?* Ich fühlte mich schrecklich, weil ich bei den Falangisten saß, während mein Volk vor mir auf dem Boden kauerte, wie Schafe auf dem Weg zur Schlachtbank. Aber ich musste so tun, als wäre ich einer von ihnen, wenn ich auch nur die geringste Chance haben wollte, meine Familie zu retten.

Der Mann mit dem Kreuz um den Hals blieb stehen. »Singi«, rief er einem anderen Milizionär zu. »Fang an, wenn du willst.«

Singi ging zu den verängstigten Zivilisten und baute sich mit geschwellter Brust vor ihnen auf. Er ließ seine blutunterlaufenen Augen langsam über die Gefangenen gleiten. Plötzlich erschien ein böses Lächeln auf seinem Gesicht. Er bückte sich, packte den Arm eines weinenden kleinen Mädchens und zerrte es aus der Menge.

»Meine Tochter ist doch noch ein Kind«, flehte der Vater. Er stand auf und schob sich nach vorne. »Nimm mich stattdessen.«

»Schnauze!«, schrie Singi den Vater an.

Singi tätschelte die Locken der Kleinen. Er biss die Zähne zusammen und hob den Kopf, um den Vater anzusehen, der jetzt die schmalen Schultern seiner Tochter umfasst hatte. Singi spuckte auf den Boden, direkt neben den Fuß des Vaters. Dann verzog er den Mund, und seine Miene wurde hart. Mit einer raschen Bewegung rammte er sein Bajonett in den Bauch des Mädchens.

Dalal, Mama, Lian, Manar.

Die Kleine verlor nicht gleich das Bewusstsein, sondern umfasste den Gewehrlauf mit ihren zarten Händen. Ihre Wangen blähten sich auf, und die Augen traten aus den Höhlen, als würde sie gleich platzen. Singi riss das Bajonett zurück. Blut quoll aus Mund und Bauch des Mädchens, verfärbte sein zerschlissenes Nachthemd. Der Vater drückte seine Tochter an sich, als sie zusammensackte. Ihr Körper erschlaffte. Der Vater hob sie hoch, hielt sie mit beiden Händen vor sich. Ihr Kleid war blutgetränkt, ihr Kopf hing über seinen Arm, reglos.

»Bitte, hilf mir!«, flehte der Vater. Er hielt seine Tochter hoch, damit Singi ihren leblosen Körper sah. »Sie ist erst fünf.«

»Schnauze!«, schrie Singi.

»Bitte hilf mir doch jemand«, bettelte der Vater, und seine Augen suchten verzweifelt nach irgendwem, der ihm helfen würde.

Ein älterer Mann in einem Nachthemd nahm das dünne Handgelenk des Kindes und versuchte, einen Puls zu ertasten.

»Hilf ihr«, wimmerte der Vater.

»Er, der sie gegeben, hat sie genommen.« Der alte Mann schüttelte den Kopf.

»Gott ... Nein«, die Stimme des Vaters brach. »Sie ist erst fünf. Sie kann nicht tot sein.« Er küsste die Stirn seiner Tochter und schlang die Arme um sie, drückte sie an sich. »Lamis, wach auf, bitte.«

Singi trat zurück und hob sein Bajonett vor einem panischen kleinen Jungen in die Höhe.

Ich hechtete auf den Soldaten zu, riss ihn zu Boden und fing an, auf ihn einzuschlagen. Er versuchte, mich wegzustoßen, aber ich drosch weiter mit den Fäusten auf ihn ein. Ich fühlte mich fast wie in einem Traum. Nichts war zu hören, außer Singis Stöhnen, wenn ihn der nächste Hieb traf. Dann spürte ich Schläge auf mich einprasseln, als ein anderer Mann mich mit dem Kolben seines Gewehrs bearbeitete. Ich rollte zur Seite und hob die Arme, um meinen Kopf zu schützen. Singi rappelte sich auf.

»Ich erschieße dich«, kreischte Singi.

12

Beirut, Libanon
18. September 1982

AMIR

»Amir ...« Eine tränenerstickte Stimme rief meinen Namen. »Ich bin's, George.« Jemand berührte meine Schulter. Ein stechender Schmerz durchfuhr mich. »Amir ... Kannst du mich hören?« Ich nickte in Richtung der verschwommenen Gestalt neben mir. Mein Kopf dröhnte, als würde mir gleich der Schädel platzen. Um klarer sehen zu können, presste ich die Augen fest zusammen und öffnete sie wieder. Georges Gesicht wurde deutlicher.

»Amir.« Georges Mund bewegte sich, aber seine Stimme klang anders – zittrig und schwach.

»Wie spät ist es? Ich muss zu meiner Physik-Prüfung.« Ich wollte mich aufsetzen, aber irgendwie konnte ich meinen Körper nicht dazu bringen, sich zu bewegen.

George barg das Gesicht in den Händen und schluchzte. Seine Schultern bebten.

»Was ist los?« Ich drehte den Kopf zur Seite. Ich sah einen langen, schmalen Raum voller Krankenbetten. Neben mir lag ein Junge. Wo seine Arme hätten sein sollen, waren verbundene Stümpfe. Auch sein Kopf war bandagiert. Ich spürte, wie Panik mir die Kehle zuschnürte.

»Du bist in Sicherheit«, brachte George heraus. »Nachdem

ich dich am Checkpoint zurückgelassen hatte, konnte ich meinen Vater erreichen. Er hat den Kopf der Falange-Partei in Ostbeirut angerufen und ihm versichert, du seist ein libanesischer Christ aus unserem Dorf.« George zögerte kurz. »Als ich zurückkam, um dich zu holen –« Er atmete geräuschvoll aus. »Du warst brutal zusammengeschlagen worden, und du warst bewusstlos. Das hat dir wahrscheinlich das Leben gerettet. Die müssen geglaubt haben, du wärst tot.«

Ich fühlte mich auch wie tot und wünschte fast, ich wäre es, als stechende Schmerzen mich durchfuhren und die Erinnerung zurückkam – zusammen mit der Angst um meine Familie.

»Ein paar von den Falangisten haben mir geholfen, dich hierherzubringen.« Ich starrte ihn verständnislos an. »In dieses Krankenhaus«, sagte er. »Es hat ein Massaker gegeben. Das Krankenhaus ist völlig überfüllt mit Verwundeten und Sterbenden – hauptsächlich Frauen, Kinder und alte Menschen.«

»*Wo* war das Massaker?« Ich hielt mich am Bettgitter fest, wappnete mich innerlich. *Bitte, Gott, nicht Shatila.*

George senkte den Kopf. »Sabra und Shatila.«

Mein Körper verkrampfte sich. *Mama. Manar. Dalal. Lian. Großvater.* »Meine Familie?« Meine Stimme klang so gepresst, dass ich mich selbst kaum verstand.

George starrte mich mit offenem Mund an. »Ich weiß es nicht«, sagte er endlich.

Mit pochendem Schädel hievte ich mich hoch, riss mir die Infusionsnadel aus dem Arm. »Wo sind meine Sachen?« Hektisch suchte ich den Bereich rechts und links vom Bett ab. Vollgepumpt mit Adrenalin, stützte ich mich am Gitter ab und stieg aus dem Bett. Ich hielt mich weiter fest, bis ich das Gefühl hatte, sicher auf zwei Beinen zu stehen.

»Du hast eine Gehirnerschütterung«, sagte George. »Du warst anderthalb Tage bewusstlos. Du musst hierbleiben.«

Ich starrte ihn an, und ohne dass ich etwas sagen musste, verstand er. Nichts in der Welt würde mich von meiner Familie fernhalten. George bückte sich und zog einen Beutel unter dem Bett hervor. Wenige Minuten später verließ ich, auf George gestützt, das Krankenhaus.

»Was genau ist passiert?«, fragte ich ihn, während wir zu meinem Camp gingen.

Shatila sah aus wie die Hölle auf Erden. Leichen säumten die engen Gassen. Der Gestank des Todes verpestete die Luft. Ein Kamerateam und ein Fotograf filmten und machten Fotos von einem Mädchen, das nackt auf einem Leichenberg lag. Der Bauch der Kleinen war aufgeschlitzt, und sie war über und über voller Blut. Unter ihr ragte der Körper einer älteren Frau ohne Kopf hervor. Da, wo Menschen gewohnt hatten, gab es nur noch Trümmer. Bulldozer waren dabei, Leichen und Schutt zu entfernen, um die Spuren des Massakers zu beseitigen. Wir bahnten uns unseren Weg durch eine Wüste aus Betonbrocken und Metall. »Tod den Palästinensern« und »Palästinenser sind Terroristen« war auf die wenigen Wände gesprüht worden, die noch standen.

George und ich zögerten neben einer Gruppe toter Kinder, die wie weggeworfene Puppen auf der Erde lagen. *Ist Lian dabei?* Fieberhaft suchten meine Augen nach ihr. Ich sah ein kleines Mädchen mit einer weißen Mütze, wie die, die Mama für Lian gemacht hatte, und taumelte rückwärts. War das meine Lian – unter all den anderen kleinen Körpern, mit dem Gesicht im Dreck? Ich ging neben ihrem Kopf in die Knie und drehte das Gesicht der Kleinen behutsam in meine Richtung. Zwei Jungen mit den gleichen hellblauen Shirts lagen auf ihr. Ich starrte den leblosen Körper an. Es war nicht Lian. Es war das Töchterchen von irgendjemand anderem.

Lian. Ich musste sie finden. Als ich aufstand, drehte sich mir alles. George schlug die Hände vors Gesicht.

»Komm weiter«, sagte ich, wilder denn je entschlossen, meine Familie zu finden.

»Dalal … Dalal, wo ist Dalal?«, wimmerte George den Namen meiner Schwester wieder und wieder.

Wir staksten durch den Schutt, stiegen über Leichen. Eine Frau saß hysterisch heulend auf der Erde. Vor ihr lagen vier kleine Kinder. Sie hatte eine alte UN-Decke über sie gebreitet, als würden sie schlafen.

Als wir endlich das Haus meiner Familie erreichten, konnten wir nicht mehr sprechen. Es stand noch, aber die Vordertür war herausgerissen worden. Drinnen war alles verwüstet, keine Spur mehr von der gepflegten Heimeligkeit, für die meine Mutter stets gesorgt hatte. Wände und Boden waren mit Dalals *labneh* bespritzt; Töpfe, Bilder, Sitzkissen lagen kreuz und quer in dem Chaos. Alles, was wir besaßen, war zerstört. Unser Haus sah aus, als wäre ein Wirbelsturm hindurchgefegt.

»Mama? Großvater? Dalal?«, schrie ich. Atemlos stürzte ich in unser zweites Zimmer.

»Dalal, Dalal«, brüllte George verzweifelt.

Wie verrückt vor Angst rannten George und ich nach nebenan zu Manars Haus und blieben abrupt stehen, als wir eine große Blutlache auf der Türschwelle sahen. Als ich eintrat, musste ich über eine weitere Blutlache steigen. Ich erstarrte. Manars weit aufgerissene Augen starrten zu mir hoch. Ihr Mund war halb geöffnet, ihr rechter Arm über andere Körper gereckt. Ihr langes schwarzes Haar war wirr, ihr Kleid bis zum Hals hochgeschoben, ihre Unterwäsche weggerissen. Ich sprang zu ihr und zog das Kleid herunter, um sie zu bedecken. Als ich das tat, sah ich Lian. Sie lag noch immer in Manars linkem Arm. Ihr zerfetztes Kleidchen war blutgetränkt. Sie sah aus wie ein kleiner Vogel, dem man in den Bauch geschossen hatte.

»Dalal!«, kreischte George.

Ihr Kopf ragte unter der Leiche von Manars Mann Zahi hervor. Seine Kehle war aufgeschlitzt.

George packte Dalals Arm und versuchte, sie herauszuziehen. Dabei drehte sich ihr Kopf, und wir konnten ihr Gesicht sehen. Es war zur Hälfte verschwunden.

»Neiiiin ... Dalal!«, schrie George.

Ich betrachtete die Toten. Mama und Großvater waren nicht dabei. Ich sah mich um, und plötzlich hörte ich ein schwaches Stöhnen aus dem hinteren Raum. Mutter und Großvater lagen auf dem Boden. Man hatte sie wie Tiere gefesselt, den Rücken nach hinten gebogen, die Handgelenke fest an die Fußknöchel gebunden. Mama wimmerte. Großvater schien bewusstlos zu sein.

»George!«, brüllte ich. »Hilf mir.«

Mit zitternden Fingern löste ich Mamas Fesseln, während George sich um Großvater kümmerte.

Als ich die verknoteten Stricke aufbekam, rollte Mama sich zusammen. Ich kniete mich neben sie und hob sie in meine Arme. Je heftiger sie weinte, desto fester umklammerte sie mich.

»Er lebt noch«, sagte George. Großvaters von Säure verätzte Augenlider öffneten sich flatternd. Mit meinem freien Arm zog ich ihn an mich.

»Ich muss zurück zu Dalal!«, schluchzte George.

Großvater, Mama und ich hielten einander, wiegten uns hin und her.

»Hilfe!«, ertönte eine dünne Stimme aus der hintersten Ecke des Raumes.

Es war Sari, der fünfjährige Sohn unserer Nachbarn. Er hatte sich unter der Matratze versteckt. Als ich hinging und ihn herauszog, sah ich, dass dort auch seine Eltern lagen. Man hatte ihnen die Kehle durchgeschnitten.

»Ich hab mich versteckt, weil ich Angst hatte, dass die Soldaten wiederkommen«, erklärte Sari mit erstickter Stimme.

Ich hob ihn hoch und trug ihn zu Mama und Großvater. Wir vier klammerten uns weinend aneinander.

»Nurah!« Baba kam hereingestürzt. Er ließ sich neben uns auf den Boden fallen. Wir hielten uns alle umschlungen, als hinge unser Leben davon ab.

Stunden später saßen George und die Überlebenden meiner Familie in einer Ecke eng zusammen auf der Strohmatte, und Großvater erzählte, was passiert war. Dass sie sich eingeschlossen und keinen Laut von sich gegeben hatten, als die Milizionäre gegen die Tür hämmerten und schrien, sie sollten aufmachen.

»Sie bekamen die Tür nicht mit den Fäusten auf, also haben sie mit ihren Gewehren das Schloss zerschossen.« Großvater senkte den Kopf. »Fida haben sie zuerst erwischt.« Ihm versagte die Stimme, als er den Tod von Manars Schwiegermutter erwähnte.

Tränen traten ihm in die Augen. »Diese Bestien haben uns aufgeteilt wie Trophäen.« Er seufzte. »Ihr wärt so stolz auf Manar und Zahi gewesen. Als eines von diesen Tieren sie vergewaltigen wollte, hat Zahi sie verteidigt. Sie haben ihm die Kehle durchgeschnitten. Manar hat den Soldaten abgewehrt.« Großvater hob den Arm und umklammerte meine Schulter, wollte mir Kraft geben. »Aber dann hat diese Bestie Lian benutzt, um sie gefügig zu machen.«

»Das Baby?«, stammelte ich. Ich biss mir in die Faust, um nicht aufzuschreien. Wut brodelte aus jeder Zelle meines Körpers.

»Manar hat versucht, Lian zu retten, aber sie konnte es nicht.«

Ich schlug mit der Faust so fest auf den Betonboden, dass meine Knöchel bluteten. »Oh, Gott, *habibti*, Lian.« Ich presste mir die Hände auf die Schläfen.

»Und Dalal?«, fragte George. Er hatte die Hände zu Fäusten geballt.

»Eine der Bestien hat versucht, Dalal zu vergewaltigen. Es ist ihm nicht gelungen.« Großvater stockte.

»Gott, nein …« Ich ertrug es nicht länger. Mein Körper bebte vor Zorn.

»Sie hat sich nicht ergeben, und sie haben sie ermordet«, sagte Großvater.

Alles an meinem Leben kam mir von Grund auf falsch vor – wie hatte mir etwas so Banales wie die Universität je wichtig sein können? Sie war nicht unsere Fahrkarte aus dem elenden Leben im Camp gewesen. *Ihretwegen habe ich die Menschen, die ich liebe, im Stich gelassen und war nicht bei ihnen, als sie mich brauchten.* Ich wiegte den Kopf in den Händen und weinte. Tamir hatte mir die Verantwortung für die Familie übertragen. *Wie konnte ich zulassen, dass ihnen so etwas zustößt?* Ich glaubte nicht, dass die AK-47 geholfen hätten, aber warum hatte ich nicht wenigstens Zahi von den Gewehren erzählt?

»Manar, *habibti*, und Dalal, Licht meiner Augen, ich wünschte, ich wäre an eurer Stelle gestorben«, wiederholte Mama unablässig, während sie mit Georges Mutter Bilad sprach. »Es ist meine Schuld, dass sie tot sind.« Sie riss sich an den Haaren. »Ich hätte auf Dalal hören sollen. Sie hat mich angefleht, das Camp zu verlassen, solange es noch geht. Meine geliebte Dalal ist tot, Bilad.« Sie warf den Kopf hin und her. Bilad umarmte meine Mutter, und beide weinten.

Baba und Großvater saßen zusammengesunken an die Wand gelehnt, dunkle Ringe unter den Augen.

»Im Camp wimmelt es von Fotografen von jeder internationalen Nachrichtenagentur«, sagte George schwach. Er saß neben uns auf dem Boden. »Es ist einfach widerlich. Welches Recht haben die, Fotos von unseren Toten zu machen – von getöteten Müttern, die ihre ermordeten Babys noch im Arm halten? Von jungen Frauen –« Ihm versagte die Stimme.

»Die können wenigstens noch identifiziert werden«, sagte ich leise. In den vergangenen Tagen hatten wir gesehen, wie zahllose Leichen einfach in Massengräber geschoben worden waren.

Die Klageschreie, die aus den Gassen in unser kleines Haus drangen, waren seit dem Massaker vor drei Tagen der alles beherrschende Klang im Camp gewesen.

»In unserem Haus ist es sicherer«, sagte Bilad zu Mama. »Bitte kommt und wohnt bei uns.«

»Ich kann meinen Fehler nicht wiedergutmachen. Meine Familie ist schon ermordet wurden. Und was habe ich jetzt noch zu schützen? Mein Leben ist wertlos.« Mama schlug die Hände vors Gesicht.

»Nurah, dein Kummer zerbricht mir das Herz. Beide Töchter und die Enkelin zu verlieren ... Dein Schmerz ist unvorstellbar. Aber du hast zwei Söhne, die noch leben. Sie brauchen dich. Für sie musst du stark sein.« Bilads Stimme wurde leidenschaftlich. »Dafür sind wir Mütter da!«

»Da draußen sind zwei Freiwillige, die nach Amir fragen«, verkündete Sari, der jetzt bei uns lebte.

»Geh nachsehen, wer sie sind«, sagte Großvater zu Baba.

Baba stützte sich beim Aufstehen an der Betonwand ab. Mit hängendem Kopf ging er die paar Schritte zu unserer Blechtür.

»Bitte, kommen Sie doch herein«, rief Baba den Männern mit tonloser Stimme zu.

»Wir werden nicht lange bleiben. Wir wollten nur nach Ihrem Sohn sehen«, sagte Professor Harb, als er mit Professor Miller in unser geplündertes Haus trat. *Warum sind sie hergekommen? Denken die etwa, ich kann arbeiten, nachdem meine halbe Familie gerade abgeschlachtet wurde?* »Amir, wir waren ganz krank vor Sorge, als wir erfahren haben, dass Sie aus dem Wohnheim geflohen waren. Und ich habe das von Ihrer Familie gehört. Es tut mir furchtbar leid, Amir.«

»Das sind keine Menschen. Die sind schlimmer als Tiere. Tiere morden nicht aus Spaß am Töten.« Ich konnte meine Wut nicht mehr zügeln. »Tamir hat das Richtige getan, als er von der Schule abging, um sich der Revolution anzuschließen. Ich hab mich geirrt. Er hat sein Leben der Aufgabe gewidmet, unser Volk zu schützen, und ich hab meines mit Lernen vertan.«

»Jetzt ist nicht der richtige Zeitpunkt, darüber zu reden. Du hast Gäste«, sagte Großvater zu mir.

»Wann ist denn der richtige Zeitpunkt, Großvater? Lernen und studieren hat für uns keinen Sinn. Denk an Zahi. Sein College-Abschluss hat ihm nichts genützt.«

Mein Schwager hatte daran geglaubt, dass Bildung der richtige Weg war, um unser Leben in den Flüchtlingslagern zu verbessern. Er und Tamir hatten oft darüber diskutiert, was wichtiger war – bewaffnete Revolution oder Bildung.

»Die hätten meine Schwestern nicht umbringen können, wenn wir dazu ausgebildet wären, uns zu verteidigen, oder wenn Tamir und seine Gefährten Beirut nicht verlassen hätten.« Ich verfluchte mich selbst für meine Entscheidung, lieber zu studieren, als mich der bewaffneten Revolution anzuschließen. »Tamir und die anderen Kämpfer hätten wenigstens versucht, dem übermächtigen Goliath Widerstand zu leisten«, sagte ich mit voller Überzeugung.

»Tamir und die anderen haben bloß ganz primitive Waffen

im Vergleich zu ihnen, einer regionalen nuklearen Supermacht mit Massenvernichtungswaffen. Tamir und seine Leute haben weder Panzer noch Flugzeuge«, sagte Großvater zum tausendsten Mal. Selbst nachdem unser Volk abgeschlachtet worden war, beharrte er noch immer darauf, dass Bildung wichtiger war als bewaffneter Widerstand. *Wie kann er nur so naiv sein?*

»Wie konnte es geschehen, dass unser Feind die Welt überzeugt hat, dass er David ist und wir Goliath?« Ich schrie beinahe.

»Amir!« Großvaters Stimme war schneidend.

Professor Harb sah Großvater an. »Lassen Sie ihn ruhig. Sein Zorn spiegelt unser aller Empörung wider. Aber deshalb sind wir hier. Wir sind sehr besorgt um Sie, Amir. Professor Miller möchte Ihnen einen wichtigen Vorschlag machen.«

Ich antwortete nicht.

Bilad verabschiedete sich mit George. Sie versprach Mama, in wenigen Tagen wiederzukommen.

»Sei stark, Nurah«, murmelte sie, als die beiden hinausgingen.

»Amir.« Professor Miller räusperte sich. »Ich habe beschlossen, meine Rückkehr in die Vereinigten Staaten so lange zu verschieben, bis ich Sie mitnehmen kann.«

»Ich kann hier nicht weg.« Ich sagte das, als wäre es töricht, so etwas überhaupt vorzuschlagen. »Glauben Sie wirklich, ich könnte meine Familie, mein Volk jetzt im Stich lassen, nachdem das passiert ist? Was nützt meine Forschung den Menschen hier?«, fragte ich. Ich wusste, wie sehr mir diese beiden Professoren geholfen hatten, aber ich musste meinem Großvater gegenüber ehrlich sein. »Ich werde mich meinem Bruder und der Revolution anschließen. Mein Studium wird den Feind nicht daran hindern, mein Volk zu töten. Ich kann nicht einfach nach Amerika abhauen und meine Eltern und Großvater schutzlos zurücklassen.«

»Bitte verzeihen Sie meinem Sohn.« Baba sprach rasch, nervös. Bestimmt hatte er Angst, dass er wegen meines Ausbruchs seine Arbeit verlieren könnte.

»Amir, komm mit in mein Zimmer.« Mit einer Verbeugung in Richtung der beiden Professoren fügte Großvater hinzu: »Ich denke, der junge Mann braucht ein wenig Zeit, um über Ihr großzügiges Angebot nachzudenken, Professor Miller.«

»Lass gut sein, Großvater. Ich hab keine Lust auf ein Gespräch.«

»Geh, *habibi*«, sagte Mama. »Ich mache deinen Professoren einen Tee, während du dich mit deinem Großvater unterhältst.«

»Aber –«, setzte ich an.

»Seit wann tust du nicht mehr, was dir die Älteren sagen, Amir? Haben wir dich so erzogen?« Großvater streckte die Hand aus. Ich ergriff sie und ging mit ihm in sein winziges Zimmer. Ich half ihm, sich auf der Matratze niederzulassen, die auf dem Betonboden lag. Er klopfte auf die Stelle neben ihm, und ich setzte mich.

Er schüttelte den Kopf. »Was soll das heißen, dass du dich der Revolution anschließen und dein Studium abbrechen willst?«

»Nach allem, was du durchgemacht hast, hätte ich gedacht, wenigstens du würdest mich verstehen!« Ich sprach so laut, dass mich im Nebenzimmer ganz sicher alle hören konnten. »Das Abschlachten unseres Volkes muss gestoppt werden. Wenn Leute wie ich nicht aufstehen und etwas unternehmen, ist irgendwann niemand mehr übrig, für den wir kämpfen können. Ich hätte mich schon vor Jahren mit Tamir der Revolution anschließen sollen, und genau das werde ich jetzt tun.«

»Weißt du, wer der Erste wäre, der dir da widersprechen würde?«

»Nach dir?«, fragte ich.

»Weit vor mir.« Er packte meine Schultern fest mit beiden Händen. »Tamir.«

Was redet er denn da?

»Jawohl, dein Bruder wäre der Erste, der dir raten würde, dein Studium fortzusetzen. Er wollte, dass du deinen Traum wahr machst, Erfinder zu werden.« Großvater drückte mein Kinn hoch. »Tamir hat sich der Revolution angeschlossen, um seinen genialen Bruder zu beschützen. Du willst ihn doch wohl nicht enttäuschen, oder?«

»Das hab ich doch schon. Er hatte mich nur um eins gebeten – unsere Familie zu schützen. Und ich hab's nicht geschafft. Und warum nicht? Weil ich zu sehr mit Studieren beschäftigt war. Egoistisch. Dumm ...« *Das werde ich mir nie verzeihen.*

»Genug jetzt.« Großvaters Stimme war schneidend. Er wartete ab, ob ich noch etwas sagen wollte, und als ich schwieg, sagte er: »Nach der Ermordung deiner Großmutter, nachdem dein Vater und ich aus unserer Heimat vertrieben und in ein Flüchtlingslager gesteckt worden waren, habe ich mich jahrelang meinem Zorn hingegeben. Lange Zeit konnte ich nur an Rache denken. Aber mein Hass hätte mich irgendwann umgebracht. Letztlich wurde mir klar, dass es gute und schlechte Juden gibt, genau wie es gute und schlechte Palästinenser gibt – wie in jedem anderen Volk. Der einzige Mensch, dem du schadest, wenn du sie hasst, bist du selbst. Mach etwas aus deinem Leben, damit du daran arbeiten kannst, das Leben unseres Volkes in den Camps zu verbessern.«

»Wenn ich mich der Revolution anschließe, kann ich wenigstens dazu beitragen, Dinge zu verändern, Großvater«, beteuerte ich.

»Bitte, Amir, lass nicht zu, dass dein Hass deine Zukunft bestimmt. Versprich mir, dass er deine Träume nicht zerstören wird. Ich hatte keine Wahl. Du hast eine.« Er zog mich in eine Umarmung.

Ich saß eine ganze Weile stocksteif da, bis ich mich nicht mehr zurückhalten konnte. Ich dachte an alles, was Großvater durchgemacht hatte. Ich erinnerte mich daran, wie er nach meinem Sieg beim Nationalen Forschungswettbewerb zu mir sagte, dass ich ihm wieder Hoffnung gegeben hatte. Ein Schluchzer brach aus mir heraus, dann noch einer.

»Lass es raus, *habibi*.« Ich weinte, während er mich fest an sich drückte. »Halte an deinem Traum fest, Amir. Für dich. Für mich. Für uns alle«, flüsterte er mir ins Ohr.

Ich nickte an seiner Schulter. Ich durfte ihm nicht noch mehr Kummer bereiten. »Einverstanden, Großvater. Wie du willst«, sagte ich mit merklichem Widerwillen. Ich führte ihn aus dem Zimmer.

»Amir hat eingewilligt, Sie zu begleiten, Professor Miller.«

Ich schwieg, während mein Großvater sprach.

Meine Eltern nickten mit einer gewissen Erleichterung. Ihr Glück war mir wichtiger als alles andere.

»Gott sei Dank.« Professor Miller atmete tief aus, als hätte er die Luft angehalten, seitdem wir zuvor aus dem Raum gegangen waren. »Ich werde Ihren Pass brauchen. Alles andere können Sie Professor Harb und mir überlassen.«

»Kasim, hol den Reiseausweis deines Sohnes, auf der Stelle«, sagte Großvater mit Nachdruck.

»Sie haben eine glänzende Zukunft vor sich. Das ist Ihre Chance, Ihren Eltern und Ihrem Volk zu helfen«, sagte Professor Harb. »Beirut ist nicht mehr der richtige Ort für Sie, Amir.«

Mama drehte sich um und ging in das andere Zimmer. Eine Minute später kam sie zurück und trat mit langsamen, aber festen Schritten auf Professor Miller zu. »Hier haben Sie

Amirs Reiseausweis. Passen Sie gut auf meinen Sohn auf.« Ihre Stimme zitterte, aber ich hörte auch Hoffnung darin mitschwingen.

Professor Miller atmete erneut lang und tief ein. »Das werde ich. Danke.«

TEIL 3

13

Palästina
1. September 1932

YUSSEF

Laylas Verlobter hielt in seinem nagelneuen roten Packard-Viersitzer-Cabrio vor unserem Haus.

Ich ging nach draußen, um mir den Wagen anzuschauen. »Schick«, sagte ich. »Meine Schwester wird begeistert sein.«

Isa stieg aus. In seinem cremefarbenen doppelreihigen Leinenanzug, mit Sonnenbrille und Fedora sah er genauso elegant aus wie sein Auto. Wir begrüßten uns mit Handschlag.

»Für meine Braut nur das Beste.« Er lächelte.

Isa und ich kannten uns vom College in England. Er hatte sich vor einem Jahr in meine Schwester verliebt, als wir am alljährlichen Traubenlesefest seiner Familie teilnahmen. Jetzt, da die beiden verlobt waren, besuchte er uns regelmäßig. Er kam jedes Wochenende mit dem Auto vom Weingut seiner Familie in der Nähe von Nazareth und stieg im Cliff-Hotel ab, damit er bei uns zu Hause Zeit mit Layla verbringen konnte.

»Ich wollte deine Schwester einladen, dieses Jahr zum Traubenlesefest nicht nur zum Essen zu bleiben, sondern über Nacht«, sagte Isa. Er legte einen Arm um mich. »Sie kann im Haus meiner Eltern schlafen. Ich schlafe in unserem Haus.« Ich wusste, mit »unserem Haus« meinte er das Haus, das seine Eltern für ihn nicht weit von ihrem auf dem Grundstück des

Weinguts hatten bauen lassen. Nach familiärem Brauch hatten alle vier Söhne ein Haus auf dem Anwesen bekommen. Meine Schwester würde ohne jeden Zweifel gut versorgt sein.

Uns beiden war klar, dass meine Eltern Layla das niemals erlauben würden, es sei denn, ich begleitete sie. Doch ich wusste auch, dass Mama wollen würde, dass sie das Fest besuchte. Sie hatte Sorge, dass Layla zu viel Zeit dafür opferte, sie zu pflegen, und wäre froh, wenn ihre Tochter mal eine Abwechslung hätte.

Doch anstatt mich darauf zu freuen, das Wochenende mit Isa und seiner Familie zu verbringen – wie sonst immer –, ertappte ich mich dabei, dass ich an Mamas neue Pflegerin Sarah denken musste. Wenn ich zu dem Fest fuhr, würde ich sie einige Tage lang nicht sehen.

Wieso spielte das eine Rolle? Es gab viele schöne Frauen, auf die ich ein Auge werfen könnte, und Sarah, eine jüdische Kolonistin, zählte zweifellos nicht dazu. Ich ärgerte mich über mich selbst, dass ich sie dennoch nicht aus dem Kopf bekam.

»Wann wirst du endlich häuslich und heiratest?«, fragte Isa.

Ich fragte mich, ob meine Mutter mit ihm über mich gesprochen hatte. In den letzten Monaten hatte sie mich praktisch angebettelt, mir eine Frau zu suchen, weil sie, so ihre Erklärung, nur dann in Frieden sterben könne, wenn auch ich jemanden gefunden hätte, mit dem ich mein Leben verbringen wollte.

»Irgendwann musst du über Darcy hinwegkommen.« Isa sah mir in die Augen.

Die Erwähnung ihres Namens machte mich traurig. »Ich weiß nicht, ob ich je über Darcy hinwegkommen werde.« Sie war meine große Liebe gewesen, meine Seelenverwandte in jeder Hinsicht. Obwohl schon zwei Jahre vergangen waren, sah ich noch immer ihr Lächeln vor mir, wenn ich die Augen schloss.

»Ich hab sie auch nicht vergessen, Yussef. Auf dem College haben euch alle beneidet. Ihr wart unzertrennlich.«

»Das stimmt.« *Aber am Ende war es der Tod, der uns getrennt hat. Der Tod trennt alle.*

Je länger ich Sarah beobachtete und je besser ich sie kennenlernte, desto mehr erinnerte sie mich an Darcy. Erst gestern, als ich in Mamas Zimmer trat, lag Sarah neben Mama auf dem Bett, fast Kopf an Kopf, und las ihr vor. Es wirkte so intim und vertraut wie Mutter und Tochter. Ich musste an so einige unterkühlte Krankenschwestern denken, die ich bei der Arbeit erlebt hatte, Frauen, die nie lächelten und sich ständig über die Patienten beschwerten. Sarah war das genaue Gegenteil, genau wie Darcy es gewesen war. Auch Darcy hätte sich zu einer Sterbenden ins Bett gelegt und ihr vorgelesen. Wenn Mama schlief, saß Sarah einfach neben ihr, so wie ich das auch tat.

Isa klopfte mir auf die Schulter. »Hilf mir bitte bei euren Eltern. Ich fänd's wirklich schön, wenn Layla zur Traubenlese kommen könnte.«

Ich nickte, und wir gingen gemeinsam ins Haus.

»Isa ist da und möchte dir guten Tag sagen«, sagte ich zu Mama. Sie saß auf dem roten Sofa im Salon und blickte zum Fenster hinaus in den blühenden Garten. Im Sonnenlicht sah sie fast engelsgleich aus. Der Marmorboden unter ihren Füßen glänzte, und das goldgerahmte Gemälde eines Ziergartens über dem Kamin leuchtete. Sie trug einen smaragdgrünen Morgenrock und schien den Raum selbst in ihrem gebrechlichen Zustand mit Leben zu füllen.

»Herein mit ihm, *habibi*.« Mama lächelte sanft.

Isa hatte Hut und Sonnenbrille abgenommen. »Hallo, *marat ami*.« Er bezeichnete Mama bereits als seine Schwiegermutter. Isa kniete sich vor sie und küsste ihre Hand.

Sie berührte seine Schulter. »Wie geht es deinen Eltern?«

»Sie lassen herzlich grüßen«, sagte Isa. »Wenn sie in den letzten Monaten nicht so viel mit den Erntevorbereitungen zu tun gehabt hätten, wären sie schon längst zu Besuch gekommen.«

»Wo ist Layla?«, fragte Mama mich.

»Sie ist mit Sarah zur Apotheke, um deine Medikamente zu holen«, sagte ich.

»Wer ist Sarah?«, wollte Isa wissen.

»Die Pflegerin, die sich um meine Mutter kümmert«, erklärte ich.

»Oh, sie ist ein Gottesgeschenk.« Mama hob eine Hand an die Brust. »Seit sie da ist, hat Layla mehr Zeit, sich auf die Hochzeit vorzubereiten. Heute sucht sie ihr *henna* aus und bespricht die Farbgestaltung mit der Henna-Frau.«

Isa sah zu Boden und lächelte. Ich wusste, er konnte es kaum erwarten, meine Schwester zu seiner Frau zu machen, und ihr erging es ebenso.

Layla hatte wohl Isas Wagen vor dem Haus gesehen, denn sie kam in den Salon gelaufen. »Isa!«

»Layla.« Er stand auf, um sie zu begrüßen. Sie umarmten sich und hielten einander an den Händen, als sie auf dem Sofa gegenüber von Mama und mir Platz nahmen.

Sarah kam mit dem Beutel Medikamente herein. Ihr blondes Haar umrahmte ihr makelloses Gesicht und wippte bei jedem Schritt. Ich stand auf und nahm ihr den Beutel ab. Ihre rosigen Wangen ließen ihre meerblauen Augen strahlen. Sie setzte sich mir gegenüber in einen Sessel, was mir einen Blick auf ihre wohlgeformten Oberschenkel unter dem leicht ausgestellten Rock bot. Ich folgte ihrer Hand, als sie damit an ihrem hohen, schlanken Hals hinabfuhr. Liebend gern hätte ich meine eigene Hand genau dort hingelegt, um ihre weiche Haut zu spüren. *Was erlaubte ich mir denn bloß?*

»Ich würde die Medikamente gern mit Sarah durchgehen.

Es sind ziemlich viele, und ich will sichergehen, dass sie ordnungsgemäß verabreicht werden.« Ich atmete tief durch, konnte mich kaum konzentrieren. *Was ist denn heute los mit mir?* Ich sah Sarah an. »Könnten Sie mir einen Stift aus dem Arbeitszimmer holen?«

»Gern«, sagte sie.

»Geh doch mit ihr ins Arbeitszimmer und schreib alles genau auf«, schlug Mama vor. »Ich wäre gern ein Weilchen mit Isa und Layla allein.«

Ich hatte das Gefühl, dass Mama spürte, wie sehr ich mich zu Sarah hingezogen fühlte. *War dem wirklich so?* Aber nein. *Ich könnte mich nie in eine jüdische Kolonistin verlieben.* Wollte Mama uns Zeit zu zweit geben? Mama hatte rasch große Zuneigung zu Sarah gefasst und behandelte sie wie eine Familienangehörige.

Sobald wir im Arbeitszimmer waren, packte ich die Medikamente aus. »Sarah.« Meine Stimme klang tiefer und rauer als sonst. »Geben Sie mir bitte den Stift.«

»Bitte sehr.« Sie reichte ihn mir.

Unsere Hände berührten sich, und ich spürte einen Adrenalinstoß. *Was geht mit mir vor? Das ist gar nicht gut. Ich muss mich darauf konzentrieren, eine Ehefrau zu finden.* Ich durfte mir nicht erlauben, mich zu einer Frau hingezogen zu fühlen, die für diese Rolle niemals in Frage käme. Ich könnte nie mit einer Frau zusammen sein, die sich auf Kosten meines Volks für ihr Volk entscheiden würde. Aber Baba hatte gesagt, dass sie keine Zionistin war, sondern aus Russland hatte fliehen müssen. Wenn das stimmte, könnte ich sie vielleicht doch in Erwägung ziehen. *Wie kann ich mir da sicher sein?* Ich atmete tief durch, versuchte, mich zu beruhigen.

»Die nächste Packung bitte.« Ich sah sie ganz bewusst nicht an.

»Lassen Sie mich doch die Dosierungen aufschreiben«, sagte sie, beugte sich über mich und zog mir den Stift aus der Hand. Ein Prickeln durchlief meinen Körper, ein Gefühl, das ich seit Darcy nicht mehr erlebt hatte.

Als ich aufschaute, war sie so nah, dass ich ihren Atem spüren konnte, der nach Jaffas Orangenblüten im Morgenwind duftete. Ihr verlockender Mund ließ mein Herz schneller schlagen. *Sie ist Jüdin*, rief ich mir in Erinnerung. *Vielleicht will sie mein Land für ihr Volk.* Und doch hätte ich sie am liebsten geküsst. *Irgendwas stimmt mit mir ganz und gar nicht.*

»Was soll ich schreiben?« Ihre sanfte Stimme beschleunigte meinen bereits rasenden Herzschlag noch mehr.

Ich holte wieder tief Luft und erläuterte die Reihenfolge, in der Mama die Medikamente verabreicht werden sollten. Sarahs Nähe erregte mich. Ihre Anziehungskraft weckte etwas Ursprüngliches und Instinktives in mir. So musste Eva sich gefühlt haben, als sie den Apfel in der Hand hielt. *Würde ein kleiner Bissen denn wirklich jemandem schaden?*

»Seid ihr fertig?«, rief Laylas Stimme aus dem Flur, und wir fuhren auseinander. Ich schnappte mir den Stift und fing an zu schreiben, als sie eintrat.

»Ich sortiere die Medikamente dann so, wie Sie es wünschen.« Sarahs Stimme klang heller als sonst, und ihr Gesicht glühte.

Ich schrieb die restlichen Instruktionen auf und folgte Layla durch den Flur zurück in Mamas Zimmer. Ich sah zwar nicht, dass Sarah uns folgte, aber ich spürte es.

»Layla darf nur an dem Erntefest teilnehmen, wenn eine weibliche Person sie begleitet«, sagte Mama. »Ansonsten ist eine Übernachtung dort ausgeschlossen. Und Yussef würde natürlich auch mitfahren müssen.«

»Wohin mitfahren?«, fragte ich beiläufig, als wüsste ich nicht, worum es ging.

»Zu unserem jährlichen Traubenlesefest. Ich hab gefragt, ob Layla diesmal zwei Tage bei uns bleiben darf.« Isa zwinkerte mir zu.

Laylas Gesicht erstrahlte, und sie hüpfte förmlich vor Freude.

»Vielleicht kann Sarah sie begleiten«, schlug Mama vor. »Was meinen Sie, Sarah?«

Sarah blickte von dem Tablett hoch, auf dem sie Mamas Medizin angeordnet hatte. Sie biss sich auf die Unterlippe. »Danke für Ihr freundliches Angebot. Ich muss erst meinen Vater um Erlaubnis fragen.«

Layla sah Mama an. »Aber wer soll sich um dich kümmern, wenn Sarah mit uns kommt?« Layla stemmte die Hände auf die Hüften.

»Wir finden bestimmt jemanden für die paar Tage«, sagte Mama. »Ich rede heute Abend mit deinem Vater. Es würde mich wirklich freuen, wenn ihr zwei ein paar schöne Tage erleben könntet.«

»Ich kann mir nicht vorstellen, dass mein Vater mir erlauben wird, über Nacht fortzubleiben.« Sarah blickte nach unten auf ihre Hände.

Warum enttäuschte mich ihre Feststellung? Ich hatte meiner Mutter ein Versprechen gegeben. Ich durfte nicht auf dumme Gedanken kommen.

»Sarah, haben Sie Ihren Vater gefragt, ob Sie mit den anderen zum Erntefest fahren dürfen?«, fragte Mama am nächsten Morgen beim Frühstück und sah dabei zu Baba hinüber. »Yussef wird eine Krankenschwester organisieren, die mich versorgt, und außerdem wird Omar bei mir sein, wenn ihr fort seid.«

»Ich hab ihn gefragt.« Sarah goss frischen Orangensaft in Mamas Glas.

»Und was hat er gesagt?« Ich war gespannt auf die Antwort. Sarah half Mama, das Glas Orangensaft an den Mund zu führen. Sie konnte nicht mehr ohne Hilfe trinken oder essen.

»Er hat gesagt, ich darf nicht mitfahren.« Ihr Gesichtsausdruck war unglaublich wehmütig. Ihre Worte stimmten mich traurig, doch ich rief mich innerlich zur Ordnung. *Es ist besser so.*

»Ich spreche heute mal mit Avraham, vielleicht kann ich ihn ja doch noch überreden.« Baba rückte seinen Stuhl näher an den Tisch und setzte sich aufrecht hin.

»Danke, Sir, aber es ist wirklich nicht erforderlich, dass ich mitfahre.« Sarah hielt den Kopf gesenkt.

»Fatima und ich haben gestern Abend darüber gesprochen. Wir können Layla den Ausflug nur erlauben, wenn Sie sie begleiten«, sagte Baba mit Nachdruck.

»Sarah.« Meine Schwester sah ihr in die Augen. »So ist das bei uns nun mal. Ich brauche eine weibliche Begleitperson, wenn ich woanders übernachte. Wir würden im selben Zimmer schlafen.« *Jetzt versucht auch noch meine Schwester, meine verbotene Frucht zu überreden.*

Wir tranken Tee im Wintergarten. Isa saß neben mir. Aber mich interessierte nur, ob Avraham seiner Tochter doch noch erlauben würde, mit uns zu kommen. Ich hatte mir die Tage bereits freigenommen. Es wäre mein erster Urlaub, seit ich aus England zurück war, und er war mir bei den vielen Überstunden, die ich angesammelt hatte, auch anstandslos genehmigt worden. Mama wollte, dass Layla fuhr, und ich wollte Mama die Freude machen. Vielleicht würde ich auf dem Fest meine zukünftige Frau kennenlernen. *Wenn ich doch nur aufhören könnte, an Sarah zu denken.*

»Ist Sarah noch nicht wieder da?«, erkundigte Baba sich bei Layla.

»Nein. Soll ich sie holen?«, fragte Layla. Sie legte die Zeitschrift beiseite, in der sie geblättert hatte.

»Nein, sie kommt schon noch. Ihr Vater will noch mal mit ihr über den Ausflug reden, bevor er seine endgültige Entscheidung trifft«, erklärte Baba.

Fast eine Stunde war verstrichen, seit Sarah zu ihrem Vater gegangen war. Ich wollte, dass sie uns zu dem Fest begleitete, aber ich wusste, es war keine gute Idee. Sarah pflegte Mama, als wäre sie ihre eigene Mutter. Was, wenn das mit Sarah und mir schiefging und sie dann kündigte? Mama war von ihr abhängig. Eine Affäre mit Mamas Pflegerin war ganz sicher keine gute Idee.

»Soll ich Ihnen hinüber zum Esstisch helfen?«, hörte ich Sarahs Stimme hinter mir. Ich riss den Kopf herum, hoffte, sie lächeln zu sehen, aber sie blickte niedergeschlagen. Ich hätte erleichtert sein müssen.

»Ja, Liebes. Omar hat großen Hunger«, sagte Mama.

Sarah half Mama in ihren Rollstuhl und schob sie in die Küche. Wir anderen folgten.

»Sarah, essen Sie doch mit uns«, schlug Baba vor.

»Danke, Sir. Aber ich habe bereits mit meinem Vater gegessen. Deshalb komme ich jetzt erst.«

Oh, sie haben zusammen gegessen. Vielleicht hat Avraham ja doch zugestimmt.

»Hat Ihr Vater sich entschieden?«, fragte Baba schließlich.

Sie schüttelte den Kopf. »Er will noch etwas länger darüber nachdenken.«

»Wir wollen morgen Vormittag losfahren«, sagte ich. »Er muss sich allmählich entscheiden.« Ich konnte nicht länger abwarten. Die Ungewissheit machte mich wahnsinnig.

»Er hat gesagt, er teilt mir morgen früh seine Entscheidung mit.« Sarahs traurigem Gesicht nach zu urteilen ging sie davon aus, die Erlaubnis nicht zu bekommen.

Verstohlen betrachtete ich ihre betrübte Miene. Am liebsten hätte ich sie in die Arme genommen und getröstet.

Eine Stunde später kam Baba in den Wintergarten und sagte Layla, dass Sarah sie sprechen wolle.

Unruhe erfasste mich.

Schon zwei Minuten später kam Layla zurück. Ich wartete gespannt darauf, dass sie etwas sagte. Ich wollte schon fragen, doch Layla hatte meine Nervosität wohl gespürt und schien entschlossen, mich noch ein wenig schmoren zu lassen.

»Was wollte Sarah denn?« Mama rettete mich, bevor ich die Beherrschung verlor.

»Es ging um den Ausflug morgen.« Meine redselige Schwester war plötzlich sehr einsilbig.

»Ich verstehe die Bedenken ihres Vaters. Wir hätten uns genauso verhalten.« Mama schien Avrahams Entscheidung schon zu kennen. »Was hat sie gesagt?«

»Dass ihr Vater beschlossen hat ...« Layla kratzte sich am Kinn und schielte mit einem leisen Lächeln zu mir herüber. »... dass sie mitkommen darf. Er hat zugestimmt, um Baba seine Dankbarkeit zu zeigen, weil er so viel für ihn getan hat.«

14

Palästina
2. September 1932

YUSSEF

»Guten Morgen, Sarah.« Ich saß unter einem weißen, mit hellroten Bougainvilleen überwucherten Spalier.
»Guten Morgen.« Sie errötete. *Wusste sie, dass ich auf sie gewartet hatte? Hatte ich das wirklich?*
Ich stand auf und ging zu dem Plattenweg, der zwischen den Rosensträuchern verlief. Ich streckte die Hand nach dem Stoffbeutel aus, den sie statt einer Reisetasche dabeihatte.
»Lassen Sie mich den nehmen.« Ich lächelte, als sie mir den Beutel mit ihren Sachen übergab. Meine Hand streifte ihre. Ein Gefühl von Leichtigkeit überkam mich.
»Danke. Sind sie schon länger auf den Beinen?«
Ihr so nahe zu sein ließ mein Herz flattern. *Was mache ich denn? Ich muss vernünftig sein.* »Ja, ich konnte nicht mehr schlafen und wollte Mamas Garten ein wenig genießen, bis wir abfahren.« Mein Blick begegnete dem ihrem. »Ich bin froh, dass Sie mitkommen.«
»Warum sind Sie aus England zurückgekommen?«, fragte sie. »Ihre Mutter hat mir erzählt, dass Sie dort eine erfolgreiche Praxis hatten.«
Ich nickte. »Ein wichtiger Grund war meine Mutter. Ich wollte in diesen schwierigen Zeiten bei ihr sein.« Meine Stimme

zitterte, als ich über Mama sprach. Wir wussten alle, dass ihr nicht mehr viel Zeit blieb. Ich schwieg einen Moment, während ich um Fassung rang.

»Gab es noch andere Gründe?«, fragte Sarah.

Meine Kiefermuskulatur spannte sich an. Ich hatte nicht vorgehabt, die Stimmung zu verderben, indem ich über die politische Situation in meinem Land sprach, aber ich konnte sie auch nicht ignorieren. Ich blieb stehen und sah sie an. »Ich wollte morgens aufwachen und die Orangenblüten riechen, die mir in England so gefehlt haben.« Ich atmete tief ein. Wir standen im Garten vor dem Haus, wo Isas Wagen parkte. »Ich wollte in dem Land meiner Geburt leben, vor allem jetzt, wo der Völkerbund Großbritannien zur Mandatsmacht über Palästina gemacht hat.« Sie schüttelte leicht den Kopf, als wollte sie signalisieren, dass sie nicht verstand, was ich meinte. Sie hatte mich in die Enge getrieben.

»Sarah, Sie wissen, dass Großbritannien der Zionistenbewegung versprochen hat, Palästina den Juden zu überlassen, ungeachtet dessen, was wir Palästinenser dazu zu sagen haben. Nun, ich konnte nicht in England sitzen bleiben und tatenlos dabei zusehen.«

»Ich verstehe Ihren Standpunkt. Aber ich verstehe auch, dass mein Volk einen sicheren Zufluchtsort braucht.«

Ihre Worte wischten das Lächeln aus meinem Gesicht. Ich hatte von Anfang an richtig gelegen. Wir konnten niemals ein Paar werden. »Wir müssen los. Isa und Layla warten schon auf ihre Anstandsbegleiter«, sagte ich und ging zum Auto, ohne sie noch einmal anzusehen. Sie kam hinter mir her. Mein Herz verhärtete sich, und auf einmal war mir kalt.

Baba stand neben dem Wagen, um uns zu verabschieden. Ich setzte mich vorne neben Isa, Sarah stieg zu Layla hinten ein. Wir lächelten und winkten Baba zu, als wir losfuhren. Er hatte genau aufgepasst, dass Männlein und Weiblein getrennt saßen. Sobald er uns nicht mehr sehen konnte, hielt Isa am Straßenrand. Ohne dass er etwas sagen musste, verstand ich, dass er gern Layla neben sich haben wollte. Widerwillig stieg ich aus und setzte mich nach hinten zu Sarah. In den letzten paar Tagen hatte ihre Anziehungskraft auf mich erheblich zugenommen, weshalb es mir zunehmend schwerfiel, ihr zu widerstehen. Aber gerade eben hatte sie praktisch zugegeben, dass sie an das Recht ihres Volkes glaubte, sich hier anzusiedeln.

Sobald wir zurück wären, würde ich mit Baba reden müssen. Er hatte geschworen, dass sie lediglich ein jüdischer Flüchtling war, aber gab es so etwas überhaupt? Erklärten denn nicht alle Juden, die hier Zuflucht suchten, damit ihre Absicht, die Herrschaft über unsere Heimat zu übernehmen? Ich hatte das Gefühl, als würden mein Verstand und mein Körper einander bekämpfen. Je näher mir Sarah war, desto mehr fühlte ich mich zu ihr hingezogen. Ich musste sie mir aus dem Kopf schlagen. Ich durfte mir niemals erlauben, mich in eine Zionistin zu verlieben.

Ich starrte zum Fenster hinaus, damit ich Sarah nicht anschauen musste, und betrachtete die mit Kiefern bestandenen Hügel, die aussahen, als wären sie schon seit Anbeginn aller Zeiten hier gewesen. Wir fuhren durch eine üppige und blühende Natur – sprudelnde Bäche, Täler, Meere von Wildblumen auf den Berghängen, Weingüter und Obstplantagen mit Feigen-, Granatapfel- und Orangenbäumen sowie Olivenhaine. Ein grünes Flickwerk aus bestellten Äckern krönte die Höhenzüge. Wind strich durch das Getreide. Das Land wirkte wie ein endloses Erntefest. Es sah aus, als würden wir in die Wolken hineinfahren, als unser Wagen die Bergstraße erklomm. Ich hielt die Augen weiter auf die Landschaft gerichtet, war mir gleichzeitig jedoch sehr bewusst, wie nah Sarah bei mir saß.

Auf der Vorderbank schob sich Layla näher an Isa heran und legte den Kopf auf seine Schulter. Die beiden summten ein Liebeslied der jungen Umm Kulthum, einer ägyptischen Sängerin, die in diesem Jahr eine Tournee durch verschiedene arabische Länder machte und bereits weit über die Grenzen ihres Landes hinaus bekannt war. Sosehr ich Sarah auch zu ignorieren versuchte, es wollte mir einfach nicht gelingen. Sie duftete wie Mamas Blumengarten.

»Isa, wie laufen diese zwei Tage eigentlich genau ab?«, fragte Sarah.

»Heute Abend findet bei uns zu Hause ein großes Festessen statt«, sagte er. »Das ganze Dorf wird dabei sein. Wir haben Musiker, die während des Essens und bis spät in die Nacht aufspielen, und nach dem Essen führen die Männer traditionelle palästinensische Tänze auf, um unserem Land für seinen reichen Segen zu danken.«

»Was für Instrumente spielen die Musiker?«, fragte Sarah.

»Die *oud*«, sagte Isa.

»Was ist das?«, fragte sie. Ihre Stimme war so weich und sanft. Es ärgerte mich, dass sie wie Musik in meinen Ohren klang.

»Eine Art Laute. Außerdem spielen sie ein flötenähnliches Instrument, das wir *nay* nennen, dazu Trommel, Tamburin und Geige. Der Sänger zählt zu den Besten in Palästina.« Im Rückspiegel konnte ich sehen, dass Isa lächelte, während er sprach. Ich wusste, wie sehr er sich auf das Erntefest freute und wie stolz er auf das Weingut seiner Familie war. »Morgen dann werden wir den ganzen Tag Trauben lesen. Wir müssen Wagenladungen füllen, die dann zum Hafen nach Haifa gefahren und in die ganze Welt verschifft werden. Das ganze Dorf hilft mit. Am Tag darauf wird wieder gelesen, und den Abschluss bildet ein weiterer Festschmaus mit Musik und Tanz.«

Isa bog in eine scharfe Kurve, und Sarahs Bein berührte meines. Wärme durchfuhr meinen Körper. Ich schielte zu ihr hinüber, und unsere Blicke trafen sich. Sie lächelte mich schüchtern an, und ich wandte rasch den Kopf ab.

Isa spähte in den Rückspiegel und sah mich an. »Du bist heute ziemlich still«, sagte er.

»Ich genieße einfach nur die Schönheit unserer Heimat.« Ich wusste nicht, ob ich das indirekt zu Sarah sagte oder als Antwort auf Isas Bemerkung.

»Palästina ist wunderschön«, sagte Sarah und sah zu mir herüber. Sie strahlte. *Warum bloß muss sie aussehen wie ein Engel?*

»Kennen Sie Achad Ha'am, Sarah?«, fragte ich in der Hoffnung, meine Gefühle für sie abzukühlen, wenn ich meine Gedanken wieder auf den Zionismus lenkte.

Ihre blauen Augen leuchteten, als wollte sie mich verzaubern. Ich versuchte, an ihr vorbei nach draußen auf meine wunderschöne Heimat zu schauen, die sie und ihr Volk uns wegnehmen wollten.

»Ja, natürlich. Er ist ein russischer Landsmann. In Russland kannten wir ihn als Ascher Ginsberg, aber er hat einen hebräischen Namen angenommen. Wussten Sie, dass der Name ›einer aus dem Volk‹ bedeutet?«

Natürlich hatte er einen hebräischen Namen angenommen. Sie und ihr Volk versuchten, das jüdische Königtum, das vor zweitausend Jahren in meiner Heimat bestand, wieder zu errichten und eine tote Sprache zum Leben zu erwecken, weil sie uns verdrängen wollten.

»Seinen Schriften nach ist er möglicherweise auf dieser Straße gereist«, sagte ich, um sie wissen zu lassen, dass ich mich mit verschiedenen Arten des Zionismus beschäftigt hatte.

»Wirklich? Hat er denn mal hier gelebt?« Sie biss sich auf ihre liebreizende Unterlippe. Ich blinzelte, versuchte, mich wieder auf Achad Ha'am zu konzentrieren und nicht darauf, wie gern ich meine Lippen auf ihre pressen wollte.

»Nachdem er Russland verlassen hatte, lebte er in Palästina und London, starb jedoch schließlich in Tel al-Rabi.« Ich verwendete den arabischen Namen von Tel Aviv, um ihr vor Augen zu führen, dass Tel Aviv lediglich eine Übersetzung des arabischen Namens war, den es schon lange gegeben hatte, ehe der hebräische wiederbelebt wurde.

»Wo ist das?«, fragte sie. Wie ich vermutet hatte, wusste sie nicht, dass Tel Aviv eine Übersetzung aus dem Arabischen war und »Frühlingshügel« bedeutete.

»Das ist dieselbe Stadt, wo Sie in Zelten gehaust haben, als Sie in Palästina ankamen.«

»Ich dachte, das war Tel Aviv?«

Natürlich dachte sie das, weil sie wahrscheinlich glaubte, dass wir als Volk gar nicht existierten. Ich spürte, wie mein Blut in den Adern brodelte, aber vor Zorn, nicht mehr vor Verlangen.

»Tja, die Zionisten haben den arabischen Namen übersetzt, damit es so klingt, als wäre die Stadt schon immer jüdisch gewesen.«

»Ach so. Das wusste ich nicht.« Sie wurde verlegen und schlug die Augen nieder. Ich konnte nur ahnen, was für Lügen man ihr noch alles erzählt hatte.

»Nachdem Ha'am 1891 Palästina besucht hatte, schrieb er, es gebe in Palästina kaum ein Fleckchen Erde, das nicht landwirtschaftlich bebaut sei.« Ich zitierte einen Zionisten, weil ich wusste, dass sie eher einem anderen Juden Glauben schenken würde – *Palästina war keine dürre Wüste.*

»Wenn ich das gehört hätte, als ich noch in Russland war, hätte ich es nicht geglaubt.« Sarah blickte an mir vorbei zum Seitenfenster hinaus. »Aber heute, nachdem ich gesehen habe, wie palästinensische Bauern ihre Höfe, Weiden und Äcker bewirtschaften, verstehe ich genau, was Ha'am meinte.«

Wenn wir doch nur alle Zionisten dazu bringen könnten, die Wahrheit zuzugeben, dachte ich. Ich stieß einen tiefen Seufzer aus und musterte Sarah. Vielleicht war sie ja wenigstens offen dafür.

»Sie werden es nicht glauben, Yussef, aber man hat uns von klein auf beigebracht, dass Palästina ein Land ohne Volk sei für ein Volk ohne Land.«

Natürlich schockierten mich ihre Worte nicht, weil ich derlei Darstellungen meiner Heimat in England oft zu Ohren bekommen hatte.

»Aber dieses Land ist seit undenklichen Zeiten bevölkert.« Ich lächelte in der Hoffnung, zu ihr durchzudringen. Bei Mutters Pflege war Sarah immer so sanft und herzensgut. Und sie war intelligent. Ich ertappte mich dabei, dass ich nur das Beste von ihr glauben wollte. Dass ich glauben wollte, dass sie innerlich genauso schön war und einfach nur nie die Chance gehabt hatte, die Wahrheit zu hören und zu sehen.

Sarah spitzte die Lippen, und dann lachte sie. »Nicht zu fassen, dass wir auf diese Propaganda reingefallen sind. Die Kreuzfahrer wollten dieses Land erobern und wurden besiegt, doch der Legende nach waren ihre Bezwinger ein unzivilisiertes und barbarisches Volk. Aber jetzt sehe ich, wie schön dieses Land ist und wie gebildet und freundlich sein Volk.« Ihre Worte machten mich glücklich.

»Was haben Sie jetzt vor, wo Ihnen diese Tatsachen über Palästina klargeworden sind?«, fragte Isa. »Wollen Sie zurück in Ihr eigenes Land?« Mir war nicht bewusst gewesen, dass er bei unserem Gespräch zugehört hatte.

Sie senkte den Kopf. »Wir haben in Russland alles verloren. Wir brauchen einen sicheren Ort, an dem wir leben können. Das hier ist jetzt mein Zuhause«, sagte sie leise.

Ich hatte das Gefühl, als hätte mir jemand mit der Faust in den Magen geschlagen. Sie akzeptierte also, dass Palästina keine Wüste war und von uns Arabern bewohnt, aber trotzdem sollte ihr Volk in meiner Heimat Zuflucht finden. Ich rückte näher ans Fenster, weg von ihr.

Betretenes Schweigen machte sich im Wagen breit.

Isa ging vom Gas und zeigte mit einer Hand aus dem Fenster. »Sehen Sie die ganzen Rebstöcke, die sich über die Felder und Berghänge ziehen? Die gehören alle meiner Familie.«

»Sehr beeindruckend, Isa.« Sarah schien froh über den Themenwechsel. »Mir war nicht klar, dass Sie so viel Land besitzen. Wenn Sie und Omar sich zusammentun, haben Sie garantiert das Monopol für Trauben und Orangen.« Sarah lachte leise.

Ich wünschte, ich hätte auch lachen können, aber mir war nicht danach. Isa fuhr ins Dorf, vorbei an den Häusern der Handwerker und um den quirligen Dorfplatz herum, den Kaffeehaus, Moschee, Bäckerei und Metzgerei umringten. Händler hatten kleine Stände aufgebaut, um Früchte, Gemüse, Vieh, Gewürze, Stoffe, Kleidung, Schuhe und andere Waren zu verkaufen. Das Anwesen von Isas Familie erstreckte sich außerhalb des Dorfes, wo auch kleinere Obstplantagen, Olivenhaine und Bauernhöfe lagen, die einigen Dorfbewohnern gehörten.

Als wir auf sein Elternhaus zufuhren, das von endlosen Reihen Rebstöcken umgeben war, wies Isa uns auf etliche Baracken auf einer Hügelkuppe hin.

»Vor etwa einem Jahr hat die britische Armee einer kleinen Gruppe militanter jüdischer Kolonisten aus Europa erlaubt, da oben zu siedeln«, sagt er. »Am Anfang waren es nur drei Hütten, aber seitdem wächst die Siedlung unaufhörlich, weil fast täglich Neuankömmlinge eintreffen.«

Ich warf einen Blick auf meine Schwester, aber sie war offenbar eingeschlafen. Ich hatte mich schon gewundert, warum sie sich gar nicht an dem Gespräch beteiligt hatte.

»So haben auch die Anfänge von Tel al-Rabi ausgesehen«, sagte ich, um Sarah verständlich zu machen, dass ihr Volk versuchte, meine Heimat zu kolonialisieren.

»Stimmt«, sagte Isa. »Und sie haben ihrer Kolonie schon einen hebräischen Namen gegeben.«

Eine Reihe Männer in brauner militärischer Arbeitskluft marschierte die Straße entlang und sang irgendetwas auf Hebräisch.

Sarah hob die Hand an den Mund.

»Das sind Angehörige der rechtsradikalen Jüdischen Verteidigungsliga«, sagte Isa. »Jetzt, wo sie stärker geworden sind, vertreiben sie nach und nach unsere Bauern von ihrem Land. Sie konnten ihre Kolonie erweitern, indem sie eine benachbarte Großfamilie von der Wasserzufuhr abschnitten. Die Leute konnten deshalb ihren Zitronenhain nicht mehr bewässern. Manche Bauern waren schließlich gezwungen, ihr Land zu verkaufen. Ein jüdischer Fonds hat gute Preise bezahlt. Jetzt gehört es den Kolonisten.« Isa deutete auf einen Zitronenhain. »Sobald sie sich den Hain angeeignet hatten, ließen die Zionisten das Wasser wieder fließen.«

Sarah starrte noch immer auf die militärisch gekleideten Zionisten am Straßenrand, schüttelte den Kopf und murmelte leise irgendetwas vor sich hin. Die braunen Uniformen verrieten, dass sie der militanten, rechten Terrororganisation der Zionisten angehörten, der Irgun. Diese Irgun-Kämpfer strömten scharenweise in mein Land. Die Gruppe hatte ein weitläufiges terroristisches Netzwerk, das seine Mitglieder in ganz Europa ausbildete und bewaffnete, bevor sie nach Palästina kamen, um unsere Heimat zu kolonialisieren und von uns Nichtjuden zu säubern. Sarah duckte sich tiefer in ihren Sitz. Schämte sie sich, mit uns Einheimischen zusammen gesehen zu werden? Oder würden die Männer sie umbringen, wenn sie glaubten, sie sei eine Verräterin?

»*Eretz Israel HaSchlema*«, sangen die Männer. Sie reckten die Fäuste in die Luft, als wir vorbeifuhren. Ich fragte mich, ob Sarah je darüber nachdachte, was die Ziele der Zionisten für uns bedeuteten. Was glaubten sie, wie sie einen jüdischen Staat verwirklichen könnten, ohne uns Einheimische zu ermorden oder zu vertreiben und uns unser Land zu stehlen? Ich sah zu ihr rüber, doch sie senkte den Kopf und schaute weg.

Ich staunte, als wir vor Isas Elternhaus vorfuhren. Ich hatte ganz vergessen, wie sehr diese herrliche Kalksteinvilla, an deren Seitenfassaden sich hellrot blühende Bougainvilleen hochrankten, an mein eigenes Zuhause in Jaffa erinnerte. Isa führte uns durchs Haus und nach hinten in den Garten. Das weite, leicht abschüssige Plateau war, so weit das Auge reichte, mit zahllosen, leuchtend grünen Reihen Rebstöcken bedeckt, an denen pralle grüne Trauben hingen. In dem großen Garten waren Tische in einem Quadrat aufgestellt.

Isas Mutter Huda, gekleidet in einem traditionellen schwarzen palästinensischen Gewand mit geometrischem Stickmuster, löste sich eilig von einer Gruppe Gäste und kam zu uns. Sie begrüßte Layla und mich mit einem Kuss.

»Mama, ich möchte dir Sarah vorstellen. Sarah, das ist meine Mutter Huda«, sagte Isa.

»Willkommen«, sagte Huda. Sarah streckte ihr die Hand entgegen, doch Huda umarmte sie stattdessen. »Wie geht es eurer Mutter?«, fragte sie mich.

Layla und ich blickten beide zu Boden.

»Nicht gut«, sagte ich schließlich. Ich hatte ein schlechtes Gewissen, weil ich sie allein gelassen hatte. Aber sie hatte darauf bestanden, dass ich mitfuhr.

»Sie ist eine wunderbare Frau«, sagte Huda. »Es bricht mir das Herz.«

»Kommt«, sagte Isa. »Ich hab eurer Mutter versprochen, dafür zu sorgen, dass ihr euch ein bisschen amüsiert.« Er zog uns zu den übrigen Gästen.

Gut hundert Männer und Kinder schlenderten auf dem großen Areal herum oder saßen auf dem Boden. Die Frauen hatten sich unter einem Zelt versammelt, wo ein Kochbereich im Freien aufgebaut worden war, und bereiteten das Essen zu. Sie plauderten und lachten bei der Arbeit.

»Yussef, führ Sarah doch ein bisschen herum«, schlug Isa arglos vor.

Ich wischte mir den Schweiß von der Stirn.

»Klar«, sagte ich dann. Meine Stimme klang brüchig.

»Ich geh rüber zu den Frauen«, sagte Layla und verschwand in Richtung Kochbereich.

Nicht weit entfernt saß ein großer, kräftiger Mann mit einem Notizbuch an einem Tisch. Hinter ihm stapelten sich Körbe mit Trauben. Vor ihm hatte sich eine Schlange von Menschen gebildet, die Hühner, Ziegen, Schafe, Körbe voller Orangen, Aprikosen und allerlei Gemüsesorten dabeihatten.

»Was passiert da drüben?«, fragte Sarah mich.

»Das sind die Bauern, die ihre eigenen Erzeugnisse gegen Trauben eintauschen.« Ich sah sie an, und diesmal blickten meine Augen ganz sicher nicht sehnsüchtig. »Wie Sie sehen, leben wir von dem, was das Land uns schenkt.«

Ich ging mit ihr in den großen Gemüsegarten. Isas Familie baute alles selbst an. Neben dem Garten wuchsen etliche Obstbäume: Zitronen, Aprikosen, Orangen, Granatäpfel sowie Avocados, Mandeln und Oliven. Ich zeigte ihr den Hühnerverschlag, den Pferdestall, den Pferch, in dem Isas Familie Schafe und Gänse hielt.

Als wir wieder zu den anderen Gästen stießen, stellten die Frauen gerade Teller mit Salat, Fleisch, Geflügel, Saucen und anderen Gerichten auf die Tische. Die Musiker stimmten ihre Instrumente. Der Trommler hielt eine mit Muscheln verzierte Bechertrommel unter dem Arm und schlug einen schnellen Rhythmus mit den Fingerspitzen. Der Flötist spielte zarte, weiche Töne. Gemeinsam klangen die Instrumente seelenvoll, erzählten von Freude und Sehnsucht. Doch plötzlich übertönte ein anderes, sehr viel lauteres Geräusch die Musik.

Ich blickte über Sarahs Schulter. Eine Gruppe von Männern in brauner militärischer Kleidung ritt in vollem Galopp auf uns zu.

»*Mavet la'Aravim!*«, brüllten sie. *Tod den Arabern!* Galle stieg mir die Kehle hoch, als ich begriff, was sie vorhatten. Ich sah, wie sie das Kochzelt mit Fackeln in Brand steckten. Isas Familie und die Dorfbewohner stoben auseinander. Huda strauchelte und fiel hin. Zwei junge Männer halfen ihr hoch. Eine Frau hielt ein kreischendes Baby an die Brust gedrückt, während sie floh. Sarah und ich blieben wie angewurzelt stehen, obwohl die Angreifer näher kamen. Ein sonnenverbrannter Mann mit stechend blauen Augen schwang seine Fackel in Richtung Sarah.

Ich riss den Arm hoch und fing die Fackel ab, bevor sie Sarah treffen konnte. Flammen züngelten an meinem Ärmel hoch. Sarah riss ein weißes Tischtuch herunter, warf es über meinen Arm und erstickte die Flammen.

Die Angreifer ritten weiter. Sie galoppierten auf die Rebstöcke zu, die Fackeln vor sich ausgestreckt.

Nein, nicht die Ernte, wollte ich rufen, während um mich erschreckte Schreie ertönten.

Ich schleuderte das Tischtuch weg, wodurch mein verkohltes Hemd und der verbrannte Arm darunter zum Vorschein kamen. Sarah trat näher, als wollte sie meine Verbrennung untersuchen, doch ich stieß ihre Hand weg und rannte los, zu den Rebstöcken.

Die Männer hatten rasche und gründliche Arbeit geleistet. Ein gut geplanter Angriff. Als sie davonritten, wagte keiner, ihre Verfolgung aufzunehmen. Die ersten Rebstöcke gingen in Flammen auf. Menschen füllten Eimer mit Wasser und liefen damit zum Feuer. Sarah rannte hinter mir her. Isa und andere verteilten nasse Decken an die Gäste, die sich entlang der brennenden Rebstöcke in einer Reihe aufstellten, um das Feuer zu ersticken. Rauch nahm uns die Sicht. Mit geschlossenen Augen schlugen wir auf die Flammen ein. Andere beteiligten sich an der Eimerkette. Hustend und würgend arbeiteten wir Hand in Hand, bis der Brand gelöscht war.

Große Schüsseln mit Essen waren auf der Erde gelandet, die Grillroste waren umgekippt worden, und das Kochzelt war völlig verkohlt.

Müde, rußbedeckt und schmutzig sahen Sarah und ich einander schockiert an. Ich stellte den letzten Eimer ab und wandte mich ihr zu. Nach einem kurzen Moment senkte sie den Kopf.

»Es tut mir leid«, begann sie.

»Was genau?« Mein Tonfall klang verständlicherweise verbittert.

»Dass ich Jüdin bin.« Sie zuckte mit den Achseln. »Dass ich *hier* bin. Wir hätten woandershin gehen sollen, als wir Russland verließen. Irgendwohin, wo wir anderen nicht geschadet hätten. Guten Menschen wie Ihrer und Isas Familie.« Sie fing an zu weinen.

Ich schloss meine Arme um sie und hielt sie fest.

»Es ist nicht Ihre Schuld«, sagte ich, worauf sie noch heftiger weinte. Ich hob ihr Kinn an und sah ihr in die Augen.

Sie bemerkte meinen zerfetzten Ärmel und keuchte auf, als ihr Blick auf meinen verbrannten Unterarm fiel.

»Gehen wir ins Haus«, sagte sie und nahm meine Hand. »Ich muss die Wunde verbinden.« Sie wandte sich Isa zu. »Schicken Sie alle, die verarztet werden müssen, ins Haus.«

»Ist halb so schlimm«, sagte ich, als sie mich Richtung Haus zog.

»Nein, das muss versorgt werden.« Sie ließ sich das Bad im Parterre zeigen und schob mich hinein. Rasch und mit der Routine einer Krankenschwester begann sie, mein Hemd aufzuknöpfen. Ich wusste, ich sollte sie stoppen und ihr sagen, dass ich durchaus in der Lage war, mich selbst auszuziehen, aber ich war erneut ihrem Zauber verfallen. Ihre sanfte Berührung wühlte längst vergessene Gefühle und ein so intensives Verlangen auf, dass mir angst und bange wurde.

Sarahs Stirn legte sich besorgt in Falten, als sie das Hemd von meinen Schultern schob und behutsam die Reste des Ärmels ablöste. Mein linker Unterarm war rot verbrannt und tat jetzt, da der Schock und das Adrenalin allmählich abklangen, höllisch weh.

Ich ließ mir von Sarah dabei helfen, mich neben der Badewanne auf den Boden zu setzen. Sie drehte den Wasserhahn auf und holte dann rasch für mich ein Sitzkissen aus der Diele.

»Halten Sie den Arm mindestens zehn Minuten in kaltes Wasser«, sagte sie. Mir musste nicht gesagt werden, wie eine Verbrennung zu behandeln war, dennoch sperrte ich mich dagegen, den Arm ins Wasser zu tauchen. Ich war es nicht gewohnt, der Patient zu sein, und Sarah verstärkte dieses eigenartige Gefühl noch zusätzlich durch ihre unleugbare Anziehungskraft auf mich. Ihre Nähe versetzte mich innerlich in Aufruhr, äußerlich jedoch versuchte ich, stoisch zu wirken, während sie meine Verletzung verarztete.

Als ich den Arm schließlich ins Wasser getaucht hatte, holte sie ein großes Handtuch und legte es mir um Schultern und Oberkörper.

»Yussef, ist Ihnen kalt?« Sie kniete sich vor mich hin und sah mir ernst in die Augen.

Ich schüttelte den Kopf. Kalt war mir wahrhaftig nicht, stattdessen spürte ich nur allzu deutlich die Hitze, die von ihr ausging und mir durch den Körper drang, zu Teilen meiner Anatomie, die ich lieber ignorierte. Ich fragte mich vage, ob schon andere Patienten dieses Problem gehabt hatten, wenn sie von Sarah gepflegt wurden.

»Ich wünschte, ich hätte ein Thermometer«, murmelte sie, stand auf und schaute sich in dem kleinen Raum um, als könnte unversehens eins auftauchen. »Ihre Körpertemperatur darf nicht zu tief fallen.«

Oh, das steht nicht zu befürchten.

Isa tauchte in der offenen Tür auf.

»Gibt es noch andere Verletzte?«, fragte Sarah mit ehrlicher Sorge.

Isa schüttelte den Kopf. »Nur Yussef.« Er sah an Sarah vorbei zu mir. »Meiner Mutter geht's gut. Einige andere haben zu viel Rauch eingeatmet, aber sie erholen sich schon wieder. Was ist mit dir?«

»Alles gut«, sagte ich. *Mehr als gut – bis du gestört hast.*

»Wenn das so ist –« Isa lächelte mich an und wandte sich zum Gehen. »Du bist in guten Händen, und ich muss die übrigen Gäste beruhigen.« Dann schloss er die Tür hinter sich, obwohl weder Sarah noch ich ihn darum gebeten hatten. Wir blickten uns einen Moment lang stumm und verlegen an. Sie schien ihre Krankenschwesterrolle abgelegt zu haben, und ihre Hände, die sich öffneten und schlossen, verrieten eine Nervosität, die ich zuvor nicht bemerkt hatte.

»Wie geht es *Ihnen* eigentlich?«, fragte ich.

Sie schüttelte den Kopf, und neue Tränen stiegen ihr in die Augen. »Heute ist mir zum ersten Mal richtig klargeworden, was es für Sie und Ihr Volk bedeutet, dass wir Juden einen sicheren Zufluchtsort wollen.«

»Es war nicht Ihre Schuld, das weiß ich.«

»Oh, doch. Die Männer mit den Fackeln gehören zur Jüdischen Verteidigungsliga, und die –« Sie senkte die Augen. »Die hat mein Onkel Isaak gegründet.«

Ihr eigener Onkel. Sarahs leises Geständnis hätte der sprichwörtliche Nagel zum Sarg der absurden Anziehung sein müssen, die sie auf mich hatte, aber seltsamerweise war dem nicht so. Ich merkte, dass ich mir ihre Seite der Geschichte mit sehr viel mehr Interesse und Mitgefühl anhörte, als ich zuvor gedacht hätte. Dabei hätte ich nach den Ereignissen des Abends doch eigentlich lauthals verkünden müssen, dass wir eine Verräterin unter uns hatten.

»Zuerst hat uns die Verteidigungsliga beschützt, als wir in Russland drangsaliert wurden. Ich selbst hab bei ihnen den Umgang mit Waffen gelernt«, gab sie zu. »Und diese Ausbildung hat mir das Leben gerettet.« Ihre Stimme war gepresst, und mir fielen ein paar Einzelheiten ein, die ich mitbekommen hatte, als Mutter meinem Vater erzählte, was Sarah und ihr Vater vor ihrer Flucht aus Russland durchgemacht hatten. *Sarahs Ausbildung hat* ihr *das Leben gerettet, aber das ihrer Mutter konnte sie nicht retten.*

Sie seufzte schwer. »Damals schien das gut zu sein. Aber jetzt schützt Onkel Isaak nicht mehr die Juden in Europa, sondern hat Palästina im Visier. Erst heute ist mir klargeworden, was seine Männer hier machen. Sie wollen nicht bloß einen sicheren Zufluchtsort für Juden erschaffen. Sie wollen einen jüdischen *Staat* – in Ihrem Heimatland. Was heute passiert ist, war unrecht; ich schäme mich sehr dafür.« Ihr Verhalten bestätigte ihre Worte, und ich merkte ihr an, wie schwer es ihr fiel, mich anzusehen. »Wir werden nie sicher sein, wenn wir einem anderen Volk das antun, was uns angetan wurde. Wir müssen lernen, gemeinsam zu leben – zusammen mit Ihnen und Ihrem Volk.«

»Ich fürchte, das ist nur ein schöner Traum.« *Ebenso unrealistisch wie der Traum von Sarah und mir als Paar.* Ich klopfte auf den Boden neben mir. »Kommen Sie, setzen Sie sich.«

Sie zögerte und schielte zur Tür.

Willst du etwa gehen? Ich war nicht bereit, sie fortzulassen. »Mir wird jetzt doch ein bisschen kalt«, fügte ich mit einem schiefen Lächeln hinzu, nach dem mir eigentlich nicht zumute war. Tatsächlich gefror mir das Blut in den Adern, wenn ich an den unvermeidlichen Konflikt unserer beiden Völker dachte, der ganz sicher vor uns lag. Aber jetzt, in diesem Moment, wollte ich Sarah nur ganz nah bei mir haben, wollte spüren, wie es sein könnte, wenn dieses unüberwindliche Hindernis nicht zwischen uns läge.

Sie hielt sittsam ihren Rock fest, setzte sich neben mich und zog die Beine seitlich an den Körper. Ich legte meinen unverletzten Arm um sie und freute mich, als sie sich gegen mich lehnte.

»Ich wünschte, du wärst keine Jüdin«, flüsterte ich.

»Ich weiß.« Sie hob den Kopf, sah mich an.

»Aber ich schätze deine Ehrlichkeit«, sagte ich. »Tut mir leid, wenn ich vorhin im Auto ein bisschen barsch war.«

»Du hattest allen Grund dazu. Und du hast allen Grund, Vater und mich aus eurem Haus zu schicken.«

Ich schüttelte den Kopf. »Und den Zorn meiner Mutter riskieren? Nein, danke.« Sarah und ich lächelten uns wissend an.

»Fatima ist willensstark, selbst in ihrem geschwächten Zustand«, stellte Sarah fest.

»Du hättest sie früher erleben sollen.« Ich lächelte wehmütig bei dem Gedanken daran, wie Mutter einst war. »Ich wünschte, das hättest du.« Ich meinte es ehrlich. Ein weiteres *Was-wäre-wenn* oder *Wenn-doch-nur*, das sich zu der immer länger werdenden Liste in meinem Kopf gesellte.

»Das wünschte ich auch.« Sarah schmiegte sich enger an mich, legte den Kopf an meine Brust. *Kann sie hören, wie schnell mein Herz schlägt? Ahnt sie, welche Wirkung sie auf mich hat?*

»Was soll ich nur mit dir machen?« Ich sprach die Frage aus, die mich seit Tagen beschäftigte.

Sarah antwortete nicht.

15

Palästina
16. September 1932

YUSSEF

Layla und ihr frischgebackener Ehemann Isa saßen auf einem kleinen Sofa am hinteren Ende des Gartens. Ihre Blicke trafen sich, und ich konnte förmlich sehen, wie es zwischen ihnen knisterte. Sie waren so verliebt. Sie hielten sich an den Händen und flüsterten miteinander, während sie zusahen, wie ihre Gäste zur Musik der zehnköpfigen Kapelle tanzten. Layla sah wunderschön aus im Hochzeitskleid unserer Mutter. Gemeinsam gaben sie ein elegantes Paar ab. Ich freute mich aufrichtig für sie, während mir zugleich für mich selbst traurig ums Herz war.

Mama trug ein prächtiges rotes Seidengewand, das Layla gekauft hatte. Es hatte Puffärmel, einen hohen Kragen und eine weite Taille. Layla hatte es ausgewählt, weil es kaschierte, wie ausgezehrt Mama inzwischen war, und Sarah hatte die Räder von Mamas Rollstuhl mit weißen Schleifen geschmückt. Mama saß erhobenen Hauptes zwischen Layla und Isa in ihrem Stuhl. Für diesen Abend hatte sie offenbar ihre ganze Kraft aufgeboten.

»Du siehst schön aus«, sagte ich zu Layla.

Isa ließ ihre Hand nicht los. »Sie ist eine wunderbare Frau«, sagte er und sah sie mit verklärten Augen an. »Meine Frau ist klug und schön und hat ein Herz aus Gold. Ich bin der glücklichste Mann auf Erden.« Er strahlte schon den ganzen Abend über beide Backen.

Layla und Mama lächelten, als er das sagte.

Mama signalisierte mir mit einer Hand, dass ich sie zu einem Tisch am Rande der Tanzfläche schieben sollte. Männer tanzten *Dabke*, stampften rhythmisch mit den Füßen. Sie bildeten einen Halbkreis und hielten sich an den Händen, während sie mit synchronen Schritten einem Anführer folgten und zum Klang der Flöte mit den Schultern wippten. Mama schaute den Tänzern mit strahlendem Gesicht zu. Nachdem die *Dabke* geendet hatte, schauten wir etlichen Paaren zu, die zu arabischer Musik tanzten. Schultern zuckten, Hüften kreisten, und Körper glitten in stetigen Bewegungen dahin. Avraham und Vater unterhielten sich an einem Tisch mit mehreren anderen Männern. Mit Ausnahme von Sarahs Vater rauchten alle Wasserpfeife.

Lampionketten erhellten den gesamten Garten für diese Feier des Glücks.

Dann ertönten die ersten Klänge eines langsamen Walzers. Im Nu war ich bei Sarah.

»Darf ich bitten?« Ich sah sie zärtlich an. In dem rosenfarbenen Seidengewand, das Mama ihr geschenkt hatte, war sie noch schöner als sonst. »Du siehst heute Abend hinreißend aus.« Wenn Sarah und ich miteinander sprachen, war es, als wären wir allein auf der Hochzeit. Niemand sonst existierte. Ich streckte die Hand aus, und Mama nickte mir aufmunternd zu.

Die Berührung unserer Hände ließ meinen Körper entflammen, als ich sie über die Tanzfläche führte. Mir war, als würden wir auf einer Wolke tanzen, nur wir zwei. Ich zog sie näher an mich heran. In mir brannte ein Feuer.

Wir kamen an dem Tisch mit den Männern vorbei, und ich fragte mich besorgt, was ihr Vater denken mochte, wenn er mich so eng mit seiner Tochter tanzen sah. Weil ich ihn nicht ansehen und den Augenblick verderben wollte, blickte ich zu Mama hinüber. Sie saß vorgebeugt, eine Hand auf den Bauch gepresst, und dann kippte sie vorwärts aus dem Rollstuhl auf die gefliese Veranda.

Sarah und ich stürzten zu ihr.

»Mama«, murmelte ich. Ich drehte sie behutsam um. Blut lief ihr aus der Nase.

Sarah hielt Mamas mageres Handgelenk und nahm ihren Puls, während ich ihre Augen kontrollierte.

Die Gäste umdrängten uns. Layla saß in ihrem Hochzeitskleid auf dem Boden, hielt Mamas eine Hand, während Baba die andere nahm. Isa war direkt neben Layla, eine Hand auf ihrer Schulter.

»Mama, wach auf! Bitte, Mama«, rief Layla. Schluchzend drückte sie den Kopf an Isas Brust, während er ihr den Rücken rieb.

Mama atmete flach. Sie war dem Tode nahe. Meine Augen begegneten Sarahs, und wir dachten beide dasselbe. Sie hielt meinen gequälten Blick einen Moment lang fest, ehe ich wegschaute.

»Mama, bitte.« Meine Stimme brach. Sarah eilte zu einem Tisch, holte ihre Handtasche und nahm ein Fläschchen Riechsalz heraus, das sie immer bei sich hatte, wenn sie sich um Mama kümmerte.

Mamas Augenlider flatterten, als das Riechsalz sie zurück ins Bewusstsein holte.

Ich stieß einen Seufzer der Erleichterung aus, umschloss Sarahs Unterarm und drückte ihn kurz, bevor ich Mama aufhob und ins Haus trug.

Ich legte sie aufs Bett. Layla und Isa standen in der Tür, aber ich winkte sie mit einer Handbewegung weg. Isa legte die Arme um Layla und führte sie davon. Mamas Haut war schweißfeucht, und sie fühlte sich fiebrig an. Sie wirkte benommen und desorientiert. Baba setzte sich zu ihr ans Bett, das Gesicht gramerfüllt, während er sie voller Liebe betrachtete.

16

Palästina
17. September 1932

YUSSEF

Aufgewühlt von Mamas Zusammenbruch und den Kopf voller Gedanken an Sarahs fürsorgliche Pflege meiner Mutter, fand ich keinen Schlaf und verbrachte eine ruhelose Nacht. Wenn sie so für Mama da sein konnte – voller Mitgefühl und Rücksicht und Liebe –, dann konnte sie vielleicht auch für mich so sein. Immer wieder musste ich daran denken, was ich empfunden hatte, als ich mit Sarah tanzte, sie eng umschlungen hielt. Es hatte mich mit Wonne und Glück erfüllt. Ein Teil von mir würde Darcy ewig lieben, aber ich konnte nicht aufhören, daran zu denken, wie es sich angefühlt hatte, Sarah in den Armen zu halten. Wir hatten uns zur Musik bewegt, während der Rhythmus ihres Atems meinen Hals wärmte. Ich fühlte mich nicht nur körperlich zu ihr hingezogen. Meine Gefühle waren stärker als unsere Unterschiede, so groß sie auch waren. Ich wusste jetzt, dass ich eine Beziehung zu ihr eingehen wollte, um herauszufinden, ob sie die Frau war, mit der ich mein Leben verbringen wollte.

Im Morgengrauen ging ich hinunter in den Garten meiner Mutter, um mich an ihren Blumen und den ersten Sonnenstrahlen zu erfreuen. Ich setzte mich mit meinem Kaffee unter das Spalier und dachte daran, wie wenig Zeit Mama noch blieb.

Was, wenn sie starb, bevor ich ihren letzten Wunsch erfüllen konnte, eine Frau zu finden? Aber würde sie Sarah als Schwiegertochter akzeptieren?

»Guten Morgen, Yussef.« Sarahs Stimme ertönte hinter mir. Als ich mich umwandte, wetteiferte ihr Lächeln mit der Schönheit der Morgensonne, die auf dem blauen Wasser des Meeres glitzerte.

»Guten Morgen, Sarah. Du bist früh auf.« Ich war glücklich, sie zu sehen. Ich hatte nicht damit gerechnet, dass sie schon so früh wieder auf den Beinen war, nachdem sie die halbe Nacht bei Mutter gewacht hatte. Hätte ich nicht darauf bestanden, sie abzulösen, damit sie etwas ruhen konnte, wäre sie gewiss die ganze Nacht nicht von Mamas Seite gewichen.

»Wie geht's deiner Mutter? Ich wollte gerade nach ihr schauen.«

»Mama schläft jetzt. Baba ist bei ihr. Setz dich zu mir. Der Schlaf wird ihr guttun.« Ich klopfte auf den Sitz neben mir.

Sarah senkte den Kopf, und ein schüchternes Lächeln erschien auf ihrem Gesicht. »Wenn das so ist, bin ich ganz die Deine.« Sie ahnte ja nicht, wie sehr ich mir genau das wünschte.

Ich hielt ihr eine Rosenknospe hin, die ich zuvor gepflückt hatte. »Darf ich dir zuerst die hier überreichen?«

Als sie die Rose nahm, berührten sich unsere Hände, und wir hielten einen Moment lang inne.

Sie roch an der cremeweißen Blume, deren Blütenblätter an den Spitzen rot überhaucht waren.

»Mein Lieblingsgedicht handelt von einer solchen Rose. Sie symbolisiert Reinheit und Unschuld.« Das Funkeln in ihren Augen gab mir Mut.

»Ich weiß«, sagte sie errötend. »Ich fühle mich geehrt.«

Wärme durchstrahlte meinen Körper beim Klang ihrer Stimme.

Blütenduft lag in der Luft. Um uns herum brachte die Sonne die herrlichen Farben der Blumen zum Leuchten. Der Morgen fühlte sich wie verzaubert an.

»Sarah«, seufzte ich. »Ich konnte die ganze Nacht nicht schlafen, deinetwegen.«

Sie wurde blass, biss sich auf die Lippen. »Gibt es ein Problem?«, fragte sie. »Hab ich etwas falsch gemacht?«

»Nein, du machst deine Arbeit großartig.« Ich zögerte kurz. »Aber ich musste ständig an dich denken. An dich und mich – als Mann und Frau.«

»Oh.« Ihre Stimme war sanft. Sie lächelte.

Ich hätte sie am liebsten in die Arme geschlossen. »Ich würde dich gern besser kennenlernen.« Sie legte den Kopf zur Seite, und ich wusste, dass ich meine Absichten deutlicher machen musste. »Als Frau, nicht nur als Pflegerin meiner Mutter.« Meine Finger sehnten sich danach, sie zu berühren, und ich nahm ihre Hand. »Ich glaube, ich bin dabei, mich in dich zu verlieben.«

Sie hob die andere Hand an den Mund. Der Atem schien ihr zu stocken.

»Meinst du, du könntest ähnliche Gefühle für mich haben?«, fragte ich.

Statt einer Antwort legte sie ihre Hand auf meine, und mir war, als würde mich ein Stromstoß durchfahren. Ihr Mund war meinem so nah. Ich wünschte mir, sie zu küssen. Ich wollte sie mehr, als ich je irgendetwas in meinem Leben gewollt hatte. »Meine Kultur ist anders als die in Europa, wo zwei Menschen erst eine gewisse Zeit miteinander ausgehen, um sich besser kennenzulernen.«

Sie sah mich aufmerksam an, ohne zu blinzeln.

»Wenn ein Mann hier einer Frau den Hof machen will, verloben sich die beiden«, sagte ich. »Ich würde dir gerne den Hof machen, Sarah. Möchtest du das?«

»Ich verstehe nicht ganz«, sagte sie.

»Sarah, ich möchte mich mit dir verloben und dich besser kennenlernen.« Ich schaute mich im Garten um, überlegte, wie ich es besser erklären konnte. »Verstehst du? Wie Isa und Layla vor ihrer Heirat.«

Ein glückliches Lächeln verdrängte ihren verwirrten Gesichtsausdruck.

»Ich weiß, du kommst aus einer anderen Welt mit deinen eigenen Traditionen, deshalb wollte ich dir unsere Sitten und Gebräuche erklären, bevor ich bei deinem Vater um deine Hand anhalte.«

Sie zuckte zusammen, und ein kalter Ausdruck erschien auf ihrem Gesicht.

»Nein«, sagte sie lauter, als mir lieb war. »Ich rede selbst mit ihm.« Sie sah mir tief in die Augen, und ihre Stimme wurde wieder sanft. »Aber ich nehme deinen Antrag an, egal, was mein Vater dazu sagt.«

»Wir müssen es wenigstens meiner Mutter erzählen«, erklärte ich. »Ich weiß nicht, wie viel Zeit ihr noch bleibt. Sie soll unbedingt erfahren, dass ich meine zukünftige Frau gefunden habe.«

»Glaubst du wirklich, es wird sie beruhigen, wenn sie weiß, dass du dich für eine Jüdin entschieden hast?«, fragte Sarah.

»Sie wird entzückt sein.« Das hoffte ich zumindest.

Sarahs Lächeln machte mich atemlos. Ich war der glücklichste Mann der Welt und würde auch meiner Mutter Freude bringen.

Meine Hand zitterte leicht, als ich erneut nach Sarahs griff. Als unsere Finger sich berührten, wurde mir ganz heiß. Sarahs Wangen färbten sich rot. Unsere Blicke trafen sich. Wie Sarah konnte auch ich mein breites Lächeln nicht verbergen. Hand in Hand gingen wir nach meiner Mutter sehen, und um ihr die frohe Neuigkeit zu überbringen, während alle anderen noch schliefen. Leise betraten wir ihr Zimmer. Mama war wach, und sie brachte ein Lächeln zustande, als sie uns sah.

Ich setzte mich ans Bett. »Sarah und ich haben dir etwas Schönes zu sagen«, sagte ich leise.

Sie nickte und legte eine Hand auf meine Schulter. Das Lächeln meiner Mutter wuchs, als sie sah, dass Sarah sich neben mich setzte. Wir hielten uns noch immer an den Händen.

»Ich wusste gleich, dass Sarah die Richtige für dich ist«, flüsterte sie leise.

Ich küsste Mutters Hand und umarmte sie, und Sarah tat es mir gleich. Mama bedeutete uns, das Kissen unter ihrem Kopf anzuheben, damit sie sich aufsetzen konnte. »Endlich hast du mir den größten Wunsch meines Lebens erfüllt.« Sie holte tief Luft, während Freudentränen über ihr sterbensmüdes Gesicht rannen. Ich war selig, dass ich meine Mutter glücklich gemacht hatte.

Mama erwähnte ihren Sturz auf Laylas Hochzeit am Tag zuvor mit keinem Wort, obwohl sie zweifellos unter quälenden Schmerzen litt. Sie sah Sarah und mich nur mit leuchtenden Augen an. Ich fragte mich, ob sie jetzt das Gefühl hatte, ihre Aufgabe auf Erden erfüllt zu haben, nachdem ihre Tochter verheiratet war und ihr Sohn sich verloben würde. Ob sie jetzt bereit war, Abschied zu nehmen. Aber ich war Arzt und glaubte an die Wissenschaft, nicht an die Macht der Gedanken.

»Wie geht es ihr?«, fragte Baba, als er später am Tag ins Krankenzimmer trat. Die Jungvermählten, Sarah und ich saßen bei Mama.

Sarah, Layla und Isa antworteten nicht. Mama hatte fast den ganzen Tag geschlafen und die Augen nur selten ein paar Minuten offen halten können. Ihr Atem ging flach, und ich wusste, dass es mit ihr zu Ende ging. Ich wartete ein paar Sekunden, dann schüttelte ich den Kopf, signalisierte: *nicht gut.*

»Möchten Sie vielleicht etwas essen?«, fragte Sarah meine Mutter.

Mama schüttelte den Kopf. Sie hatte seit dem Hochzeitsessen, als sie ein paar Löffel Linsensuppe und selbstgemachten Joghurt heruntebekommen hatte, keine Nahrung mehr zu sich genommen. Etwas in ihren Augen sah tot aus. Ich verfluchte diesen furchtbaren Krebs, der ihren Körper zerstört hatte.

»Auch sonst niemand? Vielleicht eine Tasse Kaffee?« Ich dankte Gott für Sarahs Hilfe. Sie war geduldig, einfühlsam und liebevoll. Obwohl sie unsere Familie und Mutter erst kurze Zeit kannte, sah ich in ihren Augen, was für großen Schmerz und Kummer sie wegen Mama empfand.

»Kaffee wäre wunderbar«, sagte Baba.

Sarah ging in die Küche. Eine Weile später kam sie mit einer Kanne arabischem Kaffee und Mokkatassen auf einem Tablett zurück. Mama hatte ihr beigebracht, ihn zu kochen. Als ich ihr zusah, wie sie den Kaffee einschenkte, wie selbstlos sie in unserer Stunde der Not war, lief mir vor Liebe fast das Herz über.

Ich schaute mich im Zimmer um, als sähe ich es zum ersten Mal – die Gemälde, die Mama gekauft hatte, das elegante Mobiliar, der Perserteppich, die schweren Vorhänge und die zahllosen Bücher. Auf einer Kommode stand ein Foto von Layla und mir als Kinder, mit dem Haus im Hintergrund. Layla war da höchstens zwei. Mama stand mit uns zusammen im Garten, und ich konnte das Glück und die Liebe in ihrem Gesicht sehen. Wie würde es sein ohne Mama in der Welt?

»Ich werde dich so unendlich vermissen«, sagte Layla, der Tränen übers Gesicht strömten. Sarah trat beiseite, damit Layla Mutters Hand nehmen konnte. Wir wussten, es war Zeit, Abschied zu nehmen.

»Wieso solltest du mich vermissen, wenn ich doch immer bei dir bin?«, fragte Mama.

Wir sahen sie an, versuchten zu verstehen, was sie meinte.

»Ich werde bei dir sein, wenn du deine Kinder auf die Welt bringst. Ich werde bei dir sein, wenn du deinen letzten Atemzug tust. Ich weiß, du wirst mich für immer bei dir haben, in deinem Herzen und deiner Seele.«

»Ich werde dich immer bei mir haben«, sagte Layla.

»Endlich kann ich Ruhe finden.« Mama lächelte und sah mich an, wandte sich dann Sarah zu.

»Sarah.« Mamas Stimme war so schwach, dass ich sie kaum verstehen konnte. »Sorge gut für meinen Yussef«, flüsterte sie.

»Das werde ich.« Sarah nahm Mamas Hand, bestätigte, was bislang nur wir drei wussten, dass Sarah meine Frau werden würde. Ich fragte mich, wie Baba und Layla reagieren würden. Ich sah zu ihnen hinüber, um ihre Reaktion einzuschätzen, aber sie waren zu verzweifelt, um irgendetwas in Mamas Worte hineinzulesen. Ich wollte gar nicht daran denken, bald mit Sarahs Vater reden zu müssen. Im Augenblick konzentrierte ich mich nur auf Mama. Ich nahm ihre andere Hand.

»Das ist wunderbar«, flüsterte sie und schloss sichtlich erschöpft die Augen. Es war kaum vorzustellen, dass wir gestern noch Laylas Hochzeit gefeiert hatten. Mamas Zustand verschlechterte sich so schnell. Die Hochzeit hatte sie stärker angestrengt, als ich geahnt hatte.

Es war, als hätte sie sich selbst die Erlaubnis erteilt zu gehen. Wir alle umringten ihr Bett. Ihr Atem ging immer flacher. Sie schlug erneut die Augen auf, sah erst Layla an, dann mich und schließlich Baba. Auf ihrem Gesicht lag ein zartes Lächeln. Wieder schlossen sich ihre Lider. Layla und ich hielten weiterhin ihre Hände.

Mama neigte den Kopf. »Omar, du warst der vollkommene

Ehemann, Vater und Freund. Du warst und bist meine große Liebe.« Ihre schönen smaragdgrünen Augen glitzerten.

»Das Leben wird nie mehr dasselbe sein ohne dich, Fatima«, sagte Baba mit tränenerstickter Stimme. »Du hast mir zwei wundervolle Kinder geschenkt. Wir werden dich nie vergessen.« Baba sah Layla an. Die biss sich auf die Lippe und holte tief Luft. »Ich werde dich nie vergessen, Mama.« Layla begann zu schluchzen und konnte nicht weiterreden.

Die Reihe war an mir, und ich überlegte, wie ich Mama sagen konnte, wie sehr ich sie liebte. Ihre Lider begannen zu flattern, und ich drückte sanft ihre Hand, um ihr zu verstehen zu geben, dass ich immer bei ihr sein würde.

»Ich liebe dich Mama«, sagte ich wieder und wieder, bis sie ihren letzten Atemzug tat.

TEIL 4

17

Siedlung Kiriyat Chamesch, Judäa und Samaria
1. Mai 1990

REBEKKA, 18 Jahre alt

Selbst im Schatten und mit Sonnenbrille auf der Nase blendete mich die sengende nahöstliche Sonne. Obwohl ich seit zwei Jahren in Israel lebte, hatte ich mich noch immer nicht an die Hitze gewöhnt. Ich blinzelte, als ich zu Ze'evs Dienstmädchen Hend hochschaute. Sie brachte uns Limonade auf einem Tablett. Sie trug ein langes, zerschlissenes, schwarzes Gewand, das fast jeden Zentimeter ihres Körpers bedeckte. Und das bei dieser Hitze, die Ärmste! Ich dagegen trug lediglich einen Bikini, und obwohl Ze'evs Luftbefeuchter und Ventilator in meine Richtung bliesen, war mir unerträglich heiß.

Falls ihre Kleidung ein Indiz für ihre finanzielle Lage war, lebte sie eindeutig in ärmlichsten Verhältnissen, selbst im Vergleich zu ihren unterprivilegierten arabischen Landsleuten. Sie stellte das Tablett mit der Limonade auf dem Tisch zwischen Ze'ev und mir ab und goss uns zwei Gläser ein. Ich streckte die Hand aus, als Hend mir meines reichte, doch das Glas entglitt ihr und zerbarst auf der Steinterrasse. Splitter und klebrige Limonade spritzten in alle Richtungen.

»Du blödes Miststück!«, brüllte Ze'ev, und sprang blitzschnell auf. Er schlug Hend mit solcher Wucht ins Gesicht, dass ihr Kopf zur Seite flog.

Ich zuckte vor Angst und Schock zusammen, dabei hatte er doch Hend geohrfeigt und nicht mich. So hatte ich ihn noch nie erlebt. Ich war fassungslos. Er holte erneut zum Schlag aus. Ich sprang auf und hielt seinen Arm fest. Er schüttelte mich ab, und ich fiel nach hinten, knallte mit dem Kopf erst gegen den Liegestuhl und dann so fest auf die Verandafliesen, dass mir schwummerig wurde. Weiße Punkte tanzten mir vor den Augen. Mein Schädel pochte vor Schmerz, und ich schrie auf.

»Mein Gott, *motek*.« Ein verschwommener Ze'ev kniete neben mir. »Das wollte ich nicht.«

Motek?, dachte ich. *Was fällt ihm ein, mich »Liebling« zu nennen?* Ich presste die Augen zu, um mich zu konzentrieren. Als ich sie wieder öffnete, sah ich Hend. Sie stand einfach nur da und starrte zu mir herab, panische Angst in den Augen.

Ze'ev warf ihr einen wütenden Blick zu. »Guck dir an, was du gemacht hast, du dreckige Araberin! Räum gefälligst die Sauerei weg.«

Hend bückte sich und fing an, die Glasscherben in ihre Schürze zu sammeln, die sie mit zittriger Hand hielt.

Ze'ev wandte sich wieder mir zu. »Komm, *motek*, schön vorsichtig.« Das wiederholte er mehrmals, während er meine Hand nahm und mir aufhalf. Einen Arm um mich gelegt, führte er mich die breite Steintreppe zur oberen Terrasse hinauf. Ich hielt mich zusätzlich am Geländer fest. In der Küche, bugsierte er mich auf einen Stuhl am Tisch und holte einen Eisbeutel für meinen Kopf.

»Daran war nur diese arabische Schlampe schuld. Ich schmeiß sie raus«, sagte er, während er mein Gesicht streichelte.

»Nein!« Meine Stimme war laut. »Schmeiß sie nicht raus. Sie braucht das Geld. Bitte, sie ist immer so nett zu mir.«

»Sie weiß, dass du naiv bist, und will dich manipulieren. Die sind gierig.« Ze'ev sprach im Brustton der Überzeugung. Ich war entsetzt, wie er Hend behandelt hatte. Das war unrecht.

Während er den Eisbeutel auf die Beule an meinem Kopf drückte, schloss ich die Augen und dachte an das erste Mal, als Ze'evs Schwester Dalia mich in das Haus ihrer Eltern eingeladen hatte und Ze'ev mit uns anschließend in das Café Ha-Yashuv gehen wollte. Wir überquerten gerade die Straße, als ein Fahrradfahrer viel zu schnell um eine Ecke gesaust kam und direkt auf mich zusteuerte. Ze'ev stieß mich aus dem Weg, obwohl ihm klar gewesen sein musste, dass der Radfahrer nicht mehr rechtzeitig würde bremsen können. Das Fahrrad prallte frontal gegen ihn und stieß ihn zu Boden. Ze'ev wurde nicht mal wütend. Ihn interessierte nur, ob mir nichts passiert war. Dann warteten wir bei dem Fahrradfahrer, der sich den Arm gebrochen hatte, bis der Krankenwagen kam.

Ich dachte daran, dass Ze'ev seine altersschwache Großmutter jeden Tag besuchte und ihr libysches Couscous mit Lammragout, Hühnchen-Tajine und andere Gerichte brachte, die seine Mutter zubereitet hatte. Ich wollte vergessen, wie er Hend gerade behandelt hatte, aber es gelang mir nicht.

Mir dröhnte noch immer der Schädel.

»Ich muss mich hinlegen«, sagte ich. »Und ich brauche Aspirin.«

Ze'ev schlang einen Arm um mich und führte mich zum Schlafzimmer. Ich schluckte zwei Aspirin und legte mich aufs Bett. Er kühlte mir die Stirn mit einem feuchten Tuch. Ich schloss die Augen und konnte noch immer nicht fassen, mit welcher Brutalität Ze'ev die arme Frau geschlagen hatte. *So kenne ich ihn gar nicht.*

Ich schloss die Augen und merkte, wie ich wegdämmerte.

Cambridge, Massachusetts
1979

»Barbie hat die schönsten Haare.« Meine beste Freundin Lisa und ich saßen auf dem Fußboden in ihrem Zimmer, und ich frisierte mit ihrem kleinen rosa Kamm die blonden Locken der Puppe. Lisa zog Barbie ein knallrosa Glitzerkleid an, ähnlich dem, das sie selbst trug. Meine bekam das Hochzeitskleid, weil Lisa gesagt hatte, heute dürfte ich die Braut sein. Mein Diadem verrutschte, und ich rückte es gerade. Dann suchte ich in Barbies Haus nach dem Diadem für meine Puppe. Das war gar nicht so einfach. Lisas Daddy hatte ihr letzten Monat zum siebten Geburtstag ein riesiges Puppenhaus geschenkt. Es hatte achtzehn Zimmer, und alle waren voll mit Möbeln und Kleidung und Sachen.

»Ich wünschte, ich wäre so hübsch wie Barbie«, sagte Lisa. Ich wandte mich ihr zu. »Ich bin so hässlich.« Sie hielt die Puppe vor sich und schaute sie an. Dann sank sie mit dem Rücken gegen die Wand und ließ den Kopf hängen. Sie begann, an dem Riemchen ihres schwarzen Lacklederschuhs zu nesteln.

»Du bist gar nicht hässlich.« Sie sah aus wie Cindy Brady aus *Drei Mädchen und drei Jungen*. Sie trug immer lockige Rattenschwänze mit bunten Schleifen, genau wie Cindy.

»Kann meine Barbie jetzt Ken heiraten?«, fragte ich. Ich nahm Ken in die Hand.

Draußen fuhr ein Wagen vor, und dann ertönte ein knirschendes Geräusch und das Quietschen von Bremsen.

Lisa lief zum Fenster, schob die Gardine beiseite und sah hinunter auf die Einfahrt. Nach einem kurzen Moment drehte sie sich um, rutschte an der Wand herunter zu Boden und zog die Knie an die Brust. Sie zupfte an den Rüschen ihrer weißen Söckchen.

Ich legte Ken weg. »Ist schon gut. Sie muss Ken jetzt nicht heiraten.«

Unten im Haus knallte eine Tür. Lisa hob den Kopf wie unser Hund, wenn er ein Geräusch hörte. Laute Schritte ließen die Treppenstufen knarren. Lisas Augen weiteten sich.

»Was hast du? Wer kommt denn da?«, fragte ich. Plötzlich hatte ich Bauchweh.

»WOBISTDU – DU HÄSSLICHESBLAG?«, schrie ein Mann mit einer bösen Stimme.

»Du musst dich verstecken«, flüsterte Lisa beschwörend. »Mein Daddy darf dich nicht sehen.« Ihre Stimme zitterte.

Ich war vor Angst wie erstarrt.

»Er ist betrunken, und dann tut er anderen weh.« Sie packte meine Bluse und schob mich in ihren Schrank. »Sei ganz leise.« Sie schloss sachte die Tür. Der Schrank war dunkel und vollgestopft mit Anziehsachen. Lisa hatte sogar noch mehr Kleider als ich. Ich wollte mich bewegen, aber ich hatte zu weiche Knie. Ich hatte Angst, auf einen von ihren Schuhen zu treten und ein Geräusch zu machen.

Ich hörte die Zimmertür auffliegen.

»DUDUMMESDING!«, brüllte ihr Daddy. »ICHHAB-DOCHGESAGT – DUSOLLST – DEINFAHRRADNICH – INDEREINFAHRT – ABSTELLEN – UNDJETZT – HAB-ICHSMITMEINEM – NEUENBMW – ERWISCHT.«

»Entschuldige, Daddy. Bitte sei nicht böse. Ich wollte es wegstellen, aber ich hab die Garage nicht aufgekriegt. Ich hab's versucht, ehrlich –«

Klatsch. Meine Hände hoben sich automatisch an die Wangen, um sie zu schützen, für den Fall, dass er mich entdeckte. *Ich will nach Hause.*

»Nein, Daddy. Bitte«, flehte Lisa. Die Geräusche wurden lauter und lauter, wie die Faustschläge, mit denen ein böser Sechstklässler mal vor meinen Augen ein Kind auf dem Schulhof verprügelt hatte. »Bitte hör auf. Ich will – auch – ganz – lieb – sein.« Ich konnte Lisa kaum verstehen, so heftig weinte sie.

»HALTDIEKLAPPE!«

Mein Mund öffnete sich. Ich schrie, aber kein Laut drang hervor.

»DUBLÖDESGÖR.«

»Bi-i-itte Da-d-dy.« Lisa stotterte, als würde sie geschüttelt.

Ich wollte aus dem Schrank springen und ihr helfen, aber ich hatte zu große Angst. *Würde Mr Stein mich auch schlagen?*

»JETZMUSSICH – MEINAUTO – MORGENINDIE – WERKSTATTBRINGEN.« Irgendwas krachte gegen die Wand.

»Nein –« Lisa wimmerte.

Was, wenn er mich entdeckte?

»DUVERWÖHNTESBLAG! ICHZEIGDIR – WIEDASIS – WENNEINERDEINE – SACHENKAPPUTTMACHT.«

»Bitte – nicht – mein – Puppenhaus.«

Laute Geräusche füllten den Raum, als würde jemand was zertrampeln. Ich hielt mir die Ohren zu, konnte aber trotzdem noch alles hören.

»AUSDEMWEG!«, schrie Mr Stein.

»Nein – bitte nicht«, kreischte Lisa. Ein dumpfer Schlag ertönte.

Lisas Schluchzen klang jetzt gedämpft, als weinte sie in ihre Hände.

»ICHHOLMIRJETZ – ZIGARETTEN – WENNICHZURÜCKKOMME – HASTDUDIESAUEREI – GEFÄLLIGSTAUFGERÄUMT.«

Eine Tür fiel mit einem lauten Knall ins Schloss. *Lisas Tür?* Ich hörte sie weinen und wollte ihr helfen, aber ich schlotterte noch immer vor Angst. *Sie hat gesagt, ich soll mich verstecken, weil ihr Daddy mich nicht finden darf.* Schritte polterten auf der Treppe.

Ich wartete und wartete und wartete. Draußen wurde ein Auto angelassen und fuhr davon.

»Rebekka«, sagte Lisa endlich. »Du kannst rauskommen. Er ist weg.«

Vorsichtig öffnete ich die Tür. Lisa lag auf dem Boden. Ihr Gesicht sah verquollen und rot aus. Sie hatte nur noch einen Schuh an. Ihr Haar war ganz durcheinander, und die Schleifen waren verschwunden. Das Puppenhaus war zertrümmert. Die Barbies und Ken, ihre Möbel und Anziehsachen lagen im ganzen Zimmer verstreut.

»Ich geh deine Mom holen«, sagte ich.

»Nein.« Lisa schüttelte den Kopf. »Sie hat ihre Schlaftabletten genommen. Sie kann nicht aufstehen.«

Lisa hielt sich an ihrem Bett fest und zog sich hoch. Sie humpelte zu dem rosa Telefon auf ihrem Nachttisch.

Sie streckte mir den Hörer hin, und als ich ihn nahm, flehte sie: »Ruf deinen Dad an. Sag ihm, dir ist schlecht. Du musst nach Hause. Bitte erzähl ihm nicht, was passiert ist, sonst wird alles nur noch schlimmer. Mach schnell.«

»Du musst mit zu mir kommen, Lisa«, sagte ich. »Mein Dad beschützt dich.«

Sie schüttelte den Kopf. »Ich kann nicht. Dann wird mein Dad nur noch wütender.«

Sie wählte meine Nummer.

»Hi, Daddy«, sagte ich und wünschte, Lisa könnte mit zu mir kommen. Meine Stimme bebte. »Ich hab Bauchweh. Ich will nach Hause.«

»Prinzessin, was ist denn los mit dir?«, fragte er.

Ich fing an zu weinen und konnte nicht mehr aufhören. Lisa nahm mir den Hörer aus der Hand. Sie legte einen Arm um mich.

»Mr Shamir«, sagte Lisa. »Bitte kommen Sie schnell. Rebekka geht's wirklich schlecht ... Nein, mein Daddy ist nicht da, und Mommy schläft«, sagte Lisa. »Ich will sie nicht wecken ... Keine Sorge. Ich erzähl's ihnen dann morgen.«

Lisa humpelte zu der Barbie im Hochzeitskleid hinüber, die neben Ken auf dem Boden lag. Sie hob beide hoch und zeigte sie mir.

»Du darfst sie dir ausleihen, wenn du versprichst, keinem was zu erzählen.«

»O-kay«, sagte ich.

Sie steckte die beiden Puppen in meinen Rucksack. Wir gingen nach unten und warteten, bis mein Dad vorfuhr. Lisa spähte aus dem Fenster. Wir umarmten uns ganz fest.

»Geh.« Lisa schob mich zur Tür hinaus. »Und denk dran, erzähl's keinem.«

Ich nickte, obwohl es sich falsch anfühlte. Aber ich wollte nicht, dass Lisa noch mehr zu leiden hatte. Ich lief zum Wagen und stieg hinten ein. Ich zog mir das Diadem vom Kopf.

»Wie fühlst du dich?«, fragte Daddy.

»Mein Bauch tut richtig weh«, sagte ich. »Ich will schnell nach Hause.«

Sobald wir zu Hause ankamen, brachte Mommy mich in mein rosa Himmelbett. Als sie aus dem Zimmer ging, machte sie das Licht aus.

»Warte«, rief ich ihr nach. »Bitte lass es an.«

Die Menschenmenge auf Lisas Beerdigung war groß. Alle, die ich aus unserer Synagoge kannte, waren gekommen. Außerdem sah ich unsere Lehrerin Ms Gold und noch ganz viele andere Leute, die ich noch nie gesehen hatte. Lisas Eltern standen neben der Kiste, in die man sie gelegt hatte, und sie weinten. Sie taten mir nicht leid, zumindest ihr Dad nicht. Er hatte seine kleine Tochter nicht verdient. Ich fröstelte, hielt die Hand meines Dads noch ein bisschen fester und schob mich hinter ihn, so dass Mr Stein mich nicht sehen konnte. Ich dachte an das letzte Mal, als ich bei Lisa zu Hause gewesen war, vor zwei Monaten, und wie böse ihr Dad gewesen war und dass er sie geschlagen hatte. Danach hatte sie mich nicht mehr zu sich eingeladen. Sie hatte nicht mal ihre Ken-Puppe zurückhaben wollen. Wahrscheinlich gehörte er jetzt für immer mir. Aber ich wollte ihn nicht mehr. Ich wollte meine beste Freundin wiederhaben.

»Der arme Joel«, flüsterte Daddy meiner Mommy ins Ohr. »Er ist untröstlich. Ich wünschte, wir könnten irgendwas für ihn tun. Sein geliebtes kleines Mädchen.«

Er hat sie gar nicht geliebt. Auf einmal war ich wütend. *Wahrscheinlich ist er froh, dass sie tot ist. Ich hasse ihn!* Tränen schossen mir in die Augen, und ich drückte das Gesicht an meinen Dad.

Mommy schüttelte den Kopf. »Die arme Kleine. Sie ist wohl schlafgewandelt.«

»Wir müssen ein Schutzgitter oben an der Treppe anbringen«, sagte Daddy und drückte mich fester an sich. »Man meint immer, mit sieben Jahren sind deine Kinder sicher, aber ...«

»Ich will mir gar nicht vorstellen, was Naomi empfunden haben muss, als sie Lisa unten an der Treppe gefunden hat.« Mommy nahm meine andere Hand und hielt sie.

Daddy streichelte mir den Kopf. »Ich weiß, Prinzessin, du bist traurig. Das sind wir alle. Aber hab keine Angst. Wir lassen nicht zu, dass dir was Schlimmes passiert. Daddy passt auf dich auf. Wir behüten dich.«

Ich biss mir auf die Lippen, weil ich so traurig und ängstlich war und nicht weinen wollte, aber die Tränen kamen trotzdem. »Versprochen?«

Er hob mich hoch und hielt mich im Arm. »Daddy passt

immer auf dich auf, Prinzessin.« Er küsste mich auf den Kopf. »Versprochen.«

Ich zog das Gedicht aus der Tasche, das ich für Lisa geschrieben hatte, und gab es Daddy. Er faltete es auseinander und las.

Sie war erst sieben
Sie war meine Freundin, die Lisa hieß.
Ihr Daddy schickte sie ins Paradies.

Daddy fing an zu weinen.

»Prinzessin, das ist wunderschön. Darf ich das ihrem Vater geben? Ich weiß, das würde ihn freuen.«

»Nein«, sagte ich und riss ihm das Gedicht aus der Hand. »Du musst mich beschützen.« Ich schlang die Arme um Daddys Hals.

»Natürlich, Prinzessin. Ich werde nie zulassen, dass dir was Schlimmes passiert.«

Ich hörte leises Schniefen, als die Tür aufging.

»Hend?« Ich setzte mich auf.

Erschrocken ließ sie den Korb mit Ze'evs frischer Wäsche auf den Marmorboden fallen.

»Ich bitte um Verzeihung«, sagte sie. Sie kniete sich hin und fing an, die Sachen aufzuheben. Ihr ganzer Körper bebte. Sie sah zu mir herüber. Ihre Augen waren verweint und blutunterlaufen. Eine Seite ihres Gesichts war rot und geschwollen.

»Hend, bitte, lassen Sie's gut sein«, sagte ich. »Eher müsste ich mich bei Ihnen entschuldigen. Kommen Sie, setzen Sie sich zu mir.« Ich klopfte neben mir auf die Matratze.

Sie wirkte ängstlich und gehetzt, als sie die Sachen mit schnellen Griffen aufhob und zurück in den Korb packte. »Ich kann nicht«, brachte sie noch heraus, ehe sie in Tränen ausbrach. Sie hielt den Korb mit beiden Händen, deshalb konnte sie ihr Gesicht nicht verbergen. »Es tut mir leid.« Sie presste die Wörter zwischen Schluchzern heraus.

Ich ging zu ihr und nahm ihr den Korb aus den Händen.

»Bitte«, sagte sie. »Ich – darf – meine Arbeit – nicht verlieren.« Ihr Körper zuckte.

»Keine Sorge«, sagte ich. »Ich spreche mit Ze'ev. Sie werden Ihre Arbeit nicht verlieren.« Ich zog sie in eine Umarmung und drückte sie. »Und jetzt fahre ich Sie nach Hause.«

»Nein.« Sie zitterte. »Meine – Kinder. Ich – muss – arbeiten.«

Ich tätschelte ihr den Rücken, versuchte, sie zu beruhigen. »Kein Problem. Ze'ev ist zur Arbeit gefahren. Ich rede später mit ihm. Aber jetzt fahre ich Sie nach Hause.«

Ich hatte Lisa nicht geschützt, aber ich würde Hend schützen. Einen Arm um ihre Schultern gelegt, führte ich sie aus dem Zimmer und zur Haustür.

»Sie sind zu aufgewühlt, um zu arbeiten«, sagte ich, als wir nach draußen traten. *Mist, Ze'ev hat diese verdammten Rasensprenger wieder angemacht.* Ich wusste, von der Feuchtigkeit würde mein Haar wieder kraus werden. Wieso musste er seinen Rasen auch so oft wässern? Er hatte das grünste Gras, das ich je gesehen hatte. Ich blickte Hend an. Vor Ze'evs riesigem Haus wirkte sie unglaublich klein und zerbrechlich.

»Sagen Sie mir einfach, wo Sie wohnen«, bat ich sie.

Hend zeigte auf einen staubigen Feldweg in der Ferne.

Wir stiegen in mein Mercedes-Cabrio, das Ze'ev mir zum achtzehnten Geburtstag geschenkt hatte, und ich gab Gas.

Hend hielt ihr Kopftuch fest, als ich rasant die glatt asphaltierte Schnellstraße hinunterbrauste und mein Haar wild im Fahrtwind flatterte.

»Sagen Sie mir, wie ich fahren muss«, sagte ich und wurde zunehmend nervös, je näher wir ihrem Dorf kamen. *Ich muss Hend beschützen*, dachte ich und bezwang meine Nervosität.

»Ich weiß nicht genau«, sagte sie. »Kommt drauf an, wo die Soldaten heute ihre Straßensperren errichtet haben.«

Ich runzelte die Stirn. »Wie meinen Sie das?«

»Im ganzen Westjordanland werden die Sperren ständig an unterschiedlichen Stellen errichtet, um Autos anzuhalten, Papiere zu überprüfen oder Straßen komplett zu schließen. Wir wissen vorher nie, wo welche sein werden.«

»Wie bitte?« Ich schüttelte den Kopf. Alle meine Bekannten nannten das Westjordanland immer nur Judäa und Samaria. »Ach so, Sie meinen, zwischen den jüdischen Straßen und Ihren Straßen.« Das ergab Sinn. Die Soldaten mussten verhindern, dass Terroristen nach Israel und in seine Siedlungen eindrangen.

»Sie errichten auch Straßensperren zwischen Dörfern, einfach überall, wo sie wollen«, sagte Hend.

Das ist eigenartig. Ein Terrorist würde ja wohl kaum von einem Dorf ins nächste gehen, um sich in die Luft zu sprengen.

»Die nächste Straße links rein«, sagte sie. Wir fuhren einen Moment lang schweigend weiter. »Halt. Sie sind dran vorbei.«

»Wo denn?«, fragte ich, weil ich keine Straße gesehen hatte. Ich wendete, weil weit und breit kein Auto zu sehen war, und fuhr langsam zurück.

»Da«, sagte Hend und deutete auf ein holpriges Sträßchen, das mehr Schlaglöcher als Asphalt hatte. »Mein Dorf ist da hinten.« Das Einzige, was ich sah, war eine Betonmauer mit Soldaten davor.

Die Schlaglöcher waren tief wie Krater. Wenn ich Pech hatte, würde ich in einem stecken bleiben, und wie sollte ich dann sicher wieder nach Hause kommen? »Gibt's keine andere Möglichkeit?«, fragte ich. »Ich hab keinen Allradantrieb.«

Sie schüttelte den Kopf. »Ich kann aber auch von hier aus zu Fuß gehen.«

»Kommt nicht in Frage«, sagte ich. »Das ist viel zu gefährlich.« Ze'ev predigte mir andauernd, dass ich nicht außerhalb der Siedlung joggen sollte, weil die Araber wie wilde Tiere seien, aber jetzt saß eine Araberin neben mir, deren Augen noch rot verweint waren, weil Ze'ev sich wie ein wildes Tier aufgeführt hatte.

Hend sicher nach Hause zu bringen war mir wichtiger als meine Angst, und außerdem waren da Soldaten in Sichtweite, die schon dafür sorgen würden, dass uns nichts passierte. Im Schritttempo manövrierte ich uns über den Hindernisparcours aus Schlaglöchern. Wir brauchten zwanzig Minuten für die gleiche Distanz, für die man auf den Straßen, die jüdischen Siedlern vorbehalten waren, eine Minute gebraucht hätte.

Schließlich erreichten wir die hohe Mauer, und ich sah ein paar Soldaten am Eingang zum Dorf.

»Ausweise«, verlangte ein Soldat, der etwa in meinem Alter war, als wir anhielten.

»Was?«, sagte ich. In den zwei Jahren, die ich nun in Israel lebte, war ich noch nie aufgefordert worden, meinen Ausweis zu zeigen. »Ich bin Amerikanerin.« Ich holte meinen internationalen Führerschein hervor und reichte ihn ihm. Hend gab ihm ihren Ausweis.

»Wo ist deine Erlaubnis, das Dorf zu verlassen?«, fragte der Soldat.

Ich hob die Hand an die Brust. »Ist das ein Gefängnis?«, fragte ich. »Wieso braucht sie dafür eine Erlaubnis?«

»Wir müssen sicherstellen, dass keine Terroristen rauskommen«, sagte der Soldat. Ich sah zu Hend hinüber. Ihre Arme waren dünn wie Zahnstocher.

»Sie wollen doch wohl nicht da rein?« Er sah mich aus zusammengekniffenen Augen an. »Das ist zu gefährlich. Die reißen Sie in Stücke.«

Ich musste Hend nach Hause bringen. Solange sie bei mir war, würde mich keiner belästigen. Ich dachte an Lisas Grab, das ich noch immer jedes Jahr besuchte. »Doch, will ich«, flüsterte ich kaum hörbar. Ich spürte regelrecht, wie mein Gesicht aschfahl wurde.

»Dann aber auf Ihre eigene Gefahr«, sagte er.

Ich umklammerte das Lenkrad so fest, dass meine Knöchel weiß wurden, als ich ins Dorf hineinfuhr. Eine lange Schlange schäbiger Autos wand sich die Straße entlang. Menschen saßen auf der Erde neben den Autos.

»Worauf warten die alle?«, fragte ich.

»Die wollen raus.« Sie zuckte die Achseln. »Vielleicht haben die Soldaten beschlossen, den Checkpoint zu schließen.«

Mir rutschte das Herz vor Angst in die Hose. Vor lauter Schlaglöchern und wegen der vielen Menschen kam ich kaum von der Stelle. Ärmliche Hütten drängten sich entlang der überfüllten, engen Sträßchen. Ein widerlicher Kloakengeruch ließ mich würgen. Es gab kein Gras, überhaupt kein Grün, nur Schmutz, Verfall, Armut und Überbevölkerung. Es war, als wären diese Menschen in einem Gefängnis zusammengepfercht.

»Da ist es«, sagte Hend und zeigte auf ein winziges, halb verfallenes Betonhäuschen mit zerbrochenem Vorderfenster und Blechplatten als Dach. *Das Blech kann doch unmöglich den Regen abhalten.*

»Mohammed«, rief sie und sagte etwas auf Arabisch.

»Mama«, ertönte eine Kinderstimme.

Ein zerlumpt aussehender Junge von etwa zehn Jahren öffnete die Blechtür, die statt von Scharnieren von einem Strick an Ort und Stelle gehalten wurde.

»Das ist mein Sohn Mohammed«, sagte sie. »Mein Ältester. Er passt auf seine vier kleinen Schwestern auf.«

Mir klappte der Mund auf, und ich schloss ihn rasch wieder.

»Wo ist denn Ihr Mann?«, fragte ich, weil ich wissen wollte, wer auf Mohammed aufpasste.

»Er ist letztes Jahr bei der Olivenernte von einem Siedler getötet worden«, sagte sie.

»Das tut mir sehr leid«, sagte ich, und weil ich ihr irgendwie helfen wollte, fragte ich: »Gibt es denn jemanden, der Sie unterstützt?«

Sie schüttelte den Kopf. »Wir kommen alle gerade so über die Runden. Deshalb brauche ich ja den Job bei Mr Mizrachi so dringend.«

Sie zeigte mir ihr beengtes Zuhause. Ihre vier kleinen Töchter saßen auf dem Boden. Jede hielt ein Stück Pita-Brot in der Hand, und sie tunkten es abwechselnd in Olivenöl und irgendeine Gewürzmischung.

»Könnte ich vielleicht ein Glas Wasser haben?«

»Natürlich«, sagte sie, nahm ein Glas und ging damit nach draußen.

»Wo wollen Sie hin?«, fragte ich.

»Unser Wasserhahn ist draußen«, sagte sie. »Aber ich weiß nicht, ob wir heute Wasser haben«.

Ich stutzte. »Und was machen Sie dann?«

Sie zuckte die Achseln. »Immer wenn es Wasser gibt, füllen wir unsere Vorratstonnen.«

»Und Ze'ev? Woher bekommt er sein Wasser?« Sein Haus lag direkt auf der anderen Seite des Hügels.

»Wissen Sie, die jüdischen Siedler nehmen sich, was sie wollen. Als sie hier ankamen, haben sie einfach tiefere Brunnen gegraben, um ihren Wasserverbrauch zu decken, und unsere sind ausgetrocknet.«

Ich fragte mich, wie Ze'ev wohl reagieren würde, wenn ich erzählen würde, was ich im Dorf alles gesehen hatte. Vielleicht sollte ich meine Großeltern darauf ansprechen.

Hend kam mit einem leeren Glas zurück. »Tut mir leid«, sagte sie. »Heute gibt's kein Wasser.«

Nicht zu fassen. »Das ist doch nicht richtig«, sagte ich. »Ich werde dafür sorgen, dass sich das ändert. Meine Eltern haben Kontakte zur Regierung.«

Hend zog die linke Augenbraue hoch. »Meinen Sie wirklich, Ihre Eltern könnten die israelische Regierung dazu bringen, unser Leben hier zu verbessern? Israel macht uns das Leben mit Absicht so schwer, damit wir von allein ins Exil gehen. Uns das Wasser zu nehmen ist doch erst der Anfang. Schauen Sie sich um, glauben Sie wirklich, wir möchten so leben? Was denken Sie denn, wie die Siedler an ihr Land gekommen sind, an ihre Häuser?« Sie verschränkte die Arme vor dem Bauch und sah mich an, als wäre ich ein törichtes Kind, das keine Ahnung hatte, was wirklich vor sich ging.

18

Westjordanland
3. Mai 1990

REBEKKA

Ze'ev sah mich mit seinem umwerfenden Lächeln an, von dem ich sonst immer ganz hingerissen gewesen war. Ich schaute an ihm vorbei in den weitläufigen Garten. Seit wir vor zwei Jahren ein Paar geworden waren, war ich regelmäßig hier in seinem Haus zu Besuch, und immer war sein Rasen makellos gepflegt und das Wasser im Pool kristallblau. Bislang hatte ich geglaubt, das wäre ein Zeichen dafür, wie verantwortungsbewusst Ze'ev war. Jetzt jedoch musste ich an die Leute im Dorf denken, die kein Trinkwasser hatten, und daran, wie unglaublich egoistisch es von ihm war, in gestohlenem Wasser zu *schwimmen* – falls das wirklich der Fall war –, während andere Durst leiden mussten.

»Ze'ev«, sagte ich. »Ich möchte dich was fragen.«

»Später, *motek*, ich hab eine Überraschung für dich. Warte«, sagte er und ging durch die Hintertür in seine Villa.

Bei dem Wort *motek* stockte mir der Atem, aber nicht vor Freude. Jedes Mal, wenn Ze'ev mich »Liebling« nannte, musste ich daran denken, dass er mich auch so genannt hatte, nachdem er mich unabsichtlich niedergeschlagen hatte. Ich konnte seine Brutalität Hend gegenüber einfach nicht vergessen.

Ich hatte Ze'ev gefragt, ob Hends Mann von Siedlern getötet worden war, und er hatte sich aufgeregt und gesagt, andere Araber aus ihrem Dorf hätten ihn umgebracht. Er behauptete: »So leben diese gewalttätigen Menschen nun mal. Das Leben hat für sie keinen Wert.« Früher hätte ich ihm geglaubt, doch nun hatte ich gesehen, wie gewalttätig er selbst mit Hend umging. Als ich ihm sagte, dass ich es falsch fand, jemanden zu schlagen, erwiderte er: »Gewalt ist die einzige Sprache, die diese Araber verstehen.« Allmählich kam mir der Verdacht, dass es vielleicht genau umgekehrt war – dass Gewalt Ze'evs bevorzugte Sprache war.

Er hatte mir immer ein Gefühl von Sicherheit und Geborgenheit gegeben, war mein galanter Beschützer gewesen, doch mit anzusehen, wie er eine wehrlose Frau schlug, hatte die rosafarbene Brille verdüstert, durch die ich ihn immer betrachtet hatte. Und mein Besuch in Hends Dorf hatte diese Brille vollends zerstört.

Ze'ev kam zurück und hielt einen Seidenschal hoch.

Schon wieder ein Geschenk? Meine Liebe war nicht käuflich. Aber ihm beizubringen, dass ich nicht länger mit ihm zusammen sein wollte – das würde schwierig werden.

Er trat hinter mich. »Ich muss dir die Augen verbinden.«

Mein Magen verkrampfte sich.

»Warum?« Ich merkte, dass meine Stimme bebte und sich mein Puls beschleunigte.

Er hatte mir die Augen verbunden, noch ehe ich widersprechen konnte. Vorsichtig half er mir beim Aufstehen.

Er nahm meine Hand und führte mich langsam auf den Rasen.

»Wo willst du mit mir hin?«, fragte ich unsicher.

»Lass dich überraschen.«

Mir wurde immer beklommener zumute. *Was soll das?* Ich hatte Ze'ev immer für einen äußerst liebevollen Mann gehalten. Er hatte mich mit Komplimenten und Geschenken überhäuft. Ich war davon überzeugt gewesen, mit ihm das große Los gezogen zu haben, das heißt, bis vor zwei Tagen, bis zu dem Vorfall mit Hend.

»Nur noch ein paar Schritte, *motek*.« Er hielt meine rechte Hand, um mich zu führen, während ich die linke vor mir ausgestreckt hielt, um nicht gegen irgendetwas zu laufen. »Geht's mit deinen hohen Absätzen?«, fragte er.

»Ja, klar«, sagte ich und fluchte insgeheim, weil ich nicht meine flachen schwarzen Chanel-Schuhe angezogen hatte.

Rosenduft erfüllte die Luft.

»Da wären wir«, sagte er und löste die Augenbinde.

Rote Rosensträucher umgaben mich.

»Wann hast du denn diesen Rosengarten –«

Ehe ich ausreden konnte, war er auf ein Knie gesunken. Mein Herz raste wie verrückt.

»*Motek*, du bist die große Liebe meines Lebens, die schönste, gutherzigste Frau, der ich je begegnet bin. Willst du mich heiraten und die Mutter meiner Kinder werden?« Seine Augen glänzten. Er zog einen großen Brillantring mit Princess-Schliff aus seiner Jackentasche. Der Stein hatte bestimmt vier oder fünf Karat.

Ich fühlte mich, als hätte ich einen Schlag in die Magengrube bekommen. Ich bekam kaum noch Luft.

»*Motek*«, sagte er und hielt den Ring so, dass er ihn mir gleich auf den Finger schieben konnte.

Ich überlegte fieberhaft, wie ich ihn so schonend wie möglich abblitzen lassen könnte. Ich wollte ihn auf keinen Fall wütend machen.

»Ze' ev«, sagte ich. »Ich bin erst achtzehn. Nächstes Jahr fange ich an zu studieren.«

»Du kannst doch verlobt sein, während du auf die Bar-Ilan

gehst«, sagte er. Für ihn war klar, dass ich an dieser religiösen, jüdischen Universität studieren würde.

»Meine Großmutter hat mir geraten, auf die Hebräische Universität Jerusalem zu gehen«, sagte ich. Sie hätte es gern gesehen, wenn ich dadurch eine vielfältige Kultur erleben und Abstand zu Ze'evs Siedlungsumfeld bekommen könnte.

»Die Hebräische Universität? Bist du verrückt geworden, *motek*?« Seine Augen sprühten praktisch Feuer. »Da wimmelt es nur so von Arabern. Ich kann nicht zulassen, dass du so einen Riesenfehler machst.«

Wir sind noch nicht mal verlobt, und er will schon bestimmen, auf welche Uni ich gehe. Weitere Alarmglocken schrillten in meinem Kopf los. *Warum ist mir dieses Verhalten früher nie aufgefallen? Warum habe ich so lange die Augen davor verschlossen?*

Ich schluckte. Die Erkenntnis, dass ich zumindest teilweise selbst für diesen Schlamassel verantwortlich war, lastete schwer auf mir. Ich hatte an Ze'ev nur das gesehen, was ich sehen wollte. Er hatte mir ein Gefühl von Geborgenheit gegeben. *Bis die Realität mir ins Gesicht sprang.* Jetzt wollte ich raus aus dieser Beziehung. Nicht noch tiefer rein.

»Was denn nun, ja oder nein?« Seine Stimme klang jetzt unterkühlt.

»Ich bin noch zu jung, um zu heiraten«, schob ich vor.

Er packte meinen Finger und schob den Ring darauf. »Dann betrachte den hier als Vorverlobungsring.«

Der Ring fühlte sich an wie eine Handschelle.

Ich stand dicht an der massiven Balustrade und blickte über das Land, auf dem Ze'evs Vater mit seiner Baufirma gerade eine neue jüdische Siedlung errichtete. Von dieser Höhe aus konnte ich Hends arabisches Dorf sehen. Die neue Siedlung grenzte auf zwei Seiten an das Dorf. Auf den anderen beiden Seiten lag eine ältere jüdische Siedlung. Ich fragte mich, ob das Land von den Arabern konfisziert worden war und ob man sie zwang, innerhalb des ummauerten Areals zu bleiben. Es sah aus, als wären die Siedlungen so angelegt worden, um die Ausweitung arabischer Dörfer zu ersticken und die Bewohner von ihren bewirtschafteten Feldern zu trennen. Auf einer großen Landkarte, die in Ze'evs Arbeitszimmer hing, hatte ich mir angeschaut, wie die den Juden vorbehaltenen Straßen die verschiedenen Siedlungen miteinander verbanden. Das Westjordanland war kein einheitlicher Streifen Land mehr. Die Siedlungen waren strategisch auf Bergkuppen angelegt worden, um Judäa und Samaria in isolierte Inseln mit arabischen Dörfern und Kleinstädten zu zergliedern. Beschämt erkannte ich, wie naiv ich gewesen war.

Ich nahm das Fernglas, mit dem Ze'ev oft die Baustellen seines Vaters beobachtete. Er vergewisserte sich gern, ob die israelischen Soldaten auch wirklich ständig Wache hielten. Er hatte mir erklärt, dass das nach israelischem Recht ihre Pflicht war. Jede neue Siedlung wurde von Soldaten beschützt und mit einem Generator, einem Brunnen und einem Wachturm ausgestattet.

Ich blickte zu Hend hinüber. Sie grillte Lammfleisch fürs Abendessen. Sie lächelte verzagt und senkte den Kopf. Wie immer trug sie ein zerschlissenes langes Gewand. Ich berührte den schönen Diamantanhänger an meiner Halskette, die Ze'ev mir vor ein paar Monaten geschenkt hatte. Meine Augen glitten nach unten über das lachsfarbene Organza-Kleid, das ich trug. Der Rock war dreilagig und hatte Tüllrüschen mit gekräuselten Saumkanten. Meine Mutter und ich hatten ihn letztes Jahr in St. Tropez gekauft.

»Rebekka«, rief Ze'ev. »Deine Großeltern sind da.«

Ich lief zu ihnen, und sie umarmten mich herzlich. Mein Großvater sah sehr gebrechlich aus. Seit einem Jahr kämpfte er gegen den Krebs, und die Erkrankung hatte endlich den Rückzug angetreten. Meine Großmutter sah so jugendlich aus wie eh und je.

»Hend, nun komm endlich her und frag, was wir trinken wollen«, befahl Ze'ev, und ich konnte sehen, wie meine Großmutter innerlich erstarrte. Sie achtete alle Menschen, und seine herrische Art war ihr genauso unangenehm wie mir. Sie hatte wahrlich keinen besonders erfreuten oder glücklichen Eindruck gemacht, als ich ihr sagte, dass ich mit ihm zusammen war, anders als mein Vater, der große Hochachtung vor Ze'evs Familie hatte.

Ich führte sie zu den Sofas auf der Veranda, wo Hend unsere Bestellung entgegennahm.

»Rebekka hat mir erzählt, dass Sie meinen Vater kennen«, sagte Ze'ev zu meinen Großeltern.

»Ja, das ist richtig«, sagte Großmutter ausdruckslos, und ich hatte den Eindruck, dass sie Ze'evs Vater nicht besonders gut leiden konnte.

»Ich bin mit den Kriegsgeschichten meines Vaters aufgewachsen. Er war in der Irgun, als Ihr Vater das Kommando führte«, sagte Ze'ev zu Großvater Jakob, der nickte, als wüsste er das bereits. »Ich höre immer begeistert zu, wenn er mir von den Schlachten erzählt, die sie kämpften, um *Eretz Israel* zu befreien. Und ist es nicht großartig, was er mit den Hütten gemacht hat, die die flüchtenden Araber zurückließen? Er hat wunderschöne Häuser gebaut, und es ist ein lukratives Geschäft, sie an unser Volk zu verkaufen. Eines Tages werde ich das Unternehmen leiten, wissen Sie?«

Großmutter sah aus, als müsste sie etwas Bitteres herunterschlucken, um sich zu verkneifen, was sie am liebsten sagen wollte.

»Ze'ev«, sagte sein Vater Bo'az mit lauter Stimme, als er

aus dem Haus trat und zu uns kam. Er war ein großer, übergewichtiger Mann mit einem gewaltigen Bierbauch. Immer, wenn ich ihn sah, stopfte er sich gerade irgendetwas Essbares in den Mund. Ze'evs Mutter Hannah dagegen war eine kleine, zierliche Frau, die viel Zeit darauf verwandte, für die richtige Zubereitung seines Essens zu sorgen. Sie war sogar extra zu Ze'ev nach Hause gekommen, um Hend beizubringen, Ze'evs Leib- und Magenspeisen zu kochen.

Ze'ev schüttelte seinem Vater die Hand und küsste dann seine Mutter. Bo'az verschwendete keine Zeit. Er zog mich fester an sich, als mir lieb war, um mir einen nassen Kuss auf jede Wange zu geben.

»Hallo, Mrs Shamir«, sagte Bo'az zu meiner Großmutter. »Lange nicht gesehen.« Er schüttelte Großvater so fest die Hand, dass ich schon fürchtete, er würde ihn umreißen. Dann küsste er meine Großmutter ab, und ich sah, wie sie sich innerlich schüttelte.

Bo'az ließ sich auf einem der Sofas nieder und klopfte auf den Platz neben ihm. Als ich mich setzte, legte er einen Arm um mich. Mir wurde regelrecht übel, aber ich sah keine Möglichkeit, von ihm wegzukommen, ohne unhöflich zu sein. Ze'ev, der jeden Mann anschnauzte, der auch nur in meine Richtung sah, schien seinem Vater einen Freibrief zu geben. Vielleicht glaubte er ja, Bo'az wäre nur väterlich nett zu mir, aber mich widerte es an.

»Was sagen Sie zu der großartigen Neuigkeit?«, fragte Bo'az meine Großeltern und zog mich noch näher.

Sie starrten ihn verwundert an, genau wie ich.

»Unsere Kinder sind verlobt«, sagte er, schnappte sich mit der freien Hand ein Fleischpastetchen und schob es sich in den Mund.

Großmutters Mund öffnete sich, und sie sah mich an. Ich

wäre am liebsten im Boden versunken. Hatte Ze'ev seinem Vater erzählt, wir wären verlobt?

»Nein«, sagte ich vorsichtig, um Ze'ev nicht zu verärgern, der seinen Vater offensichtlich angelogen hatte. »Wir sind nicht verlobt.« Ich schielte zu Ze'ev hinüber. Die Ader an seinem Hals schwoll an und begann zu pochen. Er starrte mich wütend an. »Noch nicht«, schob ich nach.

»Rebekka, Schätzchen«, sagte Großmutter Sarah. »Würdest du mir wohl zeigen, wo das Bad ist?«

»Gern.« Froh über die Gelegenheit, zu Ze'evs Vater auf Abstand zu gehen, sprang ich auf.

Ich hielt ihr meine Hand hin, und sie nahm sie. Sobald wir außer Hörweite waren, blieb Großmutter stehen und sah mich an.

»Rebekka«, flüsterte sie. »Bitte lass dir das mit Ze'ev noch mal durch den Kopf gehen. Du bist zu jung und zu schön – und zu klug. Mach die Augen auf. Du hast was Besseres verdient als ihn.«

Ich war verblüfft. Großmutter mischte sich nie in die Angelegenheiten anderer ein. Sie hielt sich stets zurück. Offensichtlich hatte sie eine sehr schlechte Meinung von Ze'ev, die zu meinem Pech völlig berechtigt war, wie mir allmählich klarwurde. Beim Anblick ihrer besorgten Miene nickte ich nur, beschämt, weil ich mich von Ze'evs Aussehen und Charme hatte blenden lassen.

»Was soll ich denn jetzt machen?«, fragte ich kleinlaut.

»Ach, Schätzchen, keine Angst, uns fällt schon was ein. Aber fürs Erste solltest du vielleicht den Sommer bei deinen Eltern in Paris verbringen. Dein Vater hat geschäftlich dort zu tun, und es ist doch nur verständlich, wenn er möchte, dass seine Prinzessin ihm und deiner Mom Gesellschaft leistet, meinst du nicht?« Großmutter lächelte.

19

Israel
28. August 1990

REBEKKA

»Danke«, sagte ich, als meine Großmutter mir ein Glas frisch gepressten Orangensaft reichte. Nach dem langen Schaumbad fühlte ich mich wie neu geboren. »Paris war herrlich, aber an Jaffa kommt es nicht heran.«

Ich betrachtete die wunderschöne Kalksteinvilla meiner Großeltern, atmete den Duft ein, den der kunstvoll angelegte Blumengarten verströmte, um sich mit dem Aroma der Orangenblüten in den Hainen zu vermischen. Weiße Rosen umgaben mich. Sie waren die Lieblingsblumen meiner Großmutter. Als Kind dachte ich immer, diese Villa stünde mitten im Garten Eden.

Sie setzte sich auf die schmiedeeiserne Bank mit Ornamenten im arabischen Stil und stellte ihr Glas auf dem dazu passenden kleinen Tisch ab.

»Hast du dich in Paris gut amüsiert?« Sie zwinkerte.

Ich lächelte. »Bestens, Großmutter.«

»Hast du vor, dich mit Ze'ev zu treffen, wo du jetzt wieder hier bist?« Sie sah mir in die Augen, runzelte die Stirn.

»Nein, noch nicht«, sagte ich. »Er hat oft angerufen und mich eingeladen, ihn zu Hause in der Siedlung zu besuchen, aber da will ich wirklich nicht mehr hin.«

»Warum nicht? Sein Haus ist doch sehr schön.« Großmutter hob die Augenbrauen. Ich ahnte, dass sie mehr hören wollte.

»Das Haus ist schön, Großmutter. Aber es ist nicht seins.« Ich schüttelte den Kopf. »Auch wie er sein Dienstmädchen Hend behandelt, finde ich unerträglich. Er weigert sich sogar, sie als Palästinenserin zu bezeichnen. Stattdessen sagt er immer nur ›die Araberin‹, als käme sie ganz woanders her.« Ich atmete aus. »Dabei ist er es doch, der von woanders herkommt.«

»Ich hab schon immer gewusst, dass du die Klügste in unserer Familie bist.« Sie umarmte mich. »Die meisten von uns, die wir in der vermeintlichen israelischen Herrlichkeit leben, sind abgestumpft und haben unsere Menschlichkeit verloren. Wir haben missachtet, was diese jüdische Herrlichkeit für Hend und alle anderen Palästinenser bedeutet. Stell dir vor, die arme Hend arbeitet womöglich für jemanden, der auf dem Land wohnt, das ihren Eltern gestohlen wurde.« Sie schloss die Augen, als überlegte sie, ob sie noch mehr sagen sollte oder nicht.

Dieser Gedanke war mir noch nicht gekommen, doch sobald Großmutter ihn aussprach, begriff ich, dass das durchaus möglich war. In den vergangenen zwei Jahren hatte ich miterlebt, wie das Bauunternehmen von Ze'evs Vater auf immer größeren Gebieten Siedlungen errichtete, während die Palästinenser in immer kleinere Dörfer gepfercht wurden. Ich hatte einfach nie darüber nachgedacht, was das bedeutete, doch seit dem Tag, als er Hend geschlagen hatte, war mir immer mehr an ihm und an dem, was in Israel geschah, falsch vorgekommen. Ich wurde das Gefühl nicht mehr los, dass ich die Wahrheit nicht kannte, aber jetzt war ich entschlossen, sie herauszufinden. Zunächst jedoch musste ich mir überlegen, wie ich Ze'evs Umklammerung entkam.

»Großmutter, ich muss mit Ze'ev Schluss machen. Ich kann nicht weiter so tun, als gäbe es eine Zukunft für uns, wenn ich im Grunde meines Herzens weiß, dass er nicht der Richtige für mich ist. Und nachdem er Hend geschlagen hat, ertrage ich seine Gegenwart kaum noch.« Mir war, als wäre mir eine schwere Last von den Schultern genommen worden, doch meine Großmutter starrte nur ins Leere, und ihr Gesicht glänzte vor Schweiß.

»Alles in Ordnung?« Ich legte meine Hand auf ihre.

»Ich wollte es dir eigentlich nicht sagen, Liebes«, sagte sie mit gesenktem Kopf, »aber Ze'ev war öfter hier und hat nach dir gefragt.« Unsere Blicke trafen sich. Sie betupfte sich mit einer Serviette die Stirn. »Ich hab nur gesagt, dass du nicht da bist. Er wirkte sehr aufgebracht. Er ist sogar mir gegenüber laut geworden, als ich ihm nicht sagen wollte, wann du zurückkommst.«

»Was?« Ich stand auf, entsetzt, dass Ze'ev so mit ihr umgegangen war. »Das tut mir furchtbar leid.« Ich war endgültig fertig mit ihm.

»Ich will dir keine Angst machen«, sagte sie, »aber als wir dich gestern am Flughafen abgeholt haben, war da jemand, der aussah wie er.«

Mein Magen fühlte sich an wie ein Stein. Ze'ev arbeitete für den Schabak, den israelischen Geheimdienst. Ich hätte wissen müssen, dass er Zugriff auf meine Flugdaten hatte.

»Wenn ich du wäre«, sagte Großmutter, »würde ich per Telefon mit ihm Schluss machen. Ich kenne diesen Typ Mann. Er könnte gewalttätig werden.«

Da hat sie recht. »Das mach ich«, sagte ich. »Aber im Augenblick möchte ich einfach nur Zeit mit dir verbringen und mir nicht den Kopf über ihn zerbrechen, okay?«

»Natürlich, Schätzchen«, sagte sie.

Jetzt, wo wir zwei allein waren, wollte ich sie nach meinem Urgroßvater Isaak fragen. Ich wollte mehr über die Dinge erfahren, die Ze'evs Vater ihm womöglich erzählt hatte, was sie alles getan hatten, um *Eretz Israel* von den Arabern zu »befreien«. Die Art, wie Ze'ev über diese Zeit gesprochen hatte, machte mich unsicher, ob der Urgroßvater, an den ich mich erinnerte, derselbe Mann war, von dem er redete.

REBEKKA, zehn Jahre alt

Cambridge, Massachusetts
10. Mai 1982

Anna und ich gingen hinaus auf unsere Veranda, um uns alles aus der Nähe anzuschauen. Mommy stand neben dem Pool, trank lachend Champagner mit ihren besten Freundinnen, Mrs Cohen und Mrs Levi. Ich wusste, dass es Champagner war, weil Mom den immer in besonderen Gläsern servierte. Sie erlaubte mir nicht, ihn zu probieren, weil es ein Getränk nur für Erwachsene war.

Mom und ihre Freundinnen hatten den ganzen Tag über die Veranda mit blau-weißen Luftballons geschmückt und Tische mit blau-weißen Blumen und israelischen Fähnchen aufgestellt.

»Deine Mom hat bestimmt hundert Leute eingeladen«, sagte Anna.

»Zweihundert«. Das wusste ich deshalb so genau, weil ich gehört hatte, wie Mom zu Dad sagte, dass sie die Gästezahl auf die zweihundert Leute begrenzen musste, die am meisten für Israel spendeten.

»Hat sie Geburtstag?«, fragte Anna.

»Nein«, sagte ich. »Meine Mom kümmert sich darum, Spenden für Israel zu sammeln, weil wir ohne unser eigenes Land nicht sicher sind.«

Anna sah mich an, als wüsste sie nicht, wovon ich rede.

»Das stimmt«, sagte ich. »Arabische Terroristen wollen uns töten, und wir müssen sie aufhalten.«

Annas Augen huschten hin und her wie Tischtennisbälle. »Wann?« Auf einmal sah sie kleiner aus als sonst.

»Keine Bange, Anna. Die arabischen Terroristen sind im Libanon, nicht hier. Sie wollen uns ins Meer werfen. Und meine Mom sammelt Spenden, um sie zu stoppen.«

Annas Augen wurden ganz groß. »Deine Mom ist wie Wonder Woman.«

Ich nickte. »Ziemlich. Sie und mein Dad werden die bösen Männer stoppen. Mein Dad hat versprochen, dass er mich beschützt. Diese Araber sind Terroristen.«

Anna sah mich ausdruckslos an. Ich merkte, dass sie nicht wusste, was ein Terrorist war, also beschloss ich, es ihr zu erklären.

»Terroristen sind Araber.« Das wusste ich von meinen Eltern. »Wir haben ihnen nie was getan, aber sie hassen uns, weil wir Juden sind. Das gehört zu ihrer Religion. Israel ist unser Land, und sie wollen uns ins Meer werfen, dabei haben wir die Wüste dort zum Blühen gebracht.«

Annas Lippen bebten, aber sie musste die Wahrheit erfahren, wenn sie weiter meine Freundin sein wollte.

»Israel war eine Wüste, als wir da hinkamen, aber wir haben Bäume gepflanzt, und jetzt ist es keine Wüste mehr.«

Jedes Jahr ließ meine Mom in meinem Namen in Israel einen Baum pflanzen, und ich bekam eine Urkunde dafür. Ich hatte schon zehn Bäume in Israel. In unserer Küche hatten wir eine blau-weiße Spendenkiste, in die wir immer unser Kleingeld taten, damit Israel stark blieb.

»Und jetzt möchte ich Marsha Shamir, die Organisatorin dieser Veranstaltung, bitten, ein paar Worte zu sagen«, sprach

Mrs Bloom, die Präsidentin des jüdischen Gemeindezentrums, ins Mikrophon.

Ich legte einen Finger an die Lippen, weil ich nicht wollte, dass Anna während Mommys Ansprache dazwischenredete. Das wäre unhöflich.

Alle klatschten, als Mom zum Podium ging, das sie hatte aufbauen lassen. Sie strahlte übers ganze Gesicht. Sie sah hübsch aus in ihrem blauen Kleid mit den weißen Ärmeln, das sie extra für heute Abend gekauft hatte, weil es dieselbe Farbe hatte wie die israelische Fahne.

»Ich danke Ihnen allen für Ihr Kommen«, sagte sie. Sie trug eine glitzernde Brillantkette. »In diesem Moment kämpft Israel um seine nackte Existenz. Die PLO versucht, Israel von der Landkarte zu radieren.«

Ich blickte in die vielen ängstlichen Gesichter auf unserer Veranda. Mrs Adler, die den Holocaust überlebt hatte, weinte. Sie hatte eine Nummer auf den Arm tätowiert. Die hatte sie mir mal gezeigt. Kein Wunder, dass Mom so viel Unterstützung bekam. Sie war wirklich wie Wonder Woman.

»Die PLO hat überall Terroristen, die darauf lauern, uns zu töten. Israel ist unsere einzige Hoffnung auf Sicherheit. Deshalb ist es von allergrößter Wichtigkeit, dass wir weiter möglichst viel Geld an Israel spenden. Sechs Millionen Juden wurden im Holocaust ermordet. Niemals wieder. Niemals wieder!«

Alle klatschten.

»Wir brauchen ein eigenes starkes Land, um uns zu schützen. Als Juden sind wir ständig bedroht von Antisemitismus und Vernichtung. Danke, dass Sie heute Abend gekommen sind und den Notfonds für Israels Antiterror-Einsätze unterstützen. Israel wird die notwendigen Maßnahmen treffen, um diese Terroristen das Fürchten zu lehren. Unser Leben hängt buchstäblich von Israel ab. Heute Abend finden landesweit noch weitere fünfhundert Veranstaltungen wie diese statt. Die Ortsgruppen in Miami und New York haben doppelt so viele Teilnehmer wie wir, also holen Sie Ihre Brieftaschen heraus und spenden Sie großzügig. Vielen Dank.«

Sie bekam donnernden Applaus.

Ich hatte Mommy gefragt, ob wir nach Israel ziehen müssten, nachdem ich gehört hatte, wie sie zu Mrs Cohen sagte, dass Juden nur in Israel sicher wären. Ich hatte richtig Angst bekommen, weil es mir in Amerika gefiel und weil Anna hier lebte, und sie war keine Jüdin, deshalb würde sie nicht mit mir nach Israel kommen können. Nur Juden konnten nach Israel auswandern, weil es ein jüdisches Land ist. Mommy sagte, nein, wir würden nicht dahin auswandern. Wir bräuchten es nur für den Fall, dass wir je in Gefahr wären, aber das Leben in den USA wäre für uns ungefährlich, deshalb war Israel so was wie ein Plan B. Ich wusste nicht genau, was das hieß, aber sie sagte, damit könnten wir nachts ruhig schlafen.

»Und jetzt möchte ich den Mann begrüßen, wegen dem Sie alle gekommen sind, den israelischen Premierminister, den Großvater meines Mannes, Isaak Shamir.«

Alle standen auf, als Urgroßvater sich aus seinem Sessel stemmte. Dad umarmte ihn. Viele Gäste wollten Urgroßvater die Hand schütteln, als er zum Podium ging.

»Wer ist das?«, fragte Anna.

Ich stand besonders gerade da, weil ich mordsmäßig stolz auf meinen Urgroßvater war. Diese Araber waren wirklich böse. Ihre Eltern brachten ihnen von Geburt an bei, uns zu hassen, hatte Mom gesagt, aber Urgroßvater Isaak war stark und strengte sich mächtig an, uns vor denen zu beschützen.

»Das ist mein Urgroßvater«, sagte ich mit stolzgeschwellter Brust. »Er ist ein Held. Er hat mitgeholfen, *Eretz Israel* zu befreien.«

Ich hatte seit Jahren nicht mehr an den Abend damals gedacht, doch die Erinnerung veranlasste mich, nach ihm zu fragen. »Vor meiner Abreise nach Paris hab ich gehört, dass Urgroßvater Isaak nicht unbedingt der Held war, für den ich ihn immer gehalten habe. Stimmt das?«

Meine Großmutter seufzte. »Nun ja, für manche wird er ein Held gewesen sein«, sagte sie. »In Wahrheit –« Sie spitzte die Lippen, ehe sie weitersprach. »Er war skrupellos. Er war verblendet von zionistischen Idealen. Es war ihm egal, was er tun musste, um seine Ziele zu erreichen.«

Ich rieb mir die Stirn. »Wie meinst du das?« Mir war beklommen zumute.

Ihre Schultern sanken herab. »In Russland, noch vor dem Holocaust, wurden Juden in Pogromen getötet. Dein Urgroßonkel gründete eine jüdische Verteidigungsorganisation. Er leitete eine Jugendabteilung. Sogar ich habe mitgemacht und mich von ihm ausbilden lassen.«

Ich betrachtete meine zarte, alte Großmutter, die wahrscheinlich keine hundert Pfund wog. »Du?«, fragte ich. »Du bist der gütigste Mensch, der mir je begegnet ist. Ich kann mir nicht vorstellen, dass du mal jemandem was zuleide getan hast – nicht mal in Notwehr.« Ich lachte leise bei der Vorstellung, dass meine Großmutter eine Waffe schwang.

»Rebekka, ich habe in Russland zwei Soldaten erschossen. Ich wollte meine Mutter retten …« Großmutter verstummte, und ein Ausdruck tiefer Traurigkeit glitt über ihr Gesicht. »Du ahnst nicht, wie weit ein Mensch gehen kann, um die Menschen, die er liebt, zu beschützen.«

Mein Mund klappte auf und zu. Ich starrte sie geschockt und fassungslos an. »Im Ernst?«, fragte ich schließlich. »Aber du hattest bestimmt keine andere Wahl. Du warst in die Enge getrieben.«

Ich dachte daran, wie ich mich in Lisas Schrank versteckt hatte, zu verängstigt, um rauszukommen.

»Ich habe versucht, sie zu töten, ehe sie meine Mutter erschießen konnten«, sagte sie. »Es ist mir nicht gelungen.«

Sie blickte zu Boden und schluckte schwer. »Aber genug von mir«, sagte sie, als wollte sie eine Erinnerung verdrängen, die zu schmerzhaft war. »Ich möchte dir von deinem Urgroßvater Isaak erzählen. Er weitete sein Netzwerk auf ganz Europa aus. Wir waren stark genug, um uns zu verteidigen, aber dann veränderte sich Isaak.« Sie schaute stur geradeaus. »Er sagte, wir bräuchten ein eigenes Land, und anstatt für die Juden in Europa zu kämpfen, nahm er Palästina ins Visier.« Sie schüttelte den Kopf. »Seine Kämpfer und andere Zionisten strömten massenhaft hierher. Isaak wollte ganz *Eretz Israel* für die Juden – ganz Palästina. Und das hieß, die Nichtjuden mussten verschwinden.«

Schweißperlen hatten sich auf meiner Stirn gebildet, und ich strich sie mit der Hand weg. »Was haben er und seine Kämpfer gemacht?« Mein Magen fühlte sich an wie Blei. Wollte ich das wirklich wissen? Auf einmal hatte ich das Gefühl, dass Nichtwissen auch ein Segen sein könnte. *Hatte Hend recht gehabt?*

»Zuerst begrüßten die Briten die militanten jüdischen Gruppierungen, weil sie ihnen beim Kampf gegen diejenigen Palästinenser halfen, die sich gegen die britische Besetzung Palästinas wehrten.« Sie schaute zu Isaaks großem Porträt hinüber, das in der Mitte des Säulengangs hing. Ich folgte ihrem Blick und sah meinen Urgroßvater in einem neuen, weniger schmeichelhaften Licht. Er schien auf uns herabzustarren, anklagend, besonders auf mich, als hätte ich ihn, meine Familie, unsere Religion und Nation schon dadurch verraten, dass ich diese Fragen stellte. Doch ich konnte nicht anders, ich musste die Wahrheit wissen, selbst wenn sie hässlich war – was ich inzwischen ziemlich stark vermutete.

»Sie wurden so mächtig, dass sie sogar die britische Armee bedrohten.«

Ich sog die Luft ein.

»Die UN teilte Palästina in zwei Länder auf. Jaffa sollte palästinensisch sein. Aber dein Onkel und seine Leute hatten andere Pläne.«

»Und das britische Militär? Wieso hat es sie nicht aufgehalten?«

»Nach der Teilung durch die UN begannen die Briten, ihren Abzug aus Palästina vorzubereiten. Von da an konnte die Truppe deines Urgroßvaters ungestört Menschen vertreiben und Gebiete besetzen, die eigentlich den Palästinensern zugesprochen worden waren.«

Ich lauschte gebannt.

»Dieses Haus hier hat er einer palästinensischen Familie weggenommen. Gott allein weiß, ob sie überlebt haben oder wo sie jetzt sind, vielleicht in einem dieser Flüchtlingscamps im Libanon, von denen wir so viel hören.« Sie konnte mich nicht direkt ansehen. »Wir haben die Augen verschlossen und die Wirklichkeit ignoriert, die unsere ›Herrlichkeit‹ um uns geschaffen hatte.« Bei dem Wort »Herrlichkeit« malte sie Anführungszeichen in die Luft.

O Gott, Hend hatte recht. Ich fühlte mich, als hätte sie die Büchse der Pandora geöffnet, und ich konnte sie jetzt nicht mehr schließen, so sehr ich es auch gewollt hätte.

20

Israel
1. September 1990

REBEKKA

Mit meinem Tablett in der Hand suchte ich die Cafeteria ab. *Da ist er.* Ich ging auf die hintere Ecke zu. Er saß allein am letzten Tisch in der Reihe – ein einzelner Palästinenser in einem Saal voller jüdischer Israelis. Ich blieb vor ihm stehen und lächelte.

»Hi, ich bin Rebekka. Ich glaube, wir sind im selben Islam-Seminar«, sagte ich auf Hebräisch.

Er sah mich an, als könnte er nicht glauben, dass ich ihn tatsächlich angesprochen hatte.

»Was dagegen, wenn ich mich zu dir setze?«, fragte ich.

Aus den Augenwinkeln spürte ich viele Blicke auf uns gerichtet, aber ich achtete nicht darauf. Ich hatte diesen Weg eingeschlagen und musste ihn jetzt weitergehen. Ich wollte kein Feigling mehr sein. Diesmal würde ich nicht im Schrank sitzen bleiben. Ich würde rauskommen und kämpfen. Ich musste mich mit der Wahrheit bewaffnen und war entschlossen, so viel wie nur möglich herauszufinden.

»Klar.« Er blickte unsicher zu den anderen Studenten hinüber.

Ich merkte ihm an, dass ihm das nicht behagte, aber ich setzte mich trotzdem zu ihm an den Tisch. Er war groß, hatte volles schwarzes Haar und einen olivfarbenen Teint. Er war sehr attraktiv, trug aber weiß Gott keine Designerklamotten. Er hätte ebenso gut gerade aus einer Fabrik gekommen sein können. Er trug nicht mal eine Uhr. An den Füßen hatte er ein Paar ausgelatschte Sandalen. In meinem Fendi-Minirock und den Stöckelschuhen kam ich mir total overdressed vor, aber es war der erste Tag an der Uni, und ich war unsicher gewesen, was die anderen Studenten tragen würden. *Morgen weniger schick.*

Ich stellte das Tablett mit meinem Salat auf den Tisch. Er hatte vor sich etwas liegen, das aussah wie eine gefüllte Taube auf Zeitungspapier. *Ist das überhaupt essbar?* »Wie heißt du?«

»Marwan«, sagte er.

»Bist du Muslim?«, fragte ich in der Hoffnung, dass dem so war. »Ich weiß nichts über den Islam. Ich glaube, ich werde Hilfe brauchen.«

Er schüttelte den Kopf. »Ich glaube nicht, dass ich dir bei dem Seminar helfen kann.«

»Aber wieso denn nicht?«, fragte ich.

Er atmete geräuschvoll aus. »Was der israelische Professor da unterrichtet, hat nichts mit dem Islam zu tun.«

Jemand tippte mir auf die Schulter, und ich drehte mich um. Es war Doron, ein Amerikaner, der als Teenager mit seiner Familie ausgewandert war und in einer israelischen Siedlung lebte. Er war in meinem Arabisch-Kurs. Er hielt sich für was Besonderes, weil er als Fallschirmspringer in der Armee gedient hatte. Auf der Brusttasche seines Hemdes klebte ein Sticker mit der Aufschrift »Gilad«, dem Namen der rechtsradikalen Partei.

»Kann ich dich mal kurz sprechen?«, fragte er, ohne Marwan auch nur eines Blickes zu würdigen.

Das ging ja schnell. »Ist im Moment schlecht«, sagte ich.

»Rebekka«, knurrte er und packte meine Hand. »Es ist wichtig.«

Marwans Augen huschten durch den Saal, als suchte er nach

einem Fluchtweg. Ich wollte auf keinen Fall, dass Doron ihn zu sehr einschüchterte und er ging. Na los, sprich kurz mit Doron und setz dich dann wieder zu Marwan.

»Meinetwegen, aber wirklich nur kurz.« Ich wandte mich an Marwan. »Bitte entschuldige mich.« Er wischte sich mit einer Hand Schweiß von der Stirn. Ich lächelte. »Bin gleich wieder da.« Die Metallbeine des Stuhls schabten über den Boden, als ich ihn nach hinten schob. Doron zog mich ein paar Schritte weg.

»Was machst du da?«, fragte er und rümpfte die Nase.

»Zu Mittag essen«, sagte ich, nicht gewillt zuzugeben, dass ich vorhatte, mehr über die palästinensische Seite der Geschichte Israels in Erfahrung zu bringen. Sein entrüsteter Blick verriet mir, dass er das niemals verstehen würde.

»Diese Araber sind Kakerlaken.« Er hielt sich die Nase zu, als hätte er gerade irgendwas Unangenehmes gerochen. »Die haben hier nichts verloren. Das ist unser Land.«

Marwan und seine Eltern sind hier geboren, im Gegensatz zu dir und deinen Eltern, hätte ich am liebsten gesagt. *Weigerst du dich deshalb, sie Palästinenser zu nennen, um deine mangelnde Identität und Beziehung zu diesem Land zu kompensieren?* Die Frage lag mir auf der Zunge, aber ich verkniff sie mir, weil sie ganz offensichtlich über seinen Horizont ging.

»Die sind ein Krebsgeschwür im Körper Israels. Iss nicht mit ihm an einem Tisch. Ich rate dir das als Freund. Setz dich lieber zu uns.«

Ich blickte zu Marwan hinüber, der allein dasaß und aß. *Das ist doch verrückt.* Ich wollte mich nicht länger von Angst beherrschen lassen. »Mir sagt keiner, mit wem ich befreundet sein darf und mit wem nicht.« Seine Augen weiteten sich vor Fassungslosigkeit. Bestimmt war er nicht daran gewöhnt, dass Frauen so mit ihm redeten. Ich ging zurück zu Marwans Tisch.

»Tut mir leid.« Ich lächelte, um mir meinen Zorn nicht anmerken zu lassen, als ich mich wieder hinsetzte. Marwan fragte nicht mal, was Doron gewollt hatte. Er konnte es sich zweifellos denken. »Vielleicht könnten wir zusammen lernen –«

Marwans Augen hoben sich. Er versteinerte, starrte auf irgendwas hinter mir.

Wehe, wenn das schon wieder Doron ist. Ich riss den Kopf herum. Plötzlich schlug mir das Herz bis zum Hals. *O nein!*

Ze'ev kam mit schweren, wuchtigen Schritten auf mich zu, die Hände zu Fäusten geballt, im Gesicht feuerrot. Ich war ihm seit meiner Rückkehr nach Israel aus dem Weg gegangen und hatte schließlich am Abend zuvor am Telefon mit ihm Schluss gemacht. Er war wütend, aber ich hatte nicht gedacht, dass er so dreist sein würde, hier aufzutauchen. Spionierte er mir nach? Es konnte doch kein Zufall sein, dass er genau in dem Moment auftauchte, als ich mich zu Marwan an den Tisch gesetzt hatte. Seine dunklen Augen bohrten sich förmlich in mich hinein. In diesem Sekundenbruchteil wusste ich, dass das nicht gut enden würde. Er hatte mich mit einem Palästinenser überrascht. *Was, wenn er denkt, ich hätte wegen des Palästinensers mit ihm Schluss gemacht?*

Ich sprang blitzschnell auf, hoffte, Ze'ev von Marwan ablenken zu können, aber es war schon zu spät. Sobald er Marwan sah, verzerrte sich sein Gesicht vor Hass. Ich dachte daran, wie er Hend geschlagen hatte. *Ich muss Marwan vor ihm schützen.* Ich stellte mich vor ihn, doch Ze'ev stieß mich beiseite. Ze'ev riss Marwan am Kragen hoch und traf ihn mit einem linken Haken in Höhe der Leber. Marwan stöhnte vor Schmerz auf und klappte nach vorne. Ze'ev erwischte Marwan mit der anderen Faust am Kinn, um dann wie wild auf ihn einzudreschen.

»Hör auf!«, schrie ich, packte Ze'evs Hemd und versuchte, ihn wegzuziehen. »Hilf mir doch einer!« Es waren keine anderen Araber in der Cafeteria, zumindest keine, die sich trauten einzuschreiten. Ze'ev schüttelte mich mit einer kurzen Armbewegung ab und gab mir mit einem drohenden Blick zu verstehen, dass ich auch noch an die Reihe käme.

Die Studenten umringten uns, um sich die Schlägerei anzuschauen. »Murks den Araber ab!« »Mach ihn fertig!« Lautes Gelächter hallte durch die Cafeteria.

Marwan versuchte, die Schläge abzublocken, vergeblich. Ze'ev war nicht aufzuhalten.

Er holte weit aus und schlug Marwan mit der Faust aufs linke Ohr. Marwan verlor das Gleichgewicht und fiel nach hinten, krachte mit dem Hinterkopf auf die Kante des Metallstuhls. Es hörte sich an, als würde ein Hammer eine Walnuss knacken.

»Nein«, schrie ich, als ich sah, wie Marwan zu Boden stürzte.

»Wage es nie wieder, mit einer Jüdin zu sprechen!«, brüllte Ze'ev. Er sah zu mir herüber. »Um dich kümmere ich mich später.«

»Ruft einen Krankenwagen!« Meine Stimme klang so schrill, dass sie mir selbst fremd war. »Nun macht schon. Er braucht Hilfe.«

Studenten klatschten mit Ze'ev ab, während er aus dem Saal ging.

Ein Universitätsmitarbeiter und ein Wachmann drängten sich durch die Menge. Der Angestellte lief los, um einen Krankenwagen zu rufen, während der Wachmann die Leute in unserer unmittelbaren Nähe zurückdrängte.

Ich setzte mich auf den Boden neben den bewusstlosen Marwan. Blut sammelte sich unter Marwans Kopf, aber nicht in großer Menge. Ich hatte Angst, wenn ich ihn bewegte, könnte er gelähmt sein, also blieb ich neben seinem Kopf sitzen, bereit, jeden abzuwehren, der versuchen könnte, ihm noch mehr Schaden zuzufügen. Der Wachmann hielt die anderen weiter auf Abstand, doch rings um uns herum kamen Studenten mit ihren Tabletts vorbei, plauderten und warfen einen Blick auf Marwan, als wäre er irgendeine Attraktion im Zoo.

Der Universitätsmitarbeiter kam mit den Rettungssanitätern zurück. Ich lief neben Marwan her, als sie ihn auf einer Trage hinausrollten.

Dann fuhr ich mit ihm im Krankenwagen ins arabische Krankenhaus. Dort wurde Marwan schleunigst in einen OP gebracht. Ich blieb im Warteraum, mit klopfendem Herzen. *Wird er sterben? Das ist alles meine Schuld.*

Nachdem ich über eine Stunde gewartet hatte, kam der Arzt herein. »Marwan Al Khateeb?«

Ich lief zu ihm. »Wird er überleben?«, fragte ich. *Bitte, Gott, ich tu alles, was du willst, aber lass ihn am Leben. Ich werde jeden Tag beten, den Sabbat einhalten, an Jom Kippur fasten ...*

»Das kann ich noch nicht mit Sicherheit sagen«, erwiderte der Arzt. Seine Augen musterten mich von Kopf bis Fuß. »Sind Sie eine Angehörige?«

Ich schluckte. »Ich bin mit ihm im Krankenwagen gekommen«, sagte ich.

Ich presste die Augen zusammen, als ich vergeblich versuchte, die Erinnerung an Marwans Mutter zu verdrängen, an ihre rot verquollenen Augen, als sie an seinem Bett saß, seine schlaffe Hand hielt, ihm nicht von der Seite wich. *Was, wenn er nie wieder zu sich kommt?* Mir hämmerte der Schädel. Ich konnte kaum das Klackern meiner Absätze auf dem Asphalt ertragen, als ich den Weg zu meinem Studentenwohnheim hochging. *Was, wenn er stirbt?* Ich hatte gewusst, dass Ze'ev außer sich gewesen war, als ich mit ihm Schluss machte. Ich hätte wissen müssen, dass er kommen würde, um mit mir zu sprechen. Und ich hatte gewusst, wie sehr er die Palästinenser hasste.

Plötzlich hielt mir eine Hand den Mund zu. Etwas Hartes wurde in meinen Rücken gedrückt. Meine Muskeln verkrampften sich.

»Ein Mucks, und du bist tot.« Wut loderte in Ze'evs Stimme. »Ich halte dir eine Pistole an den Rücken. Geh los.« Er schob die Pistole unter meinen Pullover und stieß mich vorwärts.

Angst übermannte mich. Ich schaute mich nach irgendwelchen Menschen um. Der Campus war verlassen. Es war etwa zwei Uhr morgens. Ich hätte niemals um diese Uhrzeit allein zurückkommen sollen, aber ich hatte noch bis zum Eintreffen von Marwans Familie gewartet. *Wieso hab ich dem Taxifahrer kein Geld gegeben, damit er mich bis zu meinem Zimmer begleitet?*

Ze'ev bugsierte mich langsam zu seinem schwarzen Mercedes-Cabrio. Das ich mal gefahren hatte. Ich hatte es ihm vor meinem Abflug nach Paris zurückgegeben, weil ich mir da schon sicher war, dass ich unsere Beziehung nicht fortsetzen würde. Ze'ev hatte den Wink nicht verstanden. Nicht verstehen wollen. Er öffnete die Beifahrertür.

»Einsteigen.« Er nahm die Pistole unter meinem Pullover weg und deutete damit auf den Sitz.

Widerwillig stieg ich ein. Während er vorne um den Wagen herum zur Fahrerseite ging, hielt er die Waffe auf mich gerichtet. Er schob sich hinters Lenkrad und schloss die Tür. Mit der linken Hand zielte er weiter auf mein Gesicht, während er mit der rechten den Schlüssel im Zündschloss drehte. Der Motor sprang an. Ich überlegte fieberhaft, wie ich entkommen könnte. Ze'ev trat aufs Gas. Wir schossen vorwärts. Panik überkam mich. Er fuhr über einsame Nebenstraßen. Verzweifelt hielt ich Ausschau nach irgendwem, dem ich signalisieren könnte, dass ich Hilfe brauchte.

»Wo bringst du mich hin?«

»Halt die Klappe!« Seine Stimme triefte vor Ekel und Hass.

Ich versuchte, ruhiger zu atmen. *Lass dir nicht anmerken, wie groß deine Angst ist.* Ich sah zu ihm hinüber. Er starrte geradeaus, das Gesicht wutverzerrt. Er warf mir einen hasserfüllten Blick zu. Mein Magen verkrampfte sich. *Er wird mich umbringen.*

»Hast du wegen eines verdammten Arabers mit mir Schluss gemacht?« Er fixierte mich einen Moment lang grimmig, bevor er die Augen wieder auf die Straße richtete. »Du gehörst mir. Du bist mein Besitz.« Er drohte mir mit der Waffe. »Ist das klar?«

Ich schluckte. »Kristallklar.«

»Ich will nie wieder sehen, dass du mit einem anderen Mann sprichst, schon gar nicht mit einem Araber. Ich hab dir hundertmal gesagt, das sind Eindringlinge. Die gehören eingesperrt.« Ich dachte an Marwans Mutter, wie sie weinend ihrem bewusstlosen Jungen übers Haar strich. *Wie hab ich mich nur je auf Ze'ev einlassen können?* »Du hörst auf mit deiner Studiererei. Wir heiraten, und du lebst mit mir zusammen, unter meinem Dach.«

Ich muss hier raus.

Endlich bog Ze'ev auf die Hauptstraße. Scheinwerfer tauchten im Rückspiegel auf. Vereinzelte Autos waren auf der Straße unterwegs.

»Du wirst mich nicht ver–«

Ich öffnete die Tür und sprang. Die Hände vor der Brust verschränkt, Kopf eingezogen, prallte ich auf die Straße und überschlug mich zweimal. Ich sprang auf und rannte auf den entgegenkommenden Verkehr zu, mit schwenkenden Armen. Ein lautes Quietschen. Ze'evs Wagen kam schlingernd zum Stehen. Ich stand mitten auf der Straße und zwang den erstbesten Wagen anzuhalten. Ich stürzte zur Beifahrerseite, riss die Tür auf und sprang hinein. Der Fahrer trug eine Militäruniform. Ein M16 lag quer über seinem Schoß. *Ein Soldat.*

Ze'ev stieg aus und kam auf uns zugerannt, die Waffe auf mich gerichtet.

»Er will mich umbringen!«, schrie ich und duckte mich tiefer. »Fahr!«

21

Israel
3. November 1990

REBEKKA

»*Ben Zonah!* Hurensohn!«, rief eine Männerstimme auf Hebräisch von unten, während ich zwischen den Bäumen hindurch den unwegsamen Hang hinter der Universität hinunterlief.

»*A'aravi masreach!* Stinkender Araber!« Ich blieb wie angewurzelt stehen. Durch die Bäume sah ich vier israelische Soldaten, die einen dunkelhaarigen Mann mit einer schwarzweiß karierten Kufiya um den Hals zu Boden drückten. Ein Soldat hielt den Arm des Mannes ausgestreckt, während ein anderer mit einem großen Stein darauf einschlug.

Ich hastete zu ihnen, so schnell das mit meinem schweren Rucksack möglich war. »Bitte, hört auf«, flehte ich. Die Soldaten drehten mir ruckartig die Köpfe zu. Das Gesicht des Palästinensers konnte ich nicht sehen, weil sie es weiter auf die Erde pressten. Der Arm, auf den der Soldat eingeschlagen hatte, war unnatürlich abgewinkelt, als wäre er bereits gebrochen. »Aufhören, bitte!«, rief ich.

»Was machen Sie hier?«, fragte der Soldat mit dem Stein in der Hand. Er sah älter aus als die anderen. *Wahrscheinlich der Kommandeur.*

»Ich ... äh ...« Ich konnte den Blick nicht von dem blutigen, seltsam verdrehten Arm des Mannes losreißen. Mir wurde schlecht, und ich hielt mich am nächsten Baum fest. *Was für Ungeheuer. Wie können sie einen Menschen nur so behandeln?*

»Nun!«, blaffte der Kommandeur. »Wir haben nicht den ganzen Tag Zeit.«

»Ich bin auf dem Weg ins Krankenhaus, um einen Freund zu besuchen.« Meine Stimme zitterte wie ein Blatt im Wind.

»Dann haben Sie sich in der Richtung vertan«, sagte er. Was würde er mit mir machen, wenn er erfuhr, dass ich zum arabischen Krankenhaus wollte, um einen Palästinenser zu besuchen? »Das da unten ist ein Araberviertel. Die werden Sie in Stücke reißen. Da, sehen Sie nur.« Er zeigte auf den Mann, als hätte der ihm den Arm gebrochen, nicht umgekehrt. Der Mann schaffte es, den Kopf zu drehen, und sah zum ersten Mal zu mir hoch. In seinen Augen stand nackte Angst. Es war noch ein Teenager.

»Oh.« Ich drückte die Hand an die Brust. Ich tat so, als wüsste ich nicht, dass seit fast drei Jahren eine Intifada aus Protest gegen die israelische Besatzung tobte. »Der junge Mann kann Ihnen jedenfalls nichts mehr tun. Er braucht einen Arzt.«

»Er hat einen Stein nach uns geworfen«, zischte der Kommandeur.

»Und dafür hat er ganz offensichtlich bezahlt. Bitte lassen Sie ihn gehen.« Notfalls würde ich auf die Knie fallen und ihn anflehen.

Der Kommandeur schmetterte den Stein noch einmal auf den gebrochenen Arm des Teenagers. Ich hörte einen Schrei. Vielleicht kam er aus meinem eigenen Mund. Ich lief zu dem Kommandeur und hielt seinen Arm fest, als er zu einem erneuten Schlag ausholte.

»Schaff sie hier weg, Dov!«, bellte der Kommandeur und wollte mich wegstoßen, aber ich ließ seinen Arm nicht los.

Der Soldat, der ein Bein des Palästinensers festgehalten hatte, grinste hämisch und stand auf.

Ich ließ den Arm des Kommandeurs los. »Ich geh schon, okay – ich verschwinde«, sagte ich mit dünner Stimme. Nie im Leben würde ich mit diesem Mann allein irgendwo hingehen. Ich wusste, sie hatten gewonnen. *Wieder mal.* Ich konnte nichts tun oder sagen, was sie aufhalten würde, und ich hatte Angst davor, was sie mit mir machen würden, falls ich nicht verschwand. Ich hastete zurück den Hang hinauf. Bei jedem Schritt schlug mir der schwere Rucksack in den Rücken. Oben angekommen, hielt ich ein jüdisches Taxi an und stieg ein.

»Wo soll's denn hingehen?«, fragte der Fahrer.

»Ins Al-Makassed-Krankenhaus«, sagte ich.

»Was wollen Sie denn« – er musterte mich im Rückspiegel, um sich zu vergewissern, dass ich Jüdin war – »im Araberviertel?«

Im Geist sah ich Marwan vor mir, vom Hals abwärts gelähmt und künstlich beatmet, wie er in seinem Krankenhausbett auf mich wartete. »Ich zahle Ihnen den doppelten Preis«, sagte ich in meiner Verzweiflung.

»Na schön«, sagte er und fuhr los.

»Da steht, dass der Islam eine gewalttätige Religion ist und dass der Prophet Mohammed seine Anhänger zu Kriegern ausgebildet hat«, fasste ich einen hebräischen Text zusammen. Ich rückte meinen Stuhl näher an Marwans Bett heran. Es zerriss mir das Herz, wenn ich daran dachte, was für ein Albtraum sein Leben geworden war. Ich mochte mir gar nicht ausmalen, wie er sich fühlte. Sein Gehirn war intakt. Er konnte sprechen und den Kopf ein wenig drehen, aber mehr auch nicht. Er würde nie wieder selbständig atmen oder Arme und Beine bewegen. Er konnte weder Blase noch Darm kontrollieren, und daran würde sich auch nichts mehr ändern. Den ganzen Tag wartete er darauf, dass ich ihm den Lehrstoff aus unseren Seminaren brachte. Er behauptete, es mache ihn froh, wenn ich ihm vorlas, was wir durchgenommen hatten. »Genau wie alle seine Nachfolger.«

»Und deshalb hat Abu Bakr as-Siddiq, der erste muslimische *chalifa*«, Marwan wandte den Kopf leicht in meine Richtung, »ich meine Anführer, nach dem Tod des Propheten Mohammed seinen Soldaten befohlen, keine Frauen, Kinder oder Alte zu töten. Er hat ihnen sogar verboten, Bäume zu fällen oder Häuser zu plündern oder Schafe und Kamele zu töten, es sei denn, sie müssten sich von ihnen ernähren. Er hat ihnen auch gesagt, falls sie auf Menschen treffen, die sich einem klösterlichen Leben verschrieben haben, sollen sie sie in ihrer Andacht unbehelligt lassen.«

»Das sollten unsere führenden militärischen und politischen Köpfe heute mal begreifen«, sagte ich.

»Machen wir eine Pause«, sagte Marwan. »Die Krankenschwester hat mir einen Kassettenrecorder und eine Kassette mit Musik von Marcel Khalifé gebracht.«

Ich legte den Kopf schief. »Wer ist das?«

»Ein Libanese, aber er singt häufig Gedichte des Lyrikers Mahmud Darwisch.«

Ich nahm den Kassettenrecorder von dem Tisch in der Ecke und legte ihn auf das Schränkchen neben Marwans Bett.

»Ist der auch Libanese?«, fragte ich.

»Nein, Palästinenser«, sagte Marwan. »Er wurde in Palästina geboren. Nachdem Israel 1948 sein Dorf überfiel, floh seine Familie in den Libanon, kehrte aber dann heimlich wieder zurück.«

»Dann ist er also ein israelischer Araber, wie du?«, fragte ich.

»Nein, er ist ein sogenannter interner Flüchtling, oder, wie Israel sagen würde, ein ›anwesend-abwesender Ausländer‹.«

Ich runzelte verwirrt die Stirn, verstand nicht, was das heißen sollte.

»Er war an dem Tag abwesend, als Israel seine amtliche Volkszählung durchführte, und hat deshalb keine Staatsbürgerschaft erhalten«, sagte Marwan. Er bedeutete mir mit den Augen, die Kassette abzuspielen. »Das erste Lied, ›An meine Mutter‹, geht mir besonders ans Herz.«

Wieder schaute ich ihn fragend an.

»Er hat es in einem israelischen Gefängnis an seine Mutter geschrieben, und ich liege hier im Gefängnis meines Körpers.« Er versuchte zu lächeln, aber wir wussten beide, dass seine Situation kein Lächeln verdient hatte.

22

Jerusalem
Winter 1990

REBEKKA

Ze'ev sah mich finster an, während ich versuchte, mich zu sammeln. Er saß in dem Armani-Anzug, den er besonders gern trug, mit dem Assistenten seines Anwalts am Tisch des Angeklagten und lehnte sich auf seinem Stuhl zurück wie ein arroganter Staatsanwalt, nicht wie ein Beschuldigter.

Sein Anwalt, Mr Eban, stand so dicht vor mir, dass ich seinen Pfefferminzatem riechen konnte. Er sah mir in die Augen. Ich hielt seinem Blick stand.

»Als der Angeklagte in die Cafeteria kam, haben Sie sich da zu ihm umgedreht?«, fragte er so laut, dass seine Stimme durch den Gerichtssaal dröhnte.

»Ja.«

»Hatten Sie Marwan Al Khateeb den Rücken zugewandt, als Ze'ev hereinkam?«

»Ja.«

»Haben Sie Augen im Hinterkopf?« Die Frage triefte vor Ironie.

»Nein.«

»Woher wollen Sie dann wissen, dass er nicht zuerst zugeschlagen hat?«

»Weil Ze'ev noch gar nicht bei ihm war. Ich habe ja, wie

schon gesagt, versucht, ihn aufzuhalten, aber er hat mich weggestoßen, und ich bin zur Seite getaumelt. Dann hat Ze'ev Marwan am Kragen gepackt, vom Stuhl hochgerissen und zugeschlagen.«

»Tatsächlich?«, fragte er und hob skeptisch die Augenbrauen. »Wie kommt es dann, dass elf Zeugen ausgesagt haben, Marwan Al Khateeb habe als Erster zugeschlagen?«

»Ich kann nur Vermutungen anstellen, warum sie gelogen haben, aber ich gehe davon aus, dass sie Ze'ev schützen wollten.« Ich setzte mich im Zeugenstand aufrechter hin. Mein Blick fiel auf meine Großmutter, und sie nickte mir aufmunternd zu. Ich sah zu Marwan hinüber, der in seinem Rollstuhl auf dem Gang neben seiner Mutter saß.

»Einspruch«, sagte Mr Eban. »Spekulativ.«

»Stattgegeben«, sagte der Richter und wies die Gerichtsschreiberin an: »Streichen Sie Ms Shamirs letzte Aussage aus dem Protokoll.« Dann wandte er sich wieder dem Anwalt zu. »Bitte fahren Sie fort.«

Mein Vater hatte mir verboten, als Zeugin auszusagen, aber ich hatte mich darüber hinweggesetzt. Marwan verdiente Gerechtigkeit. Ich hatte geglaubt, Ze'evs Prozess würde Schlagzeilen machen, aber keine Zeitung berichtete darüber.

»Danke. Keine weiteren Fragen«, sagte Ze'evs Anwalt. Er signalisierte mir mit einer wegwerfenden Handbewegung, dass ich aufstehen sollte, als wäre ich ein störendes Insekt.

»Sie können den Zeugenstand verlassen«, sagte der Richter.

Ich kehrte auf meinen Platz neben Großmutter zurück. Sie drückte meine Hand. Ich schaute zu Marwan hinüber. Tränen quollen ihm aus den Augen, und er konnte nicht mal die Hand heben, um sie wegzuwischen. »Die Verteidigung ruft als nächsten Zeugen Doron Rosen auf«, sagte Ze'evs Anwalt.

»Gerichtsdiener, holen Sie ihn herein«, befahl der Richter.

Der Gerichtsdiener ging aus dem Saal und kehrte mit Doron zurück, der in den Zeugenstand trat und vereidigt wurde.

»Hohes Gericht, wenn Sie erlauben, möchte ich demonstrieren, dass es für Rebekka Shamir unmöglich war, die Vorgänge klar zu sehen.«

»Bitte, Mr Eban.« Der Richter lehnte sich zurück.

Ze'ev stand auf und ging um den Tisch nach vorne.

»Ze'ev wird er selbst sein, ich werde Rebekka sein, und mein Assistent Yonatan wird Marwan Al Khateeb sein.« Mr Eban holte Ze'evs Stuhl und stellte ihn auf die andere Seite des Tischs. Dann setzte er sich Yonatan gegenüber.

»Sind das die Positionen, an denen sich Ms Shamir und Mr Al Khateeb unmittelbar vor dem Zwischenfall befanden?«, wollte der Anwalt von Doron wissen.

»Ja.«

Mr Eban bedeutete Ze'ev, auf ihn zuzugehen. Ze'ev bewegte sich, als würde er einen Spaziergang machen, mit leichten, beschwingten Schritten, blitzenden Augen. Mr Eban stand auf und ging auf Ze'ev los, als wollte er ihn angreifen. Ze'ev hob die Arme, um Mr Eban abzuwehren.

»So war das nicht«, platzte es aus mir heraus.

»Einspruch«, sagte Mr Eban.

»Stattgegeben«, sagte der Richter. Er sah mich an. »Sie werden sich in meinem Gerichtssaal jeder Wortmeldung enthalten, solange Sie nicht im Zeugenstand sind oder direkt gefragt werden. Andernfalls lasse ich Sie wegen Missachtung des Gerichts aus dem Saal entfernen.« Wieder wandte er sich der Gerichtsschreiberin zu. »Streichen Sie Ms Shamirs Zwischenruf aus dem Protokoll.«

Die Finger der Gerichtsschreiberin flogen über die Tastatur.

Ich schluckte. Ich wollte ihnen auf keinen Fall einen Vorwand liefern, mich loszuwerden.

»Fahren Sie fort«, sagte der Richter.

»Am besten, wir machen das noch einmal«, sagte Mr Eban. Erneut spazierte Ze'ev auf Mr Eban zu. Der sprang auf und warf sich Ze'ev entgegen, der ihn abwehrte. Mr Eban tat so, als würde er zur Seite fallen. Dabei drehte er den Kopf und sah zu Boden. Yonatan, der Marwans Rolle hatte, schnellte hoch und setzte zum Schlag an. Seine Faust stoppte knapp vor Ze'evs Auge.

»Haben Sie das so gesehen, Mr Rosen?«

»Ja, genau so«, sagte Doron.

»Ich beantrage, die Anklage wegen Mangels an Beweisen fallenzulassen«, sagte Ze'evs Anwalt.

»Antrag stattgegeben«, sagte der Richter. »Mr Mizrachi, das Gericht spricht Sie hiermit von sämtlichen Anklagepunkten frei. Sie dürfen gehen.«

Marwans Mutter schlug sich in stummer Wut auf die Wangen. Ze'ev zwinkerte Marwan zu, als er aus dem Gerichtssaal ging. Ich war so angewidert, dass mir regelrecht schlecht wurde. Wie hatte ich nur je glauben können, ihn zu lieben? Ich hatte Strafanzeige wegen Entführung und Nötigung gegen ihn erstattet, doch nach diesem Prozess wusste ich, wie gering die Chance war, dass er je verurteilt werden würde.

»Avie«, sagte Großmutter zu einem der Leibwächter, die sie für mich engagiert hatte und die mich auf Schritt und Tritt begleiteten. »Bitte schauen Sie nach, ob Ze'ev wirklich weg ist.«

Marwans Mutter war über seinen Rollstuhl gebeugt und umarmte ihn, und ich konnte sein ersticktes Weinen hören. Es würde ihn beschämen, wenn ich jetzt zu ihm rüberging. Ich wusste, er fühlte sich ohnehin schon völlig entmannt.

»Komm doch heute Abend mit mir zurück nach Jaffa«, schlug Großmutter vor.

»Ich kann nicht«, sagte ich. »Ich hab morgen zwei Prüfungen.« Ich konnte mir eigentlich nicht vorstellen, wie ich mich nach dieser zermürbenden, schrecklichen Erfahrung noch auf meine Prüfungen vorbereiten sollte.

»Ich denke, du solltest deinem Vater erzählen, was Ze'ev dir angetan hat«, sagte Großmutter zum hundertsten Mal.

Ich schaute auf die große Wanduhr. »Wenn ich das mache, besteht er darauf, dass ich sofort nach Hause komme«, sagte ich. »Aber ich will noch nicht weg.« Ich nahm ihre Hände in meine. »Ich habe Leibwächter, außerdem eine einstweilige Verfügung gegen Ze'ev. Falls er mir etwas antun will, kann er das überall. Ich bin sicher, dafür würde er sogar nach Amerika kommen. Ich kann nicht in ständiger Angst vor ihm leben.«

TEIL 5

23

Palästina
1. Oktober 1932

SARAH

Yussef saß im Garten. Er trug einen weißen Anzug und einen Fedora. Als ich ihn erblickte, sah ich meinen zukünftigen Ehemann, den Mann, mit dem ich mir ein erfülltes und glückliches Leben erhoffte.

Sobald er mich bemerkte, stand er auf und kam zu mir, nahm meine Hand. Wärme und Vorfreude durchströmten mich. Ich sehnte mich danach, von ihm in die Arme geschlossen zu werden.

»Du siehst hinreißend aus«, sagte Yussef. Ich spürte, dass ich rot wurde wie ein Schulmädchen. »Ich möchte unsere Verlobung bekanntgeben.«

Das wohlige Prickeln in meinem Bauch verwandelte sich schlagartig in einen schweren Steinklumpen.

»Deine Mutter haben wir erst vor zwei Wochen beerdigt«, sagte ich. »Und deine Schwester ist gerade erst zu ihrem Mann gezogen. Wir sollten ihnen noch etwas Zeit zum Umgewöhnen geben.« Ich wollte ihm nicht sagen, dass meine größte Sorge mein Vater war. Ich wusste, er würde dagegen sein. Ich dachte daran, wie er an diesem Morgen, mit der Kippa auf dem Kopf und in seinen Gebetsschal gehüllt, das Morgengebet gesprochen hatte. Jetzt, wo er Orangen an jüdische Kolonien in ganz

Palästina verkaufte, bekam ich ihn kaum noch zu Gesicht. Aber jedes Mal, wenn ich ihn dann sah, kam er mir ein bisschen frommer vor.

»Dann möchte ich aber wenigstens heute Abend Attallah und Mona von unserer Verlobung erzählen«, sagte Yussef.

Ich wollte nichts lieber als aller Welt verkünden, dass wir verlobt waren, aber zuvor musste ich es meinem Vater schonend beibringen.

»Wir können es doch nicht anderen Leuten erzählen, solange unsere Familien nicht Bescheid wissen«, sagte ich. Allein bei dem Gedanken, Vater könnte durch Dritte von unserer Verlobung erfahren, lief es mir kalt den Rücken herunter. Er hatte gerade wieder gelernt zu lächeln. Er mochte Yussef als Mensch, erwartete aber von mir, dass ich einen Mann unseres Glaubens heiratete.

»Bitte, Sarah«, sagte Yussef. »Ich muss Attallah und Mona gegenüber aufrichtig sein, schließlich wirst du mit Mona zusammenarbeiten.«

Mona war die Oberschwester am französischen Krankenhaus. Ich wusste, sie hatte keine Mitsprache bei meiner Einstellung, da Yussef bereits alles unter Dach und Fach gebracht hatte, aber sie würde meine Vorgesetzte sein.

»Also schön«, sagte ich. Mir wurde leicht und zugleich schwer ums Herz. »Aber sie müssen es unbedingt noch für sich behalten.«

Yussefs Augen leuchteten auf, und er lächelte. Ich wünschte, ich wäre schon seine Frau. In dem Wissen, dass außer uns niemand zu Hause war, gingen wir Hand in Hand durch den Garten. Jetzt, da Fatima von uns gegangen war, schien Omar genau wie Vater rund um die Uhr zu arbeiten, so dass Yussef und ich oftmals allein im Haus waren.

Yussef hielt die Beifahrertür seines roten Bentley-Cabrios

auf. Er bedeutete mir mit einer galanten Handbewegung einzusteigen. Sobald wir im Auto saßen und losfuhren, legte Yussef seine Hand auf meine. Ich musste unwillkürlich lächeln. Jedes Mal, wenn er mich berührte, wünschte ich, er würde niemals aufhören.

Wir fuhren zur Nagib Bustros Street im Herzen von Jaffas Geschäftsviertel.

Elegante Läden mit der neusten Mode säumten die belebte Einkaufsstraße. Yussef bremste ab, als drei Frauen mit Einkaufstüten in den Händen die Straße überquerten. Bei ihrem Anblick musste ich an den Tag denken, als Alice, meine englische Kinderfrau, mit mir in eine Eisdiele im Zentrum von Odessa gegangen war. Wir saßen an einem Tisch, als wir draußen Mutter in ihrem Nerzmantel vorbeigehen sahen, ihr langes blondes Haar voll und glänzend, ihre Haut durchscheinend. Sie war genauso mit Einkaufstüten beladen gewesen wie die Frauen vor uns.

Nur ein Jahr später war Mutters Haar weiß und schütter geworden. Anstatt Einkaufsbummel zu machen, lag sie mit Schüttelfrost im Bett und besaß nur noch die zwei Kleider, die die Kommunisten ihr gelassen hatten. Wir hatten den ganzen Winter hindurch gefroren, weil wir nicht genug Brennholz hatten, um auch nur einen einzigen Raum in unserem Haus anständig zu heizen. Ich spürte, wie mir die Augen feucht wurden.

»Was hast du?«, fragte Yussef. Er hob die Hand und wischte meine Tränen weg.

»Ich musste gerade an meine Mutter denken – und an deine.« Ich lächelte wehmütig. »Vielleicht sind sie jetzt zusammen. Wachen über uns.«

»Das ist eine schöne Vorstellung.« Hinter uns hupte jemand, und Yussef fuhr weiter. »Es macht mich traurig, dass ich deine

Mutter nie kennengelernt habe. Aber ich weiß, ich hätte sie gemocht, wenn sie auch nur ein bisschen so war wie du.«

Ich verdrängte den Gedanken an Mutter wieder, während ich meinen lächelnden Verlobten betrachtete. Ich wusste, dass sie sich über mein Glück freuen würde.

Die Straße war so verstopft mit Autos, Bussen, Pferdekarren und Fußgängern, dass Yussef kaum von der Stelle kam.

»Sie kommen aus allen Regionen der Levante«, sagte Yussef. »Jerusalem mag ja das religiöse Herz Palästinas sein, aber Jaffa ist eindeutig sein kultureller und wirtschaftlicher Mittelpunkt.«

»Wieso?«, fragte ich.

»Jaffa liegt einfach günstig. Beirut und Damaskus sind in einem Tag mit dem Auto zu erreichen. Von Jaffa aus fahren Züge nach Jerusalem, Gaza, Kairo und Haifa. Aus unserem Hafen legen Schiffe nach Europa ab. Hier werden Waren angeliefert, die im gesamten Nahen Osten verkauft werden, umgekehrt werden Erzeugnisse aus der ganzen Region von Jaffa aus in die übrige Welt verschifft.«

Nachdem wir einen Parkplatz gefunden hatten, schlenderten wir vorbei an Cafés, wo Gäste angeregt plauderten, während sie Kaffee oder Tee tranken, Wasserpfeife rauchten und sich ein Eis schmecken ließen. Schließlich stiegen wir hinter einem besonders vollen Café eine Treppe hinauf, die in eine Wohnung über dem Café führte.

»Was, wenn Mona mich nicht leiden kann?«, fragte ich in Gedanken an die wachsenden Spannungen zwischen Zionisten und Palästinensern.

»Sie wird von dir begeistert sein«, sagte Yussef.

Und wenn nicht?

Attallah, ein großer, sportlicher Mann mit markanten Gesichtszügen und einem Kreuz um den kräftigen Hals, machte uns die Tür auf.

»Willkommen«, sagte er und küsste Yussef auf beide Wangen, ehe er mich mit einem Nicken begrüßte.

Mona, seine Frau, kam dazu. Sie war eine schwarzhaarige Schönheit mit dunklen Augen.

»Das ist Sarah«, sagte Yussef.

»Ich bin Mona«, erwiderte sie und legte eine Hand auf ihr Herz. »Willkommen.«

Auch ich legte eine Hand aufs Herz. »Danke.«

Ich neigte den Kopf nach hinten und schaute hinauf zu der hohen Decke. Die Brise, die durch die Bogenfenster hereinwehte, wie auch der Steinboden sorgten in der Wohnung für angenehme Kühle.

»Ich schlage vor, Sie und Mona unterhalten sich ein bisschen«, sagte Attallah. »Ich muss Yussef in meinem Arbeitszimmer kurz was zeigen.«

Mein Körper spannte sich an.

»Gern«, sagte Mona. »Ich möchte Sarah kennenlernen.« Sie warf ihr Haar nach hinten und lächelte.

Mona führte mich hinaus auf einen langen Balkon mit schmuckvollen Schmiedearbeiten, wo wir uns an einen rechteckigen Mosaiktisch setzten. Das Dienstmädchen servierte uns Minztee.

»Wo kommen Sie her, Sarah?«, fragte Mona. Ihre Augen schienen mich zu taxieren.

»Aus Russland«, sagte ich.

»Wie lange sind Sie zu Besuch?« Ihr Lächeln schien jetzt weniger echt.

Hat Yussef ihr denn gar nichts über mich erzählt?

»Ich bin mit meinem Vater hergekommen.« Meine Stimme klang, als wollte ich mich rechtfertigen. »Wir möchten gerne hierbleiben.«

Ihr Lächeln verschwand. »Als Attallah mir gesagt hat, dass

Yussef eine enge Freundin mitbringt, dachte ich, sie wäre Palästinenserin und keine jüdische Kolonistin.« Sie zog die Augenbrauen zusammen.

Es lief gar nicht gut. *Wie kann ich die Situation retten?*

»Ich habe seine Mutter gepflegt. Wir stehen uns sehr nahe«, sagte ich.

»Er hat eine jüdische Kolonistin als Pflegerin für seine Mutter eingestellt?« Ihre schönen dunklen Augen sprühten jetzt Feuer.

»Ich bin eine erfahrene Krankenschwester«, sagte ich in dem Versuch, das Thema zu wechseln. Ich wusste, was für ein heikles Thema die jüdische Kolonisierung Palästinas war. Ich blickte in Richtung Hafen und dachte an die vielen kleinen Ruderboote, mit denen europäische Juden von großen Schiffen an Land gebracht wurden. Mona war doch sicherlich nicht entgangen, wie viele Menschen von diesem Hafen aus ins Land strömten.

»Jaffa ist die Braut des Meeres, aber mein Land ist das Paradies«, sagte Mona. »Wir würden es niemals verlassen. Es ist unsere Heimat.« Als sie »unsere« sagte, klopfte sie sich mit dem Zeigefinger auf die Brust, um mir zu verstehen zu geben, dass ich nicht dazugehörte.

Ich schielte durch die offene Tür zu dem Zimmer hinüber, in dem Yussef mit Attallah verschwunden war, und betete, dass er bald wieder herauskam.

»Schade, dass Sie Yussefs Verlobte Darcy nicht kennengelernt haben«, sagte Mona. Mir war, als hätte ich einen Tritt in den Magen bekommen.

»Yussef hat gesagt, ich würde ihn an Darcy erinnern«, sagte ich.

»Sie war sehr schön. Yussef hat sie vergöttert«, sagte Mona.

»Es ist schwer, einen geliebten Menschen zu verlieren.« Ich zweifelte nicht an Yussefs Liebe zu mir, doch Monas Sticheleien taten weh. Sie machte mir klar, dass ich als Yussefs Frau bei vielen Menschen auf Ablehnung stoßen würde, weil ich ein jüdischer Flüchtling war.

»Er hat Darcy in England kennengelernt. Sie war die tüchtigste Krankenschwester, die ich je erlebt habe.« Es kam mir vor, als würde ich schrumpfen oder als würde der Stuhl größer. »Wir haben beide in einem Krankenhaus in England gearbeitet, während Attallah und Yussef Medizin studierten.«

Ich spürte, wie meine Stirn feucht wurde. »Wo ist Darcy jetzt?«, fragte ich, obwohl ich es eigentlich nicht wissen wollte.

Mona schloss die Augen und atmete tief durch. »Sie ist gestorben, als sie versuchte, ein Kind vor dem Ertrinken zu retten. Sie war nicht nur unglaublich schön, sondern auch selbstlos. Ich glaube, Yussef hat nie aufgehört, sie zu lieben.« Sie seufzte betrübt.

Ich schlug die Augen nieder, starrte auf meine Hände und wünschte, ich wäre irgendwo weit weg.

Ich blickte erst wieder auf, als ich das Geräusch von Schritten auf dem Steinboden hörte. Noch nie war ich froher über Yussefs Anblick gewesen.

Ich schaute in sein strahlend lächelndes Gesicht und wusste, dass er mich liebte. Ich hielt den Kopf erhoben, als Yussef sich neben mich setzte. Er nahm meine Hand und sah mir in die Augen, ehe er sich Mona und Attallah zuwandte, die uns gegenübersaßen.

Mona klappte der Mund auf, als sie auf unsere Hände starrte.

Attallah sah auf seine Uhr. »Wir müssen los, sonst verpassen wir den Film.«

»Einen Moment noch«, sagte Yussef freudig. »Wir haben euch vorher etwas Wunderbares zu sagen.«

Mona sog die Luft ein.

»Wir haben uns verlobt.« Yussef strahlte übers ganze Gesicht.

Attallah stieß einen lauten Jubelschrei aus. »Das ist wirklich wunderbar«, sagte er, sprang auf und umarmte Yussef. Dann nickte er mir zu.

»Glückwunsch«, sagte Mona steif.

»Bitte erzählt es noch nicht weiter«, sagte Yussef. »Unsere Väter wissen noch nichts davon.«

Mona grinste. Ihr war offenbar klargeworden, dass wir noch so manche Schwierigkeit zu überwinden hatten.

Attallah und Yussef saßen vorne in Yussefs Auto und unterhielten sich. Ich saß in eisigem Schweigen mit Mona auf der Rückbank. Wir fuhren durch Jaffas enge, kopfsteingepflasterte Sträßchen mit ihren uralten Steinhäusern hinaus ins nördliche Viertel Neve Tzedek. Dann ging es weiter über den Jerusalem Boulevard durch den Stadtteil Manschije auf die asphaltierten Straßen Tel Avivs, wo überall neue Gebäude im Bau waren.

Yussef nahm meine Hand, als wir zum Kino gingen. Attallah und Mona folgten uns. Ich kam mir vor wie unter Monas Mikroskop. Drei halbwüchsige Jungen blieben vor uns stehen. Der in der Mitte hatte die kräftigen Arme vor der Brust gefaltet. Er schien der Anführer des Trios zu sein. Attallah und Mona traten neben Yussef.

»Das hier ist eine jüdische Stadt«, sagte der Anführer. »Wir wollen hier keine Araber.«

Mir klappte der Mund auf, und im ersten Moment war ich vor Schock wie gelähmt.

»Ihr solltet euch schämen!«, entfuhr es mir schließlich. »Habt ihr das etwa aus unserer Vergangenheit gelernt?«

»Du bist eine Schande«, erwiderte er, wobei er mit einem dicken Finger auf mein Gesicht zeigte. Er gab sich kämpferisch, weil er seine Kumpel bei sich hatte.

»Untersteh dich, mit dem Finger auf sie zu zeigen.« Yussef versetzte dem Anführer einen Stoß. Der Junge verlor das

Gleichgewicht und fiel auf den Hintern. Er starrte wie ein verängstigtes Kind zu Yussef hoch.

»Nix wie weg hier«, sagte er zu seinen Kumpeln, rappelte sich flink auf und lief mit ihnen davon.

Yussef nahm meine Hände und sah mir in die Augen. »Alles in Ordnung?«, fragte er.

Ich öffnete den Mund, aber es hatte mir die Sprache verschlagen. Yussef hatte mich verteidigt. Aus dem Augenwinkel sah ich, dass Mona uns beobachtete. Sie wirkte alles andere als erfreut.

24

Palästina
1. November 1932

SARAH

Ich hielt die Tür auf, und Mona trug ein kleines Tablett mit Medikamenten herein. Es gab nur sechs Krankenbetten, und drei davon waren leer.

»In dem Krankenhaus in Russland, wo ich gearbeitet habe, hatten wir meistens dreißig Patienten in einem Raum von dieser Größe«, sagte ich zu Mona.

»Dann müssen Sie dort ja dringend gebraucht werden«, sagte sie. »Eine pflichtbewusste Krankenschwester würde dahin gehen, wo sie gebraucht wird.«

Ich hatte mich an ihre Bemerkungen gewöhnt. Monas Befürchtung, dass mein Volk sich ihre Heimat aneignen wollte, könnte durchaus real sein.

Das französische Krankenhaus war sauber und ordentlich und wurde gut geführt. Die Arbeit hier hätte sich nicht stärker von meinen Erfahrungen als Krankenschwester in Odessa unterscheiden können. Seit einem Monat arbeitete ich nun hier. Wenn ich Yussef nicht im OP half, erledigte ich alles, was Mona mir als meine Vorgesetzte auftrug.

»Ich frage mich, was Layla wohl sagen wird, wenn sie erfährt, dass Sie und Yussef verlobt sind«, sagte Mona.

»Ich hoffe, sie begreift, wie sehr ich ihren Bruder liebe.« Ich hatte Layla geholfen, die Bestattung vorzubereiten und das Krankenzimmer ihrer Mutter auszuräumen. All der Kummer, den sie in sich hineingefressen hatte, als ihre Mutter noch lebte, hatte sich Bahn gebrochen. Trotz unserer Bemühungen, ihren Schmerz zu lindern, war sie untröstlich gewesen. Ich dachte an ihr tieftrauriges Gesicht, als sie ihr Elternhaus verließ. Es hatte so viele Gefühle ausgedrückt, die ich selbst empfunden hatte, als ich nach dem Mord an meiner Mutter vor über einem halben Jahr aus Odessa geflohen war. Ich wusste, die kommenden Monate würden nicht leicht für sie werden. Ich hoffte, dass sie mich als ihre zukünftige Schwägerin akzeptieren würde.

Mona und ich machten die Runde. Bei jedem Patienten lasen wir das Krankenblatt am Fußende des Bettes, maßen die Vitalwerte und verabreichten die Medikamente.

Anschließend schickte Mona mich in den Wäscheraum, um die sauberen Bettlaken zu bügeln.

Ich hatte gerade ein heißes Bügeleisen in die Hand genommen, als Yussef in seinem weißen Arztkittel hereinkam.

»Ich höre nur Gutes über dich«, sagte er.

Bestimmt nicht von Mona, da war ich mir sicher.

»Können wir uns unterhalten?«, fragte er.

»Nicht hier.« Mit ihm allein in dem kleinen Raum zu sein löste einen Gefühlssturm in mir aus. »Ich arbeite.«

Das Bügeleisen kühlte ab, und ich nahm ein neues Eisen.

»Wann dann?«

»Heute Nacht«, sagte ich. »Um Mitternacht im Garten an unserem üblichen Treffpunkt.«

25

Palästina
3. November 1932

SARAH

Vater saß am Küchentisch im Gästehaus und aß ein hartgekochtes Ei mit Brot. Seit er sich wieder koscher ernährte, aß er nicht mehr in Omars Haus. Selbst auf der Trauerfeier nach Fatimas Beerdigung hatte er sich geweigert, auch nur einen Bissen zu sich zu nehmen. Wenn er mal zu Hause war, was immer seltener vorkam, kochte ich für ihn im Gästehaus. Wenn er unterwegs war, aß er bei jüdischen Familien. Viele von ihnen waren nicht streng religiös, doch er zog anscheinend diejenigen vor, die es waren.

Mein Vater schuftete von früh bis spät. Nachdem er in solcher Armut gelebt hatte, wollte er die Gelegenheit, wieder erfolgreich zu sein, nicht ungenutzt lassen. Er sparte, wo er nur konnte, und hoffte, irgendwann wieder eine eigene Firma zu haben. Gestern war er am späten Abend von einer einwöchigen Geschäftsreise zurückgekommen, und ich wollte den richtigen Zeitpunkt abpassen, um ihm von Yussef zu erzählen. Normalerweise war er nach solchen Reisen erschöpft, doch diesmal war er zwei Tage früher zurück, als ich erwartet hatte. Auf meine Frage nach dem Grund hatte er lediglich gesagt, das sei eine Überraschung, und er werde es mir erzählen, sobald er sich ausgeschlafen hätte.

»Was ist das denn nun für eine Überraschung, die du mir erzählen wolltest?«, fragte ich und bemerkte, dass sein Bart und seine Schläfenlocken noch länger geworden waren.

Vater strahlte. Ich konnte mich nicht erinnern, wann ich ihn das letzte Mal so glücklich erlebt hatte.

»Ich hab von einem Mitglied der Irgun in Haifa erfahren, dass Onkel Isaak heute in *Eretz Israel* ankommt.« Vaters Lächeln brachte sein ganzes Gesicht zum Leuchten. Er biss in das Eibrot, kaute und schluckte.

Freude, Angst, Verwirrung, Furcht, Hoffnung – so viele widersprüchliche Gefühle durchströmten mich. Mir war schlagartig klar, dass sich durch die Ankunft meines Onkels unser Leben hier radikal verändern könnte.

»Kommen noch andere mit ihm?«, fragte ich.

Vaters Lächeln schien noch breiter zu werden. Ich hatte vergessen, wie sein Gesicht strahlen konnte, wenn er glücklich war. Er nickte mehrmals, während er weiterkaute. Ich zog einen Stuhl unter dem Tisch hervor und setzte mich, wartete, bis er den Bissen heruntergeschluckt hatte.

»Seine Familie.« Wieder strahlten seine Augen vor Freude. »Tante Rivka, Jakob, Esau und Ruth.«

Ich runzelte die Stirn. »Kommt Onkel Salomon denn auch?« Ich konnte mir nicht vorstellen, dass Ruths Vater hierherkommen wollte. Er hatte immer behauptet, er würde Palästina erst betreten, wenn der Messias gekommen sei.

»Nein, Onkel Salomon kommt nicht mit«, sagte Vater. »Ruth hat Esau geheiratet.«

Ich verschluckte mich an dem Stück Brot in meinem Mund und musste husten. Ruth hatte nie irgendein Interesse daran gezeigt, Onkel Isaaks Sohn Esau zu heiraten. Mit ihrem lieben und freundlichen Wesen passte sie wahrhaftig nicht zu ihm.

»Aber wieso?« Ich musste es wissen. *Hat man sie gezwungen, ihn zu heiraten?* Eine Zwangsehe war die einzige Erklärung für mich. *Was, wenn Onkel Isaak versucht, mich zur Heirat mit einem Juden zu zwingen?*

»Sonst hätte Onkel Salomon ihr niemals erlaubt herzukommen«, sagte Vater. »Außerdem hat Onkel Isaak eine neue Frau für Onkel Salomon gefunden. Die kann ihn jetzt versorgen.«

Die Nachricht, dass meine Cousine Ruth zu uns kam, machte mich froh. Als Kinder waren wir gute Freundinnen gewesen, und jetzt, wo Layla verheiratet war und Fatima nicht mehr unter uns weilte, freute ich mich ganz besonders auf Ruths Gesellschaft. Endlich würde unsere Familie wieder vereint sein. Es wäre mir nur lieber, wenn Onkel Salomon auch käme.

»Ist das nicht wunderbar, dass alle bald in *Eretz Israel* sind? Stell dir nur vor, Sarah, wir können den Schabbat wieder so feiern wie früher in Odessa.« Vaters Vorfreude, endlich seinen Bruder, seine Schwägerin und seine Nichten und Neffen wiederzusehen, war offensichtlich. »Und ich versichere dir, dein Onkel Isaak wird keine Probleme damit haben, in Israel ein neues Leben zu beginnen. Egal, wo ich hinkomme, überall sind Menschen, die ihn kennen. Seiner Organisation gehören schon Tausende hier im Land an.«

»Warum hat er seine Organisation eigentlich hierher ausgeweitet?«, fragte ich, obwohl ich die Antwort kannte.

»Dein Onkel ist der Überzeugung, dass wir Juden, solange wir kein eigenes Land haben, jüdische Kämpfer brauchen, die uns verteidigen. Früher fand ich ihn zu militant, aber jetzt muss ich zugeben, dass er den richtigen Instinkt hatte. Viele andere sehen das genauso. Wir können hier das jüdische Königtum wieder errichten. Ich kann ein Orangenimperium aufbauen, aber wir brauchen Kämpfer, wenn wir zu alter Herrlichkeit zurückkehren wollen.«

»Warum? Wer bedroht uns denn deiner Meinung nach hier?«, fragte ich.

»Die Palästinenser natürlich«, sagte Vater, während er am Tisch in dem Gästehaus der palästinensischen Familie saß, die uns aufgenommen hatte, als wir völlig mittellos waren, und uns immer nur ihre Nächstenliebe gezeigt hatte. Es verschlug mir die Sprache, so fassungslos war ich. Ich hob eine Hand an die Brust.

»Wir brauchen ein eigenes Land, hier in *Eretz Israel*«, beteuerte Vater. »Und seien wir ehrlich, die Palästinenser werden dabei nicht tatenlos zuschauen. Es läuft zwangsläufig auf die Frage hinaus: wir oder sie.«

Wie hatten wir uns in so kurzer Zeit so weit voneinander entfernen können? »Warum können wir nicht zusammenleben?«, fragte ich. »Welches Recht haben wir, ihnen ihr Land wegzunehmen?«

Mein Vater schnitt eine Scheibe Schwarzbrot ab und begann, sie mit Marmelade zu bestreichen. »Omar und seine Familie sind anders. Das ist nichts Persönliches. Es geht nicht um Omar und seine Familie und uns. Dieses Land bietet nicht genug Platz für beide Völker. Also heißt es entweder wir Juden oder die Palästinenser. Wir müssen uns schützen.« Mein Vater sah mir in die Augen. »Es geht mir nur um deine Sicherheit und die Sicherheit unseres Volkes. Hast du vergessen, was man uns angetan hat?«

Ich starrte ihn ungläubig an. Das hatten die Russen uns angetan, nicht die Palästinenser – aber das wusste er. Vater wollte alle Nichtjuden in einen Topf werfen. »Die überwiegende Mehrheit der Menschen hier sind Palästinenser, und sie besitzen den weitaus größten Teil des Landes. Ist dir klar, was wir ihnen und ihrer Gesellschaft antun müssten, um hier einen jüdischen Staat zu errichten?«

Mein Vater seufzte. »Das ist eine grausame Realität, aber unsere Sicherheit hängt davon ab.«

Ich holte tief Luft, während ich nach Argumenten suchte, die ihn erreichen würden. »Wir wären sicherer, wenn wir in Frieden *mit* ihnen hier leben würden und nicht an ihrer Stelle. Hast du vergessen, was passiert ist, als ich auf dem Erntefest war? Wir können uns entweder bekriegen und gegenseitig vernichten oder uns zusammentun und gemeinsam weiterentwickeln.«

Mein Vater schüttelte den Kopf. »Wir haben versucht, mit den Europäern zusammenzuleben, und du weißt, was uns das eingebracht hat. Wir brauchen einen jüdischen Staat.«

Was war aus meinem Vater geworden? Bei unserer Ankunft in Palästina war unsere Zukunft völlig ungewiss gewesen. Omar und seine Familie hatten uns hier einen Neuanfang ermöglicht. Und ich musste zugeben, dass ich mich zwar freute, meine Verwandten wiederzusehen, aber nicht bereit war, mein liebgewonnenes Leben in Jaffa erneut gegen eine ungewisse Zukunft einzutauschen. Ich fragte mich, was Onkel Isaak – der nach dem Pogrom von Kischinjow Gott abgeschworen hatte – von Vaters Rückkehr zum Glauben halten würde. Ich machte mir Sorgen, was er dazu sagen würde, dass wir noch immer in Omars Gästehaus wohnten. In seinen Briefen hatte Onkel Isaak uns dringend geraten, zurück nach Tel Aviv zu ziehen, um unter Juden zu leben. Aber Vater hatte mir versprochen, dass er sich von Onkel Isaak nicht zu einem Umzug überreden lassen würde. Ich wusste, er wollte so lange für Omar arbeiten, bis er genug Geld zusammenhatte, um ein eigenes Geschäft aufzumachen. Omars Gästehaus zu verlassen war das Letzte, was ich wollte, aber jetzt, nach Vaters verstärkter Hinwendung zum Judentum, fürchtete ich, dass er nachgeben würde, wenn Onkel Isaak ihn das nächste Mal bedrängte.

Und vor allem wollte ich Yussef heiraten. Ich wusste tief in meinem Herzen, dass er der Richtige für mich war.

»In einer Stunde fängt mein Dienst an«, sagte ich. »Ich assistiere heute im OP. Ich muss zur Arbeit.«

»Kein Problem«, sagte Vater. »Ich bin extra früher nach Hause gekommen, damit ich sie begrüßen kann. Du kannst sie ja dann morgen sehen. Heute sind sie ohnehin bestimmt hundemüde.«

Yussef hielt mir die Beifahrertür auf, und ich stieg ein. Wir hatten eine achtstündige OP hinter uns und waren beide erschöpft. Ich hatte ihm nichts von der Ankunft meines Onkels erzählt, um ihn nicht zu beunruhigen. Und jetzt war mir erst recht nicht danach, aber Vater würde es sicher Omar erzählen, und ich wollte nicht, dass Yussef es von seinem Vater erfuhr.

»Ich weiß nicht, wie ich das ohne dich gemacht hätte. Wenn du seine Vitalwerte nicht so genau im Auge behalten hättest, wäre er uns unter den Händen weggestorben«, sagte Yussef, während er meine Tür schloss und hinüber auf die Fahrerseite ging.

Er stieg ein und lächelte mich an. Die Operation hatte ihn sehr angestrengt, und auch ich brauchte eine Verschnaufpause, bevor ich ihm die Neuigkeit beibrachte.

»Wie geht's Layla?«, fragte ich, um Zeit zu gewinnen.

»Schon viel besser«, sagte Yussef. »Sie hat sich in ihrem neuen Haus eingelebt, und Isa sagt, sie führt es genauso, wie Mama unser Haus geführt hat.«

Ich konnte es nicht länger hinausschieben. Ich holte tief Luft, doch ehe ich den Mund aufmachen konnte, fragte er: »Was hast du denn? Du wirkst heute anders als sonst.« Er kannte mich so gut.

»Äh ...« Ich blickte nach unten auf meine Hände. »Mein

Onkel Isaak und seine Familie kommen heute an.« Mein Herz raste.

Sofort verschwand das Lächeln auf seinem Gesicht.

»Ich hasse das, wofür dein Onkel steht. Er will uns Palästina wegnehmen und es zu einem rein jüdischen Land machen.«

Was sollte ich sagen? Ich wusste, dass Yussef recht hatte. Ich merkte, wie Zorn in ihm hochkochte, und ich verstand ihn, aber es war nicht zu ändern.

»Die Ankunft meines Onkels bereitet mir noch aus anderen Gründen Sorge. Ich fürchte, er könnte meinen Vater im Hinblick auf uns beide beeinflussen. Mein Vater wird gegen unsere Heirat sein, und jetzt, wo Isaak da ist ...« Ich konnte meine Angst nicht genau erklären. Onkel Isaak hatte uns zur Flucht verholfen. Er gehörte zur Familie. Und doch –

»Vielleicht müssen sie sich erst an den Gedanken gewöhnen, aber meinst du nicht, sie wollen, dass wir glücklich sind? Ich finde, wir sollten es ihm sagen.« Yussef blickte stur geradeaus, während er den Wagen steuerte. »Meine Mutter ist schon einen Monat tot. Was hältst du davon, wenn ich heute Abend zu euch komme und wir es deinem Vater gemeinsam sagen?«

»Nein«, sagte ich. Falls auch nur ein Fünkchen Hoffnung bestand, dass mein Vater unsere Verlobung billigte, würde ich es ihm allein beibringen müssen. »Ich denke, ich kann Vater eher davon überzeugen, uns seinen Segen zu geben, wenn ich allein mit ihm rede.«

An einem Stoppschild blickte Yussef mich an, und die Zärtlichkeit in seinem Blick wärmte mein Herz und gab mir Mut. Ich musste mich gegen Vater behaupten. Ich musste mich für das einsetzen, was ich wollte, für *uns*.

»Meinst du wirklich, es ist richtig, dass ich nicht dabei bin?«, fragte Yussef, als er wieder anfuhr. »Es kommt mir falsch vor, nicht selbst deinen Vater zu fragen und noch nicht mal an deiner Seite zu sein, wenn du mit ihm sprichst.«

»Vertrau mir«, sagte ich. »Er wird eine Weile brauchen.«

Yussef seufzte resigniert. »Na gut. Aber sobald du es ihm gesagt hast, sollen es alle erfahren. Ich will, dass du endlich meine Frau wirst.«

Das wollte ich auch, mehr als er ahnte.

»Treffen wir uns um Mitternacht. Ich möchte wissen, wie dein Vater reagiert hat«, sagte Yussef. »Sonst kann ich nicht schlafen.«

Ich willigte ein, fest entschlossen, ihm eine gute Nachricht zu bringen.

»Ausgesprochen köstlich«, sagte Vater, als er den letzten Bissen von meinen Erdbeer-Blini aß. Er spülte ihn mit einem Schluck Orangensaft herunter. »Hast du die Orangen eben erst gepflückt?«, fragte er. »Sie schmecken so frisch.«

»Ja, hab ich«, sagte ich. Obwohl ich erschöpft gewesen war, als ich nach Hause kam, hatte ich Stunden damit verbracht, ihm sein Lieblingsessen mit den frischesten Zutaten zu kochen, weil ich ihn in eine möglichst gute Laune versetzen wollte, ehe ich ihm von Yussefs Heiratsantrag erzählte.

Er beugte sich zu den Rosen, die ich im Garten geschnitten hatte, und schnupperte daran. »Herrlich – und was für eine schöne Art, diesen besonderen Tag für unsere Familie zu feiern.«

»Ja, aber ich habe auch noch eine wundervolle Neuigkeit für dich, Papa«, sagte ich. Ich holte tief Luft, bevor ich weitersprach.

»Yussef hat mich gebeten, seine Frau zu werden.«

Ich lächelte ihn glücklich an – in der Hoffnung, ihm auch ein Lächeln zu entlocken.

Vater sah mich kurz an, dann senkte er den Kopf. Er konnte mir nicht einmal in die Augen sehen bei dem, was er mir jetzt sagen wollte. »Sarah, ich verstehe ja, dass ihr euch zueinander hingezogen fühlt. In einer anderen Welt wärt ihr beiden perfekt füreinander, das weiß ich. Aber nicht hier und nicht jetzt«, sagte Vater. »Es tut mir leid, Schätzchen.«

»Aber warum denn?«, fragte ich. »Seine Familie ist so gut zu uns gewesen. Ich liebe ihn.«

»Du wärst eine Ausgestoßene«, sagte er. »Von unserem Volk. Sie würden dich ablehnen. Du hast vergessen, wie sehr wir gelitten haben, weil wir Juden sind. Die Pogrome in Europa.«

Von mir wurde nun mal erwartet, einen Juden zu heiraten. Und wenn ich Yussef heiratete, würde das dem Ansehen meines Vaters in der jüdischen Gemeinde in Palästina schaden. Mir war zwar egal, was die Leute über mich sagten, doch mir war keineswegs egal, was sie über meinen Vater sagten. Er hatte schon so viel verloren.

Aber er würde darüber hinwegkommen. Vielleicht würden die Leute eine Woche oder einen Monat lang über mich herziehen, bis sich eine pikantere Geschichte fand. Und dann wäre mein Skandal schnell vergessen. Aber wenn ich nicht darum kämpfte, Yussef heiraten zu dürfen, würde ich das für den Rest meines Lebens bereuen.

Meine Zeit mit Yussef hatte mir gezeigt, dass ich wieder glücklich sein konnte.

»Ich gebe zu, nach allem, was wir durchgemacht haben, habe ich etwas von meiner Menschlichkeit verloren«, sagte Vater, der den Blick noch immer gesenkt hielt. »Das akzeptiere ich. Aber du bist für mich das Wichtigste. Du musst ihn vergessen.« Er sah mich an.

Ich stellte den Teller ab, den ich gespült hatte, und setzte mich zu ihm an den Tisch. »Ich wünschte, ich könnte ihn vergessen, aber ich kann nicht. Er ist der Mann, der für mich bestimmt ist. Bitte«, sagte ich flehend. »Verwehre mir nicht mein Glück. Ich bin dein einziges Kind. Lass mich den Mann heiraten, den ich liebe.«

Vater schüttelte den Kopf. »Es tut mir leid, Sarah, aber ich weiß, es wäre nicht zu deinem Besten.« Er verschränkte die Arme. »Ich kann dir nicht erlauben, einen *goj* zu heiraten, so sehr ich Yussef und seine Familie auch schätze. Sie waren wunderbar zu uns. Aber du bist Jüdin, und du wirst einen Juden heiraten.« Wieder schüttelte er den Kopf. »Tu mir einen Gefallen, erzähl das, was du mir gerade gesagt hast, bloß niemand anderem, vor allem nicht Onkel Isaak. Hast du mich verstanden, Sarah?«

Ich hatte ihn verstanden, aber ich musste meinem Herzen folgen. Jeder Muskel meines Körpers spannte sich an, als ich mich bereitmachte, für den Mann, den ich liebte, zu kämpfen. Vater musste begreifen, dass ich nicht nachgeben würde. Ich würde mich nicht wegen gesellschaftlicher Zwänge in eine lieblose Ehe drängen lassen. Diese Schranken mussten eingerissen werden. Vater starrte mich an. Ich wusste, eine Tochter sollte ihren Vater niemals missachten, aber ich würde Yussef nicht aufgeben. Er würde mein Mann werden.

Vaters Schultern sanken herab. Mit niedergeschlagenen Augen legte er die Fingerspitzen aneinander. »Es ist spät, und wir sind beide müde«, sagte er. »Du hast mich überrumpelt. Ich schlage vor, wir schlafen beide drüber und reden morgen früh noch mal.«

Mir stockte der Atem, und ich hob die Hand an die Brust. Würde er es sich anders überlegen? Was sonst könnte er damit meinen? Ich konnte es nicht glauben. Ich drückte die Hände an die Wangen. »Danke, Vater.« Ich brannte darauf, es Yussef zu erzählen.

Mit einer Laterne in der Hand ging ich nach draußen und setzte mich auf die Veranda des Gästehauses, um auf Yussef zu warten.

Als ich ihn kommen sah, lief ich lächelnd auf ihn zu.

Er nahm meine Hände und sah mir tief in die Augen.

»Ich bin sicher, er wird einwilligen«, sagte ich.

Sein Gesicht erhellte sich. »Auf diesen Moment hab ich gewartet. Komm mit«, flüsterte er.

Wir gingen hinüber zu dem Orangenhain und traten zwischen die Bäume. Der Himmel war klar, und die Sterne leuchteten.

»Sarah, wenn ich mit dir zusammen bin, ergibt alles einen Sinn.« Seine Lippen waren so verlockend.

Ich blickte hinauf durch die Zweige der Orangenbäume. Ein Stern schien heller zu strahlen als die anderen. Das musste mein Glücksstern sein.

»Mir geht es genauso.«

»Wir haben gar keine andere Wahl, verstehst du, weil ich dich liebe«, sagte er. Plötzlich schoss ein heller Stern quer über den Himmel. »Seit wir uns begegnet sind, weisen alle Zeichen auf dich.« Er hielt mich an den Händen. »Du musst wissen, dass du mich vom ersten Moment an bezaubert hast.« Er legte eine Hand an meine Wange und wandte mein Gesicht ihm zu. »Mein Herz gehört dir, dir ganz allein.« In seiner Stimme lag unglaublich viel. »Ich möchte, dass du den Verlobungsring meiner Mutter trägst. Sie hat ihn mir für meine zukünftige Frau hinterlassen.«

Er schob mir den Ring auf den Finger. Es war ein Brillant mit Princess-Schliff in einer antiken Fassung. Noch nie in meinem Leben hatte ich einen schöneren Ring gesehen.

Das Licht in meinem Schlafzimmer ging an.

»Steh auf!«, dröhnte Onkel Isaaks Stimme durch den Raum und riss mich aus dem Schlaf. Ich fuhr hoch. Onkel Isaak stand im Türrahmen. »Steh auf. Wir fahren!«, befahl er ein zweites Mal.

Ich bekam keine Luft.

»Zieh dich an! Wir brechen auf!« Mein Onkel sprach mit kontrollierter Wut. Ich hörte, wie in anderen Teilen des Gästehauses Türen geöffnet und geschlossen wurden. Menschen redeten, aber ich konnte nicht verstehen, was sie sagten.

»Wo ist Vater?«, fragte ich mit bebender Stimme.

»Er will dich nicht sehen.« Mein Onkel starrte angewidert auf mich herab.

Sofort begriff ich. *Vater hat mich verraten.*

»Zieh dich an!«, zischte mein Onkel.

Er war mitten in der Nacht aufgetaucht, um mich wegzubringen. *Von Yussef.* Mir hämmerte das Herz in der Brust. Ich nahm ein blaues Kleid aus dem Schrank und ging ins Bad. Mechanisch zog ich mich an. Eiseskälte erfasste meinen Körper. Ich konnte immerzu nur an Yussef denken. Was, wenn mein Onkel ihm etwas antat? Als ich aus dem Bad kam, waren zwei von Isaaks Männern dabei, meine Kleidung in die Truhe zu packen, in der Fatima mir an meinem ersten Tag hier ihre abgelegten Sachen herübergeschickt hatte.

»Halt«, befahl ich.

Isaaks Augen wurden schmal, und er machte einen Schritt auf mich zu.

»Die Sachen gehören mir nicht. Sie gehören der gütigen palästinensischen Familie, die uns viele Monate lang geholfen hat, die uns ein Zuhause, Arbeit und Essen gegeben hat.«

»Es gibt hier keine Palästinenser«, sagte Isaak. »Es gibt kein Palästina.« Er ging auf mich los, als wäre ich seine Feindin.

»Du widerliche Hure. Du hast den Namen Jeziernicky beschmutzt!«

Er zog eine Pistole aus seinem Holster und drückte mir den Lauf gegen das Schlüsselbein. »Los jetzt!«, schnaubte er. Im Wohnzimmer, in der Küche und im Schlafzimmer meines Vaters packten seine Männer unsere wenigen Habseligkeiten in Kisten. Draußen auf der Straße vor Omars Haus stand ein Wagen mit laufendem Motor. Motie, die rechte Hand meines Onkels, saß hinterm Steuer. Ich wurde auf die Rückbank gestoßen, wo mich mein Onkel und Gadi in die Mitte nahmen. Gadi brachte den Kämpfern meines Onkels Guerillataktiken bei, und ich hatte von ihm das Schießen gelernt, als ich noch ein halbes Kind war. Der Wagen fuhr ruckartig an.

»Wo fahren wir hin?«, fragte ich. Mir war, als würde das Wageninnere sich enger und enger um mich schließen, und ich rang um Atem. »Bitte«, flehte ich. »Sagt mir, wo wir hinfahren.« Ich war panisch. *Hatte er vor, mich umzubringen? Wollte mein Vater mich lieber tot sehen, als mit Yussef verheiratet?*

»Wo ist mein Vater?« Ich erkannte meine Stimme nicht wieder, so schrill klang sie. Niemand antwortete. Tränen quollen mir aus den Augen.

Wir fuhren Richtung Tel Aviv, und dann bogen wir ab in die Dunkelheit. Die Scheinwerfer lieferten das einzige Licht. Wir waren auf einer Obstplantage.

»Gadi.« Ich sah ihn an, doch er weigerte sich, mir den Kopf zuzuwenden. »Gadi, bitte sag mir, wo ihr mich hinbringt.«

Motie fuhr über einen holprigen Feldweg. *Wollen sie mich foltern? Mich prügeln, um meinen Willen zu brechen?* Ich flog nach vorne, als Motie auf die Bremse trat und den Motor abstellte.

Mein Onkel stieg aus. Ich blieb sitzen. Mein Herz raste vor Angst. Das war nicht der Onkel Isaak, mit dem ich aufgewachsen war, der mich hoch in die Luft geworfen und zum Lachen gebracht hatte. Diesen Mann kannte ich nicht mehr. Und er legte anscheinend keinen Wert darauf, mich zu kennen. Er steckte den Kopf ins Auto, bleckte die Zähne. »Steig aus, du nichtsnutzige Araberhure!«

Er packte meinen Arm und zerrte mich aus dem Wagen. Das einzige Licht kam von der Taschenlampe, mit der Motie den Weg beleuchtete. Mein Onkel zog mich zu einem großen, lagerähnlichen Gebäude. *Perfekt, um jemanden zu ermorden.* Keiner würde etwas sehen oder hören. Ganz gleich, wie laut ich schrie.

Sobald wir drinnen waren, stieß er mich bis zur hinteren Wand, wo Motie eine Tür aufschloss.

»Guck dich um!«, befahl mein Onkel. Wir standen in einem Waffenlager mit Gewehren, Munition und anderem militärischen Gerät. Er packte meine Haare und zwang mich, mir genau anzusehen, wie viele Waffen hier gelagert waren. Er drückte mir die Pistole an den Kopf.

»Meine Nichte wird niemals einen Kameltreiber heiraten!«, schrie er mir ins Gesicht.

»Tu Yussef nichts«, bettelte ich. »Wenn jemand bezahlen muss, dann ich, bitte.«

»Der Kameltreiber ist tot.« Seine Augen loderten vor Zorn.

Yussef tot. Tränen brannten mir in den Augen, und ich schluchzte auf.

Isaak stand breitbeinig vor mir. »Du hast den Ruf unserer Familie besudelt, du widerliche Kameltreiber-Hure.«

Ich presste die Augen zusammen und beugte mich vor, hielt mir den Bauch, wartete darauf, dass er mich erschoss. *Oh, Yussef.* Meine Knie knickten ein, und mein Onkel stieß mich weg. Ich stolperte und fiel auf den Boden. *Yussef. Verzeih mir.*

Isaak drückte mir einen Stiefel auf den Rücken. »Du wohnst

von jetzt an mit deinem Vater in meinem Haus. Du wirst in dein Zimmer eingesperrt. Du tust genau das, was man dir sagt. Hast du mich verstanden?«

»Ja-a.« Ich zwang das Wort schluchzend heraus.

»Und falls du je wieder Kontakt zu der Familie oder den Freunden des Kameltreibers aufnimmst, bringen wir sie allesamt um.«

TEIL 6

26

Vereinigte Staaten
15. Oktober 1994

AMIR

Ich betrachtete das Gemälde einer idyllischen Landschaft, das in einem antiken Goldrahmen über dem gemauerten Kamin mit seinem prasselnden Feuer hing. Getäfelte Wände, ein Couchtisch aus Marmor und ein Plüschsofa komplettierten meine opulente Umgebung. Ich sah den fülligen Mann an, der im Sessel neben mir Champagner trank, und blinzelte ungläubig, weil er gerade angeboten hatte, mir das Patent für meine neu entwickelte Solarbatterie für sage und schreibe zwanzig Millionen Dollar abzukaufen.

»Wie sieht's aus? Nehmen Sie mein Angebot an?«, fragte er und beugte sich vor. Seine Augen blickten erwartungsvoll. »Können wir den Anwälten grünes Licht geben?«

Ehe ich ja sagen konnte, öffnete sich die Tür und herein trat eine wunderschöne, blonde Frau.

»Dad.«

Mr Shamirs Kopf fuhr herum. Ich hörte sein unwilliges Brummen zwar nicht, konnte es aber förmlich spüren. Beim Anblick seiner Tochter schien ihm die Farbe aus dem Gesicht zu weichen.

»Was machst du denn hier?«, fragte er. Ich meinte, einen Anflug von Furcht in seiner Stimme zu hören – was ich mir nicht erklären konnte. »Wolltest du nicht bei Leah übernachten?«

Sie öffnete den Mund, um zu antworten, doch dann trafen sich unsere Blicke, und wir waren wie gebannt. Goldblondes volles Haar, blasser makelloser Teint und himmelblaue Augen, die tief in mich hineinzuschauen schienen, all das zusammen raubte mir den Atem. Ein rosiger Hauch stieg ihr ins Gesicht. Sie strich sich eine Haarsträhne hinters Ohr.

Was für ein wundervolles Geschöpf. Ihre langen Wimpern senkten sich.

Ihr Vater starrte sie an, die Augen weit aufgerissen, als wäre sie ein unschuldiges Lamm, das versehentlich in die Höhle eines Löwen geraten war.

Sie lächelte mich an, und ich war verzaubert.

»Rebekka!« Mr Shamirs autoritäre Stimme holte mich wieder in die Realität zurück.

»Leah hatte Freunde zu Besuch – ich wollte fürs Studium lernen. Also hab ich beschlossen, nach Hause zu fahren.« Ihre Wangen liefen dunkelrot an.

Eine lernbegierige Schönheit. Verlangen und Sehnsucht regten sich tief in meinem Innersten. Zum ersten Mal in meinem Leben empfand ich eine augenblickliche Verbindung zu einer Frau. Ich wollte sie berühren.

Ohne auf den angespannten Tonfall ihres Vaters zu achten, kam sie auf mich zu und streckte die Hand aus.

»Ich bin Rebekka.« Ihre Stimme klang sanft und freundlich.

Ich nahm ihre zarte, weiche Hand und spürte ein Prickeln, das meinen ganzen Körper durchlief, während ich den Händedruck ein paar Sekunden länger als nötig hinauszögerte.

Es geht nicht nur mir so. Wieder trafen sich unsere Blicke, und für einen kurzen Moment meinte ich, eine gewisse Traurigkeit in ihren Augen wahrzunehmen, doch vielleicht sah ich auch nur meine eigene in ihr widergespiegelt. Dann blinzelte sie, und der Moment war vorbei.

»Amir«, sagte ich.

»Und wo kommen Sie her, Amir?« Als mein Name von ihrer Zunge glitt, wurden mir die Knie weich. Ihr neckisches Augenzwinkern entwaffnete mich.

»Palästina«, sagte ich.

Ihr breites Lächeln erhellte den Raum. Ich konnte mein Glück nicht fassen.

»Prinzessin.« Mr Shamirs Stimme klang gepresst. »Bitte, geh auf dein Zimmer. Wir sind mitten in einer wichtigen Besprechung.«

Ihr war anscheinend völlig egal, womit wir gerade beschäftigt waren. Sie und ich waren auch mitten in etwas Wichtigem – etwas Weltbewegendem. Plötzlich kam mir der ganze Unsinn über Liebe auf den ersten Blick gar nicht mehr so unsinnig vor.

»Prinzessin, bitte.« Ein Schweißfilm glänzte jetzt auf seinem Gesicht. Aber warum?

»Wo genau in Palästina?« Sie biss sich auf die Unterlippe.

»Jaffa«, sagte ich.

»Die Braut des Meeres«, entgegnete sie.

Ich stutzte. Woher wusste sie das?

»Ja.« Ich lächelte kurz, wurde dann wieder ernst. »Aber ich bin in einem Flüchtlingslager im Libanon aufgewachsen.«

»In welchem?« Ihre Augen hätten jeden Verkehr zum Erliegen bringen können.

»Prinzessin, sei so lieb, und geh nach oben. Das hier ist eine Geschäftsbesprechung. Kein Privatbesuch.«

»Ist schon gut«, sagte ich. »Ich habe nichts dagegen. Kommt nicht oft vor, dass ich in Amerika jemandem begegne, der sich für meine Vergangenheit interessiert.« An Rebekka gewandt, sagte ich: »Ich bin in Nahr al-Bared im Nordlibanon geboren, aber kurz vor meinem Schulabschluss sind wir ins Flüchtlingscamp Shatila bei Beirut gezogen.« Ich ließ sie nicht aus den Augen, während ich sprach. Es war, als würde uns eine unsichtbare Macht magnetisch anziehen.

Sie hob eine Hand an die Brust. »Haben Sie das Massaker dort erlebt?« Ihr Mund öffnete sich.

»Rebekka!« Ihr Vater fasste sie am Arm und zog sie von mir weg, als wollte er ihre Unschuld bewahren. Ich dagegen wollte sie weiter in meiner Nähe haben.

»Ich bin erstaunt, dass Sie davon wissen.« Ich runzelte die Stirn, als ich an meine Schwestern und an meine Nichte dachte.

»Sabra und Shatila, September 1982.«

Mr Shamir legte einen schützenden Arm um ihre zarten Schultern. Sie sah ihn an. »Tut mir leid, wenn ich dich verärgert habe.« Mir tat es überhaupt nicht leid. Die Begegnung mit ihr kam mir wie vorherbestimmt und bedeutsam vor – wie ein Zeichen dafür, dass dieses Geschäft mit ihrem Vater ein Geschenk des Himmels war. Ich hoffte, sie empfand auch nur einen Bruchteil dessen, was ich empfand, und dass wir gerade den Beginn einer wunderbaren Geschichte erlebten.

»Wann sind Sie in die USA gekommen?«, fragte sie.

»1982«, antwortete ich.

»Nach dem Massaker?«, wollte sie auf Arabisch wissen.

Es dauerte eine Sekunde, bis ich registrierte, dass sie Arabisch gesprochen hatte, und dann lähmte es mich. *Wer ist sie, und was will sie?* Ein Frösteln durchlief mich, und mir schossen zahllose Warnungen durch den Kopf. Plötzlich wirkte der ganze Abend auf mich inszeniert, wie eine Falle, und ich wäre fast hineingetappt.

»Ich hab die letzten sieben Jahre in Israel gelebt.« Ihre Aussprache war perfekt, und ich spürte mein Herz hinter den Augen pochen – aber nicht aus freudiger Erregung. Jeder Muskel in meinem Körper spannte sich an. *Mossad.* Die Organisation, die angeblich Israelis schützen sollte, war im Grunde nichts weiter als eine legale Tötungsmaschine. Arbeitete Mr Shamir vielleicht für den Mossad? Meine Augen huschten durch den Raum, suchten nach dem nächsten Ausgang.

»Sind Sie Israelin?«, fragte ich.

»Nein.« Sie schüttelte den Kopf. »Aber mein Vater hat sowohl die israelische als auch die amerikanische Staatsbürgerschaft.«

Wenigstens log sie nicht. Vielleicht hatten sie das so abgesprochen.

Ich sah ihn an. »Israeli? Das war mir gar nicht klar ... Wie dem auch sei, Mr Shamir, ich muss jetzt gehen«, sagte ich mit Nachdruck und packte meine Unterlagen zusammen.

»Was ist mit unserem Geschäft? Sollen wir woanders hingehen?« Seine Stimme klang beschwörend, als er mir zur Tür folgte.

»Ich werde über Ihr Angebot nachdenken. Aber jetzt muss ich los«, sagte ich und floh förmlich aus dem Haus.

*Nahr al-Bared,
8. September 1972*

»Wann seid ihr fertig?«, rief Barakat, als Tamir und ich auf dem Heimweg vom öffentlichen Brunnen an seinem Elternhaus vorbeikamen.

Wir mussten Baba helfen und wollten das so schnell wie möglich erledigen, deshalb blieben wir nicht stehen, um mit ihm zu reden, obwohl ich die schweren Wassereimer gern mal einen Moment abgestellt hätte. Durch das häufige Wasserholen hatten die Metallhenkel blutleere weiße Rillen in meine Hände gedrückt.

»In zwei Tagen fängt die Schule an.« Barakat kickte den Fußball zu unserem Freund Ahmad hinüber. Es war Ahmads erster freier Tag in diesem Sommer, und wir hätten nichts lieber getan, als mit den beiden Fußball zu spielen.

»Wir müssen erst noch unserem Vater helfen, den Garten zu wässern«, sagte Tamir. Ich sah zu meinem Zwillingsbruder hinüber, der nicht nur stärker war als ich, sondern auch fast einen Kopf größer. Er trug die beiden größeren Eimer ohne sichtliche Anstrengung. Wir ließen unsere Freunde stehen und schleppten stumm unsere Eimer weiter die staubige Straße hinunter.

Am Ziel angekommen, stellten wir unsere Last ab und schauten zu, wie Baba das kleine Stück Land bestellte. Mit dem Handpflug zog er drei Reihen im gleichen Abstand und warf für die Herbsternte Mangold-, Spinat- und Rübensamen in die Erde.

»Amir, bring mir mal einen Wassereimer.« Babas Aufforderung riss mich aus meinen Gedanken, während ich dastand und das Spiel auf dem Fußballplatz auf der anderen Bachseite beobachtete.

»Baba, dürfen wir spielen gehen? Bitte?«, bettelte ich. »Nächste Woche fängt die Schule an, und wir haben den ganzen Sommer gearbeitet.« Kaum hatte ich die Worte ausgesprochen, wünschte ich, ich könnte sie zurücknehmen. Es war meine Entscheidung gewesen zu arbeiten. Baba wusste, wie schwer es war, den ganzen Tag in der prallen Sonne Tomaten oder Bohnen zu pflücken. Er hatte Tamir und mir geraten, nicht die ganzen Sommerferien hindurch zu arbeiten, weil wir erst acht Jahre alt waren. Aber wir wussten, dass es ihm selbst mit den UN-Rationen kaum gelang, genug Essen auf den Tisch zu bringen.

Er legte die Stirn in Falten. Mir schnürte sich die Brust zu. *Wie konnte ich nur so selbstsüchtig sein?* Wenn wir Baba nicht halfen, konnte er den Garten vielleicht nicht fertig bestellen, und wir brauchten die Gemüseernte. Ich schaute wieder hinüber zu meinen Freunden, die den Ball hin und her kickten. Ich hätte so gerne mitgespielt.

»Baba, ist schon gut. Lass ihn gehen. Ich schaff das auch allein«, sagte mein Bruder Tamir.

Baba nickte Tamir zu. Er wusste, dass Tamir lieber ihm half, als mit unseren Freunden zu spielen. »In einer Stunde kommst du nach Hause.«

»Danke!«, rief ich fröhlich und rannte zum Fußballplatz.

Ahmad versuchte, an den Ball zu kommen, doch da er in seinen ausgelatschten Sandalen nicht schnell genug war, kam Barakat ihm zuvor. Barakat war um einiges stämmiger als Ahmad, der wie ein Strichmännchen aussah, weil er nicht genug zu essen bekam.

»Ich bin fertig«, rief ich meinen Freunden zu, als ich nur noch wenige Meter entfernt war.

Sie hörten auf, dem Ball nachzujagen, und drehten sich lächelnd zu mir um.

»Endlich!«, rief Barakat. Er fragte schon gar nicht mehr nach Tamir, der praktisch nie mitspielte, sondern lieber Baba half.

Es freute mich, Ahmad lächeln zu sehen, weil er so selten die Chance hatte, mit uns zu spielen. Ich wollte nichts lieber, als dass er Spaß hatte.

»Schieß den Ball zu mir rüber«, rief ich Ahmad zu und hob eine Hand.

Er lief auf den Ball zu und wollte ihn gerade kicken, doch Barakat war schneller als er.

Am Horizont tauchten Flugzeuge über dem Meer auf. Sie zogen schwarzen Rauch hinter sich her und steuerten direkt auf uns zu.

»Flugzeuge!«, schrie ich. *Bomben.*

Kreischen erfüllte die Luft. Ein Jet tauchte hinter Ahmad

und Barakat auf. Etwas Dunkles, das unter jeder der beiden Tragflächen hing, löste sich. Ich sprintete los und hechtete mich in einen kleinen Graben.

Eine gewaltige Detonation ließ die Erde erbeben, dann stieg ein Feuerball auf. Flammen schossen in alle Richtungen. Sengende Hitze strich über mich hinweg wie eine Fackel. Dichter Qualm umhüllte mich.

»Ahmaaaad! Barakaaaat!«, schrie ich aus dem Graben. Der beißende Qualm drang mir in die Lunge. »Antwortet doch«, hustete ich. Der Feuerball war genau da aufgestiegen, wo sie gestanden hatten. *Nein, nein, nein. Was soll ich tun?*

Ich erwachte schweißnass in meiner Wohnung in Amerika. Das Licht in meinem Wohnzimmer brannte, ich war vollständig angezogen, und ein Blick auf die Uhr verriet mir, dass es zwei Uhr nachts war. Seit Jahren hatte ich nicht mehr an den israelischen Luftangriff gedacht. Sobald ich richtig wach war, lief wie schon so oft die Szene in Davids Haus vor meinem inneren Auge ab. Ich hatte das Gefühl, gerade noch mal davongekommen zu sein, genau wie damals. Und wer war die schöne Verführerin, die sich als seine Tochter ausgab? Sie musste beim Mossad sein. Aber wieso waren die hinter mir her? Mein Gehirn war zu durcheinander, um einen klaren Gedanken zu fassen. Ich ging in die Küche und wollte schon zum Telefon greifen und George anrufen, als mir Mahmoud Hamshari einfiel. Der Mossad hatte eine Bombe unter seinem Telefon in Paris angebracht, die explodierte, als er telefonierte. Vielleicht überwachten sie mich ja und warteten darauf, dass ich zum Hörer griff. Ich würde von einem Münztelefon aus anrufen müssen. Ich nahm meinen Mantel und stockte, als ich gerade das Licht ausschalten wollte. Was, wenn der Mossad eine Bombe mit dem Lichtschalter gekoppelt hatte, die Methode, mit der sie PLO-Männer in Rom und auf Zypern getötet hatten? Das Licht musste an bleiben. Vorsichtig schloss ich meine Wohnungstür und ging zu einem Münztelefon an der nächsten Straßenecke.

Auf dem Weg dorthin fiel mir so manche Geschichte ein, die ich gelesen hatte – zum Beispiel, dass der Mossad Agentinnen einsetzte, um Männern eine Falle zu stellen. Da war die Agentin mit dem Decknamen »Cindy«, die im Auftrag des Mossad mitgeholfen hatte, den israelischen Nukleartechniker Mordechai Vanunu zu entführen, der beschuldigt wurde, israelische Staatsgeheimnisse an die *Sunday Times* verraten zu haben. Hatte der Mossad diese schöne Verführerin namens Rebekka auf mich angesetzt?

Ich musste George anrufen. Er wusste, wozu die Israelis fähig waren.

»Hallo.« Schon seine verschlafene Stimme beruhigte mich ein wenig.

Gott sei Dank, er ist zu Hause. Mit dem Hörer am Ohr suchte ich die Straße nach verdächtigen Gestalten ab.

»George.« Ich konnte die Panik in meiner Stimme hören. »Wir müssen uns sofort treffen.«

»Was ist denn los?« Offenbar hatte mein Tonfall ihm Angst gemacht. Er klang erschreckt. »Steckst du in Schwierigkeiten?«

Ich atmete einmal tief durch, um mich zu beruhigen, und wischte mir den Schweiß von der Stirn. »Gut möglich, dass ich in Lebensgefahr bin. Ich muss dich sprechen, bevor – für den Fall, dass mir was passiert.« Jede Faser meines Körpers war angespannt.

»Jetzt mal langsam, Amir.« Georges Stimme bebte, obwohl er versuchte, mich zu beruhigen. Nach allem, was wir durchgemacht hatten, wusste er, dass ich kein Panikmacher war. »Was genau ist passiert?«

»Wir müssen uns treffen. Ich kann nicht am Telefon reden«,

sagte ich, weil mir plötzlich klargeworden war, dass der Mossad dieses Telefon angezapft haben könnte. Es war nicht weit von meiner Wohnung entfernt. »Kann ich jetzt gleich zu dir kommen?« Ich spähte in die Fenster der Autos, die auf der Straße vorbeifuhren. Keines hielt in der Nähe, aber ein Stück weiter entfernt parkten einige Wagen. Ich würde auf Nummer Sicher gehen müssen, dass niemand mich beschattete. Nicht, dass sie auch noch George ins Visier nahmen.

»Es ist zwei Uhr morgens. Ich hatte ohnehin nichts anderes vor.« Seine Stimme klang jetzt alles andere als ruhig. »Komm her.«

Ich legte auf und hastete den Bürgersteig entlang. Auf dem Weg zu Georges Wohnung bog ich mehrmals in Seitenstraßen ab und machte einige Schlenker, während ich die ganze Zeit meine Umgebung absuchte. Als ich einigermaßen sicher war, nicht verfolgt zu werden, ging ich schließlich zu dem Haus, in dem George wohnte, und lief die Treppe hoch in die dritte Etage. Er öffnete schon die Tür, bevor ich anklopfen konnte.

George packte meinen Arm und zog mich herein, schloss dann rasch die Tür und verriegelte sie.

Er ging mit mir in die Küche, betrachtete mich aufmerksam und sagte: »Erzähl mir, was los ist.«

»Dieser Geschäftsmann, David Shamir, der mein Patent kaufen will – er ist Israeli«, flüsterte ich. Vielleicht hatte der Mossad ja auch Georges Wohnung verwanzt, dachte ich, und bedeutete George mimisch, das Radio einzuschalten.

»Ach du heilige Schande!«, sagte George und sank auf einen Stuhl.

»Das ist noch nicht alles.« Ich beugte mich näher zu ihm. »Mitten in unserer Besprechung kommt eine wunderschöne Blondine hereinspaziert. Dem Israeli schien das gar nicht recht zu sein. Er wollte sie eindeutig nicht dabeihaben, jedenfalls noch nicht.« Ich überlegte einen Moment. *War das auch Teil der Show gewesen?* Vielleicht war seine Reaktion auf ihr überraschendes Auftauchen ja abgesprochen gewesen. Ich war völlig durcheinander, wusste nicht mehr, was ich glauben sollte. »Sie hat Arabisch mit einem lupenreinen palästinensischen Akzent gesprochen. Dabei hätte sie vom Aussehen her eher Schwedisch sprechen müssen.«

»Wer war sie?« Georges Gesicht war fahl. Er schob nervös das Goldkreuz an seiner Halskette hin und her.

»Er hat behauptet, sie sei seine Tochter.« Ich zuckte mit den Achseln. Ihre Augen waren hypnotisch. Ich hatte mich von ihr verzaubert gefühlt. Hatte sie eine besondere Technik eingesetzt? Ich hatte geglaubt, der Grund wäre nur ihre Schönheit gewesen, aber jetzt war ich mir da nicht mehr sicher. »Sie war offensichtlich eine Art Femme fatale.«

»Wie hat sie ausgesehen?« George hörte auf, mit seinem Kreuz zu spielen. Ich hatte seine volle Aufmerksamkeit.

»Wie die absolute Traumfrau. Wunderschön, perfekt. Und ihre Augen hatten irgendeine Macht über mich. Ich konnte gar nicht mehr wegschauen. So was habe ich noch nie erlebt. Ich musste mich förmlich losreißen von ihrer Anziehungskraft. Vielleicht hat der Israeli mir was in den Tee getan. Als sie meine Hand berührte, hab ich ein wohliges Prickeln gespürt. Und als sie dann Arabisch sprach, kam sie mir so vertraut vor, als hätten wir eine natürliche Verbindung, als würden wir uns schon lange kennen.« Während ich zu beschreiben versuchte, was passiert war, konnte ich es selbst kaum begreifen. »So eine Wirkung hat noch keine Frau je auf mich gehabt.«

Seine Augen weiteten sich. »Mann, deine Lippen beben ja.«

»Die Frau war eine Klasse für sich«, sagte ich. »Als wäre sie speziell für mich ausgesucht oder sogar für mich gemacht worden.«

George schüttelte den Kopf. Er wusste, wie diszipliniert und fokussiert ich war. Über Jahre hinweg hatte ich nur für meine Arbeit gelebt – selbst der Verlust meiner Schwestern hatte mich nicht aufhalten können, obwohl ich die schreckliche Zeit, die beinahe den Kurs meines Lebens verändert hätte, noch genau in Erinnerung hatte. Ich schloss kurz die Augen. *Verzeiht mir, Manar und Dalal.* Wie hatte ich zulassen können, dass eine fremde Frau mich dermaßen aus der Bahn wirft? Das musste das Werk des Mossad sein. Eine andere Erklärung gab es nicht.

»Und das ist noch nicht alles«, sagte ich.

»Was denn noch?« Er presste die Augen zusammen und stöhnte.

»Sie weiß von Shatila«, sagte ich und sah ihm in die Augen. Ich steckte in gewaltigen Schwierigkeiten. Er musste begreifen, wie gewaltig sie waren. »Sie weiß sogar von dem Massaker und auch, in welchem Jahr und Monat es war. Sie klang entsetzt, als sie es erwähnte, und der Blick, mit dem sie mich anschaute, als ihr klarwurde, dass ich dort gelebt hatte, war so voller Empathie, dass ich fast drauf reingefallen wäre.«

»Könnte es sein, dass der Mossad sich für dein Patent interessiert?« Georges Gesicht war sorgenvoll.

Ich blickte zu Boden. »Na ja ... vielleicht. Meine Solarbatterie könnte in der Satellitentechnologie eingesetzt werden, mit der die Israelis ja bekanntlich alles und jeden ausspionieren.«

»Und sie setzen eine schöne Frau, die fließend palästinensisch eingefärbtes Arabisch spricht und Sympathien für unser Volk hat, auf dich an, damit sie dich in die Falle lockt.« Er hatte keine Frage gestellt. Er hatte seine feste Überzeugung geäußert. »Wahrscheinlich wollten sie das Patent klauen und haben eine Frau für ihre Drecksarbeit benutzt. Einfach widerlich.«

»Ich schwöre dir, ich war wie verhext. Ich bin regelrecht aus dem Haus geflohen.« Ich holte tief Luft. »Ich frage mich, ob David Shamir ein *sayan* ist, den der Mossad angeworben hat, um für Israel zu spionieren.«

George runzelte die Stirn. »Was ist ein *sayan*?«

»Ein Zionist, der die Staatsbürgerschaft seines Gastlandes besitzt.« Ich erzählte ihm, dass ich kürzlich in einem Buch von einem ehemaligen israelischen Geheimagenten gelesen hatte, was für unterschiedliche Menschentypen der Mossad anheuerte, um sie in seinem komplizierten globalen Netzwerk einzusetzen.

»Das wundert mich überhaupt nicht. Was mich wundert, ist, dass diese Frau dich so bezirzen konnte. Ich kann mir nicht mal annähernd vorstellen, wie sie ausgesehen haben muss.« Er schloss die Augen, als würde er im Kopf etwas visualisieren, dann öffnete er sie wieder. »Ich musste gerade an ein paar von den Schönheiten denken, die du an der Uni in Beirut hast abblitzen lassen.«

Er stand auf, füllte seine arabische Kaffeekanne mit Wasser und drei gehäuften Löffeln Kaffee, ehe er sie auf die Gasflamme stellte. Er rührte den Kaffee langsam durch, bis er anfing zu kochen und schaumig wurde.

»In dem Buch von dem Geheimagenten steht, dass der Mossad am liebsten Frauen auf seine Zielpersonen ansetzt.« Ich pustete Luft zwischen den geschlossenen Lippen aus, als mir klarwurde, welcher Gefahr ich entronnen war. »Ich schätze, die hatten den zeitlichen Ablauf nicht richtig durchgeplant. Jedenfalls sollte die Frau wohl nicht gerade in dem Moment auftauchen.«

»Oder vielleicht doch, um dich einzuschüchtern oder dich zu warnen.« George nahm die Kanne vom Herd und wartete einen Moment, ehe er sie wieder auf die Flamme stellte.

Alarmglocken schrillten in meinem Kopf los. »Aber warum sollten sie mir Angst einjagen wollen?«

»Um dir zu signalisieren, dass sie wissen, wer du bist, und dass es dir schlecht ergeht, falls du das Patent an jemand anderen verkaufst. Die wollen dein Patent«, sagte er und goss uns beiden Kaffee ein. »Todsicher.«

»Jag mir keine Angst ein, George. Wir sind hier in Amerika. Das würden sie nicht wagen.« Noch während ich das sagte, wusste ich, dass es nicht stimmte. Der Mossad ermordete Menschen überall auf der Welt.

»Mach dir doch nichts vor. Die USA sind Israels größter Unterstützer, und trotzdem hat Israel Spione in der US-Regierung.«

Mein Gespräch mit George machte mich nur noch nervöser. Ich hatte gedacht, mein Patent wäre nur für Wirtschaftsunternehmen von Interesse – nicht für Regierungen und schon gar nicht für den Mossad. Auf dem ganzen Nachhauseweg blickte ich mich immer wieder um. Zurück in meiner Wohnung, nahm ich das größte Messer, das ich besaß, und schaute dann systematisch überall nach, wo sich jemand verstecken könnte – in den Schränken, unterm Bett, hinter den Vorhängen, unter der Spüle, um mich zu vergewissern, dass sich auch niemand hereingeschlichen hatte. Den Rest der Nacht lag ich wach und wartete darauf, dass es draußen hell wurde.

Am Morgen hielt ich es in meiner Wohnung nicht mehr aus und ging wieder zum Münztelefon, um George anzurufen.

»Hallo.« Seine Stimme verriet mir, dass ich ihn schon wieder aus dem Schlaf gerissen hatte.

»George«, flüsterte ich.

»Was ist los, Amir?« Jetzt war er hellwach.

»Können wir uns möglichst bald in der Cafeteria von den Naturwissenschaftlern treffen?«

»Klar. Ich zieh mich schnell an und bin in zwanzig Minuten da«, versprach George. »Aber warum in der Cafeteria? Ich kann doch auch zu dir kommen.«

»Nein. Die Cafeteria ist anonym, und da können wir uns unterhalten, ohne dass jemand mithört.« Mein Puls fing an zu rasen, als ich einen Mann bemerkte, der sich der Telefonzelle näherte. »Ich muss Schluss machen. Ein Mann kommt auf mich zu. Wenn ich in einer halben Stunde noch nicht da bin, verständige die Polizei.« Ich legte auf und rannte dann, so schnell ich konnte, in Richtung Cafeteria.

Ich saß mit dem Rücken zur Wand und trank schon einen Kaffee, als George hereinkam.

Er setzte sich und beugte sich zu mir vor. »Was ist passiert?«

Ich schluckte. »Ich brauche deinen Rat«, flüsterte ich, während ich die Cafeteria absuchte, ob irgendwer besonders auf uns achtete.

»Schieß los«, sagte er.

Ich deutete auf den Kaffee, den ich für ihn gekauft hatte. Seine Augen waren ebenso rot gerändert wie meine, und ich fragte mich, ob er überhaupt geschlafen hatte. »Du weißt ja, ich hatte damit gerechnet, dass der Israeli mein Patent kauft.« Er nickte, nahm seinen Becher und trank einen Schluck. »Meine Familie braucht das Geld. Ich muss also schnell verkaufen, bevor der Mossad eine Möglichkeit findet, das Geschäft zu sabotieren.« Ich dachte an Baba, der noch immer als Nachtwächter in Beirut arbeitete, auf einer Matte im Flur bei den Fahrstühlen schlief, bloß eine Nacht pro Woche zu Hause verbrachte und mit dem, was er verdiente, kaum über die Runden kam.

George nickte. Ich war sicher, dass er im Geiste verschiedene Optionen für mich durchging. »Du solltest andere Interessenten suchen.«

»Deshalb hab ich dich angerufen.« Ich trank meinen Kaffee zu schnell und verschluckte mich. »Erinnerst du dich noch an unseren Freund Majid aus Bahrain?«

»Ist der nicht nach seiner Promotion nach Bahrain zurückgegangen?«

Ich nickte. »Er leitet ein Konsortium von Großinvestoren in der Golfregion. Ich brauche deine Hilfe, um ein Angebot zusammenzustellen, das ich ihm schicken kann.«

George gähnte und winkte ab.

»Wo soll ich denn sonst einen anderen Kaufinteressenten finden?« Ich zuckte mit den Achseln. »Was soll ich denn sonst machen? Mein Patent an den israelischen Mossad-Agenten verkaufen?«

»Nein, natürlich nicht.« Er legte den Kopf schief, fuhr sich mit einer Hand durchs Haar. »Aber glaubst du wirklich, deine arabischen Brüder sind viel besser?« Nach Georges Ansicht taten die Araber einfach nicht genug, um unserem Volk zu helfen.

Konnte er denn nicht begreifen, dass ich schnell verkaufen musste? Ich würde nicht abwarten, bis die Angebote bei mir eintrudelten. Bis dahin war ich vielleicht schon tot. »Ein Versuch schadet nichts. Außerdem bettele ich sie ja nicht um Geld an. Es wäre für beide Seiten ein gutes Geschäft.«

»Wenn du meinst.« Er breitete die Arme aus, hob die Hände in einer resignierenden Geste und sagte: »Von mir aus. Versuch dein Glück bei Majid, und ja, natürlich helfe ich dir dabei.« Er klopfte mir auf die Schulter. Dann warf er einen Blick auf seine Uhr. »Mist. In dreißig Minuten hab ich Seminar. Ich muss los. Ich ruf dich an, sobald ich fertig bin.«

Wir standen auf und umarmten einander, was wir normalerweise nicht taten, aber irgendwie schien es uns heute richtig. Ich dankte ihm für alles, und er ging. Ich setzte mich allein wieder hin und ließ den Blick durch die Cafeteria schweifen.

Ich holte ein paarmal tief Luft, bevor ich Majid anrief, um mich möglichst ruhig und selbstbewusst anzuhören. Es klingelte einige Male, bevor er sich meldete.

»Amir?«, fragte Majid. »Wir haben uns ja schon ewig nicht gesprochen.«

»Über ein Jahr.« Ich erklärte, dass ich ein interessantes Angebot hätte, und erläuterte ihm mein Patent. Er stellte einige Nachfragen, und ich merkte, dass er besonders auf meine Verkaufstechnik achtete.

»Eines muss vorab klar sein. Ich habe keinerlei Einfluss auf die Entscheidungen des Konsortiums, wie es sein Geld investiert, aber du solltest ein detailliertes Angebot für dein Patent vorlegen, und ich sorge dafür, dass du es dem Vorstand präsentieren kannst. Der Vorstand trifft sich einmal im Monat, um neue Investitionen zu erörtern.«

Ich hatte bereits eine technische Präsentation vorbereitet, aber das Patent noch nie möglichen Investoren vorgestellt. Majid faxte mir einige unterschiedliche Marketing- und Unternehmensangebote, damit ich eine Vorstellung davon hatte, wie ich meine Präsentation gestalten sollte. Ich hatte verschiedene Risiko- und Ertragsszenarien eingearbeitet, und George half mir, auf dieser Grundlage ein Konzept zu erstellen, das Investoren ansprechen würde. Majid gab mir auch etliche Tipps zu jedem meiner Entwürfe, bevor ich das endgültige Angebot in einem versiegelten Umschlag an den Sekretär des Vorstands schickte.

Mit jedem Tag, der verging, ließ meine Angst vor dem Mossad nach. Mr Shamir sprach mir immer wieder auf den Anrufbeantworter und bat um Rückruf, damit wir unser Gespräch über das Patent fortsetzen könnten. Aber ich wimmelte ihn ab, so gut ich konnte, ohne Verdacht zu erregen. Jetzt, da ich einen neuen Kunden in Aussicht hatte, war ich nicht mehr ganz so panisch.

27

Vereinigte Staaten
22. Oktober 1994

AMIR

Der Präsident des Verbandes Palästinensischer Studenten, Nabil al Tawil, betrat die Bühne. »Vielen Dank, dass Sie heute Abend so zahlreich erschienen sind, um Ihre Unterstützung für den großen Schriftsteller Tariq Asmar zu zeigen.«

Tariq ging zu den Stühlen neben dem Rednerpult in der Mitte der Bühne und nahm Platz. Ich blinzelte, fragte mich, ob meine Augen mich narrten.

Die Mossad-Agentin. Brachte ich nun auch Tariq in Gefahr?

Ich trat ans Mikrophon. »Ladys und Gentlemen«, sagte ich. »Es ist mir eine große Ehre, Ihnen den heutigen Autor vorzustellen.« Ich versuchte, Rebekka möglichst nicht anzusehen, weil ich wusste, dass sie mich nur ablenken würde. »Doch zuvor möchte ich Ihnen etwas erzählen, das sich tatsächlich erst vor einer knappen Stunde auf unserer Fahrt vom Flughafen hierher bestätigt hat. Ich wusste es nämlich im Grunde meines Herzens bereits, als ich zum ersten Mal *Jabers Lied* las. Tariq ist mein Cousin zweiten Grades. Sein Vater und mein Vater sind Vettern. Seine Großmutter und mein Großvater sind Geschwister, aber wir sind uns vor einer Stunde zum ersten Mal begegnet. Ich habe heute das große Glück, einen Familienangehörigen kennenzulernen, der keine hundert Meilen von dem Camp, in dem ich gelebt habe, aufgewachsen ist. Und jetzt treffen wir uns hier, sechstausend Meilen von unseren Geburtsorten entfernt.«

Donnernder Applaus brach im Publikum aus.

»Obwohl wir beide nichts von der Existenz des jeweils anderen wussten, habe ich das Gefühl, Tariq schon mein ganzes Leben lang zu kennen. Es ist mir eine große Freude, Ihnen heute Abend meinen Cousin vorzustellen, Tariq Asmar.« Ich trat vom Rednerpult zurück und setzte mich.

»Herzlichen Dank für die Einladung«, sagte Tariq, als er seinen Platz am Mikrophon einnahm. »Es ist mir eine Ehre, Ihnen die Geschichte zu erzählen, die sich hinter *Jabers Lied* verbirgt. Meine Familie besaß früher das größte Rebgut in der arabischen Welt. Über fünf Generationen hinweg hatten wir Reben angebaut. Im Jahre 1976 hatte Israel von den ehemals zweihundertsechzig Hektar, die im Besitz meiner Familie waren, bereits zweihundertvierzehn beschlagnahmt.« Tariq holte tief Luft.

»Wir machten das Beste daraus. Als mein jüngerer Bruder Jaber und ich noch klein waren, forderte mein Vater uns immer zu einem Wettkampf heraus, in dem es darum ging, ob wir beide die Trauben schneller ernten konnten als er. Jaber und ich waren nicht nur Brüder, sondern auch Freunde, und wir arbeiteten prima zusammen, aber es gelang uns nie, unseren Vater zu besiegen.

Als Jaber zehn und ich zwölf Jahre alt war, hatten wir eine Idee, wie wir unsere Niederlagenserie gegen unseren Vater beenden könnten. Wir wollten mitten in der Nacht aufstehen, die Hälfte der Trauben ernten und verstecken, damit unser Vater nichts merke. Jaber wollte zuerst nicht, aber als er sah, wie viel mir das bedeutete, willigte er ein. In der Nacht vor unserem alljährlichen Wettkampf blieben Jaber und ich bis Mitternacht wach. Hundemüde schlichen wir uns aus unserem Zimmer und die Treppe hinunter, ohne unsere schlafenden Eltern zu wecken.

Wir brauchten bis drei Uhr morgens, um die Hälfte der Trauben zu ernten. Wir hatten vor, zwei Fässer schon vorab zu füllen. Erschöpft nahmen wir jeder ein Ende der Plane, auf die wir die Trauben gelegt hatten, und schleppten sie zu den Fässern. In der Dunkelheit stolperte ich über eine Wurzel und fiel mit dem Gesicht voran in unsere Ernte. Ich zerquetschte einen Großteil der Trauben und ruinierte mein weißes Nachthemd, aber damit nicht genug. Ich brach mir auch noch das Handgelenk. Jaber musste unseren Vater wecken, damit er mich zum Krankenhaus fuhr. Unser Plan war somit ein einziger Reinfall.«

Ich klatschte und lachte zusammen mit dem Publikum. Auf der großen Leinwand hinter der Bühne erschien ein Foto von Tariq als Kind. Er hatte einen Arm in Gips, den anderen um seinen molligen kleinen Bruder geschlungen. Tariq starrte in die Kamera, während Jaber lächelnd Tariqs gebrochenen Arm bewunderte.

»Im Jahr darauf hielten wir uns für pfiffiger. Wir brachten unserem Hund Asad bei, in Hosenbeine zu beißen und nicht mehr loszulassen, sobald einer von uns sagte: ›Schnapp ihn dir!‹ Wir wollten Asad auf unseren Vater hetzen. Als der Wettkampf anfing, gab Jaber das Kommando, aber Asad schnappte sich stattdessen mein Hosenbein, und ich konnte mich fast nicht mehr von der Stelle bewegen.

Wir hatten uns noch keine neue Strategie für 1976 überlegt, als Israel bekanntgab, dass es zwanzigtausend Dunum Land von palästinensischen Dörfern zwangsenteignen würde, um es ausschließlich jüdischen Siedlern zur Verfügung zu stellen – einschließlich des kleinen Rests von unserem Weingut, der uns geblieben war. Meine Familie brauchte dieses Land, um ihren Lebensunterhalt zu bestreiten. Jaber war zwölf. Ich war vierzehn Jahre alt – und ich war wütend. Deshalb wollte ich dabei sein, als palästinensische Politiker zu Protesten in arabischen

Ortschaften von Galiläa bis in den Negev aufriefen –, und wieder einmal überredete ich Jaber mitzumachen.

Ich möchte jetzt zwei Passagen aus *Jabers Lied* vorlesen. Die erste spielt während der chaotischen Demonstration.«

Die Atmosphäre im Saal wurde ernst. Stille breitete sich aus, und alle lauschten aufmerksam.

»*Ich sah, wie der Soldat auf meinen kleinen Bruder zustürmte.*« Tariqs Stimme, die zuvor hell und beschwingt gewesen war, klang jetzt ausdruckslos und monoton.

»›*Jaber!‹, schrie ich und rannte auf den Soldaten zu.*
Er stieß Jaber zu Boden, und im selben Moment riss mich jemand um. Ich prallte mit dem Kopf auf die Erde. Soldaten hielten mich fest.
›*Tariq!‹ Jaber sah mich vom Boden aus an, Blut quoll ihm aus der Nase.*
›*Lasst meinen Bruder los!‹ Ich wand und wehrte mich, konnte mich aber nicht losreißen.*
›*Nein‹, zischte mir einer der Soldaten, die mich festhielten, ins Ohr. ›Du wirst dir anschauen, was wir mit Steinewerfern machen.‹*
Der andere Soldat hob sein Gewehr und rammte Jaber den Kolben gegen den Kopf.
›*Tariq!‹ Mein Bruder schrie nach mir. Ich kämpfte mit aller Macht, versuchte, die Soldaten abzuschütteln.*
Der Soldat trat Jaber mit seinem schwarzen Stahlkappenstiefel in die Rippen.
›*Hört auf! Es reicht!‹, brüllte ich, so laut ich konnte.*
Der Soldat zerrte meinen blutüberströmten Bruder hoch. Er drehte Jaber die Arme auf den Rücken, während ein zweiter Soldat auf Kopf und Rippen eindrosch. Ein dritter trat ihn in den Bauch. Andere bildeten einen Kreis um sie. Unser Freund

und Nachbar Said flehte die Soldaten an, Jaber loszulassen, aber sie knüppelten ihn weg.
›Lasst ihn los!‹, schrie ich mit sich überschlagender Stimme. Je mehr ich versuchte, mich loszureißen, desto mehr Soldaten ergriffen mich. Sie drückten mir die Arme so fest nach hinten, dass ich schon fürchtete, sie würden brechen. Aber das war nichts im Vergleich zu den Qualen, die mein Bruder durchlitt. Die Schläge und Tritte in den Bauch ließen Jaber nach vorne klappen, doch ein wuchtiger Kinnhaken riss ihn wieder hoch. Ein Polizist sprang vor, holte mit seinem Gummiknüppel aus und schlug Jaber auf den Schädel.
Jaber schrie vor Schmerz auf.
›Bitte!‹, flehte ich. ›Er ist doch erst zwölf.‹
Die Soldaten wechselten sich weiter in ihrer Gewaltorgie ab, schlugen und traten Jaber, bis sein Kopf zur Seite fiel. Er rief nicht mehr nach mir, doch die Soldaten ließen noch immer nicht von ihm ab.
›Kommt, es reicht, nehmen wir uns die anderen vor‹, befahl schließlich ein Kommandant. Jabers regloser Körper fiel zu Boden wie ein Sack Trauben. Man ließ mich los, und ich rannte zu ihm. Ich hob Jaber auf und lief mit seinem schlaffen Körper auf den Armen zu einem Auto in der Nähe.
›Hilf mir‹, schrie ich.
Said hielt mir die hintere Tür seines Autos auf, und ich stieg mit Jaber auf den Armen ein. Said raste los.
»Ich bin bei dir«, sagte ich immer wieder, damit Jaber wusste, dass ich noch da war.
Said hielt vor dem Krankenhaus. Ich stieß die Tür auf und rannte hinein, meinen kleinen Bruder auf den Armen.«

Tariq verstummte unvermittelt und sah sich ein paar Sekunden lang im Saal um. Dann las er weiter.

»Die zweite Passage beschreibt meinen Besuch an Jabers Sterbebett. Es war das letzte Mal, dass ich meinen Bruder sah.

Jaber lag reglos im Bett. Sein verquollenes Gesicht war von Blutergüssen verfärbt, und er war an zahllose Schläuche und Maschinen angeschlossen. Für andere wäre mein Bruder nahezu unkenntlich gewesen, aber nicht für mich. Ich hielt seine Hand und wollte sie nicht loslassen.
›Ich werde dich immer bei mir tragen‹, flüsterte ich. ›Ich werde dich jede Nacht in meinen Träumen besuchen.‹ Der Arzt hatte gesagt, dass Jaber mich nicht hören konnte, aber ich wusste, er würde einen Weg finden, meine Anwesenheit zu spüren. Ich überlegte, wie ich ihm klarmachen konnte, wie sehr ich ihn liebte, und dann fiel mir ein, was unsere Großmutter immer zu uns gesagt hatte. ›Bis zum Mond und wieder zurück. So sehr liebe ich dich.‹
Ich schob ihm den Teddybär, mit dem er noch immer jede Nacht schlief, unter den Arm. Als ich ging, wusste ich, dass ich niemals Abschied von ihm nehmen könnte.«

Tariq senkte das Buch in seinen Händen und sagte leise: »Ich habe diese Geschichte aufgeschrieben, um meinen Bruder unsterblich zu machen, damit er auf den Seiten dieses Buches für immer lebendig bleibt. Damit ich niemals Abschied von ihm nehmen muss. Ich danke Ihnen.«

Ich stand auf und umarmte meinen Cousin. Seine Lesung hatte mich so gebannt, dass ich aufgehört hatte, auf Rebekka zu achten. Jetzt glitt mein Blick durchs Publikum, richtete sich immer wieder auf sie; sie schien zu weinen. Sie betupfte sich die Augen mit einem Taschentuch. Gehörte das zu ihrer Rolle, oder weinte sie echte Tränen?

Mit einem Buch unter dem Arm ging Rebekka zu dem Tisch

hinüber, an dem Tariq inzwischen Bücher signierte und mit einigen Leuten plauderte. Ich stand neben ihm, wusste nicht recht, ob ich ihn abschirmen sollte. Sie sah mir in die Augen.

»Danke, dass Sie uns an Ihrer Geschichte haben teilhaben lassen«, sagte sie. Ihre Stimme klang bewegt. Falls sie schauspielerte, machte sie ihre Sache gut. *Der Mossad nimmt natürlich nur die Besten.* »Es tut mir so leid, was Sie alles durchmachen mussten, dass Ihre Familie auseinandergerissen wurde. Aber ich freue mich sehr für Sie beide, dass Sie sich endlich kennengelernt haben«, sagte sie zu mir und schüttelte den Kopf. »Ihrer Familie ist großes Unrecht geschehen.«

Ihr Haar roch nach Orangenblüten.

Tariq war jetzt allein, und Rebekka sprach ihn an. »Würden Sie für mich Ihr Buch signieren?« Sie hielt es Tariq schon aufgeschlagen hin.

»Buchstabieren Sie mir Ihren Namen?« Er hielt seinen Stift schreibbereit in der linken Hand.

»Es ist für meine Großmutter«, sagte Rebekka.

»Soll ich einfach ›Für Großmutter‹ schreiben?«, schlug er vor. Ich fragte mich, ob ihre Großmutter Israelin war wie ihr Vater.

»Das wäre sehr nett. Und würden Sie es bitte auf Arabisch und Englisch schreiben?«, fragte Rebekka auf Arabisch. Meine Muskeln spannten sich an.

Tariq sah zu Rebekka hoch. »Oh, Sie sprechen Arabisch.«

»Ich bin sechs Jahre lang in Israel zur Schule gegangen.«

»Wo?«, fragte er. Er lächelte nicht, und ich auch nicht.

»Erst auf das Ben-Shemen-Internat und dann auf die Hebräische Universität Jerusalem«, sagte Rebekka.

Tariqs Miene wurde eisig. »Wo haben Sie denn dann gesprochenes Arabisch gelernt? Das wird an keiner Schule oder Uni in Israel unterrichtet.«

Mein Cousin kannte die Verhältnisse in Israel besser als ich. Tariq fixierte Rebekka mit zusammengekniffenen Augen.

Rebekka schluckte. »Mein bester Freund dort war Palästinenser«, sagte sie. »Ich hab viel Zeit mit ihm und seiner Familie in ihrem Dorf Baga al-Gharbiyye im Dreieck verbracht.«

Rebekka schaute zu mir herüber. Ich hatte die Arme vor der Brust verschränkt und hörte aufmerksam zu.

»Was haben Sie studiert?«, fragte Tariq noch immer mit versteinerter Miene.

»Orientalistik«, sagte sie, offensichtlich verunsichert.

»Wann haben Sie Ihren Abschluss gemacht?« Tariq nahm sie ins Verhör, als wäre sie eine Verdächtige. Seine Stimme war kalt und distanziert geworden.

»Letztes Jahr«, sagte sie.

Er musterte sie von oben bis unten, taxierte sie. »Ein Junge aus meinem Dorf war auch in dem Fachbereich, bis er letztes Jahr von der Uni verwiesen wurde.«

»Oh, meinen Sie Salah Hassan? Ich habe ihn gut gekannt und ihn oft an der Uni gesehen, bevor er ausgeschlossen wurde, natürlich. Die Welt ist klein.«

Was? Ich ließ die Arme herabsinken.

»Ich glaube, wir –«, Tariq zeigte auf mich, um deutlich zu machen, dass er mit *wir* ihn und mich meinte, »gehen gleich noch in ein Café. Hätten Sie Lust mitzukommen?«

Sollte das ein Witz sein? Ich wollte nicht, dass sie mitkam, oder doch? Mein Cousin war offenbar zu dem Schluss gelangt, dass Rebekka die Wahrheit sagte, sonst hätte er sie nicht eingeladen. Mir blieb keine andere Wahl. Ich konnte sie schlecht wieder ausladen, nachdem mein Cousin sie gebeten hatte mitzukommen.

»Sehr gern.« Rebekka lächelte mich an. Mein Herzschlag beschleunigte sich. Sie war sehr schön, keine Frage. »Ich treffe hier nur selten jemanden, der meine Erfahrungen nachvollziehen kann. Aber ich weiß, Sie beide haben wahrscheinlich viel zu besprechen. Ich werde Sie nicht lange stören.«

»Amir, sagst du ihr bitte, wie das Café heißt?«, bat Tariq.

»Wir können zusammen hingehen«, erwiderte ich dumpf. Es wäre unhöflich gewesen, sie nachkommen zu lassen.

»Das wäre wunderbar, vielen Dank.« Sie lächelte.

Als Rebekka, Tariq und ich das Gebäude verließen, war draußen eine Demonstration im Gange. Die Protestler waren in israelische Fahnen gehüllt und schrien: »Die Palästinenser müssen Israel anerkennen!«

»Wer sind die beiden Kameltreiber?«, fragte einer von ihnen Rebekka. Er war untersetzt und wog bestimmt weit über hundert Kilo. Er kam leicht vorgebeugt auf uns zu, wie ein wütender Stier. Neben ihm stand eine kleine, pummelige Frau, auch sie in eine Fahne gehüllt.

»Lass mich in Ruhe, Daniel.« Rebekka wich zu schnell einen Schritt zurück und verlor das Gleichgewicht. Sie hielt sich an meinem Arm fest. Mir war, als würde mir ein Blitz durch den Körper schießen.

»Er ist Wissenschaftler«, sagte Rebekka seelenruhig und deutete auf mich, »und er ist ein berühmter Autor.« Sie zeigte auf Tariq.

»Der Kameltreiber kann wahrscheinlich gut Bomben bauen, um uns Juden in die Luft zu jagen«, sagte Daniel und stieß seinen dicken Finger in meine Richtung. »Und der andere Kameltreiber« – er sah Tariq an – »ist Experte für antisemitische Propaganda und die Verbreitung von Lügen.« Daniel fuchtelte mit dem Finger vor Rebekkas Gesicht herum. Selbst in seinem feisten Hals waren die angespannten Muskeln zu sehen; seine Nasenflügel bebten. Der kühle Blick, mit dem Rebekka ihn bedachte, verriet, dass sie sich das nicht länger anhören würde.

Ich stellte mich zwischen Daniel und Rebekka. Tariq trat neben mich.

»So behandelt man keine Frau.« Mein Bauch berührte fast die dicke Wampe des Mannes. Ich konfrontierte ihn, die Kiefermuskeln angespannt, machte deutlich, dass ich bereit war, Rebekka nötigenfalls zu verteidigen. Dass ich nicht kneifen würde.

»Ist schon gut«, sagte Rebekka zu mir. »Gehen wir einfach.«

»Nein, er soll sich bei Ihnen entschuldigen«, pflichtete Tariq mir bei.

»Bitte, lasst uns gehen«, flehte Rebekka Tariq und mich an.

»Komm, Daniel«, sagte die Frau neben Daniel mit zittriger Stimme. »Die sind reine Zeitverschwendung.«

Tariq und ich traten zurück und ließen Daniel gehen. Rebekka atmete hörbar aus. Ihre Gesichtsmuskeln schienen sich zu entspannen.

»Ich beobachte euch.« Daniel zeigte mit Mittel- und Zeigefinger erst auf seine Augen, dann auf Tariq und mich.

»Bitte, lass sie doch in Ruhe«, sagte Rebekka flehentlich.

»Damit sie was machen können? Noch einen Holocaust veranstalten?«, sagte Daniel halblaut. Dann fingen er und die Frau zusammen mit den anderen Demonstranten an, »*Am Israel Chai* – Das Volk Israel wird leben« zu singen. Dabei reckten sie die Fäuste in die Luft und tanzten im Kreis.

Mein ganzer Körper verkrampfte sich, als wir an ihnen vorbeigingen. Zorn brannte in mir. Tariq schien das gelassener zu nehmen. Er war mit Israelis aufgewachsen und wahrscheinlich an diese Art von Verhalten gewöhnt.

Sobald wir die Demonstranten hinter uns gelassen hatten, wandte ich mich Rebekka zu und musterte sie von Kopf bis Fuß. Mein Nervensystem war überlastet von der Kombination aus Zorn und Anziehung, die ich empfand, als ich sie aufmerksam betrachtete.

»Alles in Ordnung?«, fragte ich. »Wer waren die Leute?«

Rebekka zitterten die Beine. Sie hielt sich an meinem Arm fest. »Ach, bloß irgendwelche Radikale, die nichts Besseres zu tun haben.« Sie zuckte mit den Achseln. »Gehen wir.« Ihr makelloser Teint war blasser als sonst.

Wir betraten das Café Kasbah. Das Lokal war im marokkanischen Stil ausgestattet mit bunten Wandteppichen, Läufern auf dem Boden und Metalllaternen, die von der Decke hingen oder auf den Mosaiktischen standen. Arabische Musikklänge schufen eine romantische Atmosphäre … oder vielleicht lag das nur daran, dass Rebekka in meiner Nähe war. Wir setzten uns an einen Ecktisch.

»Ich war auch auf der Hebräischen Universität«, sagte Tariq, als die Kellnerin uns Tee eingoss.

Er und ich saßen Rebekka gegenüber, tranken unseren Minztee und aßen süße Kekse.

Rebekkas Wangen röteten sich leicht, und ihre Augen leuchteten plötzlich. »Wann haben Sie Ihren Abschluss gemacht?«, fragte sie.

»1983«, antwortete Tariq. »Haben Sie im Wohnheim Resnick gewohnt?«

Rebekka nickte. Sie strich sich eine lose Haarsträhne hinters Ohr. »Ich fand die Bäckerei gleich außerhalb der Altstadt so schön. Da gab's warme Sesambrotkringel frisch aus dem Ofen mit *zaatar* und hartgekochten Eiern … Ein Gedicht.« Sie leckte sich die vollen Lippen.

Ich möchte sie in die Arme schließen und küssen. Ich runzelte die Stirn, erschrocken von dem Gedanken. Was war das denn?

»Ja, richtig«, sagte er. »Die Bäckerei neben dem *sahlab*-Stand.«

Vergiss sie, dachte ich, während ich zuhörte, wie Rebekka von Orten in meinem Heimatland sprach, die ich nie hatte besuchen dürfen. Ich kam mir vor wie ein Außenseiter.

»Genau die«, sagte Rebekka. »Das *sahlab* war einfach köstlich, bestreut mit Zimt und Mandeln und Kokosraspeln.«

Eigentlich müsste ich hier mit meinem Cousin darüber fachsimpeln, welche Bäckerei in Jerusalem die beste war, nicht Rebekka, rief ich mir in Erinnerung. Sie hatte nichts mit meinem Heimatland zu tun, aber sie durfte dort leben und ich nicht.

»George«, rief ich, als ich ihn hereinkommen sah, und stand auf. »Bin gleich wieder da. Ich muss kurz mit meinem Freund sprechen«, sagte ich zu Tariq. Ich warf Rebekka einen Schulterblick zu, atmete aus und dachte, *sie scheint wirklich ein kultivierter Mensch und eine sehr sensible Frau zu sein.* Ihr Gesicht und ihre Augen wirkten offen und ehrlich. Allmählich bezweifelte ich, dass sie eine Mossad-Agentin war. Schließlich kannte sie einige von Tariqs Freunden. *Mossad oder nicht, sie ist wunderschön.*

Ich hatte gemischte Gefühle gehabt, als Tariq sie nach der Lesung eingeladen hatte, uns in das Café zu begleiten. Doch als die Zionisten sie angriffen, hatte ich instinktiv reagiert. Ich war bereit gewesen, eine Frau zu verteidigen, von der ich glaubte, dass sie eine israelische Agentin war. *Das ergab alles keinen Sinn.*

»Du hattest also recht«, sagte George und meinte damit, dass Tariq mein Cousin war. Ich hatte die Vermutung gleich nach meiner ersten Lektüre des Buches geäußert. »Ich fand seine Lesung ungemein beeindruckend.«

Er sah zu Tariq und Rebekka hinüber. »Wer ist denn die Superfrau, die bei euch am Tisch sitzt?«, fragte George.

Ich überging seine Frage, lächelte bloß und drehte mich zu Rebekka um. Er versetzte mir einen festen Stoß in die Rippen, damit ich ihn wieder ansah. Er legte den Kopf schief.

»Dein Grinsen gefällt mir nicht.« Er sah mir auffordernd in die Augen. »Wer ist sie?«

Ich versuchte, mir das Lächeln zu verkneifen, schaffte es aber nicht. »Das willst du gar nicht wissen«, sagte ich und blickte wieder nach hinten zu Rebekka.

»Das heißt, du kennst sie?«, flüsterte er. Ich erzählte ihm immer alles.

»Ja.« Der Gedanke, dass ich Angst vor ihr gehabt hatte, kam mir plötzlich lachhaft vor.

»Wer ist sie denn nun? Du machst mich fertig.« Jetzt starrten wir beide zu ihr hinüber.

»Die Frau, vor der ich Angst hatte«, sagte ich und musste kurz losprusten.

George lachte nicht mit. Ihm klappte der Mund auf, und er brauchte einen Moment, ehe er ihn wieder schloss. »Was?«, fragte er ungläubig. »Die Mossad-Agentin?« Er runzelte die Stirn.

»Tariq hat sie eingeladen.« Ich hob beide Hände. »Ich konnte ja wohl schlecht nein sagen. Er ist unser Ehrengast.«

George stieß mir wieder in die Rippen. »Du hättest ihn wenigstens warnen sollen.«

»Hatte keine Gelegenheit«, sagte ich und spähte wieder zu Rebekka hinüber. Selbst, wenn ich ihn gewarnt hätte, hätte er mich für verrückt erklärt. »Aber wenn du gesehen hättest, wie sie den Zionisten vor dem Saal Paroli geboten hat ... Ich bin ins Grübeln gekommen. Vielleicht war ich zu voreilig. Vielleicht ist sie gar keine Mossad-Agentin. Sie könnte wirklich einfach nur die Tochter von dem Israeli sein.«

Georges Augen wurden groß, und er machte einen Schritt zurück. »Sag nicht, die haben es geschafft, dass du ihren Lügen glaubst.«

»Na ja, ich sag bloß, dass sie vielleicht doch keine Agentin ist.« Ich hob die geöffneten Hände. Eigentlich war ich mir fast sicher, dass sie keine war. »Komm mit, ich stell dich Rebekka vor.« Ich zog ihn an unseren Tisch.

»Tariq, Rebekka, das ist George, mein bester Freund.« Ich legte einen Arm um ihn, und George rang sich ein Lächeln ab. Ich spürte, wie verspannt sein Nacken und seine Schultern waren.

»Was für ein Wunder, Tariq«, sagte George. »Dass du und Amir einander finden konntet, nach allem, was die Zionisten getan haben, um euer Leben zu zerstören. Hätten sie Palästina nicht besetzt, wärt ihr beide gemeinsam aufgewachsen.« Er schnaubte laut. »Es ist ein Jammer, dass ihr euch jetzt erst begegnet seid. Ich bin sicher, Amirs Großvater wird überglücklich sein, wenn er nach fast fünfzig Jahren erfährt, dass seine Schwester und ihre Kinder noch am Leben sind.« George setzte ein kühles Lächeln auf.

Rebekka senkte den Kopf. Ich drückte Georges Schulter, um ihm zu signalisieren, dass er den Mund halten sollte.

Sie lief rot an. »Es ist alles so schrecklich unrecht. Ihr solltet nicht als Flüchtlinge leben müssen.«

Tariq und ich sahen einander an, unschlüssig, was wir tun sollten. George setzte sich mit einer Mission-erfüllt-Miene auf einen Stuhl und verschränkte die Arme.

»Rebekka«, sagte Tariq. »Das alles ist doch nicht Ihre Schuld.«

»Nein, aber das ändert nichts an meinen Schuldgefühlen und meiner Scham, dass Menschen meines Glaubens so schreckliche Dinge getan haben.« Ihre traurigen, klugen Augen sahen mich an.

Sie stand auf und schaute sich nervös im Raum um. »Es tut mir leid. Ich glaube, ich gehe jetzt besser«, sagte sie dann und schritt davon, ohne sich noch einmal umzudrehen.

Sobald sie außer Sicht war, schlug ich George auf die Schulter. »Toll gemacht. Du hast sie vertrieben. Bist du jetzt stolz auf dich?«

Georges Augen blickten kalt. Er nickte knapp. »Was ich gesagt habe, war nur ein winziger Bruchteil der ganzen Wahrheit. Mir scheint, ihre Schönheit hat dich blind gemacht. Hat sie dir wieder was in den Tee getan?« Er verzog die Lippen, als hätte er einen schlechten Geschmack im Mund.

Sobald Tariq auf dem Beifahrersitz von Georges Auto saß, wandte George sich ihm zu.

»Wieso hast du diese Jüdin ins Café mitgenommen?« Er war laut geworden, und ich wusste, dass er seinen Zorn nicht zügeln konnte.

Ich saß auf der Rückbank und wartete ab, was passieren würde. Ich war noch immer fassungslos über Georges schroffes Benehmen Rebekka gegenüber, und jetzt griff er auch noch Tariq an.

»Warum? Gibt's ein Problem mit ihr?«, fragte Tariq. Er wusste nichts von unserem anfänglichen Verdacht gegen Rebekka. »Geht's darum, dass sie Jüdin ist?«, fragte er kühl.

»Nein, natürlich nicht. Wir halten sie für eine Zionistin«, sagte George im Brustton der Überzeugung. Er steckte den Zündschlüssel ins Schloss und ließ den Motor an.

»George, glaub mir«, sagte Tariq mit Blick auf George, der den Wagen in den fließenden Verkehr lenkte. »Ich hab einen eingebauten Zionisten-Detektor – eine Art Radar. Und ich garantiere dir, sie ist keine Zionistin.«

George fuhr, ohne die Augen von der Straße zu nehmen. Beklommenes Schweigen breitete sich im Wagen aus. Endlich hielt George vor einer roten Ampel und drehte den Kopf ruckartig zu Tariq. »Tut mir leid, aber ich vermute, der Mossad hat deinen Radar blockiert.« George schielte zu mir nach hinten. Seine Augen forderten mich auf, mich einzumischen. Ich lächelte bloß und schüttelte den Kopf. Er zog verärgert die Augenbrauen hoch und presste die Lippen zusammen.

Die Ampel sprang auf Grün, und er gab wieder Gas, diesmal mehr als nötig. »Ich habe Bücher über die Arbeit des Mossad gelesen, und ich glaube, sie ist eine israelische Spionin.« Er sah mich im Rückspiegel an, wollte, dass ich ihn unterstützte.

Tariq lächelte. »Ich habe bestimmt die gleichen Bücher gelesen, aber ich habe mein ganzes Leben unter Israelis verbracht. Eine israelische Spionin würde ich überall erkennen.« Er drehte sich um und zwinkerte mir zu. Das Grinsen in seinem Gesicht machte mir klar, dass er sich seiner Sache sicher war.

Wir hielten vor Georges Wohnung, und während Tariq sein Gepäck aus dem Kofferraum holte, stieß George mir zum dritten Mal an diesem Abend in die Rippen und bedeutete mir, dass ich irgendwas zu seiner Unterstützung sagen sollte. Als ich nicht reagierte, flüsterte er mir ins Ohr: »Erzähl ihm von ihrem Vater.«

Wieder ignorierte ich ihn und half stattdessen Tariq mit seinem Gepäck. Wütend stürmte George vor uns die Treppe hinauf zu seiner Wohnung und stieß die Tür mit solcher Wucht auf, dass sie gegen die Wand knallte. Er ließ sie weit offen. Angesichts von Georges Benehmen bedauerte ich, dass ich in meiner Wohnung kein Gästezimmer hatte, in dem mein Cousin hätte schlafen können.

»Alles in Ordnung mit George?«, fragte Tariq. Er rieb sich das Kinn.

»Ja, ja.« Allein der Gedanke daran, wie groß meine Angst vor Rebekka gewesen war, entlockte mir ein Lächeln. Ich musste an das Telefongespräch mit George denken, als ich ihn in der Nacht angerufen hatte. »Er ist bloß wütend auf mich«, sagte ich. Um ihm die Verunsicherung zu nehmen, erzählte ich ihm von meinem anfänglichen Verdacht. Mein Cousin sollte schließlich nicht meinen, er hätte George irgendwie verärgert.

Sobald wir in der Wohnung waren, nahm George Tariqs Koffer und zeigte ihm sein Zimmer.

»Ich hoffe, ihr seid nicht böse«, sagte Tariq mit einem Gähnen. »Ich bin hundemüde. Ich zieh mir nur rasch was Bequemeres an.«

Während Tariq sich umzog, gingen George und ich ins Wohnzimmer. Ich setzte mich auf die Ledercouch, er ließ sich im Fernsehsessel nieder. Der Raum war groß und luftig. Die Einrichtung bestand aus schwarzen Ledermöbeln, und weder die leiseste Unordnung noch irgendwelche Farben lockerten die kühle Atmosphäre auf. Der Fernseher und eine wuchtige Stereoanlage nahmen den größten Teil einer Wand ein.

»Ich bin stinksauer auf dich!« Er sprach leise, damit Tariq nichts mitbekam. »Wieso hast du ihm nicht mehr über Rebekkas Familie erzählt?«

Ich zuckte mit den Achseln. »Vielleicht liegt Tariqs Zionisten-Radar ja richtig.«

Die Miene, mit der George mich ansah, sagte: *Jetzt hör aber auf.* »Weil du willst, dass er richtigliegt. Mir ist nicht entgangen, wir ihr zwei euch angeschaut habt. Selbst ein Blinder hätte die Funken fliegen sehen können.«

»Ich hab sie kaum zur Kenntnis genommen.« George kannte mich doch einfach zu gut.

Er grinste mich an und lehnte sich in dem Sessel zurück. »Du solltest erst mal dich selbst überzeugen, ehe du es bei mir versuchst. Das lernst du schon im Grundkurs Psychologie, Amir.« Er winkte ab. Er hatte meinen Bluff durchschaut.

Tariq kam herein und unterbrach unser Gespräch. Er lächelte George an. »Du bist wirklich fest davon überzeugt, dass sie eine Mossad-Agentin ist, was?«

»Felsenfest.« Er ließ seine Fingerknöchel knacken und verschränkte die Hände hinter dem Kopf.

»Okay.« Tariq zog die Stirn kraus. »Es gibt eine Möglichkeit, das rauszufinden«, sagte er spitzbübisch.

»Wie denn?«, fragte ich eine Spur zu begeistert.

Tariq lächelte George siegessicher an. »Es könnte dich was kosten, wenn du falschliegst.«

»Im Gegenteil, du wirst bezahlen.« George reckte das Kinn. »Weil ich nämlich recht habe.« George drückte die Fußstütze nach unten und sprang auf. Er streckte Tariq die Hand hin. »Ich wette hundert zu eins.«

»Abgemacht.« Tariq schüttelte Georges Hand, und die beiden starrten einander an. »Ich bezahle die Gebühren für ein Telefongespräch nach Israel, falls du richtigliegst. Falls nicht, übernimmst du sie.«

George runzelte die Stirn und kniff die Augen zusammen. »Was soll das heißen?« Er schüttelte den Kopf. »Gibt's in Israel vielleicht eine Hotline, die Auskunft über alle Mossad-Spione weltweit gibt?« Tariq grinste amüsiert. »Ich werde Salah Hassan anrufen.« Er sah auf die Uhr. Es war spät, schon nach Mitternacht in Boston. »In Israel ist erst früher Abend. Sie hat gesagt, sie kennt ihn von der Hebräischen Universität. Salah ist wegen seiner antizionistischen Aktivitäten von der Uni geflogen. Er setzt sich in Israel für palästinensische Bürgerrechte ein.«

George nickte. »In Ordnung.«

Wir folgten ihm in die Küche, wo er Tariq mit einem Wink zu verstehen gab, dass er das Wandtelefon benutzen sollte.

George und ich setzten uns und warteten schweigend, während Tariq wählte.

»Hallo, wie geht's?«, fragte Tariq und lachte dann.

»Ich rufe aus Amerika an, deshalb muss ich mich kurz fassen.« Tariq sprach schnell. »Erinnerst du dich an eine gewisse Rebekka Shamir? Angeblich war sie mit dir zusammen an der Uni.«

Tariq machte ein Pokerface, während er der Stimme am anderen Ende lauschte.

»Sie war heute bei meiner Lesung in Harvard und hat behauptet, dich zu kennen. Ist sie Zionistin?«

Wieder lauschte er. George hatte die Hände auf den Tisch gelegt und reckte den Kopf in Tariqs Richtung.

Tariq nickte, während sein Gesprächspartner längere Zeit am Stück redete. »Bist du sicher, Salah?«

George und ich sahen einander an, versuchten zu ergründen, was dieser Salah wohl sagte. »Wie lange ist das her?«, fragte Tariq.

George hielt es vor Spannung kaum noch aus.

»Die Reise läuft gut. Großes Interesse an meinem Buch. Jedenfalls danke für diese wichtige Information.«

Tariq legte auf, blieb dann mit gesenktem Kopf stehen.

»Na bitte«, sagte George und schlug mit der Faust auf den Tisch. »Ich weiß doch, wie der Mossad arbeitet. Sie hat also gelogen. Ich bin froh, dass du Salah angerufen hast.«

»George«, sagte ich. »Lass meinen Cousin reden.« Ich sah Tariq an. »Also, was weiß er über sie?«

Tariq schüttelte den Kopf. »Sie ist keine Zionistin. Er sagt, die Wahrheit ist ihr durch ein böses Erwachen klargeworden, das sie nie vergessen wird.«

28

Bahrain
1. November 1994

AMIR

Majid winkte mir zu, als ich mit Handgepäck und Koffer aus dem Sicherheitsbereich kam. Es überraschte mich, wie klein der internationale Flughafen von Bahrain war.

»Wie war dein Flug?«, fragte Majid, nachdem wir uns begrüßt hatten.

»Nicht schlecht«, sagte ich. »Mit einem kurzen Zwischenstopp in London.« Ich war seit über zwanzig Stunden unterwegs und fühlte mich wie gerädert.

»Gab's irgendwelche Probleme mit dem Einreisevisum, das wir für dich besorgt haben?«, fragte Majid.

Ich schüttelte den Kopf. »Nein, alles gut gelaufen«, sagte ich, obwohl es mich ärgerte, dass ich eine Unbedenklichkeitserklärung benötigt hatte.

»Verlangen alle arabischen Länder eine vorherige Unbedenklichkeitserklärung für Palästinenser mit Flüchtlingspass?«, fragte er.

Ich verdrehte die Augen. »Ja, jedenfalls fast alle.« Ich zog eine Grimasse.

Wir traten aus dem Flughafengebäude in einen schönen, sonnigen Tag. Majid fuhr mich zum Gulf Hotel im Juffair-Viertel von Manama, der Hauptstadt des Inselstaates, die keine fünfzehn Minuten entfernt lag. Wir gingen durch eine Drehtür und gelangten über eine lange Rolltreppe zur Rezeption. Ein großes Mosaikbild in hellblauen Farben schmückte die hohe Decke. Gegenüber den Fahrstühlen zu den Zimmern war ein großes offenes Restaurant inmitten von etlichen kleinen Souvenirläden.

»Ruh dich erst mal aus«, sagte Majid, nachdem ich eingecheckt hatte. »Wir sehen uns dann morgen Vormittag im Raum »Gazelle« im dritten Stock.«

»Danke für alles«, sagte ich und nahm mein Gepäck, um zum Fahrstuhl zu gehen.

»Ich muss dich wegen morgen vorwarnen«, sagte er. Seine Stimme wurde ernst. Ich stellte meinen Koffer wieder ab und sah ihn an. »Mach dich darauf gefasst, dass einige Vorstandsmitglieder dich hart in die Mangel nehmen werden.«

Ich schüttelte leicht den Kopf, verstand nicht recht, was er meinte.

Er beugte sich näher zu mir. »Mindestens ein sehr mächtiges Mitglied der königlichen Familie eines Nachbarlandes hat starke Bedenken gegen den Kauf deines Patents geäußert«, sagte Majid. Er spielte mit seinem Ehering.

»Gibt's ein Problem mit der Technologie?«, fragte ich.

Er holte tief Luft und atmete lange aus. »Er weiß gar nichts über die technischen Aspekte deines Projekts. Es war eigenartig, aber er hat sich mehr für dich interessiert und wo du herkommst, als für das Patent selbst. Der Mann hat Geld und Macht, die beiden wichtigsten Faktoren für die endgültige Entscheidung des Vorstands.«

Ich sah auf die Uhr. Es war schon Viertel vor elf, und die letzten Vorstandsmitglieder waren gerade hereinspaziert. Ich war seit neun Uhr da, hatte somit eine Stunde Zeit für die Vorbereitung gehabt. Majid war gegen halb zehn gekommen und hatte mir erklärt, dass es auch elf werden könnte, bis der Vorstand vollzählig versammelt war. Er hatte fast richtiggelegen. Ich schaltete meinen Diaprojektor ein.

»Mein Patent ist beim US-Patentamt eingetragen«, begann ich. »Es beschreibt eine neuartige Batterie, die mit Hilfe von Nanomaterial Energie speichert. Nanotechnologie«, so erklärte ich, »bietet ein effizienteres und wesentlich sichereres Verfahren zur Energiespeicherung als chemische Batterien. Das Nanomaterial absorbiert Wasserstoff auf atomarer Ebene durch Hitze, setzt die Atome frei und kombiniert sie neu zu Wasserstoffgas. Meine Batterie ist leistungsstärker und frei von Chemikalien. Infolgedessen ist sie auch kleiner und könnte mit einer Dicke von weniger als fünf Zentimetern hergestellt werden.«

»Stopp«, rief ein übergewichtiges Vorstandsmitglied. Der Mann trug ein weißes Gewand und eine rot-weiß karierte Kufiya. »Bevor Sie uns hier mit Ihrem technischen Kauderwelsch verwirren, wie steht es mit dem Absatzmarkt für das Produkt?«, fragte er und trank dann einen kräftigen Schluck aus seiner Wasserflasche.

»Der Automobilmarkt ist höchstwahrscheinlich der größte«, sagte ich, leicht verblüfft, dass er nicht mal die volle Beschreibung der Batterie abgewartet hatte, ehe er nach potentiellen Märkten fragte. »Stellen Sie sich vor, Sie hätten eine Autobatterie, die frei von Chemikalien ist und an einer Steckdose in Ihrer Garage aufgeladen werden kann.«

»Unsere Häuser haben keine Garagen wie in den USA«, wandte derselbe Mann ein.

Ich sah zu Majid hinüber, der sich die Stirn rieb und Blickkontakt mit mir vermied. *Hat ja nicht lange gedauert, bis dieser unzufriedene Royal sich zu erkennen gibt*, dachte ich.

»Sie können sich über eine nachhaltigere Energiequelle

freuen.« Ich sah zum Fenster und zeigte nach draußen. »Die Sonne.«

»Warum sind Sie hergekommen?«, fragte der Mann. »Konnten Sie in den USA keinen Käufer für Ihr Patent finden?«

»Ich hatte gehofft, die Vorzüge des Projekts erörtern zu können, ehe wir über die finanziellen Aspekte reden«, antwortete ich so höflich wie möglich.

»Die Vorzüge hängen davon ab, wie viel Geld wir in dieses riskante Projekt investieren müssen.«

»Das Risiko können wir besser abschätzen, wenn wir uns das große Potential dieser neuen Technologie vor Augen führen.« Ich trat vom Diaprojektor weg und ging näher an die Tische heran. »Wenn Sie mir die Zeit geben, Ihnen zu erklären, wie wettbewerbsfähig diese Technologie ist, werden Sie erkennen, dass Autohersteller in den USA und Japan darum konkurrieren werden, sie nutzen zu können.«

»Junger Mann, entscheidend ist doch, dass das nur passieren wird, wenn das Ding« – er malte Anführungszeichen in die Luft – »wettbewerbsfähig ist.«

Ist der Typ noch bei Trost?

»Ich möchte noch immer Ihre Antwort auf die Frage hören, warum es Ihnen nicht gelungen ist, einen amerikanischen Käufer zu finden«, warf ein anderer ein, der genauso gekleidet war wie das übergewichtige Vorstandsmitglied.

Ich biss mir auf die Lippe. »Ich habe bereits ein Angebot, habe aber beschlossen, auch andere Käufer in Erwägung zu ziehen.« Ich wollte ihnen nicht erzählen, dass sich ein jüdischer Zionist für mein Patent interessierte.

»Wo kommen Sie her?«, fragte das übergewichtige Vorstandsmitglied streitlustig.

»Aus Cambridge«, sagte ich. »Genauer gesagt aus Harvard.«

»Nein, ich meine, wo kommen sie ursprünglich her?«, fragte

er. Ich wollte ihn fragen, inwiefern das relevant war, aber die Art, wie er seine Fragen stellte, verriet mir, dass der Mann schon lange vor meiner Präsentation beschlossen hatte, sich gegen das Projekt auszusprechen.

»Ich bin in einem palästinensischen Flüchtlingscamp im Libanon aufgewachsen, dann in die USA gegangen, wo ich in Physik promoviert habe.«

»Ich kann mein Geld nicht in eine unausgereifte Technologie stecken«, sagte der dicke königliche Trottel barsch.

Mein Gesicht glühte vor Wut. Ich hatte eine Erwiderung auf der Zunge, doch da ich wusste, dass sie unklug wäre, verkniff ich sie mir lieber.

Die Vorstandsmitglieder beratschlagten leise miteinander. Der dicke königliche Trottel war als Letzter gekommen und ging als Erster wieder. Ich senkte resigniert den Kopf, schaltete den Diaprojektor aus und fing an, meine Unterlagen wieder einzupacken, als Majid zu mir kam. Sein Gesicht war schweißnass.

»Tut mir leid«, sagte er.

»Vielleicht hab ich zu kompliziert angefangen«, sagte ich, wohl wissend, dass ich mich mit der Materie besser auskannte als jeder andere. »Ich hätte einen Profi mit der Präsentation betrauen sollen.« Ich machte mir Vorwürfe, obwohl ich wusste, dass es nicht meine Schuld war.

»Es lag nicht an deiner Präsentation, Amir. Das geht viel tiefer.« Seine Stimme klang ungeheuer deprimiert.

»Ich fand's unglaublich, wie negativ ihre Fragestellung war«, sagte ich. »Die haben mir ja nicht mal Zeit gelassen, das Projekt richtig zu erklären. Ich wollte einen arabischen Käufer für diese innovative Technologie finden, damit ich sie nicht an einen Zionisten verkaufen muss. Mit diesem Patent lässt sich jede Menge Geld machen.«

»Es fällt mir schwer, dir das zu sagen, aber diese Leute wären einem amerikanischen Zionisten gegenüber aufgeschlossener gewesen als gegenüber einem Mann, der ihre Sprache spricht und aus ihrer Kultur stammt«, gab Majid zu.

Ich starrte ihn an, wusste nicht, was ich sagen sollte. »Im Ernst?«, fragte ich schließlich.

Er nickte. »Leider ja. Die Kolonisten mögen ja unsere Länder verlassen haben, aber sie beherrschen immer noch unser Denken.«

Ich fühlte mich taub. »Es tut mir leid, das zu hören, Majid.«

»Ich muss diese Leute jeden Tag ertragen«, sagte Majid. »Ich hab in Wirtschaftswissenschaften promoviert, bin Experte für Kapitalmanagement und Investment.« Er zündete sich eine Zigarette an. »Und die würden mich besser behandeln, wenn ich ein Engländer mit einem Bachelor-Abschluss wäre.« Er pustete Rauch aus. »Irgendwie glauben sie, dass Engländer oder Amerikaner kompetenter sind als Araber wie sie.«

TEIL 7

29

Vereinigte Staaten
17. November 1994

REBEKKA

»Ich komme noch immer nicht drüber weg, dass du mich mitgeschleift hast, um den Araber zu belauern«, sagte meine Cousine Leah, während sie die Cafeteria von der naturwissenschaftlichen Fakultät absuchte. Sie rümpfte die Nase.

»Tausend Dank noch mal. Ich bin dir was schuldig.« Vielleicht hätte ich eher meiner Mutter danken sollen. Ganz sicher hatte sie ihre Schwester überredet, Leah dazu zu bringen, sich öfter mit mir zu treffen. Aber ich war froh, dass Leah mitgekommen war, andere Freundinnen hatte ich nämlich nicht. »Wie war die Party gestern?« Ich lenkte das Gespräch wieder auf sie.

»Attraktive reiche Männer haben mich von allen Seiten angebaggert.« Sie strahlte. »Obwohl Reuben da war, haben mir vier Typen ihre Telefonnummern zugesteckt.« Sie grinste. »Eine Frau sollte immer mehrere Eisen im Feuer haben.« Meine Mutter hätte lieber Leah als mich zur Tochter gehabt. Das hatte sie mir mehr oder minder deutlich zu verstehen gegeben.

Je länger Leah vor sich hin plapperte, desto verzweifelter hoffte ich, Amir zu finden.

»Rebekka.« Ich hörte seine Stimme hinter mir.

Ich fuhr herum. »Amir, hi.« Fast hätte ich meinen Plastikbecher mit Ananassaft fallen lassen, deshalb stellte ich ihn rasch auf dem Tisch ab.

»Freut mich, dich zu sehen.« Er sah mir direkt in die Augen. Seine Stimme war so verführerisch dunkel und sanft, dass ich an köstliche Schokolade denken musste.

In seinem schwarzen Rollkragenpullover über einer schwarzen Hose sah er umwerfend aus.

»Ich freue mich auch.« Ich bewunderte seinen Ehrgeiz. Wie viele Menschen hätten es aus der Not eines Flüchtlingscamps bis nach Harvard geschafft, wo er jetzt Spitzenforschung betrieb? Dieser Weg musste ihn unendlich viel Kraft und Opfer gekostet haben, und doch schaffte er es, freundlich zu mir zu sein, trotz allem, was mein Volk ihm angetan hatte.

»Das ist meine Cousine Leah.« Mein Lächeln fühlte sich breiter und meine Stimme heller an als normal.

Leah hörte auf, ihren Kaffee zu schlürfen, stellte den Becher auf den Tisch, schob ihren Stuhl zurück und streckte die Hand aus, während sie aufstand. Kaum hatten sie sich mit Handschlag begrüßt, wandte Amir sich wieder mir zu. Die meisten Männer konnten die Augen nicht von Leah losreißen, aber Amir wollte mich anschauen. Mein Gesicht wurde warm, und ein Schauer durchströmte meinen Körper.

»Kommst du jeden Tag her?«, wollte ich wissen. *Eine dümmere Frage gab's ja wohl nicht.* Schließlich waren wir in der Cafeteria seines Fachbereichs.

»Fast jeden Tag. Es tut gut, hin und wieder mal aus dem Büro zu kommen.« Er starrte mich an und fuhr sich mit der Zunge über die Lippen. Dann wandte er den Blick ab.

»Hast du Zeit, dich einen Moment zu uns zu setzen?« Ich hatte auf einmal das Gefühl, dass er von mir weg wollte.

»Nein, leider nicht. Ich wollte mir bloß meinen Schuss Koffein holen und dann zurück ins Büro. Ich habe allerhand zu tun.«

Jemand rief meinen Namen. Leah, Amir und ich drehten uns in die Richtung, aus der die Stimme gekommen war. Entsetzt sah ich Stephen auf uns zukommen. *Was macht der denn hier?* Allmählich hatte ich das Gefühl, dass er mich stalkte. Ich stand auf, damit er sich nicht hinsetzte. Ich wollte ihn schnellstmöglich wieder loswerden. Er zog mich in eine feste Umarmung. Amir starrte ihn böse an. *Ost trifft West.* Leah winkte Stephen von ihrem Platz aus zu. Hätte ich das getan, hätte er sich hingesetzt.

Stephen ließ mich lächelnd los. »Du hast gestern jede Menge Drinks und eine tolle Party verpasst. Komm mich doch bald mal besuchen, damit ich dir meine neue Wohnung zeigen kann.«

Amirs Augen verfinsterten sich.

Stephen sah mich neugierig an. »Du siehst heute irgendwie anders aus – glücklicher.« Sein Blick wanderte zu Amir.

Er hatte recht damit, Amir anzuschauen. In seiner Nähe fühlte ich mich so glücklich wie schon lange nicht mehr. Amirs Augen beobachteten uns argwöhnisch. Er schien mit jeder Sekunde distanzierter zu werden. Ich überlegte, wie ich Amir vorstellen sollte. Als den Mann, dem mein Vater unbedingt ein Patent abkaufen wollte?

»Ähm ... Amir ... Das ist Stephen Levine«, sagte ich. »Er studiert Jura zusammen mit Leahs –«

Amir streckte ihm die Hand hin. »Stephen«, sagte er knapp.

Stephen zog die Stirn kraus und blinzelte. Amir funkelte ihn weiter an. Wenn Blicke töten könnten, wäre Stephen schon mausetot.

»Tja ... ähm ...« Stephen wirkte verunsichert. Ich fühlte mich ein wenig besser, weil ich merkte, dass ich nicht die Einzige war, die Amirs Ausstrahlung und Auftreten aus der Fassung brachten. »Ich geh dann mal wieder.« Ohne auch nur zum Abschied zu winken, verschwand Stephen Richtung Ausgang.

Leah zupfte sich am Ohrläppchen und grinste.

»Sollen wir heute Abend zusammen einen Minztee trinken?«, fragte Amir mich, während Stephen noch in Hörweite war. Seine Frage überrumpelte mich. »Wie wär's um sieben im Café Marrakesch?«, schlug er vor, als ich nicht gleich antwortete.

»Gern«, sagte ich, ganz benommen von der Geschwindigkeit, mit der dieser Mann umschaltete.

»Dann treffen wir uns da«, sagte er.

»Prima«, sagte ich freudig überrascht.

Und damit schlenderte Amir davon.

»Wow, Rebekka, der ist wirklich süß!« Leah leckte sich die Lippen.

Ich hatte nur einen Gedanken: *Ich heute Abend allein mit diesem attraktiven Mann in meinem Lieblingscafé.*

Ich war kurz vor sieben im Café Marrakesch und setzte mich in eine gemütliche Ecke. Nicht lange, und neben mir tauchte eine große Gestalt auf. Ich hob die Augen, ließ den Blick dann langsam über jeden Zentimeter seines Körpers gleiten, bis ich bei seinem strahlenden Lächeln ankam.

»Hallo«, sagte Amir. Er setzte sich mir gegenüber auf eines der großen Sitzkissen und lehnte sich gegen die Wand. Überlappende Perserteppiche bedeckten den ganzen Boden. Ornamentale Fliesen um Türrahmen und Fenster belebten die ansonsten weißen Wände mit einem Schuss Farbe. Eine Kellnerin kam mit einer marokkanischen Teekanne und rosa getönten Gläsern auf einem goldenen Tablett zu uns.

»Darf ich Ihnen einen Minztee einschenken?«, fragte sie.

Wir nickten, und sie goss den Tee aus großem Abstand in

die zwei kleinen marokkanischen Gläser. Sie stellte sie vor uns auf einen niedrigen Tisch, der aus einem kunstvoll ziselierten Tablett bestand. Arabische Musik lief mit Liedern, deren Texte in einem mir unbekannten Dialekt sein mussten, da ich kein Wort verstand, aber der Rhythmus war mitreißend. Überall im Raum verteilt brannten Teelichter in bunten Gläsern. Das Pärchen rechts von uns aß Tajine aus Tonschalen. Das Pärchen zu unserer Linken teilte sich einen Teller *knafeh*, mein absolutes Lieblingsdessert – Engelshaar mit Quark in süßem Rosenwassersirup. Ich wünschte, wir wären im eigentlichen Restaurant. Dort saßen die Gäste nämlich an Tischen, umgeben von orangem, rosa, lila und blauem Tüll, der von der Decke hing und sie wie ein Zelt umschloss. Irgendwie musste ich ihn mal hierher zum Essen einladen. Ich ließ meine Hand dicht bei seiner und hoffte die ganze Zeit, er würde sie nehmen oder auch nur per Zufall berühren. Stattdessen hielt er das Glas Minztee zwischen den Handflächen. Ich wünschte, nicht das Glas, sondern meine Wangen könnte die Wärme seiner Hände spüren.

»Also«, sagte ich. »Was hat dich dazu gebracht, nach Amerika zu kommen?« Ich wollte das Gespräch mit einer, wie ich fand, unverfänglichen Frage beginnen.

Amir sah mich an und strich sich mit einem Finger über die Lippen.

Ich lächelte ihm aufmunternd zu.

»Nach dem Massaker«, begann er und schaute hinunter auf sein Glas. »Meine Schwestern, meine Nichte, mein Schwager, seine Mutter ...« Er stockte kurz und schluckte. »... und viele andere Menschen, die ich geliebt habe, wurden ermordet.« Er sah zu mir hoch, und ich spürte den sehnlichen Wunsch, ihn in die Arme zu nehmen und seinen Schmerz irgendwie verschwinden zu lassen, aber natürlich konnte ich das nicht. Nichts konnte ein solches Trauma je auslöschen – rein gar nichts.

»Ich hatte gerade mein zweites Semester an der American University of Beirut angefangen. Ich wollte das Studium abbrechen, aber mein Großvater und meine Professoren überzeugten mich, dass ich etwas aus meinem Leben machen sollte. Ich war damals Forschungsassistent für einen renommierten Professor der Elektrophysik, Professor Khalil Harb. Mit ihm und dem Harvard-Professor James Miller, der damals ein Forschungssemester an der AUB machte, arbeitete ich an der Verbesserung einer Solarbatterie, die ich für einen Wettbewerb erfunden hatte. Professor Miller verschaffte mir ein Stipendium, damit ich in Harvard weiterstudieren konnte. So kam ich vor über zehn Jahren nach Boston, und seitdem konzentriere ich mich ausschließlich darauf, meine Erfindung zu perfektionieren. Ein Leben außerhalb der Uni und der Labors findet für mich praktisch nicht statt.«

Er wollte mir sagen, dass dieses Treffen – kein richtiges Date – eine große Ausnahme für ihn war.

»Ist Professor Miller noch in Harvard?«, fragte ich.

Amir schlug die Augen nieder. »Er ist vor zwei Jahren an Krebs gestorben.«

Sein Gesicht hatte wieder einen bedrückten Ausdruck angenommen. Ich musste irgendein Gesprächsthema finden, das nicht traurig war.

»Hatte die Arbeit an der Solarbatterie während deiner Zeit an der Uni in Beirut mit dem Projekt zu tun, für das du jetzt das Patent hast?«

Er nickte. »Das waren die allerersten Anfänge, ich arbeite nun schon über zehn Jahre an der Idee.«

»Mein Vater hält sie für genial. Er würde dein Patent wirklich furchtbar gern erwerben.« Er schien tatsächlich interessiert, also beschloss ich nachzuhaken. »Hast du es schon verkauft?«, fragte ich und hoffte, er würde nein sagen.

»Noch nicht. Aber ich habe ein paar ernsthafte Interessenten.«

»Warum wolltest du es nicht an meinen Vater verkaufen?«, fragte ich. »Er hat mir die Schuld gegeben und ist richtig verärgert darüber.« Mir war, als wäre eine Last von meinen Schultern genommen worden. Vielleicht konnte ich nun endlich die Wahrheit herausfinden. Mein Vater war schrecklich erbost darüber gewesen, dass ich an dem Abend überraschend nach Hause gekommen war. Ich wusste, er wollte nicht, dass ich Amir begegnete.

Amir lachte in sich hinein. »Als ich dich Arabisch sprechen hörte und dann auch noch erfuhr, dass dein Vater Israeli ist, dachte ich, du wärst vom Mossad.«

Ich lachte laut auf. »Und wieso hast du deine Meinung geändert?«

»Mein Cousin hat Salah angerufen. Du hast offenbar großen Eindruck auf ihn gemacht. Nach dem, was Tariq erzählt hat, scheint Salah sich sehr gut an dich zu erinnern.« Er zog die Augenbrauen hoch und lachte dann wieder.

»Salah ist ein netter Kerl«, sagte ich und dachte daran, dass er Marwan regelmäßig besucht hatte.

»Ich bin froh, dass du auf Tariqs Lesung warst und hinterher mit uns einen Kaffee trinken gegangen bist.« Wollte er mir damit sagen, dass er mich mochte? Zum ersten Mal, seit Ze'ev Marwan zum Krüppel geprügelt hatte, empfand ich eine Freude, die frei von Schuldgefühlen war.

»Tja, mein Vater würde dein Patent noch immer gern kaufen«, sagte ich. »Anscheinend liegt ihm enorm viel daran, du solltest es dir also vielleicht noch mal überlegen – wo du jetzt weißt, dass ich nicht der Mossad bin.« Ich grinste. »Ganz gleich, was die anderen bieten, er würde wahrscheinlich mehr bezahlen.« Mein Vater hatte mehr Geld, als er je ausgeben konnte.

Ich wollte, dass Amir möglichst viel davon bekam. »Es würde meine Mutter glücklich machen. Er ist zu Hause ziemlich unerträglich, seit das Geschäft mit dir geplatzt ist.«

»Dann kannst du ihm ausrichten, dass ich noch interessiert bin«, sagte er. »Was würde deine Mutter davon halten, wenn sie wüsste, dass du hier mit mir Tee trinkst?« Ich hoffte, dass er nicht versuchte, die Stimmung zu töten. Aber vielleicht projizierte ich auch nur meine eigenen Gefühle in seine Frage. Wie sollte ich ihm auch nur annähernd verständlich machen, wie meine Eltern tickten?

»Sie wäre nicht schockiert«, sagte ich. »Ihren Traum, dass ich mich in einen reichen, gebildeten jüdischen Amerikaner verliebe, hat sie so ziemlich aufgegeben.« Zum Glück hatte Amir nie eines unserer vielen Streitgespräche über die Palästinafrage miterlebt.

Ein zögerliches Lächeln breitete sich auf seinem Gesicht aus. »Wieso wäre deine Mutter nicht schockiert darüber, dass du hier mit mir sitzt? Sie hofft doch, dass du dich in einen Mann verliebst, der das genaue Gegenteil von mir ist.«

Ich war dabei, mich zu verlieben. *Unaufhaltsam.* »Ich würde nicht sagen, dass du das genaue Gegenteil bist. Du bist gebildet, und wenn du dein Patent verkauft hast, wirst du auch reich sein.« Wobei weder Bildung noch Reichtum der Grund waren, warum ich mich so stark zu Amir hingezogen fühlte. »Und was die Tatsache betrifft, dass meine Mutter nicht überrascht wäre, wenn sie wüsste, dass ich mit einem Palästinenser ausgehe …« Ich zuckte mit den Achseln. »Meine Zeit in Israel hat mich zu einem anderen Menschen gemacht. Aber meine Eltern verstehen das nicht. Meinem Vater liegt vor allem meine Sicherheit am Herzen. Meiner Mutter ist wichtiger, was andere Leute denken. Wenn ich ihnen erzähle, wie Israel die Palästinenser behandelt, hält mein Vater mich für naiv und fürchtet, ich bringe mich in Gefahr.«

»Warum sollte er das denken?« Er lehnte sich wieder gegen die Wandkissen und lächelte. *Glaubt er wirklich, dann kann ich mich konzentrieren?*

»Weil es allem widerspricht, was man ihm beigebracht hat. Solange jemand die Lebensbedingungen deines Volkes, die Ungerechtigkeit und Brutalität nicht mit eigenen Augen gesehen hat, so wie ich das habe – wie *wir* das haben«, schob ich nach, »ist es schwer zu glauben, dass sie tatsächlich existieren.« Ich hatte absolut keine Lust, die Überzeugungen meiner Eltern zu erläutern. Aber ich hatte das Gefühl, dass ihn das Thema interessierte.

»Also, was werden deine Eltern sagen, wenn sie herausfinden, dass du mit mir zusammen warst?« Er trank einen Schluck Tee.

Ich bin mit ihm zusammen. Mir sprang fast das Herz aus der Brust. *Reiß dich am Riemen, sonst schreckst du ihn ab.*

»Meine Beziehung zu meinen Eltern ist untypisch, um es vorsichtig auszudrücken. Ich liebe sie, aber seit ich wieder in den Staaten bin, ist mir klargeworden, dass wir nie einer Meinung sein werden. Ich bin zweiundzwanzig Jahre alt, und ich will meine eigenen Entscheidungen treffen, basierend auf den Wahrheiten, die ich kenne, und den Erfahrungen, die ich gemacht habe.«

Er nickte, gab aber nicht zu erkennen, was er von alldem hielt.

»Was würden *deine* Eltern denken, wenn sie wüssten, dass du mit einer Jüdin ausgegangen bist?«

Statt zu antworten, schaute er auf seine Uhr. »Es ist schon spät. Wir sollten gehen.« Er winkte die Kellnerin zu uns. *Was hatte ich getan?* Er zahlte, stand auf und hielt mir seine Hand hin. Als ich sie berührte, spürte ich Blut durch meine Adern rauschen.

»Dir ist doch bestimmt bewusst, dass du eine sehr schöne Frau bist. Jeder Mann würde sich glücklich schätzen, dich an seiner Seite zu haben.«

War das eine freundlich formulierte Abfuhr? Er meinte offensichtlich »jeder Mann außer mir«. Ich verstand nicht, warum er plötzlich auf Abstand ging. Hatte ich mir die Anziehung zwischen uns nur eingebildet? Oder war es ihm unangenehm, dass ich nach seinen Eltern gefragt hatte?

»Woher willst du wissen, dass du nicht dieser Mann bist?«, fragte ich, als wir das Café verließen. Ein lachendes Pärchen ging händchenhaltend an uns vorbei.

»Du würdest das nicht verstehen. Es ist kompliziert. Manche Wunden sind einfach zu tief.« Seine Stimme schien um Verständnis zu flehen.

»Glaub mir, Amir, nichts an meinem Leben war einfach. Und vielleicht könnten wir gemeinsam einige dieser Wunden heilen.« Ich hörte mich bedürftig und bettelnd an, aber das kümmerte mich kaum. Ich spürte, dass Amir drauf und dran war, ebenso schnell aus meinem Leben zu verschwinden, wie er darin aufgetaucht war, und irgendwie wusste ich, dass das für uns beide ein kolossaler Fehler wäre.

»Es ist zu deinem Besten.« Er sah mich nicht an.

»Warum hast du mich dann heute Abend zum Tee eingeladen?« Sein Verhalten war so widersprüchlich.

»Ich wollte Zeit mit dir verbringen. Du bist sehr faszinierend. Und ich bin auch nur ein Mensch. Manchmal tue ich etwas Unvernünftiges. Das mit uns«, er sah mich an, »wäre weder für dich noch für mich gut.«

Ich wollte widersprechen, wollte ihm sagen, dass ich mich geborgener, glücklicher, lebendiger fühlte, seit ich ihm begegnet war, aber es ging um mehr als nur um mich. Meine Bereitschaft, mich den Wünschen meiner Eltern für meine Zukunft zu widersetzen, stand außer Frage. Ich fragte mich, wie es um seine bestellt war.

Ich konnte nur ahnen, welche Traumata Amir erlebt hatte, und ich konnte nicht so tun, als wüsste ich, was er fühlte oder ob er sie je verarbeiten konnte. Vielleicht war es schon ein Wunder, dass er überhaupt ein wenig Zeit mit mir verbracht hatte.

Kleine Schritte, sagte ich mir und fühlte mich ein wenig getröstet.

Amir begleitete mich das kurze Stück bis zu mir nach Hause in bedrücktem Schweigen.

Vor der Haustür blieben wir stehen.

»Danke für den schönen Abend«, brachte ich heraus, obwohl mir zum Heulen zumute war.

»Gern geschehen«, sagte er, und seine Stimme klang melancholisch. »Adieu, Rebekka.«

30

Vereinigte Staaten
19. November 1994

REBEKKA

Leah und ich warteten in der Lobby ihres Apartmenthauses darauf, von Reuben abgeholt zu werden. Wie hatte ich mich bloß von ihr überreden lassen können, mit auf diese Party zu kommen? Die fing erst um zehn an, und Leah wäre nie im Leben zu früh dort aufgetaucht. Ich hatte nicht die geringste Lust auf diesen Abend, aber andererseits war sie auch oft mit mir zum Lunch in die Cafeteria der Naturwissenschaftler gegangen, obwohl sie sich dort wie ein Fisch auf dem Trockenen fühlte.

Sie sah mich mit einem verschmitzten Ausdruck in den stark geschminkten Augen an. »Ehe ich's vergesse. Reubens Studienfreund Tom ist heute Abend auch da.« Sie sagte das wie nebenbei, ein Überraschungscoup im letzten Moment, so dass ich meine Zusage, sie zu begleiten, kaum noch zurücknehmen konnte. »Er promoviert in Elektrotechnik.«

Glaubte sie etwa, ich könnte Amir durch einen anderen Naturwissenschaftler ersetzen?

Ich starrte sie an.

»Was denn?«, fragte sie und klimperte mit den Wimpern.

»Ich hoffe, du hast nicht vor, mich zu verkuppeln«, sagte ich, aber natürlich führte sie genau das im Schilde. Subtilität zählte nicht zu Leahs Stärken. Ich überlegte schon, wie ich einen Rückzieher machen konnte, ohne allzu unhöflich zu sein, als Reuben mit einem anderen Mann in die Lobby kam.

»Rebekka, das ist mein früherer Zimmergenosse«, stellte Reuben seinen Freund Tom vor.

Tom war rund einen Meter achtzig groß, hatte braunes Haar und blaue Augen. Er sah gut aus, aber ich fand ihn nicht so attraktiv wie Amir.

Wir gingen zu Fuß zu der Party, die nicht weit vom Campus in der Sky Bar stattfand. Leah und Reuben spazierten Hand in Hand vor uns her. Was, wenn ich Amir über den Weg lief? Er sollte mich auf keinen Fall mit einem anderen Mann zusammen sehen. Aber Amir hatte gesagt, dass er nur ganz selten ausging, rief ich mir in Erinnerung.

Tom schenkte mir ein breites Lächeln, das seine weißen Zähne aufblitzen ließ. »Ich hab gehört, du hast in Israel gelebt?«

Ich schielte kurz zu ihm rüber. »Stimmt.«

»Tolles Land. Ich find's immer wieder erstaunlich, wie wir es in kaum einem halben Jahrhundert geschafft haben, eine derart karge Wüste in eine blühende Landschaft zu verwandeln.«

Ich richtete die Augen vor mir auf den Boden, und da ich keinen Streit wollte, verkniff ich es mir, ihn nach den uralten Städten Akkon, Jaffa, Nazareth, Bethlehem und Hebron zu fragen, nach den vielen anderen Orten, die es lange vor der Masseneinwanderung jüdischer Immigranten gegeben hatte. »Ja, es ist schön.«

Zum Glück war der Weg nicht weit. Wir betraten die Sky Bar durch gewaltige Holztüren. Starker Biergeruch und Zigarettendunst schlugen uns entgegen. Wir schoben uns an der verzinkten Bar entlang in den VIP-Bereich, wo Reuben für uns einen Tisch direkt an der Tanzfläche reserviert hatte. Wir waren in den Club gekommen, um uns The Funk anzuhören, eine Band, die Songs der siebziger Jahre coverte. Leah liebte ihre Musik. Gerade spielten sie ihre Version von »I will survive«, und auf der Tanzfläche herrschte dichtes Gedränge.

Leah nahm mich beiseite. Die ohrenbetäubend laute Musik machte ein Gespräch nahezu unmöglich. »Ist er nicht süß?« Sie strahlte. »Genau so einen brauchst du, um Amir zu vergessen.«

Ich hatte es gewusst. Innerlich verdrehte ich die Augen. Leah meinte es ja gut, aber … »Ich werde ihn nicht vergessen.« Ich schüttelte den Kopf.

»Klar wirst du das. Gib Tom eine Chance.«

Leah zog Reuben auf die Tanzfläche. Tom und ich nahmen an unserem Tisch Platz und schwiegen uns an. Seit meiner Rückkehr in die USA war Amir der einzige Mann gewesen, mit dem ich wirklich reden konnte, den ich besser kennenlernen wollte. Sicher, Tom war nicht unattraktiv, aber ich wusste jetzt schon, dass wir wenig gemeinsam hatten.

Aber ich hatte versprochen, mich gut zu benehmen. Ich wandte mich Tom zu und stellte ihm die eine oder andere Frage nach seinem Elektrotechnikstudium, um dann ganz beiläufig zu fragen, ob er zufällig Amir Sultan kannte. Leah wäre stinksauer auf mich gewesen, wenn sie gewusst hätte, dass ich mich nach ihm erkundigte.

»Na klar«, sagte er. »Er hat ein Büro in unserem Fachbereich. Woher kennst du ihn?«

»Durch meinen Vater«, sagte ich.

»Ja, sein bahnbrechendes Patent hat ziemlich Furore gemacht.«

Jemand schlang von hinten seine Arme um meinen Hals. Verdutzt drehte ich mich um. »Stephen. Reiß mich doch nicht gleich vom Stuhl. Was machst du hier?«

Tom wich ruckartig mit dem Kopf zurück und hob beide Arme, als wollte er fragen: »Wer ist das denn?«

»Oh, Tom, das ist mein Freund Stephen.«

»Wir sind sehr gut befreundet«, sagte Stephen und legte demonstrativ den Arm um mich.

Ehe ich ihn höflich bitten konnte, den Arm wieder wegzunehmen, sah Tom mich ärgerlich an und sagte, er würde zur Bar gehen. »Bin gleich wieder da.«

»Wer ist der Kerl?«, fragte Stephen stirnrunzelnd.

»Ein Studienfreund von Reuben«, sagte ich gereizt.

»Na, gut zu wissen. Ich dachte schon, er wäre dein Date.«

Date? Spinnt er? »Ach, Quatsch. Mit wem bist du hier?«, fragte ich, um das Thema zu wechseln.

»Mit niemandem. Komm mit an die Bar, ich lad dich auf einen Drink ein.« Er lächelte.

Ich war gerade aufgestanden, als Tom mit zwei Whiskygläsern zurückkam. Er bot mir das Glas in seiner linken Hand an.

»Willst du schon gehen?«, fragte er.

»Nein, nein, sorry. Wir wollten nur was trinken.«

»Ich hab dir einen Drink mitgebracht«, sagte er und hielt mir das Glas hin. »Nimm.« Er drückte es mir fast ins Gesicht. Sein Atem roch nach Alkohol.

»Nein, danke«, sagte ich.

Stephen trat dicht neben mich.

»Ich hab dir einen Drink geholt, nun nimm ihn gefälligst auch«, sagte Tom. Er war mir zu nahe. Ich wollte, dass er auf Abstand ging.

»Wenn ich mich nicht verhört habe, hat sie gesagt, sie will den Whisky nicht.« Stephen starrte Tom mit einem Lass-sie-gefälligst-in-Ruhe-Blick an.

Noch so ein edler Ritter. Ich war Stephen dankbar, dass er mich beschützen wollte, aber mir gefiel nicht, dass er mich behandelte, als würde ich nicht alleine klarkommen.

Ich sah ihn an. »Immer mit der Ruhe. Ist schon okay.« Um zu

verhindern, dass die Situation aus dem Ruder lief, nahm ich das Glas und leerte es in einem Zug.

»Zufrieden?«, fragte ich Tom. Ich wischte mir über den Mund. Von dem Geschmack tränten mir die Augen.

Ehe Tom antworten konnte, ergriff Stephen meine Hand. »Komm mit, ich bestell dir was zum Nachspülen.«

»Zisch ab«, sagte Tom. »Sie ist mein Date. Ich hab ihr gerade einen Drink spendiert.«

Ich sah Tom an. »Ich bin nicht dein Date, und ich hab erst, kurz bevor du mit Reuben aufgekreuzt bist, erfahren, dass du überhaupt mitkommst.«

Tom packte meinen Arm und zog mich grob an sich. »Egal, jetzt bist du jedenfalls mit mir hier.«

»Rebekka, willst du den Abend mit dem Typen verbringen?«, fragte Stephen.

Mir wurde schwindelig. Irgendwas stimmte nicht.

»Alles in Ordnung mit dir?«, fragte Stephen.

»Nein«, sagte ich und stützte mich an dem Pfeiler neben mir ab.

»Lass sie los«, sagte Stephen und fasste den Arm, mit dem ich mich abstützte. »Sie fühlt sich nicht gut. Ich bringe sie nach Hause.«

Tom ließ nicht los, sondern zerrte mich in seine Richtung.

Mir wurde übel. »Bitte«, sagte ich zu Tom. »Mir ist wirklich nicht gut.«

»Da hörst du's«, sagte Stephen und wollte mich wegziehen.

Leah und Reuben tauchten vor uns auf.

»Was ist los?«, fragte Leah.

Tom hielt einen Arm von mir fest, Stephen den anderen.

»Tom will mich nicht gehen lassen«, sagte ich. »Aber mir ist schlecht.« Ich musste wirklich raus hier.

»Tom«, sagte Reuben, »lass sie gehen.«

Tom gab meinen Arm frei. Er hob die Hände in die Luft, als würde er sich ergeben. »Von mir aus. Sie ist es eh nicht wert.« Damit drehte er sich um und ging.

»Alles in Ordnung?«, fragte Leah.

»Ich brauche frische Luft.« Ich musste so schnell wie möglich nach draußen.

»Ich kümmere mich um sie«, sagte Stephen.

Ich winkte Leah und Reuben zum Abschied und drängte mich mit Stephen Richtung Ausgang.

Überall waren Menschen, die tanzten, tranken, plauderten und lachten. Auf einmal kam es mir so vor, als würde der Raum um mich enger. Stephen folgte mir, während ich durch die Menge taumelte. Als wir endlich draußen waren, sog ich gierig die frische Luft ein, froh, dem Gedränge endlich entronnen zu sein. »Ich glaube, ein kleiner Spaziergang würde mir guttun.«

»Ich komm mit«, sagte Stephen.

»Okay.« Ich war nicht unbedingt erpicht auf seine Gesellschaft, aber ich wollte auch nicht nachts allein herumlaufen. Wir gingen ziellos über den Campus, vorbei an verschiedenen Gebäuden, bis ich an einem eine Tafel mit der Aufschrift »Elektrotechnik« sah. *Da drin musste Amirs Büro sein.* Ich blickte auf die Uhr und sah, dass es fast Mitternacht war. *Um diese Zeit arbeitet er bestimmt nicht mehr.*

»Mir ist kalt«, log ich und ging hinein, stolperte über die erhöhte Türschwelle.

»Wie viel hast du eigentlich getrunken?«, fragte Stephen und legte mir eine Hand ins Kreuz, um mich zu stützen. Mir war schwindelig, aber ich registrierte dennoch Amirs Namen an der Wand mit einem Pfeil darunter, der zu einem Büro den Gang hinunter zeigte. Licht drang aus der offen stehenden Tür. Stephens Lächeln verschwand. Ich ging in die Richtung, gefolgt von Stephen, und tatsächlich, Amir arbeitete noch.

»Hätte ich mir denken können«, sagte Stephen halblaut.

»Hiii, Amiiir.« Ich blieb schwankend im Türrahmen stehen, nahm die ordentlich gestapelten Bücher und die zwei Sofas in Amirs Büro wahr. Er saß an seinem Computer und tippte, als er mich hörte und aufschaute.

»Danke, dass du mich hergebracht hast«, sagte ich zu Stephen.

»Du willst hierbleiben?« Er runzelte die Stirn. »Ich kann auch mit dir zurück zur Party gehen oder dich nach Hause bringen.«

»Neee, danke.« Irgendwie konnte ich nicht normal reden. Entweder Tom hatte mir etwas in den Drink getan, den er mir aufgedrängt hatte, oder aber ich konnte nicht mal einen einzigen Whisky vertragen. Ich hatte das Gefühl, als würde der Raum um mich kreiseln.

»Was hast du mit ihr gemacht?«, wollte Amir von Stephen wissen. Er sprang auf und eilte zu mir. »Ich denke, du gehst jetzt besser.«

Stephen machte einen Schritt auf Amir zu. »Mann, was fällt dir ein, so mit mir zu reden ...«

»Biiitte, Steeephen ...«

»Ich war das nicht«, sagte Stephen. »Sie war mit einem anderen Typen da, und der hat darauf bestanden, dass sie einen Whisky trinkt. Ich hab sie bloß da weggebracht.«

Ich schlug die Augen auf. Das Licht drang durch ein unbekanntes Fenster. Ich schaute mich blinzelnd um, wollte meine Augen und meinen Verstand zwingen, richtig zu funktionieren, obwohl beide sich seltsam sträubten. Ich lag unter einer Fleecedecke auf einer Couch. Und gegenüber von mir, an seinem Schreibtisch, saß –

Amir.

Eine Uhr an der Wand stand auf acht. War ich die ganze Nacht hier gewesen? Ernsthaft? Eine vage Erinnerung, wie ich in sein Büro getorkelt war, überkam mich. Ich schloss die Augen und versuchte, die Bilder zu verdrängen. Schließlich setzte ich mich ein wenig auf. Amir blickte zu mir herüber.

»Verbringst du so deine Wochenenden, Rebekka?« Seine Augen durchbohrten mich geradezu. »Betrunken und mit irgendwelchen Männern?« Seine Stimme klang plötzlich eisig.

Ich sah die Verachtung in seinem Blick und stellte mir vor, was er von mir dachte. *Eine reiche, verwöhnte amerikanische Jüdin.* Und jetzt konnte er auch noch trinkfreudig und unsolide zu der Liste hinzufügen. *Was hatte ich getan?* »Ich – rühr normalerweise keinen Tropfen an«, stammelte ich. Meine Erinnerung an den Vorabend war diffus. Ich wusste nur noch, dass Tom mir einen Whisky aufgedrängt hatte.

Amir fuhr sich mit den Fingern durch sein volles schwarzes Haar, ein Zeichen dafür, dass er frustriert war, wie ich inzwischen wusste.

Obwohl ich mich in Grund und Boden schämte, konnte ich nicht leugnen, wie wohl ich mich in seiner Nähe fühlte. Als ich versuchte, mich ganz aufzusetzen, hämmerte mir der Schädel, und ich wusste, das konnte nur von dem Zeug kommen, das gestern in dem Whisky gewesen war.

»Und warum hast du jetzt was getrunken?« Er sah mich eindringlich an und schaffte es, ohne mich auch nur zu berühren, dass ich erregt wurde.

»Gruppenzwang?«, spekulierte ich. Ich kam mir vor wie eine Zwölfjährige und hörte mich auch so an. »Glaub mir, meine Dummheit rächt sich gerade an mir.« Ich lächelte, aber er lächelte nicht zurück. »Wo ist denn hier die Damentoilette?« Ich musste mich ein wenig frisch machen.

»Den Gang runter.« Er zeigte in die Richtung. »Warte«, sagte er, zog seine Schreibtischschublade auf und reichte mir eine noch verpackte Zahnbürste und eine Tube Zahnpasta. »Du bist nicht die Erste, die hier die Nacht verbringt.« Meinte er andere Frauen? Er nahm andere Frauen mit hierher, aber mich wollte er nicht mal küssen?

»Wer denn zum Beispiel?« Ich wünschte sofort, ich hätte den Mund gehalten. *Warum stelle ich dauernd so indiskrete Fragen?*

»Ich zum Beispiel«, sagte er. »Ich arbeite oft bis spät in die Nacht.«

Ich klatschte mir Wasser ins Gesicht und putzte mir die Zähne, und obwohl ich noch die Kleidung vom Vortag trug, fühlte ich mich schon deutlich besser.

»Ich muss Leah anrufen«, sagte ich, als ich wieder in seinem Büro war.

Er deutete auf sein Schreibtischtelefon. »Bitte.«

Nach dem Anruf setzte ich mich auf die Couch und wartete, dass Leah mich abholte.

»Warst du die ganze Nacht hier?« Ich betrachtete ihn, wie er da hinter seinem Schreibtisch saß. *Intelligenz, eiserner Wille, Ausdauer, Durchhaltevermögen, Leidenschaft, Unbeirrbarkeit* – alles Eigenschaften, die ich bewunderte. Und er besaß sie alle. Aber am wichtigsten war, dass ich wusste, wie sehr ich ihn lieben könnte.

»Hast du gedacht, ich lass dich hier allein?«

Mein Beschützer. »Du musst doch furchtbar müde sein«, sagte ich, als mir klarwurde, dass er meinetwegen die ganze Nacht in seinem Büro verbracht hatte. Und ich war nicht mal wach gewesen – *so viel zum Thema verpasste Gelegenheiten.*

Er sah mich an. Es verschlug mir den Atem, und ich rang nach Luft. »Ganz im Gegenteil. Es war eine aufregende Nacht – was nicht heißen soll, dass ich einen wissenschaftlichen Durchbruch erzielt hätte.« Seine Lippen öffneten sich.

Ich spürte ein Kribbeln am ganzen Körper. *Warum war die Nacht aufregend?*, wollte ich fragen, verkniff es mir aber. Durchs Fenster sah ich Leahs Wagen vorfahren, und dann hörte ich sie hupen. Ich stand auf, ebenso wie Amir. Unsere Blicke trafen sich. Seine Augen sahen irgendwie wild aus, ein Ausdruck, den ich noch nie in ihnen gesehen hatte. Ich griff nach meinem Mantel, und er schüttelte leicht den Kopf. Nein? Wollte er nicht, dass ich ging? Wir blickten einander an, als er auf mich zukam. Plötzlich war er ganz nah bei mir. Er studierte mein Gesicht, ehe sein Blick lange auf meinem Mund verweilte. Er fuhr mit den Fingerspitzen über meine Lippen, während er die andere Hand an meine Wange hob. Ich sehnte mich so sehr danach, ihn zu küssen. Mein Herz raste, mein Körper glühte. Ich hätte ihn so gern in die Arme geschlossen.

»Ich will dich«, flüsterte er.

Es geht ihm also wie mir. Seine Nähe machte mich atemlos. Die Luft zwischen uns knisterte förmlich. *Auch er spürt diese Anziehung zwischen uns.*

Ich nickte. »Ja«, flüsterte ich zurück. Er senkte den Kopf. Unsere Lippen streiften sich zart. Sein Atem roch nach Minze. Er wich zurück, und ich sah die Verletzlichkeit in seinen Augen.

»Ich hab ständig an dich denken müssen – ahnst du überhaupt, was ich vom ersten Moment an empfunden habe, als du vor ein paar Wochen zu deinem Vater und mir ins Zimmer kamst?«

Er zog mich an sich. Ich nahm sein Gesicht in die Hände und neigte den Kopf, um ihm in die Augen schauen zu können. Wir sahen uns lange an. Sein Mund berührte meinen, und dann küsste er mich sanft. Er fuhr mit der Zunge an meinen Lippen entlang und teilte sie langsam, vertiefte den Kuss, wurde fordernd. Ich gehörte ihm. Er hatte mein Herz, gänzlich. Ich schob die Hände in sein Haar. Eng an mich geschmiegt, küsste er mich leidenschaftlich. Ich küsste ihn zurück, voller Verlangen, als könnte mein Durst nie gestillt werden.

Wieder ging draußen die Hupe. Plötzlich riss sich Amir von mir los. Seine Augen wirkten jetzt finster und schmerzerfüllt.

»Was gerade passiert ist«, sagte er gequält, »darf nie wieder passieren.«

31

Vereinigte Staaten
12. Dezember 1994

REBEKKA

»Was hast du da?«, fragte Leah und deutete auf den Stapel Bücher aus der Bibliothek auf dem Schreibtisch in meinem rosafarbenen, verspielten und lächerlich prinzessinnenhaft gestalteten Zimmer. Die Innenarchitektin meiner Mutter hatte es für die Tochter eingerichtet, die meine Mutter sich immer gewünscht hatte. Der überdimensionierte Schreibtisch war mit kunstvollen Schnitzereien und einem handgemalten Blumengarten verziert, der sich auf dem dazu passenden Sessel, dem Wandgemälde, dem Himmelbett und der Frisierkommode fortsetzte. Der ganze Raum fühlte sich an wie ein verrückter Garten Eden.

»Gedichte von Mahmud Darwisch. Marcel Khalife singt viele von ihnen.« Ich hatte Amir angerufen, um ihm zum Verkauf seines Patents an meinen Vater zu gratulieren, nachdem die beiden sich einig geworden waren. Als ich ihn zu Khalifes Konzert einlud und anschließend zum Dinner, um den Erfolg zu feiern, hatte er nur zögerlich eingewilligt, aber ich hatte ihm versichert, dass ich lediglich als gute Freundin anrief, mehr nicht. Er war auf der Hut, und es war mir gelungen, ihn zu beruhigen. Vermutlich wollte er ohnehin in das Konzert, und da er nun wusste, dass ich auch dort sein würde, wäre es peinlich gewesen, mir eine Absage zu erteilen. Da ich mit ihm über die Bedeutung von Khalifes Liedern reden wollte, hatte ich einige Gedichte von Darwisch auswendig gelernt und mich mit etlichen anderen intensiv befasst. Marwan liebte seine Lyrik, und mir gefielen die politischen Themen, die in den Gedichten angesprochen wurden. »Das ist meine Chance, Amir zu beweisen, dass ich weiß, was die Israelis seinem Volk angetan haben«, erklärte ich Leah.

Sie schloss einen Moment die Augen, atmete tief durch und öffnete sie wieder. »Ich bin sicher, er wird sich freuen, wenn er erfährt, wie du die Dinge siehst. Dann freut sich wenigstens einer.« Sie betrachtete mich von oben bis unten, musterte meine Strickjacke und den langen Rock.

Wieder atmete sie tief durch. »Hast du dir eine Strategie überlegt?« Wenn Leah auf eine Party oder in einen Club wollte, legte sie sich immer eine Strategie zurecht, wie sie die richtigen Männer anlocken würde. Zuerst stellte sie fest, was für Uhren und Schuhe sie trugen, dann schritt sie zur Tat.

»Mein Duft, die Gedichte und meine Augenbrauen.« Ich nickte, zufrieden mit meiner Antwort.

Leah verdrehte die Augen. »Ich hab mich schon gefragt, warum du mich gebeten hast, herzukommen und sie in Form zu zupfen.« Sie holte ihre Pinzette aus der Tasche und sagte, ich sollte sie ansehen. »Glaubst du wirklich, er fährt auf deine Augenbrauen ab?«

»In Kulturen wie der von Amir, wo Zurückhaltung eine Kunstform ist und Paare sich vor der Ehe nicht näherkommen dürfen, sprechen die jungen Frauen mit ihren Augen.«

»Bist du sicher?«, fragte sie, wollte aber, wie ich wusste, eigentlich sagen, dass sie das lächerlich fand.

»Ganz sicher.«

»Tja, wenigstens sehen deine Haare gut aus.« Sie zuckte mit

den Achseln. »Vielleicht solltest du in deiner Freizeit mal was anderes machen, als gegen den Umgang Israels mit den Palästinensern zu protestieren – zum Beispiel an dich denken und dir öfter die Haare in Form föhnen.«

Allmählich ärgerte es mich, dass sie sich über mich lustig machte, weil ich mich für Unterdrückte einsetzte. Sah sie denn nicht, wie oberflächlich sie war?

Als Leah mit meinen Augenbrauen fertig war, betrachtete sie mich kritisch. »Ich finde, du könntest ein bisschen Make-up gebrauchen.«

»Gut, aber ich will natürlich aussehen. Nimm nur erdige Schattierungen. Und ich schwöre, wenn du zu dick aufträgst, wasche ich alles wieder ab.«

Sie zog verschiedene Produkte aus ihrem Schminktäschchen und legte sie auf meinen Frisiertisch, wie eine Künstlerin, die ihre Palette vorbereitet, ehe sie anfängt zu malen.

»Zappele nicht so rum«, sagte sie, und ich versuchte stillzuhalten. Sie brauchte ewig, aber ich wollte es möglichst schnell hinter mir haben.

Schließlich war sie fertig und hielt mir einen Handspiegel vors Gesicht.

Mit meinen nun perfekt geformten Augenbrauen erkannte ich mich selbst kaum wieder. Leah hatte meine Wangenknochen und meine katzenhaften Augen hervorgehoben. Die künstlichen Wimpern, die sie mir ankleben wollte, hatte ich abgelehnt, deshalb hatte sie stattdessen viel Mascara aufgetragen, und ich musste zugeben, meine Wimpern sahen spektakulär aus. Der dezente Lippenstift betonte meine vollen Lippen, ohne von den Augen abzulenken. Sie hatte mich zwar verwandelt, aber es sah alles sehr natürlich aus. »Danke, Leah. Das ist perfekt.«

»Bitte sehr. Ich weiß, ich klinge schon wie eine Schallplatte mit Sprung, aber kann ich dich nicht doch zu einem schickeren Outfit überreden?« Sie kratzte sich den Kopf. »Wenn du ihn verführen willst, musst du dich so kleiden und verhalten, dass die Botschaft rüberkommt: ›Sex mit mir wäre phantastisch.‹ Du möchtest doch mehr als nur eine platonische Freundschaft, oder? Dann musst du ihn dazu bringen, dass er mehr will. Und was du da im Moment anhast, schreit förmlich: ›Ich bin frigide.‹«

Leah zog ein sexy kleines Schwarzes aus ihrer Tasche und hielt es für mich hoch. »Wenn du bei ihm landen willst, musst du das hier anziehen.«

»Bist du *wahnsinnig*?«, fragte ich mit Blick auf das tiefe Dekolleté des Kleides. »Ich muss etwas Konservatives tragen. Raum für seine Phantasie lassen. Wenn ich ihm alles auf dem Silbertablett serviere, wird er es nicht wollen.«

»Kein Mann hier wird dich wollen, solange du nicht zeigst, was du zu bieten hast.« Sie hielt noch immer das Kleid hoch, um es mir schmackhaft zu machen.

»Ich habe es aber nicht auf einen amerikanischen Mann abgesehen.« Ich fand allmählich wirklich Gefallen an Amirs Kultur, wo Zurückhaltung gepflegt wurde, wo eine Frau mehr war als bloß ein Sexualobjekt.

»Was willst du machen, einen Schleier tragen?«, fragte sie spöttisch. »Und deinen Körper von Kopf bis Fuß verstecken?« Leah ließ das Kleid sinken und packte es wieder in die Tasche.

Irgendwie kam mir das fast reizvoller vor, als halbnackt herumzulaufen, um sein Interesse zu wecken. Ich suchte nach den richtigen Worten, um ihr das zu erklären. »Ich werde ihn mit meinem Intellekt betören. Ich werde Verse von Khalil Gibran und Mahmud Darwisch rezitieren. Ich werde seine Geschmacksknospen verzaubern, indem ich ihm traditionelle Gerichte seines Volkes koche. Ich werde ihn mit meinem Wissen über seine Kultur und Sitten beeindrucken.«

»Ich drück dir die Daumen.« Sie lachte leise. »Und du fragst dich, wieso du noch nicht bei ihm gelandet bist.«

»Ich muss über seinen Verstand an sein Herz gelangen. Ich will nicht bloß eine kurze Affäre mit ihm. Ich will, dass er sich zu mir hingezogen fühlt, weil ich die bin, die ich im Inneren bin, und dafür müssen wir uns besser kennenlernen. Wenn ich mich total verführerisch anziehe, wird ihn das abstoßen, und dann hab ich gar keine Chance, ihn besser kennenzulernen!«

Leah presste die Lippen aufeinander. »Wie willst du das anstellen? Über all die Gefühle reden, die er unterdrückt?« Sie lachte. »Auf so was stehen Männer nicht. Glaub mir, er hätte lieber heißen Sex. Und danach kriegst du wahrscheinlich mehr aus ihm raus.«

Ich beschloss, bei meinem Outfit zu bleiben, das praktisch nichts von mir zeigte. Es war zwar kein Hängekleid bis zu den Knöcheln, aber es bedeckte meinen ganzen Körper und betonte meine Figur, ohne sie zur Schau zu stellen.

Ich hatte keine Lust mehr, noch einmal zu wiederholen, dass sich Amir in erster Linie wegen meines Verstandes und nicht wegen meines Körpers zu mir hingezogen fühlen sollte. Leah würde das nie und nimmer verstehen. Also sah ich auf die Uhr. »Ich muss los, damit ich früh genug da bin, um für uns Plätze in der ersten Reihe zu ergattern.«

Als wir nach dem Konzert ins Café Marrakesch gingen, war ich noch immer ganz im Bann der Musik.

»Die Musik hat dich ziemlich gepackt, hatte ich den Eindruck«, sagte Amir.

»Mahmud Darwischs Texte wecken bei mir viele traurige

Erinnerungen. Mein Lieblingsgedicht ist ›An meine Mutter‹.«

»Meins auch. Ich vermisse das Brot meiner Mutter und den Kaffee, von dem er in dem Lied erzählt.« Seine Augen glitzerten feucht, und er schien einen Moment lang weit weg.

Ich dachte an Marwan. Ich brannte darauf, ihm von dem Konzert zu schreiben. Die Kellnerin führte uns an einen Tisch, der von hauchdünnem Stoff umschlossen war, wie von einem Zelt, und uns das Gefühl gab, als wären wir in einer eigenen Welt – einer romantischen Welt.

»Ich hätte mir gewünscht, er hätte auch das Gedicht ›Rita und das Gewehr‹ gesungen«, sagte Amir.

Ich wusste, wovon das Lied handelte: um Darwischs Liebe zu einer Jüdin und das Scheitern ihrer Beziehung aufgrund des politischen Konflikts. Gerade dieses Gedicht wollte ich nun wirklich nicht mit Amir erörtern.

»Magst du die marokkanische Küche?«, fragte ich, um das Thema zu wechseln.

»Ich finde sie nicht schlecht, aber ich würde gern mal wieder richtig gut palästinensisch essen. Seit ich hier bin, hatte ich nicht mehr das Vergnügen«, sagte Amir, nachdem er die Speisekarte überflogen hatte. »Was würde ich für ein *Scheich al-Mahschi* geben.«

Volltreffer, dachte ich. »Ich kann *Scheich al-Mahschi* kochen. Ich kann praktisch alles füllen – Zucchini, Auberginen, Tauben, Hühnchen. Egal. Und falls du einen *Tabun* hast, kann ich Brot für dich backen.«

»Donnerwetter«, sagte er. »Ich würde deine Kochkünste gern mal kennenlernen.«

Die Kerze auf unserem Tisch warf einen warmen Schein. Alles lief gut, und ich merkte, wie sich meine Nervosität legte.

»Weißt du ... ich bin gern mit dir zusammen. Du bist sehr schön, Rebekka. Aber das ist es nicht allein. Ich sollte besser nicht hier sein, aber ich konnte irgendwie nicht anders. Du gehst mir nicht mehr aus dem Kopf.«

Als er das sagte, stieg meine Körpertemperatur. Ich spürte, wie mein Gesicht dunkelrot anlief.

»Ich finde es hinreißend, wenn du rot wirst«, sagte er. »Du wirkst so unschuldig und rein. Ich hätte es nicht für möglich gehalten, in Amerika einer solchen Frau zu begegnen. Ich bin es leid, mich zu beherrschen und dir aus dem Weg zu gehen, also gebe ich auf, vorläufig.« Seine Augen schimmerten. Sein Geständnis entzückte mich, und ich lächelte ihn freudig an. »Aber, Rebekka, ich kann mich nicht auf Liebe oder eine Beziehung einlassen – so sehr ich mir das vielleicht auch wünsche.«

Ich zwang mich, weiter zu lächeln, obwohl ich innerlich am Boden zerstört war. Ich wusste sehr wohl, dass eine Beziehung zwischen einer Jüdin und einem Palästinenser Probleme heraufbeschwor, und doch hatte Amir etwas an sich, das die Liebe zwischen uns scheinbar unausweichlich machte. *Wir sind schließlich nicht in Israel.* Unwillkürlich dachte ich: *Jetzt zögerst du noch, aber irgendwann wirst du dich auf unsere Liebe einlassen.* Ich hatte fest vor, ihn mit all meiner Zuneigung zu überschütten.

»Wann bekomme ich denn eine Kostprobe deiner Küche, Rebekka?«, fragte er.

»Nächsten Freitag?« Meine Stimme war bloß ein Flüstern. Am liebsten wollte ich sagen: *Komm doch mit zu mir nach Hause und drücke deine sinnlichen Lippen auf meine und lass mich dich lieben.* Aber stattdessen dachte ich bloß: *Gut Ding will Weile haben.*

»Prima«, sagte er. »Da hab ich Geburtstag.«

Wie gern wäre ich sein Geburtstagsgeschenk. *Hab Geduld. Liebe geht durch den Magen*, beschwor ich mich. Ich musste versuchen, auf jede nur mögliche Weise sein Herz zu gewinnen.

32

Vereinigte Staaten
19. Dezember 1994

REBEKKA

»Ein wunderbarer Abend für ein Geburtstagsessen«, sagte ich. Ich war in der Küche des Technikgebäudes und bereitete Amirs Leibgericht zu, *Scheich al-Mahschi*, mit Lammhackfleisch gefüllte Zucchini, Joghurtsauce und Reis.

Draußen tobte ein Schneesturm, aber drinnen war es behaglich warm. Im Radio lief Mozart. Amir sagte, Professor Miller habe in ihm die Liebe zur klassischen Musik geweckt, weil er in seinem Büro stets welche im Radio laufen hatte. Ich saß Amir gegenüber und hackte Zwiebeln auf einem abgewetzten Brett. Ich ging mit den Zwiebeln zum Herd, dünstete sie an, gab dann Lammhack, geröstete Pinienkerne und Gewürze dazu und briet die Mischung in Olivenöl an. Von Amirs Nähe wurde mir ganz warm. Ich weichte den Reis in Wasser ein und setzte mich dann neben Amir an den Tisch, um die Zucchini vorzubereiten.

»Ich hatte Glück, dass ich die bekommen habe«, sagte ich und hielt eine von den kleinen hellgrünen Zucchini hoch. »Normalerweise gibt's die hier nur im Sommer, aber ich hab einen Laden gefunden, der sie importiert.«

Mit jeder Sekunde, die verging, spürte ich, wie ich mich mehr zu Amir hingezogen fühlte.

Ich schnitt die Enden mit einem Messer ab und stieß dann den langen Gemüseaushöhler aus Metall mit einer Hand in die Zucchini, drehte sie mit der anderen und zog das Fruchtfleisch heraus. »Soll ich dir helfen?«, fragte Amir und nahm eine Zucchini.

»Weißt du denn, wie man sie aushöhlt?« Ein Schauer durchlief mich, weil er mir so nahe war.

»Du kannst es mir bestimmt beibringen.«

Ich lächelte. *Ja, ich würde ihm das beibringen, und dann würde ich ihm beibringen, mich zu lieben.* »Wenn du das wirklich machen willst. Schließlich hast du ja heute Geburtstag.«

Er grinste, und ich fragte mich, was er in Wahrheit gern machen würde. Ich wusste jedenfalls, was ich gern machen würde. Ich nahm den Aushöhler, und ehe Amir anfing, stellte ich mich hinter ihn und legte meine Hände auf seine. Mein Körper entflammte. Gemeinsam schoben wir den Aushöhler tief in die Zucchini und drehten ihn, bis wir das Innere ausgehöhlt hatten. Meine Hand auf seiner glühte.

»Du machst das perfekt«, sagte ich. »Du höhlst die Dinger aus, und ich fülle sie.« Als die Hackfleischmischung fertig war, drückte ich sie mit den Fingern in die ausgehöhlten Löcher. Wir waren ein wunderbares Team.

Als wir fertig waren, stand ich auf, um den Reis und die Joghurtsauce zu kochen. Ich ließ Butter im Topf zergehen und gab Maisstärke hinein. Es zischte, wie meine Haut, wenn Amir mich berührte.

»Während man nach und nach den Joghurt untermischt, muss man ununterbrochen rühren, sonst klumpt es«, sagte ich. Ich hatte einen Gott neben mir. *Wie soll ich da kochen?* »Könntest du mich kurz ablösen?«

Amir legte seine Hand auf meine, und mein ganzer Körper

prickelte. Wir rührten zusammen, bis ich es nicht länger aushielt und beiseitetrat. Ich atmete tief durch, um mein rasendes Herz zu beruhigen.

Nachdem ich die Pfanne mit den Zucchini aufgesetzt hatte, sagte ich: »Jetzt kann ich wieder übernehmen.« Ich trat vor Amir und legte meine Hand auf seine.

Während wir wieder gemeinsam rührten, schob er sich näher an mich heran. Mir wurde ganz heiß. Schweiß trat mir auf die Stirn. Ich schaute durchs Fenster in den fallenden Schnee, hoffte, der Anblick würde mich abkühlen.

»Sieht aus, als würde das Wetter immer schlimmer«, sagte ich.

Die verschneite Landschaft sah schön aus, aber ich war froh, nicht da draußen in Wind und Kälte sein zu müssen.

Das Klingeln des Telefons holte mich zurück in die Realität. Amir ging nach nebenan in sein Büro, um das Gespräch anzunehmen.

Er kam zurück in die Küche und lehnte sich mit dem Rücken gegen die Wand. »Mein Freund George wollte heute Abend kommen«, sagte Amir. »Aber bei dem Wetter bleibt er lieber zu Hause.«

»Wie schade.« Ich hatte Mühe, mein Lächeln zu unterdrücken.

»Das duftet phantastisch«, sagte er, noch immer mit dem Rücken an der Wand.

Ich deckte den Tisch für zwei und zündete die Kerzen an, ehe ich das Licht ausschaltete, so dass eine romantische Atmosphäre entstand. Wir setzten uns einander gegenüber. Ich löffelte Reis auf seinen Teller und gab Joghurt und Zucchini darauf. Zum Abschluss streute ich noch gehackte frische Minze darüber – wenn er wüsste, wie lange ich gesucht hatte, um die zu bekommen! Dann servierte ich mir selbst eine Portion.

Sein Gesicht leuchtete auf, als er den ersten Bissen kostete. »Vorzüglich.«

Ich spürte, wie mir die Röte in die Wangen stieg. Unsere Blicke trafen sich, und ich wusste, ich hatte ihn.

»Du bist erstaunlich. Du hast einfach alles. Du bist schön, intelligent, und du kannst sogar kochen.« Mit jedem Wort aus seinem Mund schlug mein Herz schneller. »Ich warte immer noch.«

Mein Herzschlag verlangsamte sich wieder. Ich zog die Stirn in Falten. »Worauf denn?«

»Dass ich irgendwas Unattraktives an dir entdecke. Glaub mir, ich hab schon sehr gründlich gesucht.« Er schob sich wieder eine Gabel Zucchini in den Mund.

Ich lächelte. »Du hättest mich einfach fragen sollen. Ich könnte dir eine lange Liste nennen.«

»Ja bitte, raus mit der Sprache.« Er nahm sein Glas und trank einen großen Schluck. »Gib mir irgendwas, das mich davon abhält, diesen Weg des Wahnsinns weiterzugehen.«

Von mir aus nicht.

»Manche finden, ich würde zu viel lernen«, sagte ich in dem Wissen, dass das für ihn eher anziehend als abstoßend war.

»Hast du wirklich gedacht, das würde mich stören?« Sein Lächeln wirkte gezwungen. Dann nahm er wieder einen Bissen.

»Manche finden, ich sollte öfter mal ausgehen. Du weißt schon, in Clubs und Bars. Aber das ist einfach nicht mein Ding.«

Fehlte auch noch, dass ich ihm die Argumente liefere, die er braucht, um sich von mir zu distanzieren.

»Schon wieder ein Pluspunkt. Ich kann mir leider nicht vorstellen, dass du ernsthaft glaubst, ich würde mich zu einer Frau hingezogen fühlen, die sich in Clubs und Bars amüsiert.« Er grinste.

»Wahrscheinlich nicht«, gab ich zu.

Meine Finger sehnten sich danach, ihn zu berühren. Ich legte meine Gabel weg, damit ich die Hände auf dem Schoß falten konnte.

»Warum hältst du nichts von solchen Freizeitaktivitäten?«, fragte er.

»Früher bin ich ganz gern mal auf die Rolle gegangen, aber das war vor meiner Zeit in Israel«, sagte ich. »Ich habe dort irgendwie meine Unbeschwertheit verloren.«

Er setzte sich aufrechter hin und sah mir in die Augen. »Wie meinst du das?«

»Vorher wusste ich nicht viel über die Welt, über das Leben außerhalb meiner gut situierten amerikanischen Umgebung. Jetzt habe ich ein stärkeres Bewusstsein dafür, wie die Realität für viele Menschen aussieht. Ich habe Ungerechtigkeiten gesehen, Elend, und was der Palästinakonflikt wirklich für die Menschen bedeutet. Wir brauchen Frieden. Das viele Leid muss ein Ende haben. Wir sollten zusammenarbeiten, um die Menschheit voranzubringen, anstatt uns gegenseitig zu bekämpfen und zu vernichten.«

»Du ahnst ja nicht, wie gern ich dich zum Nachtisch vernaschen würde. Noch so ein Essen, und ich fürchte, ich muss kapitulieren.«

Ich dachte unverzüglich darüber nach, was ich als Nächstes kochen könnte. *Ich hoffe, das Dessert gibt ihm den Rest.*

Ich ging zum Ofen und nahm den Kuchen heraus, den ich in aller Frühe in Leahs Wohnung gebacken hatte.

»Du hast *knafeh* gemacht?«, fragte er, als ich Sirup über den Kokosnusskuchen träufelte. »Ich dachte, der süße Rosenwasserduft käme von dir.«

Im Geiste klopfte ich mir selbst dafür auf die Schulter, dass ich vor ihm hier gewesen war und den Kuchen zum Warmhalten in den Ofen gestellt hatte. Beschwingten Schrittes brachte ich den Kuchen zum Tisch. Ich schnitt zwei Stücke für uns ab, steckte eine Kerze in seines und zündete sie an.

»Wünsch dir was.«

Er pustete die Kerze aus, und ich fragte mich, ob er sich gewünscht hatte, mir nie begegnet zu sein. Der Kuchen war köstlich. Amir hob anerkennend einen Daumen.

»Was gibt's nächstes Mal?« Er leckte sich die Lippen.

»Eins nach dem anderen, Amir.« Ich zwinkerte ihm zu.

Er hob kapitulierend die Hände. »Ich hätte nie gedacht, dass ich mich ausgerechnet bei einer amerikanischen Jüdin wie zu Hause fühle. Das ergibt alles keinen Sinn.«

»Mir geht es genauso«, sagte ich aufrichtig.

Er schüttelte den Kopf. »Weißt du eigentlich, was ich durchmache? Du quälst mich.«

»Amir, das ist nun wirklich das Letzte, was ich will. Ich denke, du hast in deinem Leben schon mehr als genug gelitten.« Meine Stimme wurde ein wenig leiser. »Aber es geht mir wie dir. Und jedes Mal, wenn du sagst, wir haben keine Chance, oder wenn du sagst, wir können uns nicht mehr sehen ...«

»Du weißt doch, ich kann keine Jüdin heiraten, das würden meine Eltern nicht verkraften.« Ich konnte es bald nicht mehr hören.

»Würden deine Eltern dich verstoßen?« Ich biss mir auf die Lippen, während ich auf eine Antwort wartete.

Er sah mir direkt in die Augen. »Sie würden es nicht verkraften. Ich will meinen Eltern nicht weh tun.« Er massierte sich mit den Handballen Stirn und Augenbrauen. »Vom ersten Moment an, als ich dich sah, wusste ich, dass du mein Verderben sein könntest. Ich wusste nicht, ob du eine Mossad-Agentin oder einfach nur eine unglaublich verführerische Frau warst, aber ich konnte nicht schnell genug von dir wegkommen. Gleichzeitig wusste ich, dass ich nicht ohne dich sein konnte. Das ist unerträglich. Ich kann nicht zulassen, dass du meine Familie zerstörst.« Er breitete die Arme aus. »Sie haben ihre Hoffnungen in mich gesetzt, mich geliebt und für meinen Erfolg ihr Leben geopfert. Ich will einen Teil des Geldes aus dem Verkauf meines Patents dafür verwenden, sie aus dem Camp herauszuholen; sie haben ein besseres Leben verdient. Ich kann ihr Glück jetzt nicht ruinieren.«

»Ich bin kein Vampir oder Werwolf, und ich bin nicht dein Feind. Ich bin bloß eine Frau, die dich unwiderstehlich findet. Womit sollte ich dich zerstören?« Ich lachte, obwohl ich sah, dass er die Stuhllehne so fest umklammert hielt, dass seine Knöchel weiß wurden.

»Wenn es Vampire gäbe, wärst du auf jeden Fall einer. Deine Anziehungskraft ist lähmend.« Er begann, sich näher zu mir zu beugen, als erneut das Telefon klingelte. Er schreckte zurück und ging in sein Büro.

Wieder kam uns das Telefon ins Gehege.

»Rebekka«, rief er. »Es ist für dich.«

Ich ging zu ihm, und er reichte mir den Hörer.

»Hallo«, sagte ich.

»Ich kann dich unmöglich abholen. Der Notstand ist ausgerufen worden. Sämtliche Straßen sind gesperrt.«

»Ist nicht schlimm, Leah.« Ich schüttelte den Kopf. »Ist doch klar, dass du unter diesen Bedingungen nicht herkommen kannst.« Ich zuckte mit den Achseln. »Kann man nichts machen.«

»Tut mir leid«, sagte Leah. Innerlich führte ich einen kleinen Freudentanz auf.

»Schon gut. Ich verstehe das, ehrlich. Ich würde gar nicht wollen, dass du bei dem Wetter Auto fährst. Ich kann hier bestimmt übernachten.«

Amir erstarrte wie das Kaninchen vor der Schlange.

Ich legte auf. »Ich muss hier übernachten.« Ich konnte förmlich sehen, wie ihm das Blut aus dem Gesicht wich. »Die Straßen sind unpassierbar. Was hast du denn?«, fragte ich. »Das ist höhere Gewalt. Wieso bist du so blass?«

Seine Augen huschten hin und her, wie die eines gefangenen Tiers.

Das Essen war zu Ende. Nachdem wir gemeinsam die Küche aufgeräumt hatten, gingen wir in sein Büro. In der Küche war es warm gewesen, doch hier begann ich zu frösteln. Ich hoffte, dass er seine Arme um mich legen würde, um mich zu wärmen, doch stattdessen blieb er auf Abstand, reichte mir eine Decke und nahm sich selbst auch eine.

»Setz dich.« Er zeigte auf ein Sofa, während er auf dem anderen Platz nahm.

»Kommen wir zurück zu deinen Fehlern«, sagte er.

Ich lachte. »Tja, meine Freunde sagen, ich gebe nie auf.«

Er lehnte sich von mir weg. »Was genau meinen sie damit?«

»Wenn ich mir etwas in den Kopf setze, verfolge ich es, bis ich es erreicht habe.« Ich lächelte ihn an, aber er lächelte nicht zurück.

»Hast du es auf mich abgesehen?« Seine Gesichtsmuskeln spannten sich an.

»Ich bin sehr von dir angetan.«

Er hätte auf seinem Sofa beim besten Willen keinen größeren Abstand mehr zu mir herstellen können. »Anscheinend läuft das Ganze auf einen Machtkampf hinaus. Und du kämpfst nicht mit fairen Mitteln.«

»Was genau findest du denn an mir so anziehend?«, fragte ich.

»Du hast mich auf den ersten Blick verzaubert«, gab er zu. »Das heißt, bevor ich den Verdacht hatte, du wärst beim Mossad.«

Sein Geständnis ließ mein Herz frohlocken.

»So schnell?«, fragte ich. »Warum?«

»Es war ein gewisses Gefühl. Es ist nicht wissenschaftlich bewiesen, aber ich hab keine andere Theorie.«

»Das musst du mir näher erklären«, sagte ich und beugte mich vor.

Er blickte einen Moment zu Boden. »Ich habe gedacht, ich hätte dich schon mal irgendwo gesehen und würde mich an dich erinnern, obwohl ich wusste, dass das nicht sein konnte.«

»Warum nicht?« Ich studierte seine dunklen Augen, während ich gespannt wartete. Ich biss mir auf die Lippe.

»Weil ich dich, wenn ich dich schon mal gesehen hätte, niemals vergessen hätte. Du bist keine Frau, die in der Menge untergeht. Wenn du im Raum bist, selbst wenn noch so viele Leute da sind, sehe ich immer nur dich.« Seine Worte machten mich atemlos. »Du bist einfach unvergesslich.«

Ich strich mir über den Halsansatz und sah ihn an. »Irgendwelche anderen Theorien?« Ich konnte gar nicht fassen, wie angenehm der Abend geworden war.

»Na ja, du weißt schon, die, in der du eine Mossad-Agentin bist, die mich verführen und dann vernichten soll, falls ich schwach werde.« Ihm musste längst klar sein, wie irrational sich das anhörte, aber ich erinnerte mich noch gut an seine panische Flucht aus meinem Elternhaus, als er mich Arabisch sprechen hörte und herausfand, dass mein Vater Israeli war. Er hatte eine völlig neuartige Solarbatterie erfunden, aber die Anziehung zwischen uns konnte er nicht erklären. Er sah mich an. »Diese Theorie habe ich natürlich verworfen.«

»Und welche Begründung scheint dir jetzt einleuchtend?«

Er blickte zum Fenster hinaus. Tiefer Schnee bedeckte die menschenleere Straße. »Dass es eine Kombination verschiedener Faktoren ist. Zunächst ist da die optische Attraktivität. Deine stolze Körperhaltung. Deine Art zu reden, als du fragtest, wo ich herkomme, das Gefühl deiner warmen Hand, als wir uns begrüßten.« Er atmete geräuschvoll aus. »Und dann bist du mir so nahe gekommen, dass deine Pheromone mich erreichen konnten.«

Ich nickte.

»Außerdem ist da noch der Bereich der Gedanken. Sie sind magnetisch, und sie haben eine bestimmte Frequenz. Denk an einen Funksender. Wir haben dieselbe Wellenlänge.«

Ich überlegte, ob ich ihm meine Theorie verraten sollte. Die kam mir inzwischen gar nicht mehr so peinlich vor. »Ich habe auch eine Theorie, und die klingt noch abwegiger.«

»Ich höre«, sagte er. Jetzt beugte er sich vor, und ich fürchtete, er hoffte auf ein Gegenmittel – eine Möglichkeit, seine Gefühle für mich abzustellen.

»Wir waren in einem früheren Leben wahnsinnig ineinander verliebt und haben uns jetzt wiedergefunden.« Ich wusste, auch das klang irrational, aber so fühlte es sich für mich an.

»Vorausgesetzt, dem wäre wirklich so«, sagte er. »In diesem Leben sind wir auf den feindlichen Seiten eines Konfliktes geboren worden, wie Romeo und Julia. Wenn du meine große Liebe wärst und ich dich endlich gefunden hätte, stell dir vor, in was für einem Dilemma ich mich dann befände.« Wieder schaute er aus dem Fenster. Ich konnte nur ahnen, was für ein innerer Sturm in ihm tobte. »Ich will dir nicht weh tun müssen.«

»Ich hab dir gerade alle meine Fehler aufgezählt, und es hat nichts geändert. Vielleicht solltest du mir von den Dingen erzählen, von denen du glaubst, dass sie mich abschrecken würden.«

»Ich will dich dieser brutalen Welt nicht aussetzen, und ich will die Erinnerungen nicht wieder durchleben.« Er starrte weiter aus dem Fenster.

Ich räusperte mich. »Ich war dieser Welt schon ausgesetzt. Du musst mich nicht davor schützen, Amir. Ich kenne sie längst.« Dann erzählte ich ihm von Marwan und meinem letzten Besuch bei ihm.

Dorf Abu el Hin
30. Juni 1994

Ich bog von der asphaltierten Überlandstraße auf den Feldweg, der zu Marwans Dorf führte. Jedes Mal, wenn ich es sah, machte es mich traurig, obwohl ich seit zweieinhalb Jahren jedes Wochenende herkam. Innerhalb weniger Minuten reiste ich von der Ersten Welt in die Dritte Welt, und das in ein und demselben Land. Ich verlangsamte auf Schritttempo und manövrierte dann vorsichtig um die Schlaglöcher herum, genau wie damals, als ich Hend nach Hause gebracht hatte. Überall waren Männer, Frauen und Kinder in den schmalen Gassen unterwegs.

»Hallo, Rebekka«, riefen mir die Leute zu, als ich an den eng zusammengedrängten Lehmziegelhütten vorbeirollte. Sie winkten mir, und ich winkte zurück. Alle kannten mich durch meine wöchentlichen Besuche bei Marwan. Es schien, als würde sich das ganze Dorf um ihn kümmern.

Ich sah das heruntergekommene Schulhaus, in dessen acht Klassenräumen Hunderte Dorfkinder unterrichtet wurden. Kinder jeden Alters liefen auf dem kleinen Sandplatz neben dem baufälligen Gebäude herum und spielten Fußball. Sie zahlten dieselben Steuern wie die jüdischen Israelis, die ein Stück die Straße hoch in neuen Wohnanlagen lebten, aber sie erhielten praktisch keine staatlichen Leistungen.

Vor dem kleinen Lehmhaus von Marwans Eltern parkte ich

den Van, den ich mir von den zwanzigtausend Dollar gekauft hatte, die mir mein Vater zum Examen geschenkt hatte, damit ich den Sommer über mit meinen Freundinnen erster Klasse durch Europa reisen konnte. Ich wollte den Wagen Marwans Familie überlassen, wenn ich abreiste. Es war mir egal, wie wütend mein Vater sein würde, wenn er erfuhr, was ich gemacht hatte. Er war überzeugt, wenn ich Marwan Geld gab, würden damit nur Terroranschläge finanziert, und dass ich entführt werden könnte, wenn sie erfuhren, dass ich aus wohlhabendem Hause kam. Trotz aller Bemühungen war es mir nicht gelungen, meinen Vater zu einer anderen Einstellung zu bewegen. Aber ich konnte nicht mehr so leichtfertig mit Geld umgehen, nachdem ich tagtäglich die Lebensbedingungen dieser Menschen gesehen hatte. Sollte er sich ruhig aufregen. Der Zorn meines Vaters war ein vergleichsweise geringer Preis, den ich gern bezahlen würde, um Marwan und seiner Familie zu helfen.

Die Haustür öffnete sich, und Marwans Eltern kamen heraus. Seine Mutter trug das zerschlissene schwarze Gewand mit weißem Kopftuch, in dem ich sie schon zahllose Male gesehen hatte. Sein Vater trug die traditionelle Kleidung palästinensischer Männer: weiße Kufiya mit schwarzem Saum und ein weißes Gewand, genannt Thawb, das ihm bis zu den Knöcheln reichte.

»Rebekka, *habibti*, willkommen«, begrüßte mich die Mutter mit zittriger Stimme. »Marwan wartet schon auf dich.« Sie küsste mich auf beide Wangen und zog mich in eine Umarmung.

Sein Vater tat es ihr gleich. Sie behandelten mich wie ihre eigene Tochter.

Mir wurde schwer ums Herz, als ich die Rampe ausklappte und den neuen Rollstuhl, den ich gekauft hatte, herunterschob. Ich wollte mit Marwan zu einem ganz besonderen Ort fahren, bevor ich in die USA zurückkehrte. Ich kämpfte mit den Tränen. *Ich bin schuld, dass sein Leben zerstört ist, und jetzt lasse ich ihn im Stich. Reiß dich zusammen. Es soll doch ein besonderer Tag für ihn werden.* Das war das Mindeste, was ich tun konnte. Zusammen mit Marwans Eltern hatte ich alles genau geplant. Wir würden ihn in den Rollstuhl setzen und zur al-Aqsa-Moschee fahren.

»Der ist großartig«, sagte seine Mutter, nachdem sie den Rollstuhl in Augenschein genommen hatte. In ihrer Stimme schwang die Traurigkeit mit, die sie nicht kaschieren konnte, wie sehr sie sich auch bemühte.

Ich schob den Rollstuhl auf die Erde, wo er prompt steckenblieb. Das Haus war nur sechs Meter entfernt. Marwan würde es nie schaffen, im Rollstuhl allein das Haus zu verlassen.

Marwans Matratze lag auf dem Boden in dem einzigen beengten Raum, den sich die Familie teilen musste.

»Überraschung«, sagte ich bemüht fröhlich und deutete auf den Rollstuhl.

»Der ist super«, sagte er, ebenfalls mit leicht bemüht freudiger Stimme. »Danke.«

Marwans Mutter klemmte seine Magensonde ab. Sie nahm seine rechte Schulter und sein Vater die linke. Ich hob die Beine an.

»Vorsichtig«, sagte Marwans Mutter. »Seine Druckgeschwüre sind sehr schlimm.«

Gemeinsam setzten wir Marwan behutsam in den Rollstuhl, wobei seine Mutter und ich darauf achteten, dass der Blasenkatheter und der Schlauch in seinem Hals nicht herausrutschten. Sobald Marwan im Rollstuhl saß, sicherten wir ihn mit Gurten. Ich biss mir auf die Lippe, um mir meinen Kummer nicht anmerken zu lassen.

»Das wusste ich nicht«, sagte Amir leise mit sanfter Stimme. »Was für ein Albtraum. Warum bist du eigentlich damals nach Israel gegangen?«

»Meine Eltern meinten, es wäre gut für meine jüdische Erziehung, und ich dachte, es wäre ein großer Spaß. Glaub mir, es war alles andere als ein Spaß. Ich hab den Höhepunkt der Intifada erlebt, und ich hab sehr schnell eine Realität wahrgenommen, die ich niemals erwartet hätte. Ich hab mit angesehen, wie israelische Soldaten einem palästinensischen Jugendlichen mit einem Stein den Arm zertrümmert haben.« Ich sah Amir in die Augen. »Verstehst du, ich begreife, was dir zugestoßen ist. Ich kenne nicht alle Einzelheiten deiner Geschichte, aber ich verstehe dein Leben besser, als du glaubst.«

Ich stand vom Sofa auf und ging langsam auf ihn zu. Ich zögerte kurz, dann setzte ich mich neben ihn und legte einen Arm um ihn.

»Seit ich dir begegnet bin, habe ich diesen Wunsch, dich in die Arme zu nehmen und den Schmerz zu lindern, den du erlitten hast«, sagte ich.

Sein Arm umfasste meine Taille, und ich legte den Kopf an seine Brust. Ich nahm seine Hand und verschränkte unsere Finger.

»Ist das in Ordnung?«, fragte ich.

Er räusperte sich. »Rebekka, ich hab's dir doch schon gesagt. Ich hätte dich heute Abend nicht herkommen lassen sollen. Offensichtlich habe ich meine Selbstbeherrschung überschätzt«, sagte er, während ich mich an ihn schmiegte. Er atmete tief durch. »Aber leider kann ich einfach nicht auf Abstand zu dir bleiben.«

»Ich kann nicht behaupten, dass mich das wahnsinnig stört«, sagte ich und grinste von einem Ohr zum anderen.

Er nahm seine Hand von meinem Rücken. »Zwischen uns

kann es immer bloß eine rein platonische Freundschaft geben. Täusch dich da nicht. Wer hätte je gedacht, dass mir nicht Raketen, Kugeln oder Bomben zum Verhängnis werden würden, sondern eine schöne, liebenswerte Jüdin?«

»Ich weiß nicht, ob es mich froh oder traurig macht, dass du mich unwiderstehlich findest und gefährlicher als eine Bombe.« Ich hob die Augenbrauen. »Warten wir einfach ab, wohin die Reise geht«, sagte ich. »Das hier genügt, vorerst.«

Wir schliefen aneinandergeschmiegt ein und blieben bis zum Morgen so, als ich ein Auto hupen hörte.

»Mist«, sagte ich, als ich aus dem Fenster schaute. Meine Eltern hatten mir einen BMW kaufen wollen, den ich aber nicht hatte fahren wollen, weil ich wusste, wie viel Gutes mit dem Geld, das dieses Auto gekostet hätte, in Marwans Dorf getan werden könnte. Als ich ihnen sagte, ich wollte lieber ein billigeres Auto haben, waren sie strikt dagegen, und bislang hatten wir uns nicht einigen können. Somit war ich darauf angewiesen, entweder Bus zu fahren oder mich von Freunden mitnehmen zu lassen. Jetzt wünschte ich zum ersten Mal, ich hätte den BMW einfach angenommen. »Das ist meine Cousine Leah. Ich muss los.«

33

Vereinigte Staaten
21. Dezember 1994

REBEKKA

Amir und ich wagten uns auf den zugefrorenen *Frog Pond*, einen kleinen Teich in der Mitte des von hohen Gebäuden umringten Bostoner Stadtparks mit seinen kahlen Laubbäumen, die mit weißen Lichterketten geschmückt waren.

Gelächter, der Duft von Röstkastanien und fröhliche Popsongs erfüllten die Luft. Eine Frau in einem weißen Mantel mit Pelzmütze lief mit einem lächelnden Mann in einer Skiweste Hand in Hand. Ein kleines Mädchen versuchte, einen Jungen in Hockeymontur einzuholen. Eine Eisläuferin drehte mitten auf dem Teich eine Pirouette. Ein Mädchen in einem rosa Skianzug glitt an den Händen seiner Eltern dahin. Zwei offensichtliche Anfänger blieben nahe am Rand und bewegten sich mit äußerster Vorsicht. Eine Gruppe Teenager zog lachend vorbei. Es schneite leicht. Amir war ein bisschen wackelig auf den Beinen, deshalb streckte ich ihm meine Hand hin, und er nahm sie. Ein köstliches Gefühl durchfuhr meinen Körper.

»Ich halte dich«, beruhigte ich ihn. »Keine Bange.«

»Du lenkst mich ab, Rebekka«, beschwerte er sich.

»Du musst einfach gleiten.« Ich unterdrückte ein Schmunzeln. »So wie ich«, sagte ich und stieß mich ab. Er ahmte meine Bewegungen nach, und schließlich fuhren wir langsam dahin,

Hand in Hand. Dann drehte ich mich um und lief rückwärts. Der Song »Endless Love« schallte aus den Lautsprechern, und ich sang mit, hatte das Gefühl, Amir und ich wären ganz allein auf der Eisfläche. Allmählich bekam Amir den Dreh raus und bewegte sich sicherer. Ich hielt weiter seine Hand, während wir schneller wurden und gemeinsam über das Eis schwebten.

»Und jetzt musst du unbedingt das traditionelle perfekte Après-Schlittschuh-Getränk probieren«, sagte ich, als wir einige Zeit später vom Eis gingen, und zog ihn rüber zu dem Café, wo es heiße Schokolade mit Marshmallows gab.

Der Dampf umhüllte unsere Gesichter, als wir die süße, warme Schokolade tranken und Seite an Seite auf einer Bank die Aussicht auf den Park genossen. Ein verliebtes Pärchen schlenderte Arm in Arm vorbei. Auf dem Eis waren wir ebenso unbeschwert und glücklich gewesen, doch mir fiel auf, dass Amir jetzt nicht mehr lächelte. Anstatt sich zu mir zu beugen, lehnte er sich zurück, von mir weg. Wie konnte ich ihm begreiflich machen, dass ich ihm niemals weh tun würde? Dass ich mich bei ihm sicher, verstanden und gebraucht fühlte? Dass er, als er mich in seinem Büro geküsst hatte, jede Faser meines Körpers und Herzens erregt hatte?

»Komm«, sagte ich schließlich. »Ich hab Hunger. In der Nähe gibt's ein tolles Fischrestaurant.«

»Bestimmt ist das Essen nicht so gut wie dein Essen letzten Freitag«, sagte er.

Das Restaurant Sea Salt hatte dunkle Wände und Sitzecken. In der Mitte des dämmrigen Raumes spielte ein Pianist. Die Kellner trugen weiße Hemden mit schwarzen Fliegen und Westen und servierten Hummer, Muscheln, Austern, Garnelen und andere Meeresfrüchte.

»Wir hätten gern einen Tisch für zwei Personen«, sagte ich zu der Empfangsdame.

»Bitte hier entlang«, sagte sie und führte uns zwischen Tischen hindurch, die von Kerzenschein erhellt wurden. An einem saß ein Pärchen nah beieinander auf derselben Seite des Tisches, ins Gespräch vertieft. An einem anderen stieß ein Paar gerade miteinander an. Als der Pianist »Take my breath away« spielte und sang, gingen einige Leute auf die Tanzfläche. Wir bekamen einen Ecktisch und setzten uns nebeneinander.

»Darf ich Ihnen einen Aperitif bringen?«, fragte die Kellnerin.

»Bitte nur Wasser«, sagte ich, und Amir lächelte.

»Den nächsten Song, ›I will always love you‹, hat sich Ken für Ann gewünscht«, erklärte der Klavierspieler, und die Kellnerin ließ uns allein.

»Was hältst du von Austern und Hummer?«, fragte Amir.

»Ich esse keine Schalentiere«, sagte ich. »Die sind nicht koscher.«

»Tut mir leid, das wusste ich nicht«, sagte er. »Hier gibt's Lachs nach Art des Hauses. Ist der koscher?«

»Den nehm ich«, sagte ich. »Lachs esse ich für mein Leben gern.«

Ein freundlicher Kellner trat an unseren Tisch. Amir bestellte für uns beide den Lachs.

»Sie sind ein Glückspilz«, sagte der Kellner zu Amir.

Amir nickte, und mir stieg das Blut in die Wangen. Als der Kellner an dem Klavierspieler vorbeikam, sah ich, dass er ihm etwas zuflüsterte.

»Der nächste Song ist für die Lady in Rot an dem Tisch dort drüben.« Der Sänger deutete auf mich und begann, »Lady in Red« zu spielen.

Ich merkte, dass alle zu uns herüberschauten.

»Darf ich um diesen Tanz bitten?«, fragte Amir und streckte die Hand aus. Ihm blieb kaum eine andere Wahl, da anscheinend alle darauf warteten, dass er mich aufforderte, zu dem Song zu tanzen, den der Kellner für uns bestellt hatte.

Ich legte meine Hand in seine. Funken flogen. *Du kannst diesen Tanz haben und jeden weiteren bis ans Ende deines Lebens.* Wir gingen auf die Tanzfläche, die von einer Fensterfront mit Blick auf den Charles River gesäumt wurde, und begannen, uns zur Musik zu wiegen. Das Einzige, was ich wahrnahm, war der fabelhafte große, dunkle Mann, der mich in seinen Armen hielt.

»Es ist einfach wunderbar, mit dir zu tanzen.« Ich legte den Kopf an seine rechte Schulter, drückte die Wange an seinen Hals, und er wich nicht zurück. Der Sänger sang, dass er noch nie ein solches Gefühl vollkommener Liebe empfunden hatte, und in meinem Herzen wusste ich, dass Amir und ich eines Tages genau das füreinander empfinden würden.

TEIL 8

34

Vereinigte Staaten
28. August 1995

AMIR

»George!« Ich beugte mich auf dem Sofa in seinem Wohnzimmer ganz nah zu ihm vor, damit ich ihm in die Augen sehen und das Thema ein für alle Mal abhaken konnte. »Rebekka ist nicht beim Mossad.«

»Ach so, du hast sie also gefragt, und sie hat es abgestritten?«, konterte George hämisch, und ich musste mir in Erinnerung rufen, dass auch er wegen der Israelis einen ungeheuer schmerzhaften Verlust erlitten hatte. Noch immer konnte ich seine gequälte Stimme hören, als er nach dem Massaker in den Camps Dalals entstellten Körper gefunden hatte. Auch in ihm war an jenem Tag etwas gestorben, genau wie in uns allen.

Vielleicht war er ja für Fakten aufgeschlossen. »Du warst doch dabei, als Tariq diesen Salah angerufen hat. Und der hat bestätigt, dass er sie vom Studium in Jerusalem her kennt. Sie ist nicht beim Mossad.«

George verzog den Mund. »Sie ist und bleibt eine Jüdin. Warum machst du nicht endlich Schluss mit ihr?«

»Ich wollte mit dir reden, weil ich jemanden brauche, der mir zuhört und mich nicht verurteilt«, sagte ich. »Schließlich werden mich noch genug Leute verurteilen, vor allem meine Eltern.«

Er trommelte mit den Fingern auf dem Tisch, dann sah er zu

mir hoch. »Du weißt genau, wie du mir ein schlechtes Gewissen machen kannst, was?« George hob kapitulierend die Hände. »Okay, ich versuche, dir jetzt unvoreingenommen zuzuhören. Dein Urteilsvermögen war immer ausgezeichnet, Amir, und ich werde mir Mühe geben, mich darauf zu verlassen.« George lächelte.

»Danke.« *Ein erster Schritt.* »Das bedeutet mit sehr viel. Und ich brauche deine Hilfe. Ich möchte wirklich deine Meinung zu Rebekka und mir hören.«

»Ich bin ganz Ohr.« Er lehnte sich zurück, die Arme locker vor der Brust verschränkt.

Ich holte tief Luft. »Sie könnte die Richtige sein«, platzte ich heraus. »Die Frau, die ich lieben könnte.« Sobald ich die Worte ausgesprochen hatte, wusste ich, dass sie der Wahrheit entsprachen.

Seine Augen verengten sich. »Obwohl du weißt, dass ihr Vater Israeli ist?«

»Ich hab ihm schon mein Patent verkauft, wir haben also bereits geschäftlich miteinander zu tun.«

»Du hattest ja auch keine andere Wahl. Aber das Geschäftliche ist was völlig anderes, oder?« George spielte auf meinen gescheiterten Versuch an, mein Patent an arabische Investoren zu verkaufen.

Wenige Monate zuvor hätte George mir dieses Argument vorwurfsvoll entgegengeschleudert, jetzt wollte er wenigstens wissen, wie ich darauf reagieren würde. Ich selbst hatte mich mit dieser Frage herumgeschlagen, seit Rebekka und ich begonnen hatten, regelmäßig miteinander auszugehen. Immer wenn ich mit ihr Zeit verbrachte, war ich mir ihrer Schönheit und Anziehungskraft bewusst, aber nicht nur das: Mir war, als könnte ich direkt in ihr Herz schauen, und ich entdeckte darin nichts als Güte, Großherzigkeit und Sanftmut.

»Nein, es ist nichts Geschäftliches«, räumte ich bedächtig ein, »aber ich kann nicht anders – ich begehre sie.«

»Amir, du bist mein bester Freund. Egal, wie du dich entscheidest, ich werde dich unterstützen. Aber ich kann Dalal nicht vergessen und auch nicht ihre Mörder.« Seine Unterlippe bebte.

»Bitte streu kein Salz in alte Wunden.« Schon allein den Namen meiner Schwester zu hören war wie ein Stich ins Herz. »Ich brauche deine Hilfe. Ich kann selbst tausend Gründe aufzählen, warum Rebekka und ich nicht zusammen sein können. Da brauch ich nicht auch noch deine Liste.«

Er goss uns beiden noch einen Kaffee ein. »Ich sag ja bloß –«

»Ich denke an meine Eltern und an meinen Bruder Tamir. Das ist mehr als genug, George, auch ohne dass du mit auf der Liste stehst.«

»Tut mir leid«, sagte er, aber die Art, wie er es sagte, verriet mir, dass es ihm kein bisschen leidtat. »Ich verstehe, dass das schwierig für dich ist. Aber was siehst du in ihr?«

»Bei ihr fühle ich mich anders. Wenn ich mit ihr zusammen bin, ist es so, als würde das Leben ein fröhliches Lied für uns beide summen. Ich habe einfach ganz besondere Gefühle für sie.«

George senkte den Kopf und vergrub das Gesicht in den Händen. »Genau so habe ich mal versucht, meine Gefühle für deine Schwester zu beschreiben«, sagte er.

Wie konnte ich nur so unsensibel sein?, warf ich mir vor. Ich legte eine Hand auf seinen Arm. »Es tut mir so leid, George«, sagte ich. »Ich weiß, wie sehr du meine Schwester geliebt hast. Ich wollte dir nicht weh tun.«

»Ich weiß ... ich weiß. Also, wenn du für Rebekka genauso empfindest, wie ich für Dalal empfunden habe, wieso zweifelst du dann noch?« Sein Ton war jetzt sanfter.

»Abgesehen davon, dass sie Jüdin ist und ich Palästinenser bin, kommen wir auch noch aus völlig unterschiedlichen Welten.« Ich stieß einen tiefen Seufzer aus. »Sie hat hier in Cambridge ein privilegiertes Leben geführt. Sie reist erster Klasse durch die Welt und wohnt in Fünf-Sterne-Hotels. Ich dagegen verstehe unter Urlaub einen Tag, an dem ich nicht arbeite.«

»Hörst du dir eigentlich selber mal zu, Amir? Du bist ein berühmter Erfinder. Du bist promoviert. Du hast gerade dein Patent verkauft und etliche Millionen Dollar verdient.«

Ich schüttelte den Kopf. George war das Kind reicher Eltern. Er wusste nicht, wie es war, in einem Flüchtlingscamp aufzuwachsen. »Es geht nicht um Geld oder Reichtum. Es geht um die prägenden Erfahrungen, die meinen und Rebekkas Charakter geformt haben. Können wir da wirklich zueinanderpassen?«

George zuckte die Achseln. »Es gibt nur eine Möglichkeit, das herauszufinden.«

»Ich will nicht verletzt werden. Und ich will sie nicht verletzen.«

»Es ist besser, zu lieben und diese Liebe zu verlieren, als niemals zu lieben.« George wusste das nur allzu gut.

Das schätzte ich an George. Obwohl Rebekka nicht die Wahl war, die er selbst getroffen hätte, konnte er verstehen, wie sehr ich sie wollte und wie sehr ich seine Unterstützung brauchte. Und er war bereit, sie mir zu geben. Jetzt tat es mir leid, dass ich sein Interesse an meiner Schwester so kritisch gesehen hatte. Er war ein besserer Freund, als ich es gewesen war.

Ich wählte die Nummer des einzigen Telefons im Camp. Es stand im UN-Büro, das für die Verwaltung des Schulsystems zuständig war und den palästinensischen Flüchtlingen soziale Dienste zur Verfügung stellte. Zum Glück war einer der Mitarbeiter ein guter Freund von Tamir, und er hatte mir erlaubt, einmal im Monat anzurufen, um mit meinen Eltern zu sprechen. Ich hatte schon vor zwei Wochen angerufen, aber ich konnte nicht länger warten.

In den letzten Monaten waren Rebekka und ich uns sehr nahegekommen. Mein Tag fühlte sich unvollständig an, wenn ich sie nicht sah, und ich verbrachte eine trübselige Nacht, wenn ich nicht ihre Stimme hörte. Ich war mir inzwischen sicher, dass ich für den Rest meines Lebens mit ihr zusammen sein wollte. Aber mir graute noch immer davor, wie meine Eltern reagieren würden, wenn sie erfuhren, dass Rebekka Jüdin war. Ihr Segen für unsere Ehe war mir unendlich wichtig, und solange sie mir den nicht gegeben hatten, konnte ich Rebekka keinen Heiratsantrag machen. Ich konnte mir mein Leben ohne meine Eltern ebenso wenig vorstellen wie ohne Rebekka.

Aber meine Eltern und ich lebten inzwischen in völlig unterschiedlichen Welten. Obwohl ich jetzt die Mittel hatte, ihnen ein schönes Haus zu kaufen, zogen sie das Leben im Camp vor. Als Flüchtlinge im Exil blieben sie lieber bei ihrem Volk. Die Gemeinschaft im Camp war für sie ein Ausdruck ihrer Identität als Palästinenser geworden, und sie sagten, sie würden sich wie Außenseiter fühlen, wenn sie woanders leben würden.

»Wenn wir das Camp verlassen, löst du nur das Problem einer einzigen Familie, mein Sohn. Aber was ist mit all unseren Leidensgenossen?«, hatte Baba gefragt.

Sie wären nur bereit gewesen, nach Palästina zu ziehen. Mein Großvater war in dieser Frage genauso unnachgiebig. »Wenn ich aus diesem kleinen Raum ausziehe«, sagte er, »dann nur, um zurück nach Jaffa zu gehen oder ins Grab zu wandern.« Tamir und ich wünschten uns nichts sehnlicher, als seine Rückkehr nach Jaffa Wirklichkeit werden zu lassen. Tamir arbeitete jetzt in Gaza für den Alten und versuchte, unserem Großvater bei der Palästinensischen Autonomiebehörde einen Pass zu besorgen, damit er Jaffa vor seinem Tod noch einmal besuchen konnte.

Ich war schon mindestens fünfzigmal in meinem Wohnzimmer auf und ab getigert. Etwa alle zwanzig Sekunden sah ich auf die Uhr. Die vereinbarte Zeit für den Anruf war acht Uhr morgens bei mir und drei Uhr nachmittags im Camp. Der Minutenzeiger meiner Uhr schien sich quälend langsam zu bewegen. Es kam mir vor, als wäre es vor einer Stunde halb acht gewesen, dabei waren erst fünfzehn Minuten vergangen.

Zuvor hatte ich mir eine Schale Müsli und Kaffee gemacht, aber von dem Müsli hatte ich kaum etwas heruntergekommen und von dem Kaffee nur ein paar Schluck. Punkt acht Uhr wählte ich mit zittrigen Fingern die Nummer.

»Hallo? Amir?«, meldete sich meine Mutter. Ich konnte die Besorgnis in ihrer Stimme hören.

»Hallo, Mama.« Ich versuchte, die Nervosität in meiner zu kaschieren.

»*Habibi*, Schatz, was ist denn los? Wir haben doch erst vor zwei Wochen telefoniert.« Ich wusste nicht, ob Mutter instinktiv etwas ahnte oder ob sie sich einfach nur wunderte, weil ich zwei Wochen früher als gewöhnlich anrief.

»Alles in Ordnung, Mama, mir geht's gut.« Ich schwieg kurz, überlegte, wie ich am besten vorgehen sollte. »Ist Baba bei dir?«

»Ja, er ist hier. Aber, *habibi*, was hast du denn? Du klingst ganz anders als sonst.«

»Ich hab euch etwas Wichtiges zu sagen, Mama«, antwortete ich und nahm eine kerzengerade selbstbewusste Haltung an, als würde ich ihnen gegenüberstehen.

»Was denn, *habibi*?« Ich hörte jetzt Angst in ihrer Stimme.

»Mama ... ich habe die Frau gefunden, die ich heiraten möchte«, brachte ich schließlich heraus. Am anderen Ende wurde es totenstill. »Mama?«, sagte ich lauter als beabsichtigt.

»Amir, lass uns darüber reden, wenn du uns das nächste Mal besuchen kommst.« Sie klang plötzlich streng, und mir war augenblicklich klar, warum: Sie würde nicht dulden, dass ich eine Frau heiratete, bei deren Auswahl sie kein Wörtchen hatte mitreden können.

»Sie ist hier in Amerika, Mama.« Ich ließ mich in meinen Sessel fallen und blickte durch die Fensterfront auf die Lichter der Stadt.

»Vielleicht solltest du mit deinem Vater sprechen«, sagte Mama, in deren Stimme jetzt Traurigkeit mitschwang.

Ich hörte, wie sie Baba erklärte, was ich gesagt hatte, ehe sie ihm den Hörer reichte.

»Amir.« Babas Stimme klang nachdrücklich. »Wir haben dich nach Amerika geschickt, damit du studierst und deinen Doktor machst, nicht, damit du eine Amerikanerin heiratest.«

Dass sie Amerikanerin ist, ist noch das geringste Problem, Baba.

»Baba ...«, sagte ich. »Ich liebe diese Frau. So wie du Mama liebst.«

Er schnappte laut nach Luft, dann trat für einige lange Sekunden Stille ein.

»Wer ist sie? Wo hast du sie kennengelernt? An deiner Universität?«

Ich stieß einen leisen Seufzer der Erleichterung aus. Vielleicht hatte ich sie mit meiner Ankündigung einfach zu sehr überrumpelt, und jetzt, wo sie einen Moment Zeit gehabt hatten, um die Neuigkeit zu verdauen, würden sie verständiger reagieren. Zumindest hoffte ich das.

»Ich kenne sie schon eine ganze Weile.« Sie sollten nicht glauben, dass ich mich Hals über Kopf entschieden hatte. »Sie ist die Tochter des Mannes, dem ich mein Patent verkauft habe«, sagte ich in der Hoffnung, das würde Rebekka in ihren Augen wichtiger erscheinen lassen.

»Wir wollen dich nicht verlieren, Amir, bitte versteh doch«, flehte Baba. »Manar und Dalal haben wir für immer verloren. Tamir ist schon so lange fort, und wir hören kaum mal was von ihm.« Er schwieg kurz. »Du bist unser einziges Kind, unsere einzige Hoffnung.«

Ich stand auf und begann wieder, hin und her zu laufen, riss beinahe die extralange Telefonschnur aus der Wand.

»Ihr werdet mich nicht verlieren, Baba. Versprochen.« Aber ich konnte mir nicht vorstellen, mit Rebekka in dem Camp zu leben, in dem ich aufgewachsen war. Ich wollte etwas Besseres für sie, für unsere Kinder. *Wie soll ich das bloß hinbekommen, ohne Mama das Herz zu brechen?* »Rebekka ist sehr kultiviert und intelligent. Sie setzt sich für uns Palästinenser ein.« Ich blieb vor dem Fenster stehen und starrte auf die Lichter von Cambridge. Meine Eltern hatten in ihrem Camp nicht mal elektrisches Licht. Wenn es dunkel wurde, hatten sie zwar die Lampe und den Generator, die ich ihnen gekauft hatte, doch der Rest des Camps und ein Großteil ihres Lebens blieben dunkel. *Ihnen ist so viel entgangen.* Sie hatten gewollt, dass ich in Amerika ein besseres Leben fand, aber jetzt, da ich es gefunden hatte, jetzt, da ich mich für eine Zukunft voller Hoffnung und Glück entschieden hatte, fühlte ich mich deswegen schuldig.

»Woher kennt sie unsere Kultur?«, fragte Baba.

Jetzt kommt's. »Sie hat im besetzten Palästina gelebt.« Ich wollte den Schock abmildern, indem ich Israel als das besetzte Palästina bezeichnete.

»Wie – welche Religion hat sie?«, fragte er prompt.

Ich täuschte einen Hustenanfall vor, um Zeit zu schinden. »Sie ist – sie wurde geboren als …« Ich zermarterte mir das Gehirn, suchte den schonendsten Weg, es ihnen beizubringen. »Jüdin.« Ich brachte das Wort nur flüsternd heraus, so wie man das Wort »todkrank« oder etwas ähnlich Katastrophales flüstern würde.

»Was?«, schrie er.

Dann trat absolute Stille ein. Ich öffnete den Mund, um etwas zu sagen, und klappte ihn wieder zu. Was hätte ich noch sagen können?

»Dein Sohn will eine Jüdin heiraten«, hörte ich ihn toben. »Du solltest deine Mutter sehen.« Seine Stimme dröhnte durch die Leitung. »Du hast ihr das Herz gebrochen.«

»Warum, Baba?« Ich wischte mir mit dem Handrücken den Schweiß von der Stirn. »Lasst mich doch erklären – gebt mir und Rebekka eine Chance.«

»Hast du überhaupt eine Ahnung, was du uns damit antust, Amir?« Er schnalzte mit der Zunge. Ich wollte etwas einwerfen, aber er kam mir zuvor. »Mama will dich sprechen.«

»Amir ... nein ... *habibi* ... nein. Bitte tu das niiicht.« Mama weinte so heftig, dass ich sie kaum verstehen konnte.

»Mama, hör doch.« Meine Stimme klang schriller als normal. »Ich werde Rebekka heiraten. Ich weiß, du wirst sie mögen, wenn du ihr nur eine Chance gibst –«

»Nicht – mein – Amir«, schluchzte sie.

»Du bist nicht fair. Wann hast du je erlebt, dass ich eine schlechte Entscheidung getroffen habe? Bitte vertrau mir doch, dass ich eine gute Frau ausgewählt habe.«

»Nein, nicht mein Sohn, was hat sie mit dir gemacht? Du kannst nicht mein Sohn sein.«

»Mama, sei doch vernünftig.«

»Wir lieben dich, Amir. Bitte, *habibi*, tu das nicht.«

»Und wenn ich sie heirate, was dann?« Ich versuchte, ihnen keine andere Wahl zu lassen.

»Dann bist du nicht mehr mein Amir.« Sie schluchzte laut auf, dann machte es Klick, und die Verbindung war beendet.

Hat meine Mutter jetzt einfach aufgelegt? Ich bebte am ganzen Körper. *Nein, das ist unmöglich*, sagte ich mir. Bestimmt war die Verbindung unterbrochen worden. Unfähig abzuwarten, wählte ich die Nummer erneut und tigerte dann mit Hörer und Apparat in der Hand auf und ab. Es klingelte viermal. Mit jedem Klingeln wurde mir schwerer ums Herz.

»Hallo, hier spricht Yasser.«

»Yasser«, sagte ich. »Ich bin's noch mal, Amir. Ich habe gerade mit meinen Eltern geredet, aber wir wurden unterbrochen. Kannst du sie mir noch mal geben?«

»Tut mir leid, Amir, aber sie sind schon weg. Sie wirkten sehr aufgewühlt. Bei dir ist doch hoffentlich alles in Ordnung?« Er hustete.

»Ha.« Ich fühlte mich, als hätte mich jemand ausgeknockt. »Ja, ja, alles okay. Danke, Yasser. Ich ruf dann später noch mal an.« Mir zitterten die Beine, als könnten sie mich nicht länger tragen. Ich sank in meinen Sessel und schlug die Hände vors Gesicht. *Was war da gerade eben passiert?* Meine Eltern und ich hatten nie Streit gehabt. Ich war ihr Liebling, ihr Goldjunge, aber jetzt ...

Ich starrte aus dem Fenster meiner neuen Eigentumswohnung hinunter auf den Bürgersteig. Studenten hasteten Richtung Campus, während andere Hand in Hand im frühabendlichen Licht dahinbummelten. Mein Telefon klingelte, aber ich war nicht in der Stimmung, mit irgendwem zu reden. Seit dem Gespräch mit meinen Eltern am Morgen war ich nicht vor die Tür gegangen. Ständig stellte ich mir vor, wie ich allein, ohne Rebekka, den Bürgersteig da unten entlangging, was mein Leben ohne sie bedeuten würde. *Aber wie kann ich meinen Eltern das antun, wenn es sie dermaßen unglücklich macht? Wie kann ich ihnen noch mehr Schmerz zufügen, nachdem sie schon so viel erlitten haben?* Ich hatte gehofft, sie würden sich freuen oder zumindest akzeptieren, dass ich die Frau gefunden hatte, die ich heiraten wollte.

Lautes Klopfen an der Tür ließ mich zusammenfahren. Rebekka stand auf der anderen Seite des Türspions. Ich umfasste den Knauf, wollte schon aufmachen, doch dann hielt ich inne. Was sollte ich ihr sagen? *Meine Eltern lehnen dich ab, weil du Jüdin bist?* Sie klopfte erneut, noch lauter, rief meinen Namen.

Bitte geh doch, flehte ich lautlos.

Endlich hörte das Klopfen auf.

Allmählich wurde es dunkel im Zimmer, aber ich wollte kein Licht machen. Ich starrte zum Fenster hinaus auf die Stadt, doch eigentlich sah ich nur Bilder, die vor meinem geistigen Auge auftauchten: Manar und Dalal, die mich nach meinem Sieg im Nationalen Forschungswettbewerb stürmisch umarmten, Tamir, der meinen Namen schrie, Mama, die erst aß, wenn wir anderen satt geworden waren, und sich mit den Resten begnügte, Baba, der für einen Hungerlohn als Nachtwächter arbeitete und auf dem Flur schlief, um uns notdürftig ernähren zu können, Großvater Yussef, der mich immer wieder aufbaute, wenn mir bei der Arbeit an meiner Solarbatterie der Mut zu versagen drohte. *Wie kann ich auch nur einen von ihnen enttäuschen?* Rebekka würde meine verbotene Liebe bleiben müssen, die Frau, die ich mir immer gewünscht habe, aber nicht haben konnte.

Ich wusste nicht, ob ich auch nur eine Minute geschlafen hatte, als das erste Morgenlicht durchs Fenster fiel. Ich hatte einen bitteren Geschmack im Mund und war am ganzen Körper verspannt, weil ich mich nicht aus meinem Fernsehsessel bewegt hatte. Ich setzte mich auf, rieb mir mit beiden Händen durchs Gesicht, und als ich die Bartstoppeln an Kinn und Wangen spürte, überlegte ich kurz, duschen zu gehen. Aber für wen musste ich denn noch gepflegt aussehen? Ich sank ermattet wieder zurück.

Das Sonnenlicht wanderte durch den Raum, schien zuerst aufs Sofa, dann auf den Fernseher, den Kamin und schließlich meinen Sessel. Anstatt die Energie aufzubringen, mich woanders hinzusetzen, hob ich einfach einen Arm vor die Augen, bis die Strahlen weitergewandert waren. Das Telefon hatte mittlerweile so oft geklingelt, dass ich schon nicht mehr mitzählte. Und dann setzte das laute Hämmern an der Tür wieder ein, aber diesmal spähte ich noch nicht mal mehr durch den Spion.

Es wurde Nacht, und ich saß noch immer da. Seit dem Telefongespräch mit meinen Eltern waren fast achtundvierzig Stunden vergangen, und ich hatte noch mit keiner Menschenseele geredet. Mein Körper fühlte sich schwer an, mein Herz noch schwerer. *Warum kann ich mich nicht mit den Erinnerungen an Rebekka und unsere Liebe begnügen?* Doch diese Erinnerungen quälten mich … unsere erste Begegnung, als sie in das Wohnzimmer ihres Vaters trat, schön, schüchtern und leidenschaftlich. Schon damals hatte ich eine besondere Verbindung zwischen uns gespürt.

Und später, als wir tanzten und ich sie in den Armen hielt. Ich erinnerte mich, dass ich gedacht hatte, ich wäre nicht in der Lage, sie am Ende des Songs wieder loszulassen. Ich wollte sie nicht loslassen – niemals.

Am meisten liebte ich die Gespräche mit ihr. Die Zeit, die ich mit Rebekka verbrachte, war nie langweilig. Sie wusste viel mehr über die Welt als die meisten Menschen ihres Alters. Sie wollte alles verstehen und jedes Unrecht wiedergutmachen.

Wie könnten meine Eltern sie nicht lieben? Wie könnte ich aufhören, sie zu lieben?

Stunden vergingen, während ich meinen Erinnerungen nachhing. Ich wusste nicht mehr, welcher Tag war, aber das Sonnenlicht auf dem Sofa verriet mir, dass es wieder Morgen geworden war.

Ich starrte an die Decke, die Beine über die Fußstütze gestreckt, als die Wohnungstür aufflog. »Amir!«

Erschrocken wandte ich den Kopf. Mein Verstand arbeitete wie in Zeitlupe, doch schließlich begriff ich, dass ich Georges Stimme gehört hatte und er jetzt vor mir stand.

»Amir, ist alles in Ordnung?«, fragte er und schüttelte mich sanft.

»Das Leben ist grausam, George«, platzte ich heraus.

»Ach du Schreck. Hast du irgendwelche Drogen genommen?«

»Nein. Natürlich nicht.« Ich hatte schon genug angerichtet, um Mama das Herz zu brechen.

Er drehte sich um und sagte zu irgendwem: »Danke. Ich komme jetzt allein klar.«

»Wer war das?«, fragte ich.

»Deine Hausmeisterin. Sie hat für mich die Tür aufgemacht, als ich ihr gesagt hab, dass du seit zwei Tagen verschwunden bist.«

Er brachte mir ein Glas Wasser. »Trink das.« Ich nahm ein paar Schlucke. »Kannst du gehen?« Er packte meine Hand und half mir aufzustehen.

»Alles okay.« Ich ging mit ihm zum Sofa, und wir setzten uns gemeinsam. Wieder drückte er mir das Glas in die Hand, und diesmal trank ich es leer.

»Wieso hast du nicht aufgemacht und bist nicht ans Telefon gegangen?«

Ich erzählte ihm von dem Telefonat mit meinen Eltern.

»Das hatte ich befürchtet«, sagte er und wandte den Blick

ab. »Rebekka hat sich die Augen ausgeweint. Sie macht sich schreckliche Sorgen um dich.«

Mein Herz krampfte sich schmerzhaft zusammen, als George ihren Namen aussprach. »Ich kann sie nicht mehr sehen, George. Ich kann einfach nicht.«

»Ich hab letzte Nacht kein Auge zugetan, nachdem sie mir erzählt hat, dass dein Wagen seit vorgestern an derselben Stelle parkt.« Er ging zum Kühlschrank und holte mir ein Glas Orangensaft. »Hier, trink das; dein Körper braucht Flüssigkeit. Ich hab sie heute Morgen nicht mitkommen lassen, weil ich Angst hatte, dir könnte was Schreckliches zugestoßen sein.«

Ich fing an, den Saft zu trinken, während ich überlegte, was ich machen sollte. »Hör mal, kannst du ihr bitte sagen, dass ich eine Weile allein sein muss, um nachzudenken?« Ich wollte Zeit gewinnen. Mir dröhnte der Kopf. Ich war nicht in der Verfassung, Rebekka zu sehen oder irgendeine Entscheidung zu treffen, und ich wollte ihr auf keinen Fall unnötig weh tun.

»Worüber willst du nachdenken?« Er grinste. »Du weißt, wie sehr ich anfangs gegen eure Beziehung war – und ehrlich gesagt, ich war mir bei ihr nie sicher, obwohl ich wusste, dass du sie liebst. Aber nachdem ich erlebt habe, wie aufgelöst sie die letzten zwei Tage gewesen ist, kann ich nur sagen, du könntest froh sein, wenn Rebekka dich heiratet. Sie betet dich an. Ich glaube, sie würde Himmel und Erde in Bewegung setzen, um dich glücklich zu machen.«

»Begreifst du denn nicht? Mama hat einfach den Hörer aufgeknallt.« Ich rang um Fassung. »Sie hat gesagt, ich wäre nicht mehr ihr Sohn, wenn ich Rebekka heirate.«

George zuckte leicht mit den Schultern, als hätte ich keinerlei Grund, mir Sorgen zu machen. »Tante Nurah und Onkel Kasim werden ihre Meinung ändern, da bin ich sicher.«

Ich verstand nicht, wie er das sagen konnte. Mir klang noch

immer Mamas verzweifelte Stimme in den Ohren, mit der sie mich anflehte, Rebekka nicht zu heiraten. »Ich will ihnen nicht noch mehr weh tun«, sagte ich.

»Amir, vielleicht brauchen deine Eltern eine Weile, um deinen Wunsch zu akzeptieren, aber glaubst du nicht, dass sie das tun werden, wenn sie erkennen, wie viel Rebekka dir bedeutet? Ich weiß, wie es ist, seine große Liebe zu verlieren. Zehn Jahre ist Dalal nun schon tot, und ich bin noch immer nicht über sie hinweg. Ich glaube, das werde ich nie sein.« George senkte den Kopf und kämpfte mit den Tränen. »Du und Rebekka, ihr seid füreinander bestimmt!«

Georges Vehemenz überraschte mich. Ich hätte nie gedacht, dass er tatsächlich glaubte, die Macht der Liebe könne alles überwinden. Mir kam das unglaublich naiv vor. Nach dem, was die Israelis unserer Familie angetan hatten, würden meine Eltern nie in der Lage sein, eine jüdische Schwiegertochter zu akzeptieren. Unsere Liebe sollte einfach nicht sein. »Hör auf zu träumen, George. Sieh die Sache doch mal realistisch. Eine Jüdin und ein Palästinenser, das geht einfach nicht. Das ist, als wollte man die Naturgesetze ignorieren.« Ich stieß ein raues, zynisches Lachen aus.

George drückte die Handflächen aneinander und holte tief Luft. »Wie wär's, wenn du mit deinem Großvater redest?« Er rieb sich die Unterlippe. »Du hast mir doch erzählt, dass er glaubt, Menschen können gut oder schlecht sein, ganz gleich, woher sie kommen? Ich wette, er wäre unvoreingenommener als deine Eltern.«

Wieso hab ich nicht an Großvater gedacht? Schlagartig fasste ich neue Hoffnung. *Bin ich so verzweifelt, dass ich nicht mehr klar denken kann?*

»Können wir ihn jetzt sofort anrufen?« George hatte das Telefon in der Hand. Er wirkte fast aufgeregter als ich.

»Ich muss erst einen Telefontermin mit dem UN-Büro vereinbaren, wenn ich mit Großvater sprechen will – und das ist im Moment geschlossen.«

George fuhr zusammen, als das Telefon in seiner Hand klingelte. Er sah mich fragend an, wollte wissen, was er machen sollte.

Ich signalisierte ihm, nicht ranzugehen. »Das könnte Rebekka sein. Ich kann jetzt nicht mit ihr sprechen.«

»Schön, aber ich muss sie kurz beruhigen. Sie hat solche Angst um dich.« Er nahm den Hörer ab und hob ihn ans Ohr, ehe ich ihn bremsen konnte. »Hallo?«

Schweigen.

»Ja, ich bin bei ihm … Ihm ist gerade ein bisschen schlecht … Nein, er kann nicht ans Telefon kommen.« George nickte mir zu und reckte den Daumen in die Höhe.

Schweigen.

»Nein, Rebekka, komm jetzt lieber nicht. Ich kümmere mich um ihn. Er ist wirklich nicht in der Verfassung, jemanden zu sehen.«

Wieder Schweigen.

Ich hielt es nicht länger aus und riss George den Hörer aus der Hand. Ich fügte der Frau, die ich liebte, seelischen Schmerz zu und ließ sie leiden, obwohl sie nichts getan hatte, um das zu verdienen. *Wie konnte ich so grausam sein?* »Rebekka«, sagte ich leise.

»Amir. Was ist denn passiert?« Ihre Stimme bebte.

»Ich hatte einen heftigen Streit mit meinen Eltern.« Ich lehnte mich auf dem Sofa nach hinten und pustete Luft aus. »Ich muss wirklich mal eine Weile allein sein.«

»*Habibi*, ich lass dir alle Zeit der Welt. Das weißt du. Aber es tut mir weh, wenn ich weiß, dass du leidest.«

»Ich weiß, *habibti*, aber ich brauche –«

»Bitte lass mich zu dir kommen, Amir. Ich halte es nicht aus, dich nicht zu sehen.« Rebekka schluchzte leise.

»Morgen, morgen treffen wir uns. Versprochen«, sagte ich und wusste, dass ich mich nie von ihr würde trennen können.

»Okay, Liebster. Aber bitte vergiss nicht, dass ich für dich da bin.«

George saß auf dem Sofa, während ich mit dem Hörer am Ohr durchs Zimmer lief.

»Amir, ich bin sehr froh, dass du anrufst.« Großvaters Stimme war laut.

»Wie geht's Mama?« Ich war ganz krank vor Sorge um sie.

»Sie war überglücklich, als wir hörten, dass du anrufen wirst. Sie wollte mitkommen, aber dein Vater hat gesagt, sie sollte uns beide allein miteinander reden lassen.« Ich seufzte erleichtert auf. George machte das Daumen-hoch-Zeichen, und ich nickte ihm zu. Er tippte sich an die Stirn, ging bereits davon aus, dass er recht behalten hatte und meine Eltern ihre Meinung geändert hatten.

»Großvater, ich muss dir bestimmt nicht viel erklären.« George saß auf der Sofakante, versuchte, jedes Wort mitzubekommen.

»Hör mal, Amir«, sagte Großvater mit tonloser Stimme, und dann schwieg er kurz. *Oh, nein, nicht noch eine Standpauke*, dachte ich. »Liebt ihr beide euch?«

»Ja, Großvater, das tun wir, sehr sogar.« Ich war außer Atem.

»Das allein ist es, was zählt.« Na, zumindest hatte ich *seinen* Segen.

»Was ist mit Baba und Mama?« Ich hoffte, er würde sagen, sie hätten es sich anders überlegt.

Er antwortete nicht sofort, und es kam mir wie eine Ewigkeit vor. Endlich sagte er: »Ich habe eine Idee. Ich finde, ihr solltet beide hierherkommen, damit deine Eltern sie kennenlernen.«

»Aber was ist, wenn sie so eine Szene machen wie bei unserem Telefonat?« Die Vorstellung, wie meine Eltern schrien und weinten, weil sie nicht wollten, dass ich Rebekka heiratete, war zu viel für mich.

»Amir, du sprichst mit deinem Großvater. Sie werden es schlucken müssen.« Er sprach mit Nachdruck. »Weißt du noch, was ich über Träume gesagt habe, als du mit dem Gedanken gespielt hast, dein Studium abzubrechen? Wenn du etwas verändern willst, klettere, so hoch du kannst, und dann lass dein Licht leuchten.«

»Ich habe dich sehr lieb, Großvater. Du ahnst nicht, wie viel mir das bedeutet.«

»Ich glaube doch.«

Ich versprach, Bescheid zu sagen, sobald ich die Reise gebucht hatte. In nur einem Telefongespräch war es ihm gelungen, mir wieder Hoffnung zu geben. Aber mein Großvater hatte nicht gesagt, dass er meine Eltern bis zu unserer Ankunft umstimmen würde. Er hatte mit keinem Wort erwähnt, was sie angesichts der Situation dachten und sagten. Ich hoffte, dass er nicht bereits vergeblich versucht hatte, bei ihnen einen Sinneswandel zu bewirken. Riet er mir, sie vor vollendete Tatsachen zu stellen? Falls ja, wäre das nicht gut.

35

Vereinigte Staaten
15. November 1995

SARAH

Ich saß auf dem Sofa im Haus meines Sohnes und hielt das Geschenk in der Hand, das meine Enkelin Rebekka mir zum Geburtstag gemacht hatte.

»Ich wollte mit dir über dein Geschenk reden, bevor du in den Libanon reist.« Meine Hand zitterte, als ich *Jabers Lied* hochhielt. »Aber wo soll ich anfangen?«

Rebekka sah mich fragend an.

»Der junge Mann, von dem du mir geschrieben hast.« Ich verlagerte mein Gewicht im Sessel, während ich nach den richtigen Worten suchte. »Amir.«

Rebekkas Gesicht leuchtete auf. Ihr Blick wurde weich, nahm einen verliebten Ausdruck an – einen, den ich aus meiner eigenen Jugend in Erinnerung hatte. So glücklich hatte ich sie noch nie gesehen. Nach dem, was Ze'ev Marwan angetan hatte, war ich besorgt gewesen, dass sie ihres Lebens nie wieder froh werden würde.

»Erzähl mir von deinem Amir«, sagte ich.

»Ich liebe ihn.« Rebekka strahlte. »Ich glaube, ich habe ihn fast vom ersten Moment an geliebt. Und je besser ich ihn kennenlerne, desto stärker werden unsere Gefühle füreinander. Wir sind so unterschiedlich aufgewachsen – Amir hat seine

Kindheit in einem Flüchtlingscamp im Libanon verbracht –, aber diese Unterschiede spielen keine Rolle. Vielmehr kommt es mir so vor, als würden sie uns sogar noch näher zusammenbringen. Ich weiß, er ist der einzig Richtige für mich.« Sie atmete tief ein und wieder aus.

»Und empfindet er genauso für dich?« Wie unwahrscheinlich war es, fragte ich mich, dass meine Enkelin sich in einen Palästinenser verlieben würde. *In diesen Palästinenser.*

Rebekka nickte. »Er hat zugegeben, dass er sich zunächst gegen seine Gefühle gewehrt hat, aber es ist, als wären wir füreinander bestimmt. So tief ist unsere Verbundenheit. Weder er noch ich könnten dagegen angehen, selbst wenn wir es wollten.«

Genau dasselbe hätte ich vor dreiundsechzig Jahren auch gesagt. Ich schloss kurz die Augen, dachte zurück. Die Geschichte wiederholte sich – aber diesmal mit anderem Ausgang, hoffte ich. Ich lächelte traurig. »Ich muss dir etwas erzählen.«

Rebekka beugte sich zu mir vor.

»Als mein Vater und ich als Flüchtlinge in Jaffa ankamen, hat uns eine palästinensische Familie aufgenommen, das hab ich dir doch erzählt, erinnerst du dich?«

»Natürlich«, sagte sie.

Ich versuchte, meine Stimme möglichst ruhig zu halten. »Der Sohn der Familie war Arzt. Ich war Krankenschwester, und so kam es, dass wir zusammenarbeiteten. Wir haben uns ineinander verliebt.«

Rebekkas Mund öffnete sich. »Das hast du mir nie erzählt! Weiß Vater das?«

Ich schüttelte den Kopf und presste die Lippen zusammen, um nicht in Tränen auszubrechen. *Was ist nur los mit mir? Ja, ich bin vierundachtzig Jahre alt, und mein Mann ist erst letztes Jahr gestorben.* Doch im Grunde meines Herzens weiß ich, dass meine Trauer etwas ganz anderem zuzuschreiben ist. Selbst nach so vielen Jahren waren meine Gefühle für ihn noch immer dieselben. Ich hatte nie aufgehört, Yussef zu lieben. Und würde nie darüber hinwegkommen, dass ich dafür verantwortlich war, was ihm zugestoßen war.

»Nach dem, was ich in Tariqs Buch über seine Familie gelesen habe, bin ich mir ziemlich sicher, dass Yussef wahrscheinlich sein Großonkel war.«

»*Yussef?*« Rebekka fuhr zurück, als hätte sie sich erschrocken.

»So hieß er – der Mann, den ich geliebt habe.« Ich schluckte schwer, um die Trockenheit in meiner Kehle zu lindern. »Seine Schwester, Layla, ist Tariqs Großmutter. Aber Yussef hat nicht lange genug gelebt, um Laylas Kinder oder gar Tariq kennenzulernen. Als dein Urgroßvater Isaak herausfand, dass Yussef und ich uns liebten und heiraten wollten, hat er ihn umgebracht.« Den letzten Teil des Satzes flüsterte ich nur noch, denn damit gab ich das niederschmetternde Geheimnis preis, das mich all die Jahre gequält hatte. Meine Augenlider fühlten sich heiß und verklebt an.

»Yussef?«, fragte Rebekka erneut. »Bist du sicher, Großmutter? Dass Urgroßvater ihn umgebracht hat, meine ich.«

»Isaak hat es mir selbst gesagt«, erklärte ich, gerührt, dass Rebekka so mit mir mitfühlte. »Und er war kein Mann, der leere Drohungen ausstieß. Ich selbst kam auch nicht unverletzt davon. Isaak war sehr böse auf mich – er raste vor Wut.« Ich fröstelte unwillkürlich, als ich an jene dunkle Nacht und die Zeit danach dachte.

»Aber hast du Yussefs Leichnam je gesehen? Oder irgendeinen Beweis für seinen Tod?«, hakte Rebekka nach.

»Nein.« Ich runzelte die Stirn, wusste nicht, worauf sie hinauswollte.

Ein Lächeln erblühte langsam auf ihrem Gesicht, und sie

streckte die Hand aus, ergriff meine. »Ach, Großmutter, ich kann es kaum glauben. Aber es gibt keine andere Erklärung.« Ihr Lächeln wurde breiter. »Amirs Großvater heißt Yussef.«

Ich schlug die Hände vor den Mund. »Bist du sicher?« Ich hielt den Atem an.

»Ganz sicher. Amir hat mir viel von ihm erzählt. Großvater Yussef war Arzt in Jaffa, bis er von einem fanatischen Zionisten mit Säure geblendet wurde.«

Ich keuchte auf. »Geblendet. Oh, nein, Yussef!« Mein Herz raste, und mir war schwindelig. *Geblendet, aber am Leben. Yussef lebt.* Rebekka sprang auf und half mir, mich auf dem Sofa zurückzulehnen.

»Du siehst blass aus, Großmutter. Vielleicht solltest du dich hinlegen.«

»Er lebt.« Benommen blickte ich zu Rebekka hoch. Ich drückte ihre Hand an meine Brust. Ein Gefühl von Leichtigkeit erfasste mich, ehe es von Schwere verdrängt wurde. »Er muss mich sehr hassen.«

Rebekka hielt meine Hand weiter. »Das glaube ich nicht. Nach allem, was Amir von seinem Großvater erzählt, klingt er nicht wie ein Mann, der von Hass erfüllt ist. Im Gegenteil. Aber ich komm gar nicht drüber weg – du warst in Amirs Großvater verliebt?«

»Und *du* bist in Yussefs Enkelsohn verliebt«, konterte ich und hätte am liebsten laut aufgelacht. Ich zog Rebekka näher, und sie setzte sich zu mir aufs Sofa. Ich war sehr kurzatmig, aber ich musste ihr den Rest der Geschichte erzählen, oder zumindest das, was ich wusste. »Nachdem mein Onkel mir gesagt hatte, er habe Yussef getötet, hielt er mich in seinem Haus gefangen. Dann wurde bei meinem Vater ein Gehirntumor diagnostiziert. Auf dem Sterbebett bat er mich, meinen Cousin Jakob zu heiraten, deinen Großvater. Er war ganz anders als sein Vater

Isaak. Jakob war liebevoll und freundlich zu mir. Ich habe ihn geheiratet, und wir waren glücklich. Wir waren gut zueinander. Aber ich habe ihn nie so geliebt, wie ich Yussef geliebt habe.«

»Es tut mir so leid, Großmutter.« Rebekka stiegen Tränen in die Augen.

»Nein, mir tut es leid«, sagte ich. Ich hatte ihr noch nicht alles erzählt, noch nichts von dem, was mich all die Jahrzehnte mit Schuldgefühlen belastete.

»Weißt du noch, unser wunderbares Haus in Jaffa?«, fragte ich. Rebekka hatte dort viele Wochenenden bei Jakob und mir verbracht, als sie in Israel studierte. »Und der Orangenhandel, den Großvater betrieben hat?«

»Ja ...«, sagte Rebekka unsicher.

»Das war das Haus von Yussefs Familie, Laylas Zuhause, das Haus der Urgroßeltern deines Amirs, und dasselbe gilt für den Orangenhandel. Nachdem jüdische Kämpfer die Palästinenser aus Jaffa vertrieben hatten, nahmen sie ihre Häuser an sich. Und Urgroßvater Isaak –«

»Euer Haus hat Yussef gehört?« Rebekka blickte perplex, als wäre sie geohrfeigt worden. »Das war Yussefs Haus und der Orangenhandel *seiner* Familie?«

Ich konnte förmlich sehen, wie ihr Gehirn versuchte, das Gehörte zu verarbeiten. Jetzt war sie es, die blass aussah.

Rebekka senkte den Kopf und begann zu schluchzen. Sie hatte schon immer mit großem Mitgefühl auf das Leiden anderer reagiert, aber ich spürte, dass diesen Tränen mehr zugrunde lag als ihr schon häufig geäußerter Zorn auf die ungerechte Behandlung der Palästinenser durch die Israelis. Sie weinte noch immer, als sie aufblickte, aber sie starrte mich an, als wäre ich eine Fremde.

»Du lebst im Haus der Familie von Tariq und Amir?« Verzweiflung schwang in ihrer Stimme. »Und mein Urgroßvater hat es ihnen weggenommen? Und ihre Firma noch dazu?« Sie fixierte mich.

Mit ebendiesen Vorwürfen hatte ich mich jahrzehntelang gequält. Ich wusste nicht, was ich erwidern sollte – es gab keine guten Antworten. »Es war Krieg. Die Welt war damals anders«, begann ich zögerlich.

Nachdem Isaak mich entführt hatte, war ich in seinem Haus eingesperrt gewesen und hatte in den ersten Wochen mitbekommen, was für Befehle er seinen Männern erteilte. Mir war klargeworden, dass sie vorhatten, den Palästinensern alles wegzunehmen, und dass er sich von niemandem daran hindern lassen würde, seine Ziele zu erreichen.

»Aber – hast du denn nichts unternommen, um Isaak aufzuhalten?« Rebekkas Augen klagten mich ebenso an wie ihre Frage.

»Ich schäme mich, es auszusprechen, aber nein, ich habe nichts unternommen. Ich wusste, dass Isaak ein skrupelloser Mörder war, der vor nichts zurückschreckte, um zu kriegen, was er wollte. Ich hatte Angst, Rebekka.«

Jahrelang hatte ich Albträume von der Nacht, in der Isaak mich aus dem Gästehaus von Yussefs Familie entführt hatte. Wenn ich in Schweiß gebadet und mit rasendem Herzen aufwachte, gellten mir die Schreie meines Onkels in den Ohren. *Dein Kameltreiber ist tot.*

Mit der Zeit verdrängte ich meine Erinnerungen und Gefühle und lebte weiter, ohne zurückzuschauen. »Der Hass der Nazis auf uns Juden hat uns so verblendet, dass wir gar nicht mehr merkten, was wir anderen antaten. Unser Überleben hatte für uns höchste Priorität. Wir glaubten, die Menschen wären alle gleich schlecht, ob nun in Nazi-Deutschland oder Palästina, und es hieß entweder sie oder wir.« Tatsächlich waren das die letzten Worte, die ich von meinem Vater gehört hatte, als er mir verbot, Yussef zu heiraten.«»Rebekka, ganz gleich, was ich getan habe, das Haus von Yussefs Familie wäre so oder so in den Besitz einer jüdischen Einwandererfamilie übergegangen. Ich habe mich, so gut ich konnte, um ihren Besitz gekümmert.« Ich wusste, das war keine überzeugende Erklärung, aber es war nun mal die einzige, die ich hatte.

»Du musst ihnen ihr Haus und ihre Firma zurückgeben«, sagte Rebekka. »Du musst ein entsetzliches Unrecht wiedergutmachen.«

Ihr Haus und ihre Firma zurückgeben. Ich ließ ich mir die Worte meiner Enkelin noch einmal durch den Kopf gehen. Wieso war ich nicht schon selbst darauf gekommen? Meine Lippen teilten sich langsam zu einem Lächeln. »Was für eine großartige Idee«, sagte ich. »Wir müssen dieses Unrecht wirklich wiedergutmachen – auch wenn es schwierig wird.«

Ich zog Rebekka in eine Umarmung, seufzte tief und strich ihr übers Haar. »Yussef und ich hatten etwas, was man nur einmal im Leben erlebt. Wie wenn man den ersten schönen Sonnenuntergang sieht. Kein anderer wird je wieder so intensiv sein.«

Rebekka schlang die Arme um mich. »Erzähl mir von Yussef.«

»Er war ein wunderbarer Mann – einfühlsam, intelligent und gutaussehend. Er hätte jede palästinensische Frau haben können. Und doch verliebte er sich in mich, die dem falschen Volk angehörte, ein mittelloses Flüchtlingsmädchen. Aber bei ihm fühlte ich mich geborgen.« Seit ich *Jabers Lied* gelesen hatte, waren die Erinnerungen an jene zauberhaften Monate mit Yussef wieder in mir aufgestiegen, als unsere Liebe und unsere Träume von einem gemeinsamen Leben unbesiegbar schienen. Der Gedanke, dass der Hass und die schändlichen Taten unserer Familie das Lebensglück einer weiteren Generation zerstören würden, war mir unerträglich.

»Rebekka, Liebes, bitte schau mich an.« Ich legte meine Hände auf ihre Schultern und sagte: »Dein Glück ist dort, wo dein Herz ist. Wenn du Amir wirklich liebst, musst du darum kämpfen, mit ihm zusammen sein zu können – ganz viele werden versuchen, euch auseinanderzubringen. Aber glaub mir, die Trauer wird dich nie verlassen, auch wenn du später vielleicht ein anderes Glück findest. Also sag mir, ist Amir der Richtige?«

»Oh, ja, ja, das ist er, Großmutter. Da bin ich mir absolut sicher.« Sie schniefte und lächelte zugleich.

»Gut. Ich freue mich darauf, diesen jungen Mann kennenzulernen. Und ich verspreche dir, ich werde tun, was ich kann, um euch beiden zu helfen und seiner Familie ihr Haus und ihre Firma zurückzugeben.« Ich wusste nur allzu gut, dass der Weg nicht leicht sein würde. Ein Schauer durchlief mich bei der Vorstellung, wie mein Sohn die Nachricht aufnehmen würde. Und jetzt fragte ich mich auch, was Yussef sagen würde, wenn er erfuhr, dass sein Enkel sich in meine Enkelin verliebt hatte. Vor allem würde es aufgrund des israelischen Rechtssystems schwierig werden, Yussefs Elternhaus und die Firma an die Familie zurückzugeben. Ich würde einen Weg finden müssen.

»Ich möchte es deinem Vater selbst sagen«, sagte ich. »Ich bin seine Mutter. Auf mich wird er eher hören. Und ich würde es auch gern Amir sagen. Du trägst an all dem, was seiner Familie zugestoßen ist, keine Schuld. Ich will sichergehen, dass er das versteht.«

Rebekka war zur Uni gefahren, und ich hatte eine Nacht gehabt, um die Sache noch einmal überschlafen zu können. Mein Sohn David und seine Frau Marsha saßen im Wohnzimmer auf dem Sofa mir gegenüber. Es war der ideale Augenblick, ihnen Rebekkas Neuigkeit zu erzählen. Ich hatte lange darüber nachgedacht, wie ich das Thema am besten zur Sprache bringen sollte. Letztlich hatte ich beschlossen, einfach offen mit der Wahrheit herauszurücken. Ich lächelte sie an. »Rebekka und Amir sind verliebt.«

Marsha, ganz die wohlhabende jüdisch-amerikanische Ehefrau, hob die manikürten Finger an die Lippen und riss die Augen auf.

»Der Palästinenser?«, fragte David. Sein Mund spannte sich an.

»Du hast gesagt, er ist brillant. Schließlich hast du sein Patent gekauft.«

»Als Wissenschaftler, ja.« Er zog die Mundwinkel nach unten. »Aber nicht als Mann für meine Prinzessin.«

Marsha schüttelte den Kopf und murmelte: »Sie wird ihr Leben ruinieren. Denkt sie denn gar nicht an ihre Zukunft? Sie wird die jüdische Gemeinde verprellen.«

»Wenn die sie nicht mehr wollen, weil sie Amir liebt, sollte sie sich vielleicht eine andere Gemeinde suchen, die kein Problem mit Rebekkas Glück hat.«

Marsha starrte mich schockiert an. So hatte ich noch nie mit ihr geredet. Ich hatte sehr darunter gelitten, dass mein Onkel und meine Tante sich ständig in Jakobs und meine Ehe eingemischt hatten. Deshalb hatte ich mir vorgenommen, mich möglichst aus Davids und Marshas Leben herauszuhalten. Doch jetzt ging es um etwas anderes. Ich war nicht unglücklich mit Jakob gewesen. Wir waren gute Freunde und ein tolles Team. Aber ich hatte ihn nie so geliebt, wie ich Yussef geliebt hatte – und ohne diese Liebe war mein Leben ärmer gewesen. Meine Enkeltochter sollte nicht auch so ein Opfer bringen müssen.

»Stört es dich denn nicht, dass er Palästinenser ist?«, fragte David. »Was werden deine Nachbarn in Jaffa dazu sagen?«

Ich zuckte mit den Achseln. Viel zu lange hatte ich aus Angst vor meinem Onkel und seinen Männern den Mund gehalten. Aber ich würde nicht zulassen, dass noch ein Leben ihrem Hass und ihrem Fanatismus geopfert wurde. »Was die Nachbarn denken, ist mir längst nicht so wichtig wie das Glück meiner Enkelin.«

Rebekka hielt Amirs Hand, als sie nebeneinander auf dem Sofa Platz nahmen. Ich setzte mich ihnen gegenüber in einen Sessel und suchte nach den richtigen Worten.

»Rebekka liebt dich sehr«, sagte ich schließlich. »Und ich weiß, du empfindest genauso für sie. Andere werden versuchen, einen Keil zwischen euch zu treiben. Lasst das nicht zu. Ihr würdet es bis an euer Lebensende bereuen. Das weiß ich, weil es mir selbst so ergangen ist. Ich habe deinen Großvater sehr gut gekannt, als wir in Palästina zusammengearbeitet haben.«

Amir blinzelte und lehnte sich zurück. »Was?«

»Dein Großvater war ein sehr attraktiver Mann. Der Traum jeder Frau.«

»Reden wir hier von meinem Großvater Yussef?« Amir sah erst Rebekka an, dann mich.

»Ja. Ich habe in den dreißiger Jahren einige Monate als Pflegerin im Haus deines Urgroßvaters gearbeitet.«

»Heißt das, Sie kennen meinen Großvater und meinen Urgroßvater?«

»Das will ich dir gerade erklären.« Ich stockte, überlegte, wie ich ihm am besten beibrachte, dass wir fast verlobt gewesen waren. »Wir standen uns sehr nahe. Genauer gesagt, dein Großvater war die größte Liebe meines Lebens«, sagte ich.

Amir schüttelte den Kopf. »Sie müssen sich täuschen. Großvater war verheiratet. Meine Großmutter wurde von zionistischen Fanatikern ermordet.«

»Ja, das stimmt, und es tut mir sehr leid. Aber wir waren ein

Paar, bevor er deine Großmutter kennenlernte. Wir haben uns 1932 ineinander verliebt.«

Amir legte den Kopf schief. »1932?«, fragte er. »In dem Jahr wurde er von den Zionisten geblendet.«

Ich rang um Fassung. »Das hat mein herzloser Onkel Isaak getan«, sagte ich. »Er hat mich aus Yussefs Haus entführt, um uns auseinanderzubringen.« Zum ersten Mal hörte Rebekka, wie ich mit jemand anderem so über ihren Urgroßvater sprach. »Es gelang ihm, uns zu trennen, aber er hat es nie geschafft, die tiefe Liebe zu Yussef zu zerstören, die ich im Herzen trug.«

»Isaak Shamir ist Ihr Onkel? Rebekkas Urgroßvater?« Ich sah, wie ein Feuer in Amirs schönen Augen auflöderte.

»Das war er, leider.« Ich beugte mich vor und legte Amir eine Hand auf die Schulter. »Wir alle waren Opfer seiner grausamen Ideologie.«

Amir sah Rebekka fassungslos an.

»Rebekka hat es erst gestern Abend erfahren. Ich habe sie gebeten, dir das alles persönlich erzählen zu dürfen«, sagte ich. »Ich war genau wie deine Großeltern unfähig, seiner hasserfüllten Organisation etwas entgegenzusetzen, aber das ist nun vorbei. Jetzt, wo ich weiß, dass Yussef lebt, will ich etwas wiedergutmachen.«

Amirs Mund stand offen, und er blickte verstört. Rebekka zog ihn in eine Umarmung, aber er war zu benommen, um die Geste zu erwidern, und schüttelte sie ab.

»Bitte, mach Rebekka keinen Vorwurf, weil sie in diese Familie hineingeboren wurde«, bat ich. »Es ist nicht ihre Schuld.« Ich reichte ihm den Brief, an dem ich den ganzen Vormittag geschrieben hatte. »Bitte lies das, während ich meinen Sohn und meine Schwiegertochter hole. Ich muss euch allen etwas sagen.« Als ich aufstand, sah ich, dass Amir bereits in den Brief vertieft war.

Liebster Yussef,

wahrscheinlich wirst Du ebenso verblüfft sein wie ich, dass wir uns nach all den Jahren wiederfinden. Ich kann nur hoffen, dass Du mich in den vergangenen Jahrzehnten nicht gehasst hast für das, was meine Familie Dir angetan hat. Aber ich könnte es verstehen.
Bis zu der Nacht, als mein Onkel mich aus Eurem Gästehaus entführte, hatte ich wirklich keine Ahnung, dass er von unserer Beziehung wusste. Er sagte mir, er habe Dich getötet. Unzählige Male habe ich mir gewünscht, er hätte stattdessen mich in jener Nacht umgebracht.
Doch mein Schmerz war nichts im Vergleich zu dem Leid und den Verlusten, die Dir von meiner Familie zugefügt wurden – und von den Männern und Frauen, die mein Onkel in seinem fehlgeleiteten Versuch, das jüdische Volk zu schützen, anführte. Ich kann Dir gar nicht sagen, wie sehr mir das leidtut.
Es hat mich immer schmerzlich belastet, dass Isaak sich den Orangenhandel Deiner Familie und ihr wunderschönes Haus in Jaffa unrechtmäßig angeeignet hat. In Erinnerung an Deine Familie und ihre Liebe für das Land und die Leidenschaft, mit der sie es bebaute, habe ich Euer Haus all die Jahre instand gehalten. Aber es hat mir nie wirklich gehört. Das Haus gehört Dir, und ich möchte es Dir zurückgeben.
Über Jahre hinweg war mir das Leid, das Deiner Familie von meinen Angehörigen angetan wurde, ein unaufhörlicher Schmerz. Die Rückgabe des Hauses kann Deinen Kummer und Deinen Verlust nie wiedergutmachen, aber ich hoffe, Du verstehst es als Zeichen meiner Reue.

In Liebe
Sarah

Mein Sohn David sah mich völlig erstarrt an. Ich war mir sicher, dass er noch immer nicht richtig begriff, was ich gerade gesagt hatte.

»Ich will deinem Großvater sein Haus zurückgeben«, sagte ich zu Amir.

David spitzte die Lippen. Es war schon schwer genug für ihn gewesen, sich anhören zu müssen, dass ich Amirs Großvater geliebt hatte, und von der Beziehung von Rebekka und Amir zu erfahren. Ich wusste, das jetzt war zu viel für ihn. Seine Augen begannen, unnatürlich zu glänzen. Beim Kauf des Patents war vereinbart worden, dass Amir ihm achtzehn Monate lang als technischer Berater zur Seite stehen würde. Da er also noch auf Amirs Sachkenntnisse angewiesen war, glaubte ich nicht, dass er in dessen Beisein Einwände erheben würde. Doch sein gequälter Gesichtsausdruck verriet mir, dass er im Moment nicht klar denken konnte.

»Mom, sollten wir nicht erst mal darüber reden?«, fragte David gepresst. Ich sah ihm an, dass er seinen Zorn nur mühsam zügeln konnte.

»Das haben wir gerade, David.« Ich sah meinem Sohn in die Augen. »Wir haben in diesem Haus gewohnt, aber es hat uns nie gehört. Es wurde seinen rechtmäßigen Besitzern entwendet. Wir haben es nicht in irgendeiner Kriegslotterie gewonnen.«

Amir verzog den Mund zu einem sarkastischen Grinsen. »Ihre symbolische Geste ist sehr ehrbar, Mrs Shamir.« Er schüttelte den Kopf. »Aber juristisch gesehen können Sie das Haus gar nicht zurückgeben.« Dann erklärte er, dass es in Israel verboten war, Häuser im Besitz von Juden an Nichtjuden zu übertragen.

»Aber ich könnte es inoffiziell deinem Großvater überschreiben, dann kann er entscheiden, was damit geschehen soll.« Ich war fest entschlossen.

Das Gesicht meines Sohnes wurde leichenblass. »Aber Amir hat doch gerade gesagt, das ist illegal.« David hielt die Sessellehnen so fest umklammert, dass seine Fingerknöchel weiß wurden.

»Wer soll es denn erfahren, wenn es offiziell weiterhin auf einen jüdischen Namen läuft?«, fragte ich. »Zumindest, bis wir einen Weg finden, das Gesetz zu umgehen.«

»Das ist mein Haus, Mutter. Ich habe meine ganze Kindheit dort verbracht. Ich verbinde so viele Erinnerungen damit.« David schlug die Beine übereinander. »Wie kannst du auch nur daran denken, es zu verschenken? Und was, bitte schön, sollen die Nachbarn davon halten?« Gadi, der nebenan wohnte, war mit Isaak in der Irgun gewesen, und David hatte ihn immer als zweiten Vater betrachtet. Ich wusste, er und seine Frau wären ganz sicher nicht begeistert, wenn Palästinenser neben ihnen einzogen.

»Was kümmern dich die Nachbarn? Und der rechtmäßige Besitzer hat ältere Erinnerungen an das Haus als du.« Ich setzte mich kerzengerade hin. »Ich mache ein Unrecht wieder gut, mit fünfzig Jahren Verspätung.« Niemand würde mich davon abhalten.

Ich wandte mich an Amir. »Meinst du, du könntest es irgendwie arrangieren, dass dein Großvater vom Libanon nach Jaffa kommt?«

»Mein Bruder Tamir arbeitet im Büro des Vorsitzenden, und wir haben schon darüber gesprochen, unseren Großvater nach Jaffa zu bringen. Seine Erinnerungen an die Stadt haben ihn all die Jahre nicht losgelassen, und es ist sein größter Wunsch, die ›Braut des Meeres‹ noch einmal zu besuchen, bevor er stirbt.«

Mein Sohn schluckte schwer, als er hörte, dass Amirs Bruder für die Palästinensische Autonomiebehörde arbeitete.

»Glaubst du, das lässt sich irgendwie einrichten?«, fragte ich.

David gab ein Geräusch von sich, das wie ein Stöhnen klang, doch ich ignorierte ihn.

»Die Palästinensische Autonomiebehörde müsste ihm einen neuen Pass ausstellen, mit dem er dann ins Westjordanland reisen kann«, erklärte Amir. »Die größte Schwierigkeit wird sein, ihn von dort nach Jaffa zu bringen, aber Tamir hat vorgeschlagen, eine Limousine mit gelbem Kennzeichen zu mieten. Da die nur an Israelis vergeben werden, könnte Großvater nach Jaffa gelangen, ohne kontrolliert zu werden, weil keiner einen Palästinenser darin vermuten würde.«

Mein Sohn stöhnte auf, diesmal unüberhörbar. Er fand die Vorstellung entsetzlich.

»Es würde meinen Großvater überglücklich machen.« Amirs Augen strahlten, während sich die meines Sohnes verdunkelten.

»Gut, so wird's gemacht.« Ich stand auf und ging aus dem Zimmer, um mich vor dem Abendessen noch ein wenig auszuruhen.

Libanon
25. November 1995

REBEKKA

»Glaubst du wirklich, deine Eltern können sich dazu durchringen, mich zu akzeptieren?«, fragte ich Amir.

Trotz des köstlichen Dinners in der ersten Klasse hatte ich ein leeres Gefühl in der Magengegend. Fliegen machte mich immer nervös.

»Wenn sie dich erst kennengelernt haben, werden Sie dich lieben. Außerdem haben sie nur was gegen Zionisten«, sagte er. »Also mach dir keine Sorgen. Sie wissen, dass du keine Zionistin bist.«

Nach dem achtzehnstündigen Flug waren Amirs Augen rotgerändert. Ich wusste, ich machte den Ärmsten halbverrückt, aber ich konnte einfach nicht aufhören, ihn mit Fragen zu löchern. Meiner Mutter war es gelungen, mich gründlich zu verunsichern, nachdem sie mir Zeitungsausschnitte gezeigt hatte mit Berichten über von im Libanon entführten Amerikanern und Europäern. Und für den Fall, dass mir das nicht schon genug Angst einjagte, hatte sie mir anschließend das Buch von einer jungen Frau gegeben, die über ein Jahr in Geiselhaft gewesen war. Sie beschrieb in grauenhaften Einzelheiten, wie sie wiederholt von ihren Kidnappern vergewaltigt worden war, die sie nur mit Brotkrumen und dreckigem Wasser versorgten. Ihre Schilderungen, wie sie sie rücklings über einen Stuhl drückten und ihre Hände und Füße an die Stuhlbeine fesselten, damit sie sich nicht wehren konnte, raubten mir wochenlang den Schlaf. Aber Mutters Propagandaversuche hatten mich nicht von dieser Reise abgehalten, auf der ich Amirs Familie kennenlernen würde. Ich wusste, um sein Leben mit mir verbringen zu können, brauchte er die Zustimmung seiner Eltern. Und wenn seine Eltern bereit waren, mich kennenzulernen, dann würde ich das Risiko auf mich nehmen.

»Und wenn deine Eltern mich einfach nicht leiden können, weil ich Jüdin bin?«, fragte ich wahrscheinlich zum zehnten Mal. Wie sollten sie mich denn auch leiden können nach dem, was mein Volk ihnen angetan hatte?

»*Habibti*, bitte hör auf, dir Sorgen zu machen. Sie werden dich als den Menschen wahrnehmen, der du bist, und außerdem hat mein Großvater schon mit ihnen geredet. Sie werden dich akzeptieren.«

Aber ich konnte nichts anderes denken als, *was, wenn sie mich nicht akzeptieren?* Was, wenn sie ihm sagten, er solle mich einfach in den Straßen von Beirut stehen lassen? Ich war froh, dass er erst abwarten wollte, bis sie mich besser kannten und ins Herz geschlossen hatten, ehe er ihnen eröffnete, dass Isaak mein Urgroßvater war. Ich fürchtete, dass sie mich niemals ins Herz schließen würden, und selbst wenn doch, würden ihre Sympathien für mich gleich wieder erlöschen, wenn sie von Isaak erfuhren. Ich wünschte, Amir hätte es ihnen erzählt, als wir noch in den USA waren, dann hätte ich mich auf ihre Reaktion vorbereiten können.

»Glaubst du das wirklich, *habibi*?« Ich schlang die Arme um Amir und legte den Kopf an seine Brust. Er gab mir einen Kuss auf die Stirn und strich mir mit den Fingern durchs Haar. Zum ersten Mal fühlte ich mich auf diesem zermürbenden Flug für einen kurzen Moment entspannt.

»Wo werden wir schlafen?«, fragte ich. *Was, wenn sie mich nicht in ihrem Haus haben wollen?*

»In getrennten Räumen auf Matratzen«, sagte er zum zweiten oder dritten Mal.

Ich wollte wirklich keine Fragen mehr stellen, aber die Befürchtung, als Geisel genommen zu werden, ging mir einfach nicht aus dem Kopf. Dann fiel mir ein, dass Amir gerade die US-Staatsbürgerschaft erhalten hatte. Wäre er also auch eine potentielle Geisel? Oder wäre es der Regierung gleichgültig, wenn er entführt würde? Bei der Vorstellung, dass auch Amir als Geisel in Frage kommen könnte, ging meine Phantasie vollends mit mir durch. *Würden sie uns in dieselbe Zelle stecken?*

Amir hatte die Augen geschlossen, aber ich hatte den Verdacht, dass er sich nur schlafend stellte, um keine weiteren Fragen mehr beantworten zu müssen. »*Habibi*«, flüsterte ich ihm ins Ohr.

Seine Augen öffneten sich ruckartig.

»Glaubst du, wir könnten als Geiseln genommen werden?«

Er blickte sich benommen um. Anscheinend hatte er doch geschlafen. Ich quälte den Ärmsten wirklich.

»*Habibti.*« Er schloss für einen Moment die Augen und musste sich offensichtlich beherrschen, um nicht ungehalten zu werden. »Keine Angst. Ich lasse nicht zu, dass dir irgendwas passiert.«

Amir schloss wieder die Augen. Ich hob die Hand, um ihm auf die Schulter zu tippen.

»Ladies und Gentlemen, wir beginnen jetzt unseren Landeanflug...«

Es gab kein Zurück mehr. Ich hatte den höchsten Punkt der Achterbahn erreicht und konnte nur hoffen, dass ich die Fahrt unbeschadet überstand. Ich starrte aus dem Flugzeugfenster. Die Stadt war größer, als ich erwartet hatte, sie erstreckte sich, soweit das Auge reichte. Mit ihren zahlreichen Hochhauskomplexen erinnerte sie mich an New York.

»Da ist mein Camp«, sagte Amir. Er deutete auf ein enges Labyrinth von kleinen Häuschen mit Blechdächern zwischen hohen Gebäuden.

Die Häuser Beiruts säumten die Mittelmeerküste. Weiter nördlich waren hohe Berge mit Schnee überzuckert, ein Anblick wie aus dem Bilderbuch. Als das Flugzeug zur Landung ansetzte, konnte ich die weißen Schaumkronen der Wellen sehen, die sich am Ufer brachen, und die breite Straße, die zwischen Häusern und Meer verlief. So tief, wie wir flogen, konnte ich sogar die Hüte der Männer in den kleinen Fischerbooten auf dem Wasser erkennen.

Endlich, um Punkt zwölf Uhr mittags, landeten wir im Libanon.

Nachdem wir die Zoll- und Passkontrolle hinter uns hatten, traten wir schließlich hinter einer langen einfarbigen Glaswand hervor in den Ankunftsbereich, wo zahllose Angehörige auf ihre Verwandten warteten. Amir lächelte mich beruhigend an. Mir schnürte sich die Brust zusammen. Ich suchte die Gesichter der Menschen ab, die hinter der halbhohen Absperrung standen, und versuchte zu erkennen, welche wohl Amirs Eltern waren. Alle trugen dicke Mäntel zum Schutz vor der Kälte. Ich dagegen glühte innerlich. Mein Blick fiel auf eine schöne Frau mit weißem Kopftuch, die mich aufmerksam musterte. Neben ihr standen ein gutaussehender Mann, der freundlich lächelte, und ein älterer Mann mit einem Gehstock in der Hand.

Amirs Gesicht leuchtete vor Freude auf, als er die drei entdeckte.

Die Lippen der Frau bebten, und ihre tränennassen Augen strahlten, als sie die Hände über das Geländer reckte, um nach Amir zu greifen.

Amir nahm mit beiden Händen ihre rechte Hand, die er unter Tränen küsste. Sie zog sein Gesicht hoch und drückte ihm Küsse auf die Wangen.

Sein Vater zog die Mutter beiseite. »Nun lass ihn doch erst mal auf die andere Seite der Absperrung kommen, *habibti.*«

Amir ging zu seinem Vater. Wie schon bei der Mutter ergriff er die Hand des Vaters mit beiden Händen und küsste sie. Dann küsste er ihn auf die Wangen. Dasselbe wiederholte er bei seinem Großvater. Ich war beeindruckt davon, wie liebevoll sie sich begrüßten. Die lange Zeit getrennt voneinander musste ihnen unendlich schwergefallen sein.

»Mama, Baba, das ist Rebekka.«

Die Augen seiner Mutter verrieten mir, wie viel Leid sie in ihrem Leben schon durchgemacht hatte. Und doch schienen die Falten um die Augen ihre Schönheit noch zu betonen.

»Hallo, *marat a'ame.*« Ich benutzte das arabische Wort für Schwiegermutter.

Ihr Mund klappte auf, und sie sah Amir an. Sie wirkte völlig entgeistert. *Oh, Gott, hab ich den falschen arabischen Ausdruck verwendet?*, dachte ich.

Sie umfasste Amirs Unterarm. »Seid ihr etwa verheiratet?« Ihre Lippen zitterten, und ihre Stimme klang schrill. Es war ein angespannter Moment. Ich wusste nicht, was ich machen sollte. Vielleicht war es vermessen von mir gewesen, sie *Schwiegermutter* zu nennen. Sie hob eine Hand an die Brust.

»Nein, Mama«, sagte er gereizt.

Sie streckte die Hände nach mir aus und umarmte mich, ohne mir in die Augen zu sehen.

Amirs Vater begrüßte mich mit einem Händedruck. »Willkommen in Beirut«, sagte er. Sowohl sein Tonfall als auch seine Mimik waren neutral.

»Willkommen, *binti*, meine Tochter«, sagte Yussef und breitete die Arme aus. Trotz seiner Blindheit und trotz der Narben im Gesicht hatte er etwas ungemein Elegantes an sich und sah nicht so aus, als gehörte er in ein Flüchtlingslager. Er gehörte in sein Haus in Jaffa, nicht hierher. Ich konnte gut nachvollziehen, dass Großmutter sich in ihn verliebt hatte. Ich hätte gern gewusst, ob er sie noch liebte, doch Amir und ich waren uns darin einig, dass wir ihm erst von Großmutter erzählen würden, nachdem die Familie mich kennengelernt hatte.

»Ich wusste nicht, dass du Arabisch sprichst«, fügte er hinzu. Seine Umarmung war herzlich.

Ich starrte ihn an und sah die Spuren des Hasses in seinem Gesicht. Lange Wülste und tiefe rote Furchen umringten die Augen, wo die Säure seine Haut verätzt hatte.

»Nicht bloß Arabisch«, sagte Amir. »Einen echt palästinensischen Dialekt.«

»Das hast du uns gar nicht gesagt.« Kasim sah Amir an.

»Ihr wisst noch so allerhand nicht über Rebekka«, sagte Amir leise, einen Arm um die Schultern seines Vaters gelegt.

Ich spürte die Schwere all dessen, was sie nicht wussten, auf meinen Schultern lasten.

Das Taxi brachte uns so nah wie möglich an das Haus von Amirs Familie. Das letzte Stück mussten wir zu Fuß zurücklegen. Es regnete in Strömen, und die engen Gassen, die uns zwangen, hintereinanderzugehen, wurden von schlammigen, mit Abwasser vermischten Bächen überflutet. Freiliegende Leitungsrohre und gefährlich aussehende, behelfsmäßige Elektrokabel hingen von dichtgedrängten, grauen Betonbaracken. Fäkaliengeruch lag in der Luft. Spielende Kinder, magere Katzen und Lieferkarren platschten durch den Matsch. Das Camp sah aus wie ein planloser, übervölkerter Slum. Ich musste an das schöne Jaffa denken, die uralte steinerne Stadt am Meer mit ihren Orangenbäumen, die mit ihrem Blütenduft die Luft erfüllten. Wenn Jaffa der Himmel war, dann war dieses Camp eindeutig die Hölle.

Ihr Haus dagegen war eine andere Welt, gepflegt, sauber, aber unglaublich beengt. Ich schaute mich um und sah einen kleinen Kühlschrank, einen Fernseher, einen großen Gasheizkörper und einen Deckenventilator – alles Annehmlichkeiten, die Amir ihnen von seinem Einkommen gekauft hatte. Rechts von mir verhüllte ein von der Decke bis zum Boden reichender Vorhang ein geschlossenes Fenster. Amirs Mutter brachte zur Begrüßung kleine Schalen mit *labneh, zaatar*, Tabouleh, Hummus und frisches Fladenbrot auf einem Tablett, das sie auf die Strohmatte stellte. Als Amir und ich uns auf den Boden setzten, sein Großvater auf der einen Seite und seine Eltern auf der anderen, war mir zum Heulen zumute. Meine Kehle war wie zugeschnürt, und meine Augen brannten.

Seit wir vom Flughafen losgefahren waren, hatte ich bemerkt, dass Nurah immer wieder verstohlen zu mir herüberschielte und mich genau beobachtete. Kasim konnte nicht aufhören zu lächeln. Er löcherte Amir mit Fragen nach seinem Leben in Amerika, seiner Arbeit und George. Doch er vermied bewusst alles, was mit unserer Beziehung zu tun hatte. Yussef und Amir bezogen mich immer wieder in das Gespräch mit ein, und Amir betonte sogar mehr als einmal, dass der Verkauf seines Patents ohne mich wohl nicht zustande gekommen wäre.

»Rebekka, siehst du das?« Yussef deutete mit seinem Stock auf eine Kiste, die offenbar einen Ehrenplatz hatte. »Damit hat alles angefangen. In dieser Kiste befindet sich Amirs Batterie, mit der er damals den Forschungswettbewerb gewonnen hat.«

Es rührte mich, dass sie die Batterie als Zeichen des Stolzes auf ihren Sohn aufbewahrt hatten. Ich nickte bloß stumm, traute mich nicht, etwas zu sagen, aus Angst, es könnte als unsensibel interpretiert werden.

Links von der Kiste hingen einige gerahmte Fotos an der Wand. Drei davon fielen mir besonders auf: eine schöne junge Frau in einem weißen Tüll-Hochzeitskleid mit Herzausschnitt und einer kleinen weißen Rose im Haar. Ihre leuchtenden Augen waren mit schwarzem Kajal umrandet und ihre Lippen rubinrot geschminkt. Sie schien ein Lächeln zu unterdrücken, weil sie ernst wirken wollte, aber sie sah aus wie eine verliebte junge Frau. Ein lächelnder Mann im weißen Anzug stand neben ihr. Er schaute sie an, als wäre sie die schönste Frau der Welt.

Manar und Zahi. Es war zwar noch immer schmerzlich für Amir, über seine Schwestern zu sprechen, aber in den Monaten, die wir nun schon ein Paar waren, hatte er sich mir gegenüber allmählich geöffnet und so viel von ihnen erzählt, dass ich das Gefühl hatte, sie zu kennen.

Neben dem Hochzeitsbild hing das Foto eines Babys, das höchstens sechs Monate alt sein konnte. Die Kleine saß gegen ein Wandkissen gelehnt, ihre lockigen Haare waren mit einer roten Schleife zu einem kecken Pferdeschwanz oben auf ihrem Kopf zusammengebunden. Sie lachte und winkte mit einem Händchen in die Kamera, und ich konnte sehen, dass sie gerade begonnen hatte zu zahnen.

Lian.

Das dritte Bild zeigte eine hinreißend attraktive junge Frau mit einem ansteckenden Lächeln und durchdringenden Augen. Sie hatte langes, welliges Haar, das schimmerte wie bei einem Model.

Dalal.

Während ich der Unterhaltung zwischen Amir und seinen Eltern lauschte, konnte ich die Augen nicht von den Fotos losreißen. Die lächelnden Gesichter fesselten mich. Sie wirkten so lebendig. Auf einmal bebten mir die Lippen.

»Manar und Dalal waren hinreißend«, flüsterte ich Amir ins Ohr.

Großvater Yussefs Kopf fuhr herum, als wäre eine Alarmglocke losgegangen. Amirs Mutter bekam feuchte Augen, und Kasim starrte zu Boden. Schlagartig erstarb das Lächeln auf ihren Gesichtern, und das Licht in ihren Augen erlosch. Amir presste die Lippen aufeinander und nickte stumm.

Ich muss lernen, den Mund zu halten.

»Tut mir leid, ich wollte nicht ...« Ich schämte mich zu Tode. Ich wollte wirklich keine alten Wunden aufreißen.

»Ist schon gut, *habibti*. Sie schauen uns jetzt sicherlich zu und freuen sich, dich in unserem Haus zu sehen«, sagte Großvater Yussef. Ich blickte zu Amirs Mutter hinüber. In ihren Augen lag die unglaubliche Trauer eines Menschen, der jemanden über alles geliebt hat, dessen Leben ausgelöscht wurde.

»Ich wünschte, ich hätte sie kennenlernen können«, sagte ich auf Arabisch, wusste aber nicht, ob sie mich mit meiner zitternden Stimme verstanden hatten.

»Das wünschte ich auch«, sagte Großvater Yussef.

Sie weilten nicht mehr unter uns, waren brutal hingemetzelt worden, und mir blieb nur, Amir all meine Liebe zu schenken, ihm das Glück zu ermöglichen, das seine Schwestern nicht mehr erleben konnten.

»Zeig ihr, wo sie sich das Gesicht waschen kann. Die Leute sollen nicht sehen, dass sie weint«, sagte Amirs Mutter.

Amir zog mich an der Hand in einen kleinen Hof unter freiem Himmel. Er reichte mir Seife und drehte den Wasserhahn auf. »Achtung, es ist sehr kalt«, sagte er.

Ich hielt die Warnung für überflüssig – bis ich die Hand in den Wasserstrahl hielt. Erschrocken sprang ich zurück. Das Wasser war eisig. »Gott, ist das kalt!«, rief ich.

Amir grinste. »Ich hab dich gewarnt.«

»Habt ihr kein warmes Wasser im Haus?«, fragte ich.

»Nein«, sagte er. »In meiner Kindheit hatten wir überhaupt kein Wasser. Mutter musste es jeden Tag vom öffentlichen Brunnen nach Hause schleppen.«

Ich dachte an die vielen heißen Schaumbäder, die ich im Haus seiner Familie in Jaffa genommen hatte. Sprachlos senkte ich den Kopf, und wir gingen wieder hinein.

»Amir liebt sie. Wir müssen freundlich zu ihr sein.« Großvater Yussef schien Amirs Eltern zurechtzuweisen.

Amir räusperte sich, als wir eintraten, und setzte sich zwischen seine Eltern. Ich nahm neben Großvater Yussef Platz.

Amir sah seine Familie mit einem offenen Lächeln im Gesicht an. »Ich möchte, dass ihr Rebekka kennenlernt, und Rebekka soll euch kennenlernen. Ihr alle seid mir wichtig, unverzichtbar für mein Leben. Ich möchte, dass ihr einander ebenso sehr liebt, wie ich euch liebe.«

Nurahs Gesicht verkrampfte sich, und ich hatte das Gefühl, dass sie sich innerlich auf die Zunge biss.

»Ich gehe jetzt in mein Zimmer, und da bleibe ich, bis ihr endlich zur Vernunft kommt.« Großvater Yussef stützte sich auf seinen Stock und stand auf. »Komm, Nurah, hilf mir nach nebenan.«

Ich hätte Yussef gern umarmt, doch stattdessen sah ich nur zu, wie Nurah ihn die wenigen Schritte zu seinem Zimmer führte. Spontan folgte ich ihnen, und als die Tür aufging, sah ich, wie schäbig und beengt der Raum war. Es brach mir das Herz.

Dann nahm Amirs Mutter meine Hand. »Komm, *binti*, meine Tochter.«

Fängt sie etwa an, sich für mich zu erwärmen?

»Verzeih mir. Wir wollen doch nur, dass du glücklich wirst. Und ich will wegen dieser Sache nicht auch noch meinen Vater verlieren«, hörte ich Kasim zu Amir sagen.

»Baba, du kannst nicht alle Juden für die Taten der Zionisten verantwortlich machen.«

»Vergiss nicht, die letzte Erinnerung, die ich an meine Mutter habe, ist die, wie sie brutal von diesen Ju-« Er bremste sich. »Ich meine, von diesen Zionisten ermordet wurde.«

Von den Leuten meines Urgroßvaters. Ich fühlte mich körperlich ausgelaugt. Warum war ich hergekommen? Von Amirs Familie zu verlangen, dass sie mich akzeptierten – nach dem, was mein Volk, meine Familie ihnen angetan hatte –, war vollkommen unmöglich.

»Amir hat recht, Kasim.« Nurah hielt meine Hand und bat mich, neben ihr Platz zu nehmen.

»Es tut mir leid, dass Großvater so ärgerlich geworden ist«, sagte ich.

»Vielleicht hat Großvater ja recht. Es ist nicht richtig von uns, dich von vornherein abzulehnen.« Amirs Mutter atmete lange und tief aus. »Als Amir uns erzählte, dass du Jüdin bist, hab ich Tag und Nacht geweint. Die einzigen Juden, die ich kannte, waren Terroristen in Palästina, vor 1948, und dann die israelischen Soldaten, die unser Camp überfallen haben …«

Meine Familie gehört mit auf diese Liste, aber das weiß sie nicht. Ich hab ihr noch nicht die ganze Wahrheit gesagt.

Ich wusste nicht, was ich sagen sollte, außer: »Es tut mir leid.«

»Amir hat Großvater von dir vorgeschwärmt. Und Großvater meint, wir müssen Amirs Urteilsvermögen vertrauen.« Ein erstes zartes Lächeln zeigte sich auf Nurahs Gesicht.

»Amirs Liebe hat meinen Vater an seine erste große Liebe erinnert«, sagte Kasim.

Amir und ich sahen einander an.

»Sie war eine junge Jüdin, die gerade erst aus Russland geflohen war. Ich glaube, sie hieß …« Amirs Vater rieb sich die Stirn. »Sarah, ja genau, Sarah.«

Noch nicht, dachte ich panisch. *Es ist noch zu früh.*

Es klopfte an der Haustür, und ein Teenager kam mit Schulbüchern unter dem Arm herein. Amirs Mutter strahlte ihn an.

»*Habibi*, Sari, wie war's in der Schule?«

»Sari, als ich dich das letzte Mal gesehen habe, warst du noch ein Kind. Jetzt bist du ein junger Mann«, sagte Amir zu dem Jungen, den seine Eltern nach dem Massaker bei sich aufgenommen hatten.

»Und er ist wie du«, erklärte Amirs Vater mit einem stolzen Nicken.

Amir deutete auf mich. »Sari, das ist Rebekka«, stellte er mich vor.

»Hallo.« Er schüttelte mir die Hand.

»*Habibi*, nach dem langen Schultag bist du sicher sehr müde«, sagte Amirs Mutter und führte den Jungen nach draußen zu dem Wasserhahn, damit er sich wusch.

Als Sari zurückkam, war sein Haar frisch gekämmt. Er setzte sich neben Amir. »Ich will alles über dein Patent wissen«, sagte er und legte einen Arm um Amir.

Ich hörte ihnen mit wehem Herzen zu. Ich konnte mir nicht vorstellen, wie es sein musste, mit der Erinnerung an ermordete Eltern zu leben, jeden Tag an der Stelle vorbeizukommen, wo sie getötet wurden. *Wie schaffen es diese Menschen, überhaupt noch zu lächeln?*, fragte ich mich.

»Ich muss jetzt Hausaufgaben machen, damit ich später mal auf eine Spitzenuniversität gehen kann, genau wie du«, sagte Sari zu Amir, ehe er seine Bücher auf dem Boden ausbreitete und anfing zu lernen. *Hat Amir auch so seine Schulaufgaben gemacht? Ohne Stuhl, ohne Tisch? Auf dem Boden, mit einem Stift in der Hand? Okay, ich hatte sie auch immer überall gemacht, nur nicht an meinem Schreibtisch, aber das war was ganz anderes.*

Kasim, der eine halbe Stunde zuvor aus dem Zimmer ge-

gangen war, kam Hand in Hand mit Großvater Yussef zurück.
»*Binti*, meine Tochter, Yussef ist der Patriarch der Familie, und seine Meinung hat für uns alle großes Gewicht. Wir haben miteinander geredet, und wir pflichten ihm bei: Amirs Glück ist unser größter Wunsch. Wir dürfen den Menschen, der Freude in das Leben unseres Sohnes bringt, nicht ablehnen.«

Amir sah mich an und lächelte.

Großvater Yussef interessierte sich sehr dafür, wie Amir und ich uns kennengelernt hatten und wieso ich so gut Arabisch sprach. Ich erzählte ihm, dass Amir zunächst Angst vor mir gehabt hatte. Da lachte er, wandte den Kopf in die Richtung, wo Amirs Vater saß, und sagte: »Wir wissen ja, wessen Gene er hat.«

Sari war noch immer bei den Hausaufgaben, als der Strom ausfiel. Aus dem Fenster konnte ich sehen, dass das ganze Camp dunkel geworden war.

Sari sprang vom Boden auf, lief zum Kühlschrank und zog den Stecker aus der Steckdose. Amirs Vater nahm eine Taschenlampe, betätigte einen Sicherungsschalter an der Wand und ging dann hinaus, als wäre das vollkommen normal. Plötzlich war der Strom wieder da, und Sari widmete sich erneut seinen Büchern.

»Wir haben einen kleinen Generator, den Amir für uns gekauft hat«, sagte Nurah. »Wir benutzen ihn aber nur für das Licht.« Sie lächelte und fügte dann erklärend hinzu: »Im Camp haben wir öfter Stromausfall. Wenn wir Glück haben, ist er in sechs Stunden wieder da.« Sie zuckte mit den Achseln. »Passiert andauernd.«

Am nächsten Morgen warf Amirs Mutter den Kerosinherd an und begann, Wasser in großen Töpfen zu erhitzen. Einen Eimer mit kaltem Wasser brachte sie in die Außentoilette.

»Komm mit«, sagte sie. »Ich helfe dir beim Duschen.« Ich

hatte keine Ahnung, was sie meinte, wollte sie aber nicht kränken, deshalb tat ich wie geheißen. Unwillkürlich gingen mir die Zeitungsausschnitte meiner Mutter über westliche Geiseln in Beirut durch den Kopf. Haben sie gestern Abend nur so getan, als würden sie mich akzeptieren? *Will sie mich vielleicht im Waschraum umbringen? Haben sie das letzte Nacht beschlossen, als ich schlief? Soll ich versuchen zu fliehen, ehe es zu spät ist? Ich sah zur Haustür hinüber. Sämtliche Riegel waren vorgeschoben.* Meine Phantasie ging wirklich mit mir durch.

Ich ergab mich in mein Schicksal und folgte ihr nach draußen in den winzigen Waschraum, in dem kaum genug Platz für uns beide war. Es gab keine Heizmöglichkeit. Ich schlotterte vor Kälte, obwohl ich einen dicken Pullover, einen langen Wollrock und meine Winterjacke trug.

»Du musst dich ausziehen«, sagte Amirs Mutter freundlich und fing an, kaltes und warmes Wasser zu vermischen. Ich zog mich aus, so schnell ich konnte. Sie goss einen kleinen Eimer Wasser über mich. »Nicht zu heiß?«, fragte sie.

»Nein, genau richtig«, seufzte ich.

Sie reichte mir einen Luffaschwamm und Seife. Ich wollte nicht, dass sie mein Unbehagen mitbekam, und versuchte, mir selbst einzureden, mir wäre warm. Vergeblich. Es war eine Kälte, die einem tief in die Knochen drang. Ich wollte ihr sagen, dass ich lieber ungewaschen bliebe. Auf so eine Dusche hätte ich gern verzichtet. Mir wurde klar, warum Amirs Eltern gestern vor dem Schlafengehen geduscht hatten – damit sie sich nämlich im Bett wieder aufwärmen konnten. Ich sah Amirs Mutter an: Ihre Hände waren rot vor Kälte, und ihre sanften Augen waren von Schmerz erfüllt.

»Danke«, sagte ich. Sie hatte es nicht verdient, so leben zu müssen.

Sie lächelte mich an, und ich lächelte zurück.

»Bitte gehen Sie wieder hinein«, sagte ich, als ich mit dem Duschen fertig war. Ich wollte nicht, dass sie länger als nötig in dieser Kälte ausharrte.

»Ist schon gut. Ich warte auf dich.«

Ich zog mich, so schnell ich konnte, wieder an, aber ich fror noch immer.

»Für unser Mittagessen heute will ich *moghrabieh*, machen«, sagte Amirs Mutter, als wir wieder im Haus waren.

Moghrabieh war ein libanesisches Couscous mit Kichererbsen. Ich hatte schon gesehen, wie Marwans Mutter dieses Gericht zubereitete, und wusste, dass es sehr zeitaufwendig war, das für dieses Gericht typische Perl-Couscous – *maftoul* genannt – mit der Hand anzurühren.

»Ich helfe Ihnen«, sagte ich, weil ich gern meine Fähigkeiten als Ehefrau und Schwiegertochter unter Beweis stellen wollte. Außerdem wollte Amir ohnehin allein mit seinem Vater los, um Sachen zum Anziehen zu kaufen.

Wir setzten uns auf eine Bodenmatte an einen niedrigen kreisrunden Tisch, auf den Nurah eine flache Schüssel gestellt hatte. Amirs Mutter goss den gewaschenen und getrockneten Bulgur hinein und träufelte eine Mischung aus Wasser, Öl, Hefe und Salz darüber. Sie fing an, alles sachte zwischen den Händen zu rollen. Ich beobachtete ihre Bewegungen und tat es ihr gleich.

»Meine beiden Söhne lieben dieses Gericht«, sagte sie.

»Ich verspreche, ich werde es für Amir zubereiten, wann immer er möchte«, sagte ich. »Ich fände es schön, wenn Sie mir alle seine Lieblingsgerichte beibrächten, solange wir hier sind.« Ich malte mir aus, wie ich sie für Amir und unsere Kinder kochte, und spürte ein freudiges Flattern im Magen.

Nurah streute eine Handvoll Mehl über den Bulgur, und wir rollten weiter die Kügelchen in der Schüssel, bis sie immer größer wurden. Wieder fiel mein Blick auf die Familienfotos an der Wand, und ich fragte mich, wieso die Familie nicht jedes Mal neu von Trauer überwältigt wurde, wenn sie die Bilder ansah. Die Gesichter der Toten beherrschten den Raum, und ich hatte das Gefühl, sie könnten jeden Moment zur Tür hereinkommen. Ich hätte es wunderbar gefunden, wenn Dalal und Manar uns hätten helfen können. Meine eigene Mutter hatte eine chronische Küchenallergie, daher hatte ich kaum mal mit mehreren Frauen zusammen gekocht. Bis Marwans Mutter mich fragte, ob ich nicht mitmachen wollte, wenn sie mit ihren Nachbarinnen zu besonderen Festtagen größere Mahlzeiten zubereitete. Durch sie hatte ich die Erfahrung gemacht, dass Frauen beim gemeinsamen Kochen eine universale Sprache hatten, die die Grenzen von Kultur und Geschichte überwand.

Obwohl Amirs Mutter eine Wärme und Eleganz ausstrahlte, die jeden Ort erträglich machten, selbst dieses Camp, wünschte ich, es gäbe eine Möglichkeit, sie aus dem Lager herauszuholen und zurück nach Jaffa zu bringen, wo sie hingehörte. »Als wir im Camp Nahr al-Bared lebten, hat Amir manchmal Vögel gefangen und im Meer gefischt.« Sie seufzte mit einem wehmütigen Lächeln im Gesicht, als sie sich an den jungen Amir erinnerte. »Einmal hat er einen Vogel mit nach Hause gebracht. Wir haben ihn in einem Käfig gehalten. Der Vogel war ganz verrückt nach *maftoul*. Amir hat ihn dauernd damit gefüttert.«

Mir stockte der Atem. Meine Großmutter hatte im Garten in Jaffa eine Vogeltränke, die die schönsten Vögel anlockte. Amir wäre begeistert gewesen. Dass meine Familie seiner Familie das Zuhause genommen und sie dazu verdammt hatte, in dieser Hölle zu leben, lastete schwer auf mir.

Am Nachmittag, nachdem wir uns das köstliche *moghrabieh* hatten schmecken lassen, stand ein Besuch des Massengrabs an – das schlichte Monument, das im Gedenken an die

Menschen errichtet worden war, die bei dem Massaker im September 1982 ermordet worden waren. Fast keines der Opfer – Amirs Angehörige eingeschlossen – hatte ein eigenes Grab bekommen. Amir bestand darauf, dass ich ihn begleitete, obwohl ich fürchtete, als Außenstehende bei diesem privaten Moment der Familie zu stören.

Anders als andere Gedenkorte, die an Verbrechen gegen die Menschlichkeit erinnerten – wie zum Beispiel das Konzentrationslager Auschwitz, wo Gräueltaten der Nazis auf geführten Touren, von denen ich mit meinen Eltern eine mitgemacht hatte, detailliert veranschaulicht wurden –, war der Schmerz, den ich angesichts dieses Massengrabs erlebte, sehr persönlich. Ich starrte zu Boden. Waren sie wirklich dort unter mir beerdigt worden? Diese schönen jungen Frauen mit ihren blitzenden Augen und dem glänzend schimmernden, schwarzen Haar? Und die kleine Lian? Ich konnte es nicht begreifen. Unwillkürlich stellte ich mir vor, wie Manar an ihrem Hochzeitstag neben Zahi stand, die Augen voller Liebe und Hoffnung auf eine wunderbare gemeinsame Zukunft. Winkte die kleine Lian unter der Erde uns mit ihrem Händchen zu, die rote Schleife im Haar? Ich dachte an die lächelnde Dalal, die George Grüße ausrichtete. Ich sah zu Sari hinüber. Er stand da und starrte das Denkmal an, das den Tod seiner Eltern symbolisierte. Ich fand die Vorstellung, dass man sie achtlos in einem Massengrab bestattet hatte, schier unerträglich. Ich weinte um Manar, Dalal, Lian, Zahi, Saris Eltern und all die anderen, deren Leben so grausam ausgelöscht worden war. Ich betete um Vergebung und Frieden. Und ich schämte mich zutiefst. Ich verstand die Reserviertheit, die Amirs Eltern mir gegenüber gezeigt hatten. Jetzt musste ich ihnen begreiflich machen, wie sehr ich die Dinge bedauerte, die mein Volk ihnen angetan hatte. Aber wie konnte ich ihnen auch nur in die Augen sehen? Ich war es nicht wert, dass Großvater Yussef mich gegenüber Amirs Eltern verteidigte und meine Beziehung zu Amir akzeptierte.

Amirs Mutter nahm mich in die Arme und drückte mich an sich. Ich hatte ihre Zärtlichkeit nicht verdient. Ich nahm ihre Hand und küsste sie. »Bitte verzeiht mir«, schluchzte ich.

Sie nahm mein Gesicht in beide Hände und sagte wieder und wieder: »Es ist nicht deine Schuld, meine Tochter. Es ist nicht deine Schuld, *habibti*.«

Als wir uns zum Gehen wandten, nahm Amir den Gehstock seines Großvaters und sagte: »Großvater, du musst ohne deinen Stock nach Hause gehen.« Amir drückte Sari den Stock in die Hand.

Ich starrte Amir an, wusste nicht, was er vorhatte. »Du und ich werden ihn stützen.« Amir zog Yussefs rechten Arm über seine Schulter und ich tat dasselbe mit seinem linken Arm. Wir gingen langsam. In den engen Gassen stützte einer von uns ihn von hinten, der andere von vorne, bis wir wieder zu Hause waren. Dort angekommen, ließen sich alle auf den Matten nieder, und ich half Amirs Mutter beim Teekochen, ehe wir uns zu den anderen gesellten.

»Großvater, es gibt noch etwas, das ich dir erzählen möchte«, sagte Amir.

»Was denn?«, fragte Yussef.

Bitte, Amir, erzähl ihm nicht von Großmutter Sarah. Jetzt nicht. Noch nicht. Vielleicht gibt er mir dann die Schuld für das, was mein Urgroßvater getan hat.

»Was denn nun? Was?« Er hob den Kopf.

»Würdest du Sarah Jeziernicky gern wiedersehen?«

Ich blickte gespannt in Großvater Yussefs Gesicht, doch seine Miene veränderte sich nicht.

»Ihr Name erinnert mich an meine Jugend.« Er lehnte sich auf dem Kissen zurück. »Falls ihr zionistischer Onkel sie nicht umgebracht hat, ist sie jetzt wahrscheinlich verheiratet und hat eine große Familie.«

Ich empfand jähe Erleichterung. Wenigstens gab er ihr keine Schuld.

»Also, ihr Onkel hat ihren Nachnamen in Shamir geändert, und sie hat einen Sohn. Sie lebt jetzt allein.«

»Was?«, sagte er laut. »Weißt du, wo sie ist?« Er stemmte sich vor und umklammerte seinen Gehstock.

»Sie ist Rebekkas Großmutter.«

Alle Augen richteten sich auf mich. Ich starrte zu Boden, wusste nicht, wie ich reagieren sollte oder was mich erwartete.

»Sarah ist ...« Yussef schnappte nach Luft. Er nahm mehrere kurze Atemzüge. Der Stock zitterte in seiner Hand. »Erinnert sie sich noch an mich?«

»Ach, Großvater, natürlich«, sagte ich, konnte nicht länger an mich halten. »Sie hat mir erzählt, Sie konnte Sie nie richtig vergessen. Sie waren ihre einzige große Liebe.«

Yussef hob den Blick zur Decke, und ein Lächeln breitete sich auf seinem ganzen Gesicht aus. Er stammelte leise etwas vor sich hin, ehe er laut sagte: »Sie war auch meine große Liebe. Doch der Hass ihres Onkels war stärker als wir beide.«

Amir holte Großmutters Brief hervor und las ihn vor. Yussef grinste die ganze Zeit wie ein verliebter Teenager.

»Amir, hol etwas zu schreiben«, sagte Großvater. »Ich möchte dir einen Brief an sie diktieren.«

Nachdem Amir Schreibzeug geholt hatte, schrieb er Großvaters Brief auf.

Liebe Sarah,

Dein Brief hat das Herz eines alten Mannes beglückt. Glaub mir, ich weiß, Du hattest nichts damit zu tun, was

Dein Onkel mir angetan hat. Er hat gedroht, Dich zu töten, sollte ich Kontakt zu Dir aufnehmen – ich wäre bereitwillig gestorben, um Dir meine Liebe zu beweisen. Wir waren beide seine Opfer. Ich habe Dich sehr geliebt und liebe dich noch heute.
Ich bin so froh, dass Amir und Rebekka nicht so leiden müssen wie wir damals. Wenigstens diesmal haben wir die richtigen Lehren aus der Geschichte gezogen.
Es war mein lebenslanger Wunsch, mein Zuhause wiederzusehen, bevor ich sterbe. Es wäre mir eine große Freude, Dich im Haus meiner Familie in Jaffa zu treffen.

In Liebe
Yussef

37

Israel
30. Dezember 1995

YUSSEF

Mein neunundachtzigjähriges Herz blieb fast stehen, als die Limousine vor der Villa hielt. Mein Enkelsohn Tamir saß neben mir und starrte gewiss staunend unser wunderschönes Haus an. Der Orangenblütenduft lag schwer in der Luft. Das Wellenrauschen am Strand klang wie süße Musik in meinen Ohren. Es war, als hätte ich eine Zeitreise in die Vergangenheit gemacht.

»Yussef!« Ihre Stimme war unvergessen.

»Sarah.« Ich breitete die Arme aus, und sie kam zu mir. Ich zog sie näher, und wir umarmten uns. Ihr Duft war mir noch immer vertraut. »Du bist noch genauso wie bei unserer letzten Begegnung.«

»Schön wär's.«

»Das ist jedenfalls das Bild, das ich vor Augen habe«, sagte ich in dem Wissen, dass ich sie nie wieder würde sehen können.

Sie trat einen Schritt zurück, und ich konnte ihren Blick auf mir spüren. »Ach, Yussef, hat Isaak dir das angetan?« Und dann weinte sie. »Das ist alles meine Schuld.«

Ich zog sie wieder an mich. »Wenn ich noch einmal die Wahl hätte, wäre ich immer noch lieber den Rest meines Lebens blind, als dir nie begegnet zu sein.«

»Ich lass euch beide mal allein, Großvater«, sagte Tamir. Mein armer Enkelsohn. Ich hatte ihn völlig vergessen.

»Sarah, das ist mein Enkel Tamir.«

»Sehr erfreut.« Ich konnte das Unbehagen in seiner Stimme hören.

»Ich freue mich so, dich kennenzulernen«, sagte Sarah.

»Sarah war meine erste große Liebe«, erklärte ich meinem Enkel.

»Ich weiß.« Er klang alles andere als begeistert. »Geht doch schon mal rein. Ich rauche kurz eine Zigarette und komm dann nach.«

Ich zuckte mit den Achseln, froh, mit Sarah allein sein zu können. Sie nahm meinen Arm und ging mit mir auf das Haus zu. Ich betastete die Kalksteinmauer und konnte die Struktur durch die Fingerspitzen sehen. Sie vermittelte mir das gleiche warme Gefühl, wie wenn ich die Gesichter meiner Lieben berührte. Blumenduft erfüllte die Luft. Hier hatten Kugeln, Tod, Bosheit, Angst und Ungerechtigkeit meine Familie auseinandergerissen, und doch war ich jetzt wieder von Schönheit umgeben. Im Geist konnte ich die Ziergärten meiner Mutter sehen. Ich atmete tief ein.

»Ich hab die Gärten deiner Mutter gepflegt«, sagte Sarah.

Ich dachte an meine Schwester Layla, die im Laufe des Tages mit ihrer Familie eintreffen würde. Wenn ich früher mit ihr gemeinsam von der Schule nach Hause gekommen war, hatte Mama immer schon an der Tür gewartet. Und wenn mein Vater gegen Abend seinen Wagen vor dem Haus geparkt hatte, waren wir ihm alle entgegengelaufen, um ihn zu begrüßen.

Als wir ins Haus traten, sah ich vor meinem geistigen Auge Baba auf dem Sofa im Wohnzimmer sitzen und die Zeitung lesen, Mama neben ihm mit einem ihrer Liebesromane.

»Ich bin zu Hause«, sagte ich, in der Hoffnung, dass Mama

und Baba mich irgendwie hören konnten und sich darüber freuten, dass ich mit neunundachtzig Jahren endlich zurückgekommen war.

Hand in Hand gingen wir in die Küche. Fast konnte ich die Mahlzeiten riechen, die wir hier zusammen gegessen hatten. Sarah war als halbverhungerter Flüchtling in einer zerschlissenen Schwesterntracht in unser Haus gekommen. Wie die Welt sich verändert hatte. Sie drückte meine Hand.

»Du hast mir so gefehlt«, sagte sie.

»Du mir auch.«

Wir gingen in Mamas Zimmer, in dem sie die letzten Tage ihres Lebens verbracht hatte. Ich berührte eines ihrer Bücherregale. Es war noch immer voller Bücher. Es roch genau wie damals, als ich ein junger Mann war. Sarah führte mich zur Tür und hinaus in Mamas Garten. Wir gingen zu der Stelle, wo die Gräber meiner Eltern waren. Sarah half mir, mich zu bücken, und ich konnte fühlen, dass vor den Grabsteinen Blumen gepflanzt waren.

»Das sind Vergissmeinnicht«, sagte Sarah, und ich begann zu weinen. Ich weinte für die zahllosen Male in meinem Leben, die ich mir nicht erlaubt hatte zu weinen. Meine Trauer war bodenlos, aber ich empfand auch Freude. *Endlich bin ich zu Hause*, sagte ich ohne Worte, während ich Babas und Mamas Grabsteine betastete.

»Die gehören dir«, sagte Sarah.

Sie legte mir die Schlüssel zum Haus meiner Familie in die Hand.

38

Vereinigte Staaten
14. Februar 1996

AMIR

»Wir haben für sechs Uhr einen Tisch im Restaurant Marrakesch reserviert«, erinnerte mich Rebekka, als sie am Valentinstag in aller Frühe anrief. »Sollen wir danach noch woanders hingehen?«, fragte sie.

»Ehrlich gesagt, am liebsten würde ich gar nicht ausgehen.« Ich lächelte bei dem Gedanken daran, was ich lieber tun würde, während ich in meinem Wohnzimmer vor einem prasselnden Kaminfeuer saß. »Kannst du die Reservierung nicht absagen, damit wir einen ruhigen Abend – *allein* – zu Hause verbringen können?«

Sie schwieg ein paar Sekunden, und dann klang ihre Stimme amüsiert, aber mit einem Anflug von Verunsicherung. »Bekomm ich denn wenigstens was zu essen?«, fragte sie leicht sarkastisch.

»Natürlich.« Eher Dessert als Dinner, aber das musste sie nicht unbedingt wissen – noch nicht. »Sei gegen fünf bei mir, dann machen wir uns einen schönen Abend.« Die Zeit bis dahin würde quälend langsam vergehen.

Rebekka kam pünktlich um fünf. Ihr Gesicht glühte, und ihre Augen strahlten. Der glänzende rote Lippenstift betonte ihren schönen Mund und entfachte ein Feuer in meinem Körper, das nur sie würde löschen können. Sie hatte sich besondere Mühe mit ihrem Aussehen gegeben, das sah ich, als sie den Mantel auszog.

»Neues Kleid?«, fragte ich.

Sie nickte und drehte sich kokett vor mir.

Ich stieß einen anerkennenden Pfiff aus. Selbst das Hängekleid konnte ihre wohlgeformte Figur nicht verbergen. Das Königsblau betonte ihre Augen und brachte die Locken zur Geltung, die ihr über die Schultern fielen. »Du siehst hinreißend aus, Rebekka.« Ich führte sie ins Wohnzimmer. Wir setzten uns eng umschlungen aufs Sofa und genossen die Wärme des Kaminfeuers.

Sie fragte nicht, was es zu essen geben würde, und ich bot ihr nichts an. Ich hatte ihr keine roten Rosen und keine Schachtel Pralinen überreicht, als sie hereinkam. Für solche Klischees war Rebekka viel zu schade. Stattdessen hatte ich etwas geplant, von dem ich hoffte, dass es ihr mehr bedeuten würde – sehr viel mehr.

»Ich frage mich, wie unsere Jungvermählten in Jaffa wohl feiern. Lass uns Großmutter Sarah und Großvater Yussef anrufen und ihnen einen schönen Valentinstag wünschen«, schlug ich vor.

»Gute Idee!« Sie hob die Augenbrauen. »Sehr romantisch.«

Sie saß auf meinem Schoß, als ich in meinem Arbeitszimmer die Nummer wählte und den Lautsprecher einschaltete.

In Boston war es genau Viertel nach fünf, in Jaffa also kurz nach Mitternacht. »Großvater, Großmutter, könnt ihr mich beide hören?«

»Ja«, antworteten sie gleichzeitig.

»Rebekka ist auch hier und hört mit. Großvater, du hast gesagt, du wolltest sie sprechen.«

Rebekka flüsterte: »Davon hast du mir gar nichts gesagt.« Sie riss ungläubig die Augen auf.

»Rebekka, kannst du mich hören?«, fragte Großvater.

»Ja, Großvater, laut und deutlich.«

»Würdest du mich wohl heute Abend sehr glücklich machen?«

»Für dich tu ich alles, Großvater«, antwortete sie mit einem breiten Lächeln, das ihre Lippen sogar noch anziehender machte.

»Okay, Sarah, jetzt bist du dran«, sagte Großvater.

»Was haben die beiden vor?«, flüsterte Rebekka und nahm meine Hand.

»Hi, Schätzchen, wir wünschten, du und Amir könntet hier bei uns sein. Das Wetter war heute herrlich.«

»Hi, Großmutter«, sagte Rebekka grinsend. »Ja, das wäre wunderbar.« Sie sah mich an. »Wir müssen euch wirklich bald besuchen kommen.«

»Rebekka, Schätzchen …« Schweigen. Rebekka neigte den Kopf Richtung Telefon. »Hast du einen schönen Valentinstag?«

»Könnte nicht besser sein. Ich bin mit meinem Liebsten zusammen.«

»Gut. Und hat er vielleicht ein Päckchen zur Hand?«, fragte Großmutter.

Rebekka sah mich verwundert an. Ich deutete auf die kleine Schachtel, die Großmutter Sarah mir gegeben hatte, bevor sie nach Jaffa abreiste. Sie hatte gesagt, das sei ein Geschenk von ihr und Großvater Yussef, aber ich dürfe es nicht öffnen, ehe sie mir sagten, der richtige Moment sei gekommen.

»Jetzt darfst du es endlich aufmachen, Amir«, rief Großvater Yussef ins Telefon.

Rebekka sprang auf und holte die Schachtel. Sie blieb neben mir stehen, während ich betont umständlich die Verpackung löste und langsam öffnete. Die samtene Schatulle eines Juweliers kam zum Vorschein. Ich nahm sie und klappte den Deckel auf.

Rebekka entfuhr ein Keuchen.

Zwischen den Seidenfalten steckte ein Brillantring mit Princess-Schliff in einer antiken Fassung.

»Wunderschön«, sagte Rebekka.

»Das ist der Verlobungsring, den Yussef mir gegeben hat, als wir heiraten wollten«, sagte Großmutter Sarah. »Er hat seiner Mutter gehört, und er war das Einzige, das mir von ihm geblieben war, nachdem mein Onkel uns so brutal auseinandergerissen hatte. Ich habe ihn all die Jahre sorgsam versteckt gehalten.«

Ich stand auf und nahm Rebekkas Hand in meine. Dann ließ ich mich auf ein Knie nieder und hielt ihr den Ring hin.

»Wir möchten um deine Hand anhalten, damit du Amirs Frau wirst«, sagte Grandma.

Ich erhob mich, und Rebekka fiel mir um den Hals, Tränen in den Augen. Dann legte sie beide Hände auf meine Schultern und sah mich direkt an. »Ja, ich will«, sagte sie. Ihr Gesicht glänzte rosig, und sie strahlte mich an, während ihr weitere Tränen über die Wangen liefen.

»Wartet nicht zu lange mit der Hochzeit. Wir werden nämlich nicht jünger«, meinte Großvater Yussef noch, ehe sie sich verabschiedeten.

Ich schob den Ring auf Rebekkas Finger, und wir küssten uns, bis wir beide keine Luft mehr bekamen.

Am Ende gibt es also doch einen Tag, der für die Liebenden bestimmt ist. Der Valentinstag 1996 war der erste von vielen für eine Jüdin aus Boston und einen Palästinenser aus einem Flüchtlingscamp im Libanon. Sie öffneten beide ihre Herzen der Liebe, um die sie so lange gekämpft hatten.

Michelle Cohen Corasanti
Der Junge, der vom Frieden träumte
Roman
Band 03283

Der zwölfjährige Palästinenser Ahmed kämpft um das Überleben seiner Familie, der einst eine blühende Orangenplantage gehörte. Mittlerweile haben die Israelis den dortigen Bauern fast alles genommen. Auf der Jagd nach einem Schmetterling kommt seine zweijährige Schwester Amal in einem Minenfeld ums Leben. Als auch noch sein Vater verhaftet und der Familie alles genommen wird, ist er der Einzige, der sie retten kann. Denn Ahmed ist ein Mathematikgenie und erhält eines der begehrten Stipendien an der Universität von Tel Aviv. Doch dort ist er der einzige Palästinenser unter Juden …

»Was der ›DRACHENLÄUFER‹ für Afghanistan,
ist der ›Der Junge, der vom Frieden träumte‹ für Palästina.«
Huffington Post

Das gesamte Programm gibt es unter
www.fischerverlage.de

PIPER ORIGINAL

Chaja Polak
Sommersonate

Aus dem Niederländischen von Heike Baryga. 120 Seiten. Klappenbroschur

Es gibt so viele Dinge, die ihm angst machen. Deshalb hat der elfjährige Erwin sich auch geschworen, niemals erwachsen zu werden. Seine ganze Leidenschaft gilt der Musik, und während der Stunden bei seinem Großvater, dem Cellolehrer vergißt er die Welt um sich herum: seine unaufmerksame Mutter, die nie den Tod ihres ersten Mannes verwunden hat, und auch die Nichte seines Lehrers, die ihn auf verwirrende Weise mit ihrer Sexualität konfrontiert. Bei einem Ausflug ans Meer aber scheint Erwins Leben endlich eine erlösende Wende zu nehmen. Chaja Polaks Lakonie und Zartheit ihrer Bilder beschreiben das verstörende Ende einer Kindheit und die Entdeckung der Liebe.

Andrea De Carlo
Die Laune eines Augenblicks

Roman. Aus dem Italienischen von Renate Heimbucher.
265 Seiten. Geb.

Ein dramatischer Unfall, die Begegnung mit einer ungewöhnlichen Frau – und von einem Moment zum andern weiß Luca: er muß sein Leben ändern.

»Kennst du jemanden, der glücklich ist? Der pure Freude darüber empfindet, zu genau diesem Zeitpunkt an genau diesem Ort zu sein?« Ob dieser Ort womöglich Albertas chaotische Küche ist, in der der etwas verwirrte Luca eben einen Topf Spaghettiwasser aufsetzt? Alberta jedenfalls war wenige Stunden zuvor Lucas Retterin, die Dea ex machina gewesen, die ihn in ihrem verbeulten roten Kastenwagen vom Straßenrand aufgelesen hatte – nachdem er bei einem Reitunfall dramatisch gestürzt war. Es ist diese lebensgefährliche Situation, die Luca die Augen öffnet, die sein Bewußtsein unwiederbringlich verändert. Was hält ihn eigentlich noch bei seiner langjährigen Freundin Anna, was ist aus seinen Aussteigerträumen geworden? Intuitiv folgt Luca der Eingebung eines Augenblicks ...

»Nie sind die Frauenfiguren De Carlo besser geglückt als hier.«
Corriere della Sera

Maria Venturi
Das Labyrinth der Liebe
Roman. Aus dem Italienischen von
Monika Zehnteler-Cagliesi.
230 Seiten. SP 3393

Die attraktive Linda Parodi ist achtunddreißig, alleinerziehende Mutter einer aufmüpfigen Dreizehnjährigen und eines vierjährigen Pflegesohns. Mit viel Temperament und Humor meistert sie mehr oder weniger erfolgreich das tagtägliche Chaos. Nur auf ihre beste Freundin, die Psychologin Sara, ist Verlaß – auch wenn Sara mit gutgemeinter Kritik nicht gerade hinter dem Busch hält. Als Linda auch noch ihren Job zu verlieren droht, ist das Maß übervoll. Da tritt Matteo in ihr Leben: gutaussehend, sensibel und acht Jahre jünger als Linda. Die beiden verbringen gegen viele Widerstände eine intensive und leidenschaftliche Zeit miteinander, doch Linda hat schon zu viel erlebt, um noch an die ganz große Liebe zu glauben. Aber sie unterschätzt Matteo ...

Grazia Livi
Geheime Bindungen
Aus dem Italienischen von Maja Pflug. 234 Seiten. SP 2534

In diesen wunderbaren, ganz realistischen Geschichten begegnen wir lauter Männern: einem jungen Gott, einem Verführer, einem Mann in der Ferne, einem Vater aus Papier, einem belauerten Sohn – und Frauen, in deren Blick sie sich spiegeln. Es ist der Blick der Liebe, der Neugier, des Staunens auf das andere Geschlecht, das geheimnisvoll anziehend und fremd zugleich ist. Grazia Livi erzählt alltägliche Geschichten, in denen Männer wie Frauen in typischen, geradezu klassischen Verhaltensweisen gezeigt werden, sie beschreibt Entfernungen und Verluste. Diese poetischen Erkundungen lesen sich wie der unveröffentlichte Katalog eines Don Juan – aber von der anderen Seite gesehen: der Mann in den Augen der Frau.

SERIE PIPER

Elsa Morante
La Storia
Roman. Aus dem Italienischen von Hannelise Hinderberger. 631 Seiten. SP 747

Während und nach dem Zweiten Weltkrieg ereignet sich das Schicksal der Lehrerin Ida und ihrer beiden Söhne. Elsa Morante entwirft ein figurenreiches Fresko der Stadt Rom mit den flüchtenden Sippen aus dem Süden, dem Ghetto am Tiber, den Kleinbürgern, Partisanen und Anarchisten. Der Roman war neben Tomasi di Lampedusas »Der Leopard« und Ecos »Der Name der Rose« der größte italienische Bestseller der letzten Jahrzehnte.

La Storia das heißt: *Die Geschichte* im doppelten Sinn des Wortes. Elsa Morante breitet in diesem Roman das unvergleichliche und unverwechselbare Leben jener Unschuldigen vor uns aus, nach denen die Historie niemals fragt.

In Italien, in Rom, erleben Ida und ihre beiden Söhne den Faschismus, die Verfolgung der Juden, die Bomben. Nino, der Ältere, der sich vom halbwüchsigen Rowdy zum Partisanen und dann zum Schwarzmarktgauner entwickelt, ist ein strahlender Tausendrichts. Sein Bild tritt zurück vor der leuchtenden Gestalt des kleinen Bruders Giuseppe, dem es nicht beschieden ist, in dieser Welt eine Heimat zu finden. Trotzdem ist seine kurze Laufbahn voller Glanz und Heiterkeit. In seiner seltsamen Frühreife besitzt der Junge eine größere Kraft der Erkenntnis als die vielen anderen, die blind durch die Geschichte gehen, eine Geschichte, die alle zu ihren Opfern und manchmal auch die Opfer zu Schuldigen macht.

Der Roman ist in einer dichten und spröden Sprache geschrieben, die den Fluß der Erzählung mit psychologischer und historischer Deutung aufs engste verbindet.

»Diese Geschichte ist der... nein, gewiß nicht ›schönste‹, aber der aufwühlendste, humanste und vielleicht wirklich der größte italienische Roman unserer Zeit.«

Nino Erné in der WELT

SERIE PIPER

Rosetta Loy

Winterträume
Roman. Aus dem Italienischen von Maja Pflug. 274 Seiten. SP 2392

»Musterbeispiel eines Frauenromans – nicht, weil er von einer Frau geschrieben wurde, sondern weil er das Leben und die Welt aus einem unverwechselbar weiblichen Blickwinkel betrachtet... Rosetta Loy hat ein Buch geschrieben, das in die Literaturgeschichte eingehen wird.«
Frankfurter Allgemeine

Straßen aus Staub
Roman. Aus dem Italienischen von Maja Pflug. 304 Seiten. SP 2564

Ein altes Haus im Piemont Ende des achtzehnten Jahrhunderts, zweistöckig, mit Nußbaum, Brunnen und Allee, mit Heuschober und Ställen. Hier spielt die Geschichte, die vom Leben, Lieben und Sterben einer Familie erzählt. Das Haus wird neu gestrichen, ist hell und voller Erwartung, als Giuseppe Maria ins Haus holt. Beklemmende Stille breitet sich aus, als Fantina, Marias Schwester, drei Jahre lang an Giuseppes Bett sitzt und ihn pflegt, bis er stirbt. Das große

Im Ungewissen der Nacht
Erzählungen. Aus dem Italienischen von Maja Pflug. 236 Seiten. SP 2370

Süddeutsche Zeitung

»In den Romanen und Erzählungen von Rosetta Loy dürfen die Ereignisse sich entfalten in dem weiten Raum, den die Autorin für sie erschafft. Ein Raum, der gleichermaßen Platz hat für Verfolgung und Tod wie für einen Blick, der zwei Menschen entzündet.«

Schokolade bei Hanselmann
Roman. Aus dem Italienischen von Maja Pflug. 288 Seiten. SP 2630

Hauptschauplatz von Rosetta Loys meisterhaftem Roman ist eine elegante Villa in den Engadiner Bergen, in der sich während des Zweiten Weltkriegs ein leidenschaftliches Familiendrama abspielt. Die schönen Halbschwestern Isabella und Margot lieben beide denselben Mann, den charismatischen jüdischen Wissenschaftler Arturo.

Familienepos nimmt seinen Lauf über drei Generationen – sinnenfroh und tragisch, skurril und mitreißend.

Giorgio Bassani

Die Brille mit dem Goldrand
Erzählung. Aus dem Italienischen von Herbert Schlüter. 106 Seiten. SP 417

»Bassani zeigt den lautlosen Fortschritt des Verhängnisses, während sich nach außen hin so wenig ändert – mit dieser Fähigkeit, den wirklichen Gang der Dinge aufzuzeichnen, weist er sich als echter Erzähler aus.«
Franz Tumler

Der Reiher
Roman. Aus dem Italienischen von Herbert Schlüter. 240 Seiten. SP 630

»Bassani beherrscht die Kunst, seine Personen von sich wegzuschieben und sie quasi in einen Spiegel zu stellen.«
Eugenio Montale

Ferrareser Geschichten
Aus dem Italienischen von Herbert Schlüter. 250 Seiten. SP 430

Hinter der Tür
Roman. Aus dem Italienischen von Herbert Schlüter. 174 Seiten. SP 386

»Unter den lebenden Erzählern könnte nur noch Julien Green eine solche Verbindung von Zartgefühl und (scheinbar) unbemühter Schlichtheit treffen. Aber Bassani ist ein Julien Green ohne die Rückendeckung des Glaubens. Er unternimmt seinen Rückzug in die vielgeschmähte Innerlichkeit ganz auf eigene Rechnung und tut damit... eher einen Schritt nach vorn, nämlich auf eine Literatur zu, die die Welt nicht nur vermessen will, sondern bereit ist, sie auch in den Antworten zu erkennen und anzuerkennen.«
Günter Blöcker

SERIE PIPER

Isabella Bossi Fedrigotti

Zwei Schwestern aus gutem Hause
Roman. Aus dem Italienischen von Sigrid Vagt. 240 Seiten.
SP 2270

Liebe, Haß und Eifersucht sind die Gefühle, die die beiden Schwestern Clara und Virginia ein Leben lang verbinden. Gemeinsam in einem großbürgerlichen Südtiroler Landhaus aufgewachsen, könnten sie verschiedener nicht sein: Clara, die jüngere, dunkelhaarig, melancholisch, verschlossen; Virginia dagegen eine blonde Schönheit, lebenshungrig und rebellisch gegen die längst überholte Lebensweise ihres Elternhauses. Doch ist Clara wirklich die Edle, Tugendhafte, die von ihrer leichtlebigen Schwester um das Lebensglück gebracht wurde? Ein raffinierter Frauenroman, ausgezeichnet mit dem Premio Campiello.

»Auffällig ist die von Isabella Bossi Fedrigotti gewählte Form, und man könnte spekulieren, ob hierdurch autobiographische Momente in die Erzählung einfließen. Denn ungewöhnlicherweise ist der erste Lebensrückblick der jüngeren Schwester Clara in der zweiten Person geschrieben, die nachfolgende Lebensgeschichte der Virginia dagegen in der ersten Person, wodurch der Eindruck einer größeren Zuneigung zu ihr vermittelt wird.
Aus dieser erzählerischen Konfrontation resultieren im wesentlichen die Spannung und der Reiz dieses Romans; für den Leser erhellen sich zudem viele Geschehen... Ein versöhnliches Ende, so ahnt man, wird es für die beiden Damen nicht geben.«
Die Welt

Liebling, erschieß Garibaldi!
Roman. Aus dem Italienischen von Ursula Lenzin. 204 Seiten.
SP 2331

Mit der romantischen Geschichte ihrer Urgroßeltern schildert Isabella Bossi Fedrigotti die Welt einer Adelsfamilie in politisch brisanter Zeit.

SERIE PIPER

Carlo Lucarelli

Freie Hand für De Luca

Kriminalroman. Aus dem Italienischen von Susanne Bergius. Mit einem Nachwort von Katrin Schaffner. 116 Seiten. SP 5693

Eine norditalienische Stadt im April 1945, kurz vor dem Einmarsch der Alliierten. Wenige Stunden vor dem endgültigen Zusammenbruch wird Kommissar De Luca mit der Lösung eines Mordfalls beauftragt. Doch irgend etwas an der Sache ist faul, denn die faschistischen Machthaber lassen ihm bei der Ermittlung erstaunlicherweise freie Hand. Der Ermordete Vittorio Rehinard war ein Lebemann und Frauenheld – und so sind auch alle Verdächtigen weiblich: die drogenabhängige Sonia, die rothaarige Hellseherin Valeria sowie Silvia Alfieri, die Mutter eines hohen italienischen SS-Offiziers und Ehefrau des Mannes, der der erklärte Gegenspieler von Sonias Vater ist. Vor dem historischen Hintergrund des letzten Aufbäumens des italienischen Faschismus in der Republik von Salò entfaltet Carlo Lucarelli das Szenario eines raffiniert abgestimmten kriminalistischen Ränkespiels:

»Mit großer Kunstfertigkeit öffnet Lucarelli in diesem kleinen und ungemein spannenden Krimi den großen Resonanzraum von Schuld und moralischer Verstrickung.«
Abendzeitung

Der trübe Sommer

Ein Fall für Commissario De Luca. Aus dem Italienischen von Barbara Krohn. 147 Seiten. SP 3490

Es ist der Sommer des Jahres 1945, und Commissario de Luca ist inkognito unterwegs nach Rom. In einem kleinen Dorf in der Emilia Romagna macht er eine schauerliche Entdeckung – sämtliche Mitglieder der Familie Guerras liegen erschlagen auf ihrem Grundstück. Weshalb mußten Sie sterben? War es politischer Mord? Die Lösung des Falles wird für de Luca zu einer gefährlichen Gratwanderung, denn auch er hat ein dunkles Geheimnis.

»Die Geschichte ist mit Tempo und spannungsvoll erzählt, die fiebrige Atmosphäre beim Zusammenbruch des faschistischen Italien wird auf suggestive Weise deutlich.«
Kölner Stadt-Anzeiger

PIPER SERIE